UN VENT DE PARADIS

DU MÊME AUTEUR

Grand Prix de la Société des gens de lettres et prix Alexandre-Dumas pour l'ensemble de son œuvre

Paradis entre quatre murs, Paris, Robert Laffont.
Le Bal des ribauds, Paris, Robert Laffont ; France-Loisirs.
Les Lions d'Aquitaine, Paris, Robert Laffont ; prix Limousin-Périgord.
Divine Cléopâtre, Paris, Robert Laffont, collection « Couleurs du temps passé ».
Dieu m'attend à Médina, Paris, Robert Laffont, collection « Couleurs du temps passé ».
L'Aigle des deux royaumes, Paris, Robert Laffont, collection « Couleurs du temps passé » ; Limoges, Lucien Souny.
Les Dieux de plume, Paris, Presses de la Cité, prix des Vikings.
Les Cendrillons de Monaco, Paris, Robert Laffont, collection « L'Amour et la Couronne ».
La Caverne magique (La Fille des grandes plaines), Paris, Robert Laffont, prix de l'académie du Périgord ; France-Loisirs.
Le Retable, Paris, Robert Laffont ; Limoges, Lucien Souny.
Le Chevalier de Paradis, Paris, Casterman, collection « Palme d'or » ; Limoges, Lucien Souny.
L'Œil arraché, Paris, Robert Laffont.
Le Limousin, Paris, Solar ; Solarama.
L'Auberge de la mort, Paris, Pygmalion.
L'Auberge rouge, Paris, Pygmalion ; Presses Pocket.
La Passion cathare :
1. *Les Fils de l'orgueil*, Paris, Robert Laffont.
2. *Les Citadelles ardentes*, Paris, Robert Laffont.
3. *La Tête du dragon*, Paris, Robert Laffont.

La Lumière et la Boue :
1. *Quand surgira l'étoile Absinthe*, Paris, Robert Laffont ; Le Livre de Poche.
2. *L'Empire des fous*, Paris, Robert Laffont.
3. *Les Roses de fer*, Paris, Robert Laffont, prix de la ville de Bordeaux ; Livre de Poche.

L'Orange de Noël, Paris, Robert Laffont, prix du Salon du livre de Beauchamp ; Le Livre de Poche ; France-Loisirs ; Presses Pocket.
Le Printemps des pierres, Paris, Robert Laffont ; Le Livre de Poche.
Les Montagnes du jour, Les Monédières. Préface de Daniel Borzeix.
Sentiers du Limousin, Paris, Fayard.

(voir suite en fin de volume)

MICHEL PEYRAMAURE

UN VENT DE PARADIS

Le roman des troubadours

ROBERT LAFFONT

ISBN 978-2-221-12604-2

À Marguerite Guély et Pierre Flandin-Bléty
À Françoise et Luc de Goustine

« Lorsque le frais zéphir vient de notre pays
Il me semble sentir un vent de paradis. »
BERNART DE VENTADOUR

« Raimona, Tibor, Bérangère...
Sous la courbe ocellée de la voûte nocturne
Donnez-nous le coquillage safran
Et l'or rouge de l'érable...
Mirals, Cembelins, Audiarda,
Rappelez-vous ce feu... »
EZRA POUND

« Cette morale de l'amour est le prélude des idées qui feront plus tard de la France le flambeau du monde. »
LOUIS ARAGON

« De bois vert ce tremplin que le passé bouture ! Neuf siècles de cette nouveauté où demain se répand, car l'amour seul commande de dire : pas de plus haute gloire, la langue mais le sens déniaisé. Pas de plus haute joie, ce chant, mais la beauté à ce qu'orgueil doit de déchanter. *Joi* naît de douleur à la langue accordée. »
JEAN-PAUL CHAVENT

Première partie

Récit de Peire Jouvenel : Turenne, année 1180

Nos gens du château, si je leur annonçais mon intention d'écrire l'ouvrage dont le projet, depuis des années, mûrit en moi, ne m'épargneraient pas leurs sarcasmes. Il me semble les entendre : « Ce vieux moineau se prend pour un rossignol ! » ; « Ce raté qui se rattrape en faisant surgir les ombres de ses ambitions ! » ; « S'il avait le talent que l'on dit nous en serions informés ! »

Nier qu'il y ait quelque vérité dans ce concert de railleries serait de ma part faire montre de vanité. Pétri de boue et d'argile, nourri de sueur et de sang, exempt, dans mes derniers jours à vivre, d'illusions sur les autres et sur moi-même, j'ai acquis cette qualité rare : la modestie. Si je puis réagir violemment contre l'insulte et la provocation, je tolère la critique à mon encontre et puis en faire un sujet de controverse.

Ce n'est pas sans quelque hésitation qu'ayant aiguisé mon calame j'ai pris conscience d'avoir à affronter un rivage mystérieux, que je connais bien pour y avoir vécu mais qui, a posteriori, me réservera sans doute bien des surprises. J'aurai, je le sais, à mener à bien une tâche difficile de rétrospection, mais qui donnera une signifiance à mon passé et m'apportera des lumières sur ma nature. Une grande part de ce projet va consister à faire surgir des abysses certains personnages encore animés d'un souffle de vie, et quelques autres revenus au néant des origines.

Dois-je le préciser ? Au cours de ce récit, je me trouverai

en permanence confronté à des personnages importants ou simplement dignes d'intérêt, au milieu desquels je ferai figure de témoin de leur existence et de leurs actes, toujours attentif à déceler leur vérité. Je serai de nouveau confronté à des barons, des bourgeois, des troubadours, des dames de haute et de modeste lignée, ou des personnages plus humbles, ceux avec lesquels je me suis senti le plus d'affinités. Un monde dans lequel j'ai la prétention, peut-être outrée, de faire office de lien, sans m'arroger un pouvoir susceptible de l'ordonner ou de le bouleverser.

Alors me voici, assis sur mon escabeau, dans l'enceinte du château de Turenne où s'achève ma vie. La masure où je loge se situe sur le rempart de la forteresse, en marge des jardins, et donne sur le levant par une unique fenêtre. De modestes dimensions, elle suffit au solitaire que je suis, non de ma propre volonté mais en raison de mon âge et d'un état de santé précaire.

J'aurais aimé faire couler mes mots sur ces parchemins que les religieux de Saint-Martial de Limoges mettaient à ma disposition dans ma jeunesse, mais, pauvre comme Job ou peu s'en faut, je dois me satisfaire d'un mauvais papier d'Auvergne. Lorsque le temps est sombre et que tombe la nuit, je lis à la grosse chandelle faite de la cire que je récupère au château et que je fonds par un procédé de ma fabrication.

Mon décor familier se compose des instruments propres à accompagner le chant des troubadours : le manicorde à clavier offert par une dame de mes amies, le rabab arabe rapporté par Gaucelm Faydit d'un voyage en Aragon, une lyre qui, m'a-t-on dit, date de l'empereur Charlemagne, une mandore à cordes pincées – une merveille ! – qui aurait appartenu à la reine Aliénor, don du vicomte Raymond, mon maître, et la vielle, mon instrument préféré, qui a accompagné ma vie obscure de troubadour. Il s'y ajoute une collection de flûtes, chalemelles, flûtiaux, pipeaux, grelots et tambourins de Provence... C'est ma seule richesse et il faudrait que ma fortune en soit à la dernière extrémité pour que je m'en sépare.

Mon calame grince et crachote sur le papier mince, grisâtre, tavelé comme une feuille de vigne en automne, acheté à un colporteur de Mauriac, en Auvergne, mais c'est un progrès, comparé à l'écorce de bouleau que j'utilisais jadis pour mes premiers poèmes.

L'âge paralyse parfois ma main, mais ma vue est encore convenable et ma santé m'autorise à espérer vivre le temps de venir à bout de mon entreprise. Dieu y pourvoira, je l'espère.

De crainte d'essuyer des quolibets, je n'ai confié à personne le secret de mon projet. Si je m'y décide, la dame Élise, épouse du vicomte Raymond, sera ma première et unique confidente. Elle est une des rares personnes, dans cette forteresse, à pouvoir apprécier ce projet.

Sa confiance – je pourrais dire son amitié – m'honore. C'est la seule, dans cette fourmilière, à avoir pris intérêt à mes poèmes et à me considérer comme une personne digne d'intérêt. C'est à elle, si Dieu me donne la force de venir à bout de ce récit, que je le dédierai, ainsi qu'à celui que je considère comme mon maître, Bernart de Ventadour, prince des *cantors*, qui vit ses derniers jours au milieu des moines cisterciens, dans la solitude de Dalon, près de Hautefort, en Périgord.

Personne, à Turenne, n'attendait une ultime visite de sa part. Le bruit avait même couru de sa mort, quand, il y a quelques mois, à la tombée de la nuit, le guetteur juché sur la tour de César annonça l'approche d'un groupe de cavaliers cheminant, passé le bastion de Magal, sous une bourrasque de pluie glaciale. Notre première idée fut qu'il devait s'agir de quelques *poudreux* en quête d'un gîte pour la nuit ou de *roumieux* en partance pour Rocamadour ou Saint-Jacques afin d'assumer quelque pénitence.

Ces mystérieux voyageurs ne pouvaient avoir d'autre intention que de nous demander asile, les auberges du barri du Marchadiol, au pied du château, ayant fermé leur porte.

C'est moi, son homme de confiance, que le vicomte Raymond chargea d'aller accueillir ces gens à la porte basse du château et de m'enquérir de leur identité. Je me trouvai en présence d'un grand vieillard qui, ayant sauté de sa selle, me demanda s'il avait l'honneur d'être accueilli par le vicomte Raymond en personne. Je le détrompai. Lorsque lui-même me révéla son identité, je crus que le sol se dérobait sous moi.

En lui donnant mon nom, j'ajoutai que nous nous connaissions de longue date : il avait, comme moi, fait ses universités à l'école de grammaire de Saint-Martial de Limoges et nous nous étions rencontrés beaucoup plus tard au cours de fêtes à Turenne. Il s'en souvenait fort bien, me dit-il, mais l'heure et le lieu n'étaient guère propices à l'évocation de ces moments de bonheur. J'en convins et l'invitai à me suivre, ainsi que les trois compagnons de route chargés de sa sécurité. Je lui demandai de remonter en selle pour accéder au château par la rampe abrupte qui file droit entre une falaise ruisselante et une rangée de chênes verts sur lesquels la pluie tissait une toile d'araignée vaguement luminescente. Je tenais son cheval au mors et avais des ailes aux talons. Je venais de retrouver mon maître : Bernart de Ventadour.

Malgré l'heure tardive qui conviait au sommeil plus qu'à des échanges de courtoisie, mes maîtres manifestèrent une joie qui tenait du délire et ne savaient où donner de la tête. Après avoir convié Bernart et ses compagnons à se dévêtir et à venir se chauffer à la cheminée, ils tirèrent les servantes du lit pour garnir la table, ce qui fut fait le temps d'en donner l'ordre.

Bernart s'attabla, incita ses gens à l'imiter et, soulevant le couvercle du pot, en respira le fumet d'un air gourmand, déclarant qu'il n'avait jamais de sa vie humé un tel dictame. Peu à peu, à le voir laper son brouet goulûment et en silence, l'image que j'avais conservée du prince des *cantors* s'effrangeait dans ma mémoire.

Sa soupe absorbée, il rota, essuya sa barbe d'un revers de main et se mit à parler sans qu'on lui en eût présenté la requête. Il s'exprimait d'une voix lente et hésitante, disant qu'il revenait d'Angleterre où il avait été hébergé par la reine Aliénor, sa *grande amie* par l'esprit et par le cœur.

La dame Élise s'écria étourdiment :

— Mon Dieu, Bernart, vous avez fait tout ce chemin à cheval ! Et par tous les temps !

Il répondit avec un sourire :

— Madame, le cheval Pégase était déjà en main et je n'ai pu trouver le moindre tapis volant, mais rassurez-vous : j'ai marché à petites journées et, ma modestie dût-elle en souffrir, j'ai toujours trouvé maison et table ouvertes au seul énoncé de mon nom.

Malgré la fatigue de sa longue chevauchée, il ne se fit pas prier pour nous parler de Londres, qu'il détestait, et de la reine, qui exécrait comme lui cette ville et n'attendait qu'une occasion propice pour repasser la mer et trouver refuge parmi les moniales de Notre-Dame de Fontevrault.

— Elle avait les larmes aux yeux, dit-il, en me parlant de son retour. Entre cette brute qu'est le roi Henri, ses barons incultes et lourdauds, ses dames de compagnie aux façons de viragos, elle se languit au point que, lorsque je lui ai annoncé mon départ, elle s'est jetée à mon cou en m'adjurant de rester.

Londres n'avait été pour lui qu'un port d'attache. Il avait suivi le cortège royal déambulant d'une résidence l'autre : Woodstock, Newbury, Windsor, toujours au plus près de la reine et prêt à la distraire d'une chanson. S'il l'avait écoutée, il aurait passé un autre Noël dans la chapelle d'Oxford où, l'année précédente, il avait, en s'accompagnant de la cithare, improvisé un chant de la Nativité.

— C'est, ajouta-t-il, dans le Limousin de mon enfance, à Ventadour, que je souhaite célébrer cette fois la naissance du Seigneur.

Il se tailla une tranche de jambon, invita ses compagnons à en faire autant et poursuivit sans cesser de malaxer :

— Cette pauvre reine... Les soucis l'accablent au point que, à peine atteinte par la cinquantaine, on lui donnerait dix ans de plus !

— Ces soucis, dit Raymond, nous les connaissons. Ses fils...

— Des fauves lâchés sur notre pauvre Aquitaine dont ils ont fait leur terrain de jeux pour vider leurs querelles !

Henri le jeune est mort à Martel, non loin de Turenne, vous ne l'ignorez pas, mais il reste en lice ces trois trublions : Richard, Geoffroy, Jean... Et la fête continue !

— Nous avons, dis-je, parlé récemment, ici même, de cette situation avec votre collègue, Bertran de Born. Il s'en réjouit comme si la guerre était une condition naturelle et idéale pour l'homme. Ses plus grandes joies sont d'entendre sonner les trompettes de la guerre et de voir s'étriper nos chevaliers. Je déteste ses idées, mais ses poèmes sont d'une tragique beauté. Il raconte les batailles comme s'il s'agissait d'affrontements entre l'armée d'Alexandre et la horde des Perses.

Bernart laissa tomber ses poings sur la table et bougonna en attaquant une fourme :

— Peire, ne me parlez plus de cet olibrius ! Je l'exècre ! S'il a vraiment le talent que vous dites, que ne l'utilise-t-il à chanter l'amour et le temps de Pâques ?

Bernart revint au récit du voyage qui l'avait ramené au pays.

Il était passé par Paris, y avait rencontré le jeune roi Philippe, qui avait succédé à Louis, septième du nom, mais ne s'y était pas attardé.

— Philippe, dit-il, sera peut-être un bon roi. Pour l'heure c'est un jeune homme d'apparence taciturne, abrupt et sournois mais, à ce qu'on dit, plein de bon sens. Au Louvre, l'ambiance est sinistre, la chère spartiate, et les quelques trouvères que j'y ai rencontrés, plus pourvus de prétention que de talent. Quant à Paris, ah ! mes amis... *Parisius, mundi rosa, balsamum orbis*... Eh bien, cette rose pue la charogne et ce baume le vinaigre. En marchant dans ses rues, les yeux fermés, j'avais l'impression de me trouver à Londres, sur un quai de la Tamise... Je n'ai pas quitté cette ville : je l'ai fuie !

Bernart ne laissait pas de me surprendre. Ce roturier se conduisait à table comme un soudard, parlait à ses hôtes comme un baron à ses pairs, avec une familiarité qu'aurait pu justifier sa renommée. Cette familiarité un brin insolente ébranlait la vénération que je lui vouais. Certes, c'était un prince à sa manière, mais qui laissait apparaître par son comportement, sous la trame de sa voix encore belle et grave, ses origines roturières, comme un fauteuil fatigué montre le crin sous le cuir précieux. Il aurait aimé faire oublier qu'il était le fils du chaufournier et d'une servante de Ventadour...

Il était minuit passé et nous étions encore à bader devant ce beau vieil homme, à écouter les mots coulant de sa bouche comme d'une source. Assis devant la table garnie de cruchons vides et de tranches graisseuses, nous aurions passé le reste de la nuit à suivre le cours de ses récits qui nous ouvraient les portes du monde. Il y avait dans cette voix humectée par de multiples rasades des accents qui rappelaient ceux de ses chants dont certains sonnent encore à mes oreilles. Il semblait que chacune de ses phrases eût été passée au polissoir comme un objet précieux aux mains d'un orfèvre.

Ses compagnons de route dormaient sur leurs coudes repliés, les servantes avaient regagné leur grabat, le feu brûlotait entre les chenets et le vent grondait dans la salle haute, quand Bernart soupira en se levant :

— Je crains, mes amis, d'avoir abusé de votre patience. J'ai besoin moi-même d'un sommeil réparateur. Alors permettez que je me retire, si vous me faites la grâce d'un bon lit, même dépourvu d'un baldaquin ! Je vous souhaite le bonsoir.

Je retrouvai Bernart au cours de la matinée du lendemain, en train de profiter d'une accalmie pour se promener dans le jardin, emmitouflé dans son manteau sombre de cavalier. Il achevait un large chanteau de seigle frotté d'ail et enduit de graisse, face au moutonnement de collines qui dévale en lourdes vagues vers la Dordogne.

Il m'invita à m'asseoir près de lui sur la murette et, posant sa main sur mon épaule, se plaignit du froid qui l'avait privé de sommeil une partie de la nuit, dans la chambre haute. Je m'attendais à ce qu'il me demandât si je continuais à écrire des poèmes et à les chanter, mais il avait un autre sujet en tête, dont il semblait être obsédé : la mort récente du prince de Blaye, Jaufré Rudel.

— Un de nos meilleurs troubadours, dit-il, mais un fou. Je l'ai connu avant son départ pour l'Orient. Il m'a rebattu les oreilles de sa passion absurde pour une princesse chrétienne de Tripoli, dont il ignorait le nom et peut-être même l'existence. Il passait son temps et gâtait son talent à arroser cette plante imaginaire en rêvant de la voir fleurir ! Comble de l'aliénation, il a décidé un beau jour de prendre la mer pour donner corps à son rêve.

Je lui confiai que cet événement m'était connu : il m'avait été raconté par le troubadour Arnaud Daniel de Ribérac.

— Ce que tu ignores et que je viens d'apprendre, me dit-il, c'est qu'il y avait une part de vérité dans ce rêve. Rudel a suivi sa chimère jusqu'au bout. Il a traversé la mer, débarqué à Tripoli, demandé à voir la princesse, est tombé dans ses bras et en est mort d'émotion. On ajoute que la dame, informée de cette passion, s'est retirée au couvent. J'en doute. Il y a trop de merveilleux dans ce conte pour en rajouter.

— Rudel, dis-je, j'aurais aimé le rencontrer. Tout ce je que sais de son œuvre, ce sont ces quelques vers : *En mai, lorsque les jours allongent / J'écoute chanter les oiseaux / Et me revient à la mémoire / Un souvenir d'amour lointain...*

— Jolie ritournelle, en effet, mais son œuvre est trop mièvre pour résister au temps. Elle s'effacera vite derrière sa légende. Il restera de Rudel l'image d'un troubadour épris d'une princesse lointaine à laquelle il a sacrifié sa vie. Nous avons tous été épris d'une femme idéale, mais avec la conscience qu'elle nous échapperait toujours. Nos chimères ont une réalité ; celle dont Rudel s'était épris n'était qu'un nuage. Comment peut-on s'éprendre d'un nuage, si beau soit-il ?

Il me raconta qu'une nuit d'été, à Comborn, sur le bord de la Vézère, il avait entendu Jaufré Rudel chanter sa *Princesse lointaine* à la lueur des torches. Cela lui avait tiré des larmes...

Bernart poursuivit en me parlant d'un autre de nos confrères, Gaucelm Faydit, natif d'Uzerche, en Limousin. J'avais appris qu'il devait se trouver encore en Espagne, auprès du roi Pierre d'Aragon, et donner libre cours à ses instincts de ripailleur en compagnie de sa catin, une fille à soldats, disait-on. Des autres troubadours : Marcabru, Giraud de Borneil, Arnaud Daniel, les Quatre d'Ussel, ni lui ni moi n'avions de nouvelles depuis des lustres.

Je lui demandai où il avait décidé de finir son voyage de retour.

— Je vais me rendre à Ventadour, me répondit-il. J'ai hâte de respirer l'odeur des forêts, de pêcher des écrevisses dans la Soudeillette, et surtout de revoir la comtesse Marie, qui a eu tant de bontés pour moi et à qui je dois d'être ce que je suis.

Je n'avais pas oublié que le roturier qu'il fut dans sa jeunesse avait mis tant de sentiment dans ses premiers chants dédiés à sa bienfaitrice, qu'il en était résulté une attirance réciproque entre elle et lui, puis l'éviction de ce benêt par messire Ebles, l'époux de Marie. En lui fermant les portes de son château, le sire de Ventadour lui avait ouvert celles de la gloire.

— Je suis de nouveau *persona grata* dans ces lieux, me dit-il, et je vais en profiter pour présenter mes hommages à Marie, retrouver mes souvenirs et en faire provision pour mes vieux jours. Ensuite, Dieu dictera ma conduite.

Lorsqu'il daigna s'informer de ma condition, je m'attachai à être bref.

— J'exerce, depuis des années, lui dis-je, de vagues fonctions d'intendance. Ma tâche est difficile, mais, en dépit de mon âge, je m'y consacre corps et âme. Notre vicomté, vous le savez, couvre d'immenses territoires, des marges de l'Auvergne au Quercy, ce qui nous oblige à une vigilance permanente pour éviter les conflits entre nos barons, souvent pour des peccadilles. J'ai renoncé à courir les routes pour assurer l'ordre et n'ai plus, somme toute, qu'une mission de conseiller pour messire Raymond.

Histoire de lui rappeler – ce qu'il semblait avoir oublié – que je faisais partie, aussi modeste que cela fût, de sa confrérie, j'ajoutai que je prenais le temps de composer des poèmes et de les chanter dans les veillées du château. J'espérais qu'il daignerait me prier de lui faire lire quelques-unes de mes œuvres. Il s'en abstint, ce dont je conçus quelque rancune.

J'allais le lui proposer hardiment quand il se leva, jeta aux merles ce qui restait de son pain et me dit en bâillant :

— Pardonne-moi, Peire, d'interrompre notre entretien. Je souhaite reprendre ma route au plus tôt pour profiter de cette embellie. Il va me falloir deux jours pleins pour gagner Ventadour.

Aussi pressé qu'il fût, Bernart consacra une journée à une visite à Martel. Il souhaitait, me dit-il, voir les lieux où était mort, le visage couvert de cendres, le fils du roi Henri et de la reine Aliénor, Henri le Jeune. En chemin, il tint à s'arrêter au village de Nazareth où le vicomte Raymond avait créé un asile pour les éclopés des croisades. En revanche, il refusa l'offre de Raymond d'aller chasser, dans la forêt de Turenne, la *bête noire*, pour dire le sanglier.

Il me dit en quittant le château, ses mains sur mes épaules :

— Que Dieu te donne encore des années à vivre et à chanter, Peire Jouvenel. Peut-être daignera-t-Il faire que nous nous retrouvions, si ce n'est sur cette terre, du moins en paradis. Nous y avons toi et moi notre place, car nous avons répandu sur ce monde pétri de boue et de sang les graines d'où germent la beauté et l'amour.

Il m'embrassa, se fit aider de ses compagnons pour monter en selle puis, ayant flatté l'encolure de son cheval, il leva la main et lança, de cette voix qui avait brassé des passions durant toute une vie, une strophe de l'un de ses plus beaux poèmes : « La joie d'aimer ».

J'ai le cœur si plein de joie
Qu'il change en moi
Le gel en fleur blanche.
Avec le vent et la pluie
Grandit mon bonheur...

La suite, je ne l'entendis pas, mais je l'avais en tête et elle me vint aux lèvres.

1

L'école de grammaire

De mon père, Pierre Jouvenel, je garde un souvenir équivoque. Plus qu'un franc contraste entre le bien et le mal, il me laisse l'image d'un personnage tourmenté, ballotté entre impulsions et devoirs, obsédé par ses erreurs, ses fautes et soucieux de les réparer. Aujourd'hui encore, alors qu'il repose depuis des lustres dans le cimetière de la collégiale Saint-Martin de Brive, je me sens incapable de l'aimer comme de le détester.

Et pourtant, cet être en proie à des velléités déconcertantes et à des repentirs sincères, j'aurais aimé mieux le connaître, mais, chaque fois que je lui demandais raison de ses actes, il éclatait de rire et se fermait comme une huître.

Sixième et dernier enfant d'une famille de manants des monts de Blond, dans les parages de Limoges, il s'en était séparé à l'occasion de son mariage avec Géralde, ma mère, fille de même condition, native du bas-pays, pour exploiter une tenure concédée par contrat par un bourgeois de Limoges. Je garde le souvenir d'une existence misérable, au plus bas de l'échelle, d'une masure dont le toit de chaume pourri n'abritait que du vent. Elle était sise au bord d'un étang marécageux infesté de moustiques, où, dès mon plus jeune âge, je suis allé pêcher les grenouilles dont ma mère revendait les cuisses à un aubergiste de Saint-Sylvestre.

Mon père passait la majeure partie de son temps à bûcheronner dans une forêt des monts d'Ambazac pour alimenter les saboteries de Limoges et le reste à chevaucher des chimères en mâchant une fétuque, le cul dans l'herbe, devant la porte. Je ne l'ai jamais entendu se plaindre, alors qu'il eût pu aspirer à une autre condition du fait de son habileté manuelle, mais s'employer en ville lui répugnait.

Je n'ai pas une idée précise de la date de ma naissance. Je la situe aux environs des années 1115-1116, au temps, j'en suis certain, où le roi Louis VI, dit le Gros, menait une lutte acharnée contre le duc de Normandie Henri, dit Beauclerc, et où les barons qui pillaient sans scrupules le domaine royal. Aucune sonnerie de cloche n'a marqué mon avènement et je n'ai trouvé trace d'aucun document qui pût en témoigner, ce qui, au fond, m'importe peu.

Notre misérable tenure était incluse dans la seigneurie d'Ambazac. Je ne me souviens pas avoir vu les chausses du baron fouler la terre battue de notre masure. Quant au bourgeois de Limoges, il ne venait qu'une fois l'an réclamer son dû, ce qui donnait lieu, si j'en crois une confidence de mon père, à d'âpres contestations. Il aurait pu, me confia-t-il, lui tirer sa révérence, mais c'eût été changer un cheval borgne pour un âne aveugle.

C'est pourtant ce qui lui arriva, et qu'il me raconta plus tard, avec cette bonne humeur qui lui faisait affronter sereinement les pires péripéties de l'existence. Cette fois-ci, pourtant, les choses faillirent mal tourner.

Le jour où l'intendant du sire d'Ambazac, sous prétexte d'une expédition de son maître contre des gens de La Souterraine, vint lui réclamer un subside sous forme d'une de nos chèvres, mon père prit la mouche et le menaça de sa hache. L'affaire aurait pu en rester là si, le lendemain, nous n'avions vu surgir trois cavaliers aux mines patibulaires qui, sous la menace de leurs armes, contraignirent mes parents à leur céder, en plus de la chèvre convoitée, volailles et lapins. Lorsqu'ils abattirent notre chien qui leur mordait les talons, je fondis en larmes.

Le jour suivant, dans notre carriole tirée par ma mère, une forte femme, nous avons entassé les outils de mon père, ce qui restait de notre basse-cour, ma petite sœur, pour prendre la route de Limoges, mon père et moi à pied, aidant à pousser le véhicule dans les montées.

J'ai cru ne jamais arriver au terme de ce voyage.

C'était, autant qu'il m'en souvienne, sur la fin de l'hiver. Une neige en croûte tapissait encore l'orée des bois et les fonds marécageux. Quand nous faisions halte, je percevais le bruissement léger de la terre absorbant le reliquat des dernières neiges.

Lorsque nous sommes arrivés, à la nuit tombante, aux portes de Limoges, nous les avons trouvées closes et avons dû passer la nuit sur un talus dominant les fossés. Contre le ciel barbouillé d'une clarté de lune, je pouvais voir déambuler les gardes des remparts, leur lance à l'épaule.

Le matin venu, après une nuit passée à lutter contre la froidure, nous nous sommes engouffrés, en même temps qu'un groupe de pèlerins et de paysans venus livrer leurs produits au marché, dans ces quartiers de la ville qu'on appelle le Château, qui abrite, outre la seigneurie, la vaste abbaye Saint-Martial.

— Je vais tâcher, me dit mon père, de trouver du lait pour ta sœur et du pain pour nous. Ne bouge pas, quoi qu'il arrive. Je ne serai pas long.

À peine eut-il disparu, l'idée absurde me vint qu'il ne reviendrait pas. À chaque sonnerie de cloches qui donnait au temps une mesure inquiétante, j'avais l'impression terrifiante que j'allais me retrouver seul avec ma mère et ma sœur dans cette ville grouillante qui allait nous absorber comme une alluvion de misère. Ma mère partageait-elle cette appréhension ? Comment le savoir ? Froide et taciturne comme une statue, elle offrait peu de prise aux événements. Mon père en revanche s'accommodait de cette attitude qui laissait libre cours à ses décisions.

Quand mon père, porteur d'un cruchon de lait et d'une tourte de seigle, ressurgit de la foule encombrant les abords de l'abbaye, le flot des pèlerins et des miséreux tarissait à la porte. Il fallut patienter au guichet, décliner notre identité et les motifs de notre présence. Un religieux à bésicles nous délivra un viatique comme on jette un os à son chien et nous montra la direction de l'hospice proche de la basilique.

On nous servit une soupe épaisse et brûlante avant de nous diriger vers un vaste dortoir bruissant et malodorant, qui prenait jour par des vitraux grisâtres.

Nous allions passer deux jours et trois nuits dans ce caravansérail bourdonnant, animé de va-et-vient permanents comme une foire. Le premier souci de mon père fut de rendre visite au propriétaire de notre masure de Saint-Sylvestre pour lui signifier la rupture pour cas de force majeure de leur contrat, ce qui ne me parut pas avoir donné lieu à contestation.

Cette précaution assurée, il passa en ville le plus clair de son temps. Il revenait ivre à la tombée du jour, s'allongeait sur son grabat et s'endormait sans un mot. Lui demander à quoi il occupait ces absences ? Je ne m'y hasardai pas, de crainte qu'il ne prît cette curiosité pour une impertinence. Un des traits les plus évidents de sa nature était cette propension à laisser le temps décider pour lui.

À moi, le temps ne me pesait guère.

J'avais en permanence le spectacle d'une métropole grouillante, où la misère des pauvres semblait faire bon ménage avec l'opulence des religieux. Infatigable, je déambulais dans les vastes espaces cernant la basilique, me glissais dans la foule des offices religieux qui constituaient pour moi un spectacle nouveau et fascinant, assistais aux querelles entre les pensionnaires de l'hospice, me mêlais aux récréations des élèves de l'école de grammaire... La chère, simple mais roborative, me faisait oublier les fades brouets de ma mère. À l'heure des repas, je prenais intérêt à écouter la lecture des Évangiles par un jeune religieux.

L'avant-veille de notre départ pour une destination inconnue, j'assistai à la messe des malades, donnée dans une petite chapelle à l'intention d'un groupe de lépreux, puis allai m'asseoir, comme à mon habitude, sur la murette clôturant la cour de récréation des élèves de l'école de grammaire. Sans cesser leurs jeux et leurs disputes, ils grignotaient une tartine de pain blanc en me jetant des regards ironiques à me voir saliver.

L'un d'eux s'assit à côté de moi et me dit :

— Ce pain te fait envie ? Tu n'as pas le même à l'hospice, pas vrai ? Si tu as faim, prends ce qui reste. Je suis repu.

Je dévorai le reliquat de sa tartine en oubliant de l'en remercier, ce dont il ne parut pas s'offusquer. Lorsqu'il me demanda mon nom, je ne sais quelle idée absurde me vint de lui répondre que je me nommais Salomon, un nom que j'avais entendu au guichet et qui, j'ignore pourquoi, me plaisait.

Mon bienfaiteur se tourna vers un groupe de ses compagnons, et leur lança :

— Mes amis, je vous présente Sa Majesté le roi Salomon !

J'entendis monter autour de moi un hourvari narquois :

— Bienvenue au roi des Juifs !

— Nos hommages, Majesté !

— Où en est la construction de votre temple ?

Le garçon qui m'avait offert son pain fit taire ces vociférations pour me demander si j'étais d'origine juive. Ignorant qui étaient Salomon et les Juifs dont il me parlait, je me tus. Il se montra surpris de ma tenue miséreuse, alors que les Juifs, ceux de Limoges notamment, avaient, dit-il, la réputation d'être fortunés.

— Je connais, ajouta-t-il, ceux du quartier de la Juiverie. Ils n'ont pas ton allure. Comment expliques-tu cela ?

— C'est que je suis un Juif pauvre.

— Tes parents ont dû faire de mauvaises affaires ? D'où viens-tu ?

Je répondis que ma famille était originaire de Brive, une bourgade où mon père, j'ignore pourquoi, rêvait de s'installer, et que nous nous rendions je ne savais où. Il parut vite se lasser de cet interrogatoire qui ne l'éclairait guère sur mon insignifiante personne et décida d'en rompre le cours alors que sonnait la cloche mettant fin à la récréation. Il se leva et me dit :

— Salomon, qui que tu sois, trouve-toi de nouveau ici avant l'heure de vêpres si tu veux profiter de ma collation. Retiens mon nom : Alain Masbaraud. T'en souviendras-tu ?

Je hochai la tête.

À l'heure dite, il vint vers moi, tout souriant, et me lança d'un ton allègre :

— Salomon, tu te souviens peut-être du miracle rapporté par les Évangiles : celui de la multiplication des pains. Alors, regarde. Abracadabra ! Le mystère s'est renouvelé...

Un sac pendait à sa ceinture. Il l'ouvrit pour m'en montrer le contenu. J'en fus ébloui : il m'apportait subrepticement trois miches dorées qui semblaient sortir du four, me les tendit et me conseilla de les cacher sous mon sarrau, ajoutant à voix basse :

— Si l'on te demande d'où tu ramènes cette provende, prends un air mystérieux pour répondre qu'il s'agit d'une *manne céleste.* Tu t'en souviendras ? Surtout, évite d'en révéler la provenance. Pour ne rien te cacher, j'ai volé ces pains à l'office et serais puni si l'on découvrait que je suis l'auteur de ce larcin. Répète...

— Une *manne céleste*... Merci, Alain. J'oublierai pas.

— Si tu es encore là demain, reviens me voir. J'aimerais bavarder plus longuement avec toi.

Je m'en faisais d'avance une joie. Outre celui que me procurait sa présence, j'éprouvais un plaisir singulier à l'écouter. Le langage qu'il me tenait était si différent de celui que j'entendais d'ordinaire qu'il en émanait un charme ineffable. Je ne comprenais pas tout de ce qu'il disait et ne parvenais pas à savoir en quoi ma présence pouvait procurer quelque intérêt à ce fils de bourgeois, mais je m'en délectais, comme les fidèles du latin des messes.

Je ne reçus pas de mon père l'accueil que j'espérais. Il fronça les sourcils devant les trois miches dissimulées sous une couverture, et me demanda d'où cela provenait. Je lui répondis qu'il s'agissait d'une *manne céleste.* Son visage se crispa et il me gifla, ajoutant que, si j'avais volé ces pains, je faisais entrer le déshonneur dans une famille honnête.

Je finis par lui raconter ma rencontre avec l'écolier, en évitant de lui révéler son identité. Il m'écouta avec des bruits de gorge qui manifestaient ses doutes mais finit par convenir de ma bonne foi.

— Hum... Ouais... Je veux bien te croire. Naïf comme tu l'es, tu es bien incapable d'avoir inventé cette histoire. Si tu revois ce garçon, tu le remercieras de ma part. Son nom ?

— Il ne me l'a pas donné.

— Et toi, tu lui as dit le tien ?

— J'ai dit que je m'appelais Salomon.

Il s'esclaffa et me demanda où j'avais trouvé ce nom. Je lui dis que je l'avais attrapé à la volée au guichet et qu'il m'avait plu. Il haussa les épaules, leva les yeux au ciel puis, rompant un pain, me tapa sur l'épaule et me dit dans un gros rire :

— Salomon ! Je crois que c'est le nom que je pourrai te donner désormais. C'est, autant qu'il m'en souvienne, un roi du temps des Écritures. Tâche, mon fils, de te montrer digne de le porter...

L'entretien que j'eus le lendemain, sur la murette de la cour de récréation, allait décider de mon avenir et de celui de ma famille. Alain passa tout le temps de la récréation à me poser des questions sur moi et les miens, m'intimant l'ordre d'éviter mensonges et affabulations et prétendant vouloir m'aider. Je me demandai ce qui pouvait en moi retenir son attention, mais je ne lui cachai rien de mon nom véritable, de mes origines et de ma situation : la plus humble qui puisse être.

— Salomon, me dit-il en s'asseyant près de moi, ne m'en demande pas la raison mais je veux savoir qui tu es, d'où tu viens et où tu vas. J'en garderai le secret, c'est juré !

Je lui confiai que je ne pouvais prendre une décision aussi grave sans en référer à mon père, très susceptible sur ce chapitre. Il me répondit d'un ton âpre :

— L'avis de ton père m'importe peu ! Accepte de me répondre, sinon je renoncerai à te voir. Je le regretterai, et toi bien davantage. Rassure-toi, mon intention est seulement de vous aider, toi et ta famille.

Je lui racontai tout de mon histoire, ce qui demanda peu de temps.

— À la bonne heure ! s'exclama-t-il. Tu n'as pas cherché

à me berner. Confidence pour confidence, je vais te dire qui je suis.

Sa famille demeurait près de la motte portant le château, entre l'église Saint-Michel-des-Lions et la fontaine d'Aygoulêne. Elle exploitait, à Uzerche, sur la Vézère, non loin de Limoges, une tannerie employant une cinquantaine d'ouvriers, en plus de quelques domaines en vignes et pâtures dans les parages...

— Alors, lui dis-je, tu es riche ?

— Mon père, oui. Moi, je pourrais l'être si je décidais de le seconder, comme il le souhaite, mais j'en laisse le soin à mes frères. J'ai d'autres ambitions. Tu vois ce bâtiment proche de la basilique ? C'est le *scriptorium*, un mot bien savant pour toi. C'est là que des religieux copient et recopient des manuscrits, avec des enluminures. C'est... Je t'expliquerai plus tard ! Sache simplement que c'est là que je souhaite travailler.

Il soupira :

— J'ai l'impression de m'adresser à un mur ! Ça ne t'intéresse pas, ce que je te raconte ?

Il est vrai, et j'en convins, que ces mots : *scriptorium, manuscrits, enluminures,* n'évoquaient rien pour moi. Il me demanda si je savais lire et écrire. Je haussai les épaules. Il insista, voulut savoir si je savais, au moins, ce que c'était qu'un livre. Je lui répondis que j'en avais vu un entre les mains du curé de Saint-Sylvestre, en me demandant à quoi cela pouvait être utile.

— Ainsi, me dit-il, tu as tout à apprendre. Un *nullus,* mais avec de bonnes dispositions, semble-t-il. J'en fais mon affaire. Ton père, à ce que j'ai cru comprendre, est un homme libre, et sans emploi. Je vais intervenir auprès de mon père pour qu'il lui en trouve un dans sa tannerie. Quant à toi... j'ai mon idée.

Alain Masbaraud avait trois ans de plus que moi qui en avais douze, et se conduisait comme un grand frère protecteur, avec une pointe de fatuité. Après la *manne céleste,* sans doute souhaitait-il accomplir un autre miracle.

Le soir même, alors que nous nous apprêtions à plier bagage, je fis part à mon père de mon dernier entretien avec Alain Masbaraud. Il m'écouta en hochant la tête d'un air perplexe. Il m'avait dit la veille son intention de demander au supérieur de l'abbaye de lui confier une fonction de brassier. Devant son refus, il allait tenter de se louer comme journalier dans une tenure du bas-pays, quitte à reprendre le collier et les chaînes du servage.

Je lui demandai d'attendre, pour quitter l'hospice, le lendemain et une nouvelle rencontre avec mon ami. Il haussa les épaules, disant qu'il ne croyait guère à cette conspiration suspecte de deux gamins en veine d'imagination.

— Comprends-moi, petit, me dit-il. À Saint-Sylvestre, la vie était rude, mais au moins j'étais libre de mon temps et de mes actes. Les tanneries, ah ! oui, j'en ai entendu parler dans les cabarets, et pas en bien. Les ouvriers y sont traités comme des bêtes et mal payés.

Il consentit néanmoins à remettre notre départ d'une journée ou deux, avec l'assentiment du frère chargé de l'hospice, où nous ne pouvions demeurer plus longtemps, la place y étant mesurée.

— Ce garçon, me dit-il, je veux le rencontrer demain. Nous verrons bien s'il ne nous raconte pas de sornettes.

Le lendemain, à l'heure de la récréation, je conduisis mon père dans la cour de l'école de grammaire. L'entretien fut bref et efficace. J'appris que M. Masbaraud attendrait notre visite, après l'angélus du soir, dans son arrière-boutique de fourreur, et qu'il faudrait être exacts.

Le reste de la journée me parut interminable. Alors que, ma main dans celle de mon père, je cheminais vers la fontaine d'Aygoulêne, je me disais que chaque pas que nous faisions nous introduisait dans une autre existence où nous n'aurions plus la misère comme compagne.

L'humiliation a toujours été pour moi le pire des maux, ce qui témoignait d'une exigence dont j'eus souvent à me féliciter. J'ai toujours été animé d'une conviction profonde : l'on doit toujours placer ses ambitions au-dessus de sa condition. J'aime cette formule, apprise sur le tard d'un de mes maîtres à penser : « L'homme est ce qu'il devient... Dieu nous a donné à notre naissance une trame. À nous d'y tisser notre drap, le plus fin et le plus résistant possible... »

La demeure de maître Masbaraud, ample et majestueuse, avec sa façade habillée de colombages débordant sur la chaussée et deux boutiques à arcatures, avait de quoi m'impressionner. J'en tremblais. Mon père, pour me rassurer, me montra la montjoie qui écornait l'angle de la maison et représentait une mise au tombeau. Il me conseilla de dédier une prière à la Vierge drapée dans une tunique bleue dans la clarté d'une lampe à huile que l'on venait d'allumer et dont la flamme tremblotait au vent du soir.

Soucieux de notre présentation, mon père avait loué à l'atelier de couture de l'abbaye, pour lui une tenue de pèlerin en gros drap gris et pour moi une bure qui aurait pu me faire passer pour un novice sans la ceinture rouge qui dissipait toute équivoque.

— Avec cette tenue, me dit-il en plaisantant, nous pourrions demander audience au comte de Toulouse et même au roi de France !

Une servante postée dans l'entrée nous introduisit dans la demeure du fourreur, la première de cette nature et de cette importance dans laquelle il m'avait été donné de pénétrer à ce jour. Elle nous fit accéder à l'étage par un escalier de pierre où régnait une alléchante odeur de soupe et de jambon grillé.

On venait, la nuit tombant, d'allumer les chandelles du râtelier, placé au-dessus de la grande table qu'une autre servante apprêtait pour le souper. Cette pièce, où l'on nous fit attendre, était encombrée de meubles sombres et massifs qui sentaient la cire fraîche. Des massacres de cervidés et de loups ornaient les murs et le manteau de la cheminée où se consumait, dans un pétillement d'étincelles bleuâtres, une grosse bûche encore couverte de sa mousse.

Alain vint vers nous, s'inclina devant mon père qui fit de même et nous annonça qu'il précédait de peu maître Masbaraud, occupé à en finir avec un dernier client.

Moite d'émotion, je vis surgir un homme d'une carrure comparable à celle d'une armoire, vêtu d'une houppelande violette bordée de fourrure et ornée d'un lourd collier fait de monnaies, autant que je pus en juger.

Il nous adressa simplement un geste de la main, s'assit sur une haute chaise en forme de trône, au dossier sculpté, tapissée d'un épais coussin, et nous fit signe d'avancer. J'observai avec terreur son visage vultueux où floconnait une barbe grisâtre. M'eût-il questionné, j'eusse été incapable de lui répondre, sinon par monosyllabes.

C'est à mon père qu'il s'adressa, d'une voix un peu grasse.

— Votre nom est Jouvenel, m'a dit mon fils. Pierre Jouvenel, n'est-ce pas ? Si j'ai consenti à vous recevoir, c'est qu'il m'a parlé de vous, de vos déboires et de votre condition présente. Je lui ai fait confiance, car c'est un garçon sérieux et très éveillé pour son âge. Il a dû vous faire part de l'éventualité qui se présente pour vous. En fait j'ai deux propositions à vous faire : travailler à la tannerie ou occuper une tenure dans un de mes domaines des parages. Je ne vous cache pas que je souhaiterais plutôt votre présence à la tannerie, qui manque de personnel. Jouvenel, à vous de choisir !

Peu habitué à un langage aussi châtié, mon père resta un moment bouche bée. Me souvenant de ses propos, je m'attendais à ce qu'il refusât cette dernière offre pour retrouver un travail qui lui était familier. En matière de peausserie, ses connaissances se bornaient à livrer à des marchands ambulants le produit de ses chasses : les peaux qu'il préparait lui-même au bord de l'étang, à Saint-Sylvestre.

Je l'entendis avec stupeur bredouiller en dansant d'une jambe sur l'autre, son bonnet entre les mains :

— Je vous remercie de votre bonté... Peut-être que la tannerie me conviendrait... Faut voir... Les conditions...

— Je ne vous cache pas, lui répondit maître Masrabaud, que ce travail est pénible mais il est payé en conséquence. Vous aurez un jour libre par semaine, le dimanche, et congé les jours de fête. Vous serez nourri sur place à midi et le soir, à moins que votre famille vous suive à Uzerche, ce que je vous conseille. Son hébergement lui sera assuré pour un loyer modeste. Quant au salaire...

Il sortit un calepin de sa ceinture, le feuilleta, jeta un chiffre, replaça son calepin et attendit la réponse de mon père.

— J'accepte, dit-il. Vous n'aurez pas à vous plaindre de mon service, maître.

— J'y compte bien, Jouvenel, mais je dois vous rassurer. On raconte beaucoup de sornettes sur la façon dont je me conduis avec mon personnel. Vous jugerez par vous-même de ce qu'il en est et vous conviendrez que la réputation qui m'est faite n'est pas méritée. D'aucuns, crédibles, savent que, si je suis exigeant et parfois sévère, j'ai le sens de la justice. J'attends de vous de l'assiduité, de la tempérance, une présence aux offices du matin et aux processions. Est-ce trop vous demander ?

— Non, maître, répondit mon père. Je m'attacherai à respecter vos conditions.

— Eh bien, voilà qui me ravit !

Je m'attendais à ce que maître Masbaraud nous donnât congé. Il ajouta, après qu'Alain lui eut glissé un mot à l'oreille :

— Maintenant, Jouvenel, parlons de votre fils : Peire, je crois... Je pourrais vous proposer d'en faire un apprenti, mais, si j'en crois Alain, il mérite mieux. Il serait dommage de laisser en friche une intelligence sur laquelle on peut fonder quelque espoir. Ce sont ses propres mots. Alors, mon garçon, que dirais-tu si je te proposais d'entrer à l'école de grammaire de l'abbaye ? Je puis en parler à l'abbé Adémar. Je suis persuadé qu'il n'y verrait aucun obstacle.

Comme je demeurais muet et figé de terreur, il sourit et poursuivit, s'adressant à mon père :

— Il va sans dire, Jouvenel, que je prendrai en charge son éducation, à condition toutefois qu'il réponde à nos espoirs. Je ne vous cache pas que cette idée ne me serait pas venue à l'esprit si mon fils ne me l'avait suggérée chaleureusement. Eh bien, qu'en dites-vous ?

— Maître, balbutia mon père, c'est trop de bonté. Le Bon Dieu vous le rendra.

— ... et avec intérêt, j'y compte bien ! Nous allons sceller ces deux événements comme il se doit. Comme dit un abbé de mes amis : *Nunc est bibendum !* Ce qui signifie que le moment est venu de boire.

Il agita une sonnette de bronze et fit apporter du vin.

Le plus évident, pour ce qui me concernait, était que mon destin allait prendre une autre voie que celle qu'il avait suivie à ce jour, sans que l'espoir me vînt qu'elle pût dévier. Comment aurais-je pu espérer entrer un jour, sinon avec les honneurs, du moins librement, dans un de ces bâtiments austères qui flanquent la basilique Saint-Martial, et que la porte d'une école pourrait s'ouvrir pour moi ? Je n'en croyais pas mes oreilles. La plus grande confusion régnait dans ma tête.

L'idée n'était jamais venue à mon père de me donner quelque instruction auprès d'un curé de village. Cela lui paraissant inutile et même saugrenu. Il vivait lui-même sous le règne du hasard et de l'occasion plus ou moins favorable à un changement de condition. Alors, pour ce qui me concernait, je n'avais rien à attendre de lui. Il ne voyait dans la proposition de maître Masbaraud qu'un avantage : une bouche de moins à nourrir. Que notre bienfaiteur eût proposé de m'employer à curer son écurie ou vider son pot, il eût montré la même indifférence.

Sur le chemin du retour, il me dit :

— Un bien brave homme, ce bourgeois, ça, je peux le dire. Reste à savoir si le travail qu'il me propose me conviendra. Je tiens à ma liberté. Être sous le joug avec un contremaître sur le dos et travailler six jours sur sept me donne à réfléchir. Nous verrons bien...

Il ajouta :

— Pour ce qui est de toi, petit, je me demande comment lui est venue l'idée de te faire apprendre la grammaire ! Tu n'es pas sot mais je te vois pas entrer dans une école. Ça peut te servir à quoi ? Et est-ce que ça te plaira ?

Il n'avait émis aucune objection quant au devoir religieux qui lui était imposé. Nature mystique à sa manière, il fréquentait peu la messe et détestait tout ce qui portait la bure, mais avec une notion intense du péché. Il ne pouvait concevoir qu'une faute ne fût pas suivie d'un châtiment. Le jour où, revenu ivre du village, il avait massacré à coups de hache notre bouc qui l'avait attaqué, il avait fait son baluchon et pris, à titre d'expiation, la route de Rocamadour. Pour une faute plus grave il eût entrepris le pèlerinage de Compostelle !

Je l'ai surpris à plusieurs reprises, après avoir battu ma mère pour des peccadilles, se mettant nu pour se rouler dans les orties. Un soir, après qu'il eut violé une fille d'auberge, il se ceignit la taille et la verge d'une ceinture de ronces qu'il garda trois jours et deux nuits sans se plaindre.

Ces macérations ne changeaient rien à sa nature portée à la violence et pimentée d'un grain de folie. Il semblait avoir passé un contrat entre l'honnête homme qu'il était et sa nature portée au vice. Lorsque je le surprenais, certaines nuits d'hiver, ayant renoncé à dormir auprès de ma mère, à les passer allongé au bord de l'étang, je me demandais quel crime il pouvait bien expier.

Foncièrement égoïste, il n'avait en tête que la réconciliation avec son âme. Malgré l'attachement que je lui vouais en dépit de nos différences et de nos conflits, je remercie Dieu de nous avoir délivrés de lui dans des conditions sur lesquelles je reviendrai au cours de ce récit. La mort l'a délivré de ses obsessions et de ses manies expiatoires.

Dès mon entrée à l'école de grammaire de Saint-Martial, je m'efforçai de calquer mon comportement sur celui de mes camarades, d'imiter leur tenue et leur façon de s'exprimer. La faculté d'adaptation étant une marque de ma nature, je ne me sentis pas ridicule, après quelques semaines, dans un milieu où l'on a l'ironie facile.

Dans les premiers temps, mon intrusion dans ce milieu ne se fit pas sans humiliations et brimades. Je les supportais mal et, sans l'aide d'Alain Masbaraud, je n'aurais pu les tolérer. Ces fils de bourgeois et de nobliaux m'exaspéraient par leur prétention, leur morgue et leur insolence.

J'appris sans trop de peine les règles élémentaires de l'écriture. J'avais parfois l'impression de me trouver devant une terre stérile, où les graines de connaissances que je semais ne parviendraient pas à germer et à donner des fruits. Je faisais mien le scepticisme de mon père.

Élève moyen, je manquais d'application du fait que le travail que l'on m'imposait me paraissait fastidieux et n'ouvrir sur rien d'évident quant à mon avenir.

Lorsque je confiai cette obsession à Alain, il me répondit :

— Patience, Peire ! Le moment viendra, quand tu auras appris à lire et à écrire, où ces doutes disparaîtront. Tu verras des portes s'ouvrir, et tu n'auras qu'un choix à faire. Les débuts de la connaissance sont toujours ingrats. Cette angoisse, je l'ai connue comme toi, et j'en ai triomphé.

Aujourd'hui, tu le sais, je suis le premier de la classe et tous me respectent.

Après quelques mois passés à l'école de grammaire, alors que je lisais sans trop de difficulté quelques textes en latin ou en langue vulgaire, Alain me confia qu'il se livrait à l'écriture de poèmes. Il m'en donna quelques-uns à lire.

Ils étaient dédiés non à la Vierge mais à une fille qu'il appelait Églantine. C'était, me confia-t-il, une voisine, fille d'un ferblantier, dont il était tombé amoureux. Je lus ces poèmes avec une attention relâchée et fus incapable de lui donner mon sentiment. Il m'en tint rigueur et cessa de me confier ces bluettes.

Dès mon entrée dans ce sanctuaire du Savoir, Alain m'avait mis en garde contre la perversité de nos camarades.

Je n'avais rien d'un Eliacin, mais je ne tardai pas à être l'objet de convoitises perverses qui me surprirent puis m'exaspérèrent, de la part de quelques camarades. Je m'en ouvris à Alain ; il éclata de rire et me dit en me secouant l'épaule :

— Sache que ces pratiques sont monnaie courante, Peire ! Je m'y livre moi-même volontiers et je n'en rougis pas. Elles répondent aux exigences de notre nature.

Ces exigences, je n'allais pas tarder à en éprouver les premiers frissons. Surpris de trouver au réveil ma chemise souillée par une pollution involontaire, je confiai mes inquiétudes à mon ami. Il s'esclaffa :

— N'en aie pas honte ! C'est la preuve que tu deviens un homme. De tous les moines de cette abbaye, tu n'en trouverais pas un sur dix qui échappe à ce phénomène naturel.

Il m'apprit que ce dévoiement portait, chez ces bons moines, un nom : la *succube*.

— Quand l'image d'une femme vient te provoquer dans ton sommeil, te faire mille câlineries, tu cèdes malgré toi à sa séduction. Aucun électuaire ne permet d'y échapper. Pour les moniales, ces visites mystérieuses portent un autre nom, celui d'*incubes*. M'est avis que la plupart ne doivent pas s'en plaindre...

En dépit de ces surprenantes révélations, que j'avais finies par accepter, toute honte bue, ma vie scolaire suivait un cours normal.

La nourriture était abondante, sinon variée, les lits de bonne laine, et je n'avais pas à me plaindre de la discipline. Les dimanches, jour de congé, je les passais fréquemment au domicile d'Alain, où j'étais reçu, comme un parent, après la messe, au côté d'un *pater familias* austère et de petits chenapans qui m'invitaient à partager leurs jeux et leurs facéties.

J'appréciais fort la table qui me changeait des brouets de l'abbaye. C'est là que, pour la première fois, je goûtai au vin, dont les caves de maître Masbaraud étaient bien pourvues. Si, la semaine, on ne trouvait que de l'eau sur la table, on faisait honneur, le dimanche, à cette *boisson des dieux*, comme disait Alain dans un de ses poèmes. Très vite j'y pris goût et si Dieu, durant ma longue vie, m'a protégé de l'intempérance, je lui sais gré de n'en avoir jamais manqué.

Aux dimanches passés dans ce milieu un peu guindé, je préférais ceux que je consacrais à une visite de mes parents, à Uzerche. Je m'y rendais deux à trois fois par mois seulement, du fait de la longueur du trajet – environ douze lieues – que je faisais le plus souvent à pied, malgré l'insécurité des grands chemins, parfois en compagnie de pèlerins qui portaient la coquille et le bourdon.

Ma famille avait trouvé ses assises, du moins à ce qu'il me semblait.

Mon père se disait satisfait de la tâche qu'il assumait et qui ne demandait pas, il est vrai, de compétence particulière : elle consistait en ce qu'on appelait le « travail de rivière », à savoir nettoyer et faire tremper les peaux dans la Vézère, avant le bain de chaux destiné à en faire de la *tripe* plus ou moins fine selon la nature de la bête. Mon père ne s'était pas encore initié au tannage proprement dit, un travail délicat d'où sortent des vélins de veau, de vachette ou de chevreau destinés en priorité au *scriptorium* de l'abbaye Saint-Martial. Quant aux cuirs souples, ils étaient réservés aux pelletiers de Limoges.

La première fois que je vis mon père à l'œuvre dans l'étendoir, immense structure de charpente, largement aérée, où séchaient les peaux, je sentis monter la nausée en respirant l'odeur fétide qui s'en dégageait. Ce fut pire, et je faillis vomir, lorsque mon guide me fit parcourir le bord de rivière consacré au nettoyage des dépouilles animales. Des débris organiques graisseux ou sanguinolents s'amoncelaient sur la rive, et ce qui avait échappé au courant s'accrochait aux basses ramures des saules et aux herbes aquatiques.

— La première fois qu'on m'a confié ce travail, me dit mon père, j'ai partagé ton écœurement. J'avais l'impression de tuer de nouveau les bêtes, comme lorsque je les dépouillais au bord de l'étang, à Saint-Sylvestre, sauf qu'ici je dois y passer mes journées, de l'eau jusqu'au ventre, quel que soit le temps. J'ai fini par m'y faire. Souviens-toi de la leçon, petit : dans la vie, tout est question d'habitude et de patience. D'ailleurs j'espère que, d'ici peu, on me confiera un autre travail.

La patience... Le mot me parut insolite dans sa bouche, car s'il la possédait, cette qualité, il ne la mettait guère en pratique.

Un dimanche où, dans l'étendoir désert, il m'expliquait comment et à l'aide de quels produits on transforme une peau en vélin, il fut interrompu par l'arrivée de Mayme, le contremaître, qui l'apostropha violemment :

— Qu'est-ce que tu fous ici, Jouvenel, et qui est ce galopin ?

— Mon fils, répondit mon père. Il étudie la grammaire à Saint-Martial. Je lui montre le travail de la tannerie. Ça l'intéresse.

— Le règlement interdit les visites, je te le rappelle.

— Ma foi, j'avoue que je l'avais oublié.

— Eh bien, moi, ce que je vais pas oublier, c'est de faire mon rapport au patron ! Tu en seras quitte pour une amende. Alors, toi et ton mioche, vous filez, sinon je vous botte le cul !

La colère empourprait le visage de mon père quand il me prit la main pour quitter l'étendoir. Je garde, comme gravé dans mon souvenir, l'image de Mayme, un petit bonhomme malingre, au visage de rude écorce sous le bonnet rouge. Il m'inspirait une telle haine que l'envie me prit de le toiser du haut de mes cinq pieds trois pouces pour lui jeter tout le poids de ma colère à la face.

La maison occupée par mes parents et ma sœur n'avait rien d'une résidence champêtre de bourgeois, encore qu'elle eût meilleure apparence que celle de Saint-Sylvestre. Je pourrais en trouver l'équivalent dans la retraite de l'ermite dont Chrétien de Troyes parle dans *Le Chevalier au lion.*

Elle avait comme celles qui l'entouraient, occupées par des familles d'ouvriers, une façade de pisé fleurie de roses trémières et de plantes balsamiques. L'intérieur, une pièce unique découpée à mi-hauteur par des cloisons de planches, offrait le spectacle affligeant d'un désordre auquel ma mère nous avait habitués, mais dont je n'entendis jamais mon père se plaindre. Cela faisait partie du monde auquel il rêvait de se soustraire. D'ailleurs, elle était de nouveau enceinte, ce qui l'exemptait de tout reproche.

Cela dit, l'endroit était plaisant.

Sur la rive opposée de la Vézère, la ville dessinait en fusées de pierre une image d'enluminure, dominée par le profil majestueux du clocher de Saint-Pierre où le soir accrochait une buée bleuâtre. Sous cette image pastorale se tassaient en troupeau tours et tourelles de maisons nobles où, à la tombée du jour, des étincelles tremblotaient aux fenêtres.

Mon père me prêtait ses gaules pour les parties de pêche qui occupaient, après la messe, mes matinées solitaires. Je ne quittais jamais le foyer, coiffé d'un large chapeau de soleil, sans emporter ma tablette d'écriture. Je la posais sur mes genoux et griffonnais des mots et des phrases, un œil sur le bouchon. Je répondais d'un geste au salut des pêcheurs dont la barque dérivait au fil du courant, sur une eau noire comme la nuit. Parfois passaient des convois de gabares chargées de merrain pour les tonneliers de Bordeaux. Lorsque mes prises étaient satisfaisantes, je jouais à débusquer des reptiles pour le plaisir pervers de les voir se tortiller sous mes coups de bâton.

Je me plais à imaginer qu'avec quelques années de plus j'aurais pu croiser dans les parages un personnage dont j'aurai l'occasion de reparler dans le cours de mon récit : le troubadour Gaucelm Faydit, fils d'un négociant du faubourg Saint-Aularia. Je rêve aux promenades que nous aurions pu faire sur la Vézère ou le chemin de rive, aux idées que nous aurions pu échanger sur notre condition et nos espérances.

D'un relief tourmenté et boisé de part et d'autre de la rivière, la vallée et ses abords étaient, à l'époque dont je parle, le refuge de bandes composées de déserteurs des troupes seigneuriales, de paysans chassés de leur terre par la misère et de brigands congénitaux.

Ceux de la Bande noire portaient des bonnets de cette couleur en signe de reconnaissance. C'étaient les plus nombreux, les mieux organisés, donc les plus redoutables. Mon père m'en parlait comme des bêtes de l'Apocalypse.

Leur camp principal se trouvait dans les parages d'Estivaux, en face du château de Comborn, au cœur d'une châtaigneraie qui développait sur plusieurs lieues une toison végétale impénétrable comme une forêt d'Afrique. On attribuait à cette bande, non sans raison semble-t-il, des coups de main contre des convois civils, des établissements religieux ou de modestes maisons nobles où l'on pratiquait l'élevage des moutons, entre Eyburie et Peyrissac notamment.

Une nuit de septembre, un an environ après l'embauche de mon père, des hommes de cette bande avaient surgi comme des ombres, égorgé les vigiles chargés de la surveillance de la tannerie, et fait main basse sur un chargement de peaux destiné à un pelletier de Saint-Yrieix.

Ils avaient opéré avec une telle dextérité que ce n'est qu'à l'aube que l'on avait constaté leur exploit et découvert les cadavres des vigiles. Le bruit courut que, pour ce pillage et ce crime, les brigands devaient avoir des intelligences dans la place.

Je constatai avec soulagement que mon père semblait s'être accommodé sans trop de mal à sa nouvelle situation. Il avait même réussi à se constituer un pécule. Ma mère participait à cette aisance relative : elle avait pris en nourrice, après avoir accouché d'un garçon mort-né, deux nourrissons de bourgeoises d'Uzerche.

Seule ombre au tableau : les rapports de plus en plus tendus entre mon père et le contremaître. Ce dernier, j'ignore pourquoi – et mon père de même –, ne manquait aucune occasion de lui chercher noise. Connaissant l'humeur chatouilleuse de mon père, je redoutais que cette antipathie réciproque ne dégénérât.

Je suggérai à mon père de régler au mieux ce différend en confiant son arbitrage à maître Masbaraud. Il y répugnait. Je décidai d'en parler à Alain, puis y renonçai, car, informé de cette démarche, mon père en eût pris ombrage.

À force de patience et d'abnégation, j'avais acquis la sympathie, sinon l'estime de mes camarades.

L'école de grammaire était devenue ma seule et vraie maison. Quant à deviner à quoi me destinait l'enseignement qui m'y était prodigué, mystère !

Sans me taxer de fatuité, je puis dire qu'en l'espace de deux ans environ, je m'étais hissé au niveau des meilleurs élèves, avec sur eux un avantage : mes origines roturières. Mes maîtres appréciaient, outre mes bons résultats, ma tenue correcte et mon respect de la discipline. Ils étaient conscients que je n'avais pas, pour tenir mon rang, à me prévaloir des dons que la plupart des familles d'élèves, bourgeois ou nobliaux, faisaient à la trésorerie de l'abbaye.

Je n'avais de nouvelles d'Alain que de temps à autre. Il avait été admis à figurer dans l'institution abbatiale des Arts libéraux, une promotion hors de toute ambition pour la créature assistée que j'étais. Nous ne nous retrouvions que le dimanche, dans sa famille.

Dans ce prestigieux sanctuaire du Savoir, les Arts libéraux, qui le préparaient à entrer dans une université, il étudiait la rhétorique, la logique, l'arithmétique, la géométrie, l'astronomie et la musique. Il songeait à Toulouse ou à Montpellier, mais son père regimbait, toujours persuadé que ce fils aîné serait appelé à le remplacer. C'eût été un fameux gâchis !

Le projet de son père hérissait Alain. Il me disait :

— Faire toutes ces études pour régir une tannerie et quelques domaines agricoles serait absurde ! J'ai d'autres ambitions, plus conformes à mes goûts et à mes capacités.

— Souhaiterais-tu entrer dans les ordres ?

Il pouffa.

— Tu plaisantes ? *Primo,* épris de liberté que je suis, je n'ai pas la foi assez chevillée au cœur pour accepter des astreintes insupportables. *Secundo,* je devrais attendre trop longtemps avant de coiffer la mitre ou la barrette, et je n'ai pas la vocation d'un prêtre de village ! En confidence, ce qui m'attire, autant sinon plus que le professorat dans une université, c'est l'enluminure. Ma place est dans l'atelier de Saint-Martial, un des plus renommés du royaume après Cluny à ce qu'on dit. Je vais te montrer mes premiers essais, et tu jugeras si cette ambition dépasse mon talent.

Il me souffla à l'oreille :

— Tu seras le premier à en avoir connaissance...

Ému et fier de sa confiance, je le suivis dans sa chambre. En grand mystère, il fouilla dans son coffre où il cachait ses essais d'enluminure, les étala sur le parquet et m'invita à m'asseoir près de lui, à même le sol. J'en fus ébloui, plus que par ses poèmes auxquels il avait sagement renoncé, de même qu'à la fille du ferblantier.

Alors que je m'attendais à des esquisses sommaires, il me fit pénétrer dans des jardins imaginaires et féeriques, ruisselants de motifs floraux somptueux, hantés par des monstres d'Apocalypse. Un joueur de flûte à bec semblait narguer un dragon à trois têtes, une fleur happait un oiseau multicolore, une licorne gambadait dans un champ de coquelicots...

J'en demeurai bouche bée, fasciné.

— Il s'agit, me dit-il, d'un abécédaire, chaque majuscule correspondant à un thème. Un exemple : pour illustrer la lettre A j'ai choisi de représenter un soleil d'aurore rouge et brumeux, une anémone épanouie et un fronton corinthien. Et ainsi de suite pour le reste de l'alphabet...

J'admirai le dessin, d'une extrême précision, mais plus

encore la symphonie chromatique qui donnait au moindre détail de ces œuvres un aspect magique.

— Je n'ai pas terminé cet abécédaire, me dit-il. Quand j'en aurai fini, je le montrerai à mon père, afin de le convaincre que là est ma véritable vocation, puis à l'abbé Adémar, afin de lui demander si je suis digne d'entrer dans son atelier. S'il refuse de m'héberger, ajouta-t-il, j'ai une autre idée : réaliser pour mon propre compte des missels et des livres d'heures pour les bourgeoises et les dames de la noblesse.

Il évoquait ces projets avec une exaltation qui frisait le délire, me questionnait et poursuivait son monologue sans attendre ma réponse : il allait avoir la clientèle la plus huppée, serait introduit dans les plus riches demeures, aurait un personnel capable de recopier ses œuvres, recevrait des commandes de toutes parts, même du Louvre et des cours étrangères... Si ce métier lui donnait satisfaction, il se lancerait dans la réalisation de psautiers et de bréviaires.

— Peire, qu'en penses-tu ?

J'étais tellement éberlué que je ne sus répondre que par une approbation banale et flatteuse, dont il se contenta, faute de l'enthousiasme qu'il attendait.

Profitant de ces quelques moments de complicité amicale, je me hasardai à lui parler de mes propres essais, dans un autre genre : la poésie, un art auquel il avait naguère sacrifié.

J'avais dans ma ceinture quelques poèmes griffonnés sur des déchets de parchemin volés au *scriptorium*. Je les avais écrits à la mine de plomb, au cours de mes parties de pêche sur la Vézère, ma petite écritoire fabriquée par mon père sur les genoux. Je les lui confiai. Il se leva et, en arpentant l'espace de sa chambre, se grattant la tête d'une main, les lut de bout en bout, ce qui ne lui demanda guère de temps.

— Oui..., fit-il d'un air compatissant, pour la grammaire et l'écriture, c'est correct, mais puisque tu veux mon avis, je te dirai franchement que l'inspiration manque d'originalité et que le style est ampoulé.

Je protestai mollement, disant qu'il s'agissait d'essais et

que j'en étais moi-même insatisfait. Il soupira en se rasseyant près de moi :

— Tu as encore beaucoup à apprendre dans ce domaine, Peire, mais je puis t'aider. Mon père possède dans sa bibliothèque des recueils de poèmes que je pourrais te prêter. Il les a acquis par vanité et ne les a jamais lus !

Il s'absenta, le temps d'aller chercher un de ces livres, et me le tendit.

— *La Chanson de Roland*, me dit-il. Cette œuvre est d'un auteur anonyme. Elle raconte la vie et les prouesses des preux du temps de l'empereur Charlemagne et de son neveu, Roland. J'ai mis du temps à lire ces quatre mille vers, écrits dans une langue bizarre à laquelle j'ai eu du mal à m'accoutumer, mais quel plaisir j'en ai tiré. Tu verras ! Roland, Olivier, la belle Aude, le traître Ganelon, Berthe au grand pied... J'en suis encore bouleversé.

Son appréciation sénile de ma poésie m'ulcéra au point que je faillis renoncer à écrire. Tantôt je me disais que la jalousie avait dicté sa critique, et tantôt qu'il avait raison et que je n'étais pas fait pour cet art nouveau pour moi, mais dont la pratique m'enivrait comme le vin du dimanche chez maître Masbaraud.

La lecture de *La Chanson de Roland* m'étourdit par son ampleur et la foule de détails dont elle fourmillait. En revanche je fus déçu par l'absence de lyrisme. Il manquait une fleur de poésie à cette meule de foin. Le style était d'une extrême sécheresse, parfois aussi lourd que l'épée Durandal qui, par parenthèse, figure depuis peu dans une anfractuosité des falaises de Rocamadour, à moins qu'il ne s'agisse d'une copie.

Je trouvai un intérêt d'une autre nature dans un recueil puisé dans la bibliothèque de maître Masbaraud : des poèmes du comte Guillaume de Poitiers, duc d'Aquitaine, aïeul de la reine Aliénor, le « prince des troubadours », disait-on. J'y glanai quelques jolis vers : *Il en est de notre amour / Comme de la branche d'aubépine*, à côté de poèmes scabreux qui choquaient ma pudeur.

Une notice rappelait l'existence et les exploits guerriers et amoureux de ce grand personnage. Il aimait la guerre, à l'égal de Bertran de Born, seigneur de Hautefort, que j'allais entendre plus tard à Turenne chanter sous les étoiles. Ce ruffian avait rompu ses relations adultères avec une dame de Châtellerault pour partir guerroyer en Terre sainte.

Je lus d'un regard plus serein l'ouvrage d'Anicius Boèce, écrivain de l'époque romaine : *De consolatione philosophiciae.* Je dévorai clandestinement, de nuit, à la chandelle, ce poème en latin de près de cinquante mille vers. La poésie était absente de cet ouvrage, mais j'y appris sur Platon, Aristote et Rome plus que dans les manuels de l'école. Boèce, victime de sa liberté d'expression, était mort sous la torture, dans une prison de Rome.

C'est un intérêt différent qui m'incita à la lecture de deux ouvrages relatant l'histoire de notre abbaye : l'un d'Adémar de Chabannes, l'autre de Pierre Itier. À travers la lumière floue du temps passé et un latin barbare qui m'indisposait, il me semblait voir s'édifier pierre à pierre les murs de la basilique, les remparts, les églises adjacentes, dans un volettement de noms obscurs et fugaces comme des chauves-souris.

Ces lectures, disparates, souvent fastidieuses, m'occupèrent tant l'esprit durant des mois que mes loisirs passaient au second plan de mes préoccupations.

Mon travail aux Arts libéraux, qui avaient succédé pour moi à l'école de grammaire, était difficile et exigeait une attention soutenue. J'y trouvais une satisfaction : mes vers, aussi médiocres fussent-ils, valaient bien ceux que l'on me donnait à lire et à commenter.

Je ne me livrais que par obligation aux jeux et aux exercices physiques, entre le bâtiment du Grenier et la chapelle Saint-Pierre-du-Sépulcre.

Un jour par semaine, les élèves avaient permission de vaquer dans les quartiers du Château ou de la Cité épiscopale, avec deux consignes : éviter les mauvais lieux et rentrer à l'heure.

Je quittais l'abbaye en compagnie d'Alain et de quelques affidés. Nous déambulions joyeusement jusqu'au quartier de la Boucherie séparant les deux agglomérations. Certains de nos camarades se délectaient des tueries d'animaux, un spectacle qui me révulsait. Comment, me disais-je, pouvaient-ils prendre plaisir à voir abattre des bêtes affolées, leur sang gicler sur le pavé, à entendre les rauques accents de leur agonie ? Je me réfugiais dans la petite chapelle Saint-Aurélien, où les bruits de ce massacre ne me parvenaient qu'étouffés.

Malgré l'interdiction qui nous était prescrite, nous faisions halte dans un cabaret des bords de la Vienne, où nous retrouvions une ambiance populaire de bon aloi et d'accortes servantes.

Un peu éméchés après avoir séché quelques cruchons de vin de Verneuil, nous nous dirigions, toujours en groupe, vers les quartiers interdits qui nous proposaient tout ce que le vice peut inventer en matière de dépravation. Des prostituées à peine pubères nous jetaient des invites graveleuses avec des cris de pintades et des mimiques odieuses, comme de soulever leur haillon de robe pour nous inciter à tâter leur chair blanchâtre, flasque ou étique. Puceaux que nous étions tous, du moins je le présume, nous passions notre chemin en étouffant des rires stupides. J'avais peine à croire ceux de nos camarades qui se vantaient, avec force détails, d'avoir pénétré dans ces sentines de la plus odieuse débauche. Des fanfaronnades, à n'en pas douter, mais que j'écoutais d'une oreille complaisante et qui me mettaient le feu aux joues.

Alors qu'il campait fermement sur son projet d'exercer ses talents dans le privé, Alain Masbaraud allait connaître quelques déboires.

Il avait eu l'idée saugrenue de confier son abécédaire à un professeur, lequel, après en avoir pris connaissance, l'avait confié au religieux chargé de l'atelier d'enluminures. Son chef-d'œuvre lui fut rendu quelques jours plus tard avec un terrible verdict : « Travail prétentieux, maladroit, inepte et outrageusement colorié... »

Il me dit quelques jours plus tard, d'une voix encore tremblante d'émotion :

— Peire, je tombe de haut et la chute est rude. Mon premier réflexe en essuyant ces critiques a été de me dire que j'avais affaire à des jaloux qui voyaient en moi un concurrent. Puis je me suis dit qu'il pouvait s'agir d'un complot suscité contre moi pour d'obscures raisons. À la réflexion, après des nuits sans sommeil, j'ai pensé que ces reproches pouvaient être fondés, que je n'avais qu'un talent supposé et pas à la hauteur de mes ambitions. Comment ai-je pu m'aveugler moi-même à ce point ?

— J'aimerais, lui dis-je, revoir ces essais. Je suis persuadé que tu es victime de faux jugements.

— Je les ai brûlés, soupira-t-il.

Il ajouta avec un regard torve, l'index pointé sur ma poitrine :

— Cet échec t'est dû en partie, Peire ! Je t'accuse de m'avoir caché ce que tu pensais vraiment de ce travail. Au lieu de me tresser des louanges, tu aurais dû me mettre en garde contre ma prétention. C'est un comportement indigne de l'ami sincère que tu prétends être pour moi. J'ai été franc avec toi lorsque tu m'as fait lire tes premiers poèmes. Tu aurais dû faire de même pour mes essais.

Je protestai avec vigueur, disant que, si j'avais formulé des critiques, il les eût mal acceptées, avec la fatuité dont je le savais capable.

— Je ne t'ai pas trahi, Alain ! Tes enluminures m'ont vraiment fasciné. Je te l'ai dit et je le maintiens ! Veux-tu un avis sur la suite à donner à cette affaire ?

— Je suis prêt à tout entendre.

— Alors, ne renonce pas. Tu n'as certes pas acquis le talent de tes maîtres, mais tu es sur la bonne voie. Poursuis donc ton projet de réaliser des ouvrages de piété pour une clientèle civile.

Il eut un rire amer.

— Ainsi, selon toi, je ne puis qu'espérer devenir un obscur tâcheron au service des bourgeoises de Limoges. Je pourrais même installer une boutique ambulante sur le parvis des églises et vendre des livres de messe illustrés de ma main ou des images de la Vierge ! Je pourrais me faire de l'argent à la foire des Innocents !

— Ce n'est pas sur moi, Alain, que tu devrais passer ta colère, mais sur ceux qui ont fait fi de ton talent. Ne jette pas le manche après la cognée et poursuis ton œuvre.

Les événements qui, peu après cet entretien orageux, allaient bouleverser mon existence m'interdirent de donner suite à l'intérêt sincère que je portais à celui qui fut et resta longtemps mon seul ami.

2

Un royaume d'herbe et de vent

J'appris un jour que mon père avait disparu.

La première idée qui me vint est que cet homme instable et volontiers gyrovague avait décidé, à la suite de je ne sais quelle faute, de prendre le chemin de Conques, de Compostelle ou de Rome. Il avait quitté la tannerie avec seulement sa musette et son couteau, sans un mot à ma mère qu'il avait laissée abattue au point qu'elle s'était alitée, renonçant à s'occuper de ma petite sœur Solange, d'un nouveau-né, mon frère Étienne, et des deux enfants que lui avaient confiés en nourrice des dames d'Uzerche.

Je n'ai tiré d'elle que des gémissements et des propos incohérents. Tout ce qu'elle put me dire, c'est qu'il avait abandonné son travail sans fournir la moindre explication.

J'en appris davantage auprès de quelques ouvriers.

Mon père avait eu avec le contremaître, Mayme, pour d'obscures raisons, une querelle retentissante, qui avait dégénéré en pugilat. Connaissant leur mésentente, cela ne me surprenait guère. Il semblait que ce fût à la suite d'une erreur ou d'une faute commise par mon père, pour laquelle il avait dû être rabroué sévèrement.

Toujours est-il qu'on avait retrouvé un matin, étendu sur un monceau de dépouilles animales, le cadavre de Mayme, le ventre crevé de plusieurs coups de couteau. Les soupçons n'avaient pas tardé à se porter sur mon père, mais il n'avait pas attendu la pique du jour pour prendre le large.

Je fus informé de l'événement par l'abbé de Saint-Martial

en personne. Il me convoqua dans son cabinet, où j'entrai pour la première fois, d'un pas flageolant. Il me fit asseoir, ce qui me parut de bon augure et, non sans quelques circonlocutions, m'informa de la disparition de mon père. Comme je ne montrais guère d'émotion, le sachant sujet à ce genre de caprices, il ajouta, surpris de ma réaction d'indifférence :

— Mon garçon, j'ai une nouvelle plus grave à vous apprendre. Votre père est accusé du meurtre du contremaître de la tannerie, Mayme, à la suite, pense-t-on, d'une dispute. J'en suis désolé pour vous et votre famille, et ma compassion vous est acquise. Cependant, hum...

Il croisa les mains sur sa table et ajouta :

— Cependant, comprenez que nous ne puissions garder plus longtemps dans notre maison le fils... hum... le fils d'un criminel. Cette complaisance nous serait reprochée par notre hiérarchie. Ainsi donc, vous allez quitter l'abbaye dès demain, nanti, cela va de soi, d'un pécule.

Il fouilla dans son tiroir, en tira une bourse de cuir qu'il posa devant moi en me disant :

— Vous voilà chef de famille à quinze ans, mon garçon. Je sais que vous emploierez sagement cet argent. Je ne saurais vous dire combien je regrette que nous ayons à nous séparer de l'excellent élève que vous êtes. J'ai fait prévenir votre bienfaiteur, maître Masbaraud, de l'événement qui vous accable. Je suis persuadé qu'il compatira à votre malheur et s'efforcera d'y porter remède. Rendez-lui donc visite dès demain.

C'est ce que je m'empressai de faire le jour même, avant de prendre, à pied, avec mon baluchon à l'épaule, le chemin d'Uzerche.

L'accueil que me réserva mon *bienfaiteur* me mortifia. Il me fit comprendre qu'étant donné ces malheureuses circonstances il devait renoncer à ses libéralités et que sa maison me serait interdite.

— Il faut me comprendre, ajouta-t-il. Si tu as toujours fait honneur à mon hospitalité, ma demeure ne peut abriter le fils d'un criminel, aussi honnête fût-il, car la réputation de mon négoce en souffrirait. Je souhaite que tu surmontes ces traverses et que tu te montres digne de la protection que je ne t'ai pas ménagée. Tiens, voilà qui t'aidera à surmonter les jours pénibles qui t'attendent...

Il me tendit une bourse en ajoutant, comme l'abbé avant lui, qu'il espérait que je ferais le meilleur usage de ce pécule. Il ajouta :

— Je vais te donner une autre preuve de mon affection : ta famille et toi pourrez occuper la maison d'Uzerche durant un mois, *gratis pro Deo.* Si tu comptes partir avant ce délai, il faudra m'en prévenir. Si tu souhaites rester, nous nous entendrons pour le loyer.

Je le remerciai de sa générosité et demandai la permission de voir Alain.

— Ce n'est pas souhaitable, me répondit-il avec quelque embarras. Cela vous serait pénible. Il est absent, mais je te promets de lui faire part de ton intention. Il y sera sûrement sensible...

Le pécule de maître Masbaraud, s'ajoutant à celui de l'abbé et aux quelques économies de ma famille, allait me permettre d'affronter les jours difficiles qui m'attendaient.

Le temps avait brusquement perdu sa consistance ordinaire. J'allais, durant quelques semaines, y flotter comme dans un amnios, incertain de mon avenir et de celui de ma famille. Je ne voyais aucune certitude à laquelle me raccrocher pour affronter le courant qui m'emportait, et auquel j'avais de moins en moins la volonté de résister. La date de notre éviction approchant, je m'éveillais chaque matin avec la crainte de voir le nouveau contremaître, Renaudie, nous intimer l'ordre de préparer notre bagage et de vider les lieux.

Nous avions de bons rapports avec les femmes d'ouvriers, nos voisines. Tout en réprouvant l'acte de mon père, elles convenaient que Mayme, honni de tous, avait bien mérité son sort. Renaudie, ancien tenancier d'auberge de Saint-Léonard, où il avait fait de mauvaises affaires, était d'une autre nature que son prédécesseur. Loin de nous tenir à l'écart comme des pestiférés, ou de nous tracasser, il nous témoignait sa compassion et nous assurait de ses bons offices par de menus présents en nourriture. Je ne tardai pas à comprendre que ma mère, belle et forte bien que taciturne, ne le laissait pas indifférent.

Ce qui m'accablait plus que tout, c'était la viduité des jours présents et de ceux à venir. Pas de famille à qui demander asile, pas de relations susceptibles de nous tendre la perche. Nous ne comptions pas sur mon père pour nous donner signe de vie. Parfois, victime d'une crise, ma mère frappait la table du poing et criait le nom de son époux durant son sommeil.

J'occupais mes journées à m'entretenir avec les ouvriers et à observer leur travail. Le reste du temps, j'allais tremper du fil dans la rivière, regardais passer les barques de pêcheurs et les gabares chargées de merrain descendant vers la Dordogne, et composais de petits poèmes sur l'écritoire où mon père m'avait fait graver au fer rouge mes initiales : P.J., avec une marguerite. De temps à autre le bac me faisait traverser la rivière pour une promenade dans la ville grouillante d'activité, notamment les jours de foire ou de marché. Je prenais le temps de m'asseoir à une table d'auberge riveraine pour boire un cruchon de cidre et manger un beignet aux pommes.

Je savourais comme un dictame le vent souple et tiède de l'automne qui dispersait sur la rivière les premières feuilles mortes. Jamais cette saison ne m'avait paru d'une telle splendeur un peu funèbre : elle semblait entrebâiller la porte d'un cimetière, surtout les jours où l'Auvergne nous envoyait le résidu de ses pluies ou les frissons des premières neiges.

Un matin de la mi-novembre, peu avant la fin du délai qui nous avait été consenti, un garçon de mon âge ou à peu près s'arrêta devant notre porte, alors que je préparais une friture de gardons pêchés la veille au soir.

— C'est toi, Peire Jouvenel ? me dit-il. J'ai à te parler. Je peux entrer ?

Je lui servis un gobelet de cidre doux fabriqué avec des

fruits prélevés dans une pommeraie à l'abandon, et sursautai quand il me dit qu'il venait me donner des nouvelles de mon père.

— Il se porte bien, dit-il. D'ailleurs tu tarderas pas à le revoir. Il te fait dire de pas t'inquiéter et que, d'ici là, tu dois pas bouger. Je peux rien te dire de plus, question de sécurité, sinon qu'il est pas loin d'ici, dans la forêt. Merci pour le cidre. Salut !

Il avait refusé de me dire son nom.

Nous n'eûmes pas à espérer longtemps la visite de mon père.

Il attendit la nuit, sous une pluie battante, pour pousser notre porte, alors que nous venions de nous endormir. Ma mère et moi nous levâmes d'un bond. Il nous demanda d'allumer la chandelle, de réchauffer la soupe, de tirer de la huche le pain, le fromage et le cidre. Ma mère se précipita sur lui comme une furie, hurlant je ne sais quoi au risque d'alerter les voisins et de faire découvrir le fugitif. Il éclata de rire quand elle lui tambourina la poitrine avec ses poings, et lui lança :

— Eh bien, ma femme, en voilà des manières d'accueillir son mari ! Tu te portes bien, à ce que je vois. Toi de même, mon fils. Les petits, où sont-ils ?

Il souleva leur couverture et resta un moment à les regarder sans un mot, en s'essuyant les yeux d'un revers de poignet. Après avoir tisonné le feu, il reprit sa place habituelle et nous dit, sans cesser de manger sa soupe :

— Ce que je vais vous dire, faudra le garder pour vous. Sachez d'abord que, si j'ai tué Mayme, c'est qu'il m'avait insulté et provoqué. On s'est battus au couteau et il a eu moins de chance que moi, voilà tout. J'ai pensé à me livrer à la justice, mais je sais trop bien ce qui m'attendait. Alors j'ai décidé de foutre le camp et d'entrer dans la Bande noire. J'en suis pas fier, mais c'était ça ou la corde.

Il se tailla un autre chanteau, y étala du fromage, et ajouta :

— Tout ce que je peux vous dire, c'est que mon camp est entre Chamboulive et Eyburie, et qu'un jour je reviendrai pour reprendre ma place. Je sais ni quand ni où, mais je le ferai. Je prie chaque jour pour que ça tarde pas trop.

Il nous confia qu'il comptait rompre au plus tôt avec sa condition de hors-la-loi, quitter ces parages et descendre vers le bas-pays. Il avait quelque idée de ce qu'il comptait entreprendre mais ne pouvait nous en dire plus. Il nous donnerait des nouvelles d'ici peu.

— Il ne faudra pas trop tarder, lui dis-je. Maître Masbaraud va nous faire évacuer d'ici une semaine.

— Tu iras le voir et tu lui proposeras de vous garder un mois de plus, moyennant un loyer. M'étonnerait qu'il refuse de t'aider, après toutes les bontés qu'il a eues pour toi. Et l'argent, il crache pas dessus. Tu as de quoi ?

Je le rassurai : nous ne manquions de rien, si ce n'est de sa présence, et je me souvenais de la proposition du maître des tanneries de nous consentir un délai supplémentaire.

Il se passa deux semaines avant que mon père nous revînt, de nuit comme la fois précédente, avec des nouvelles rassurantes.

Par l'intermédiaire du chef de la Bande noire qui était au courant de sa situation, il était entré discrètement en rapport avec un bourgeois de Brive propriétaire de quelques tenures entre cette ville et Turenne, dans la large vallée de la Tourmente, un ruisseau qui allait se perdre dans la Dordogne à quelques lieues de là.

— Il est prêt, ajouta mon père, à me confier l'exploitation d'une de ses tenures. À l'entendre, on y trouve la meilleure terre de tout le bas-pays. Je dois lui donner ma réponse dans une semaine, mais je n'ai pas le choix.

Il ajouta avec un gros rire :

— Mon garçon, fini les écritures ! Va falloir retrousser tes manches.

Il accepta de nous livrer le nom et la condition de ce bienfaiteur providentiel : maître Borzeix. Il exploitait à Brive une saboterie d'une dizaine d'ouvriers. Détail favorable : il était peu regardant quant à la provenance des gens auxquels il avait confié ces parcelles.

Avant de reprendre la route, mon père ajouta :

— L'affaire faite, vous le saurez vite. Rassurez-vous, tout se passera bien. Je suis pas connu dans les parages. D'ailleurs, comme dit notre chef : c'est une autre juridiction...

Je restai des jours à me morfondre.

Si je ne pouvais que me réjouir à la perspective de retrouver mon père et d'entamer avec lui une vie nouvelle et sans drame, je me demandais à quoi avaient servi mes années d'étude à l'abbaye, si ce devait être pour passer ma vie à bêcher la terre et à manier la faucille. Une certitude s'imposait à moi : je ne renoncerais jamais, quelles que fussent les tâches qui m'incomberaient, à ma passion pour la lecture et l'écriture.

L'attente me devint très vite d'autant plus insupportable que je ne pouvais parler de notre situation avec qui que ce fût ; Solange n'avait pas encore l'âge de raison ; quant à ma mère, autant valait s'adresser à un mur. Je rongeais mon frein et piaffais d'impatience derrière la porte qui allait s'ouvrir sur une nouvelle destinée. Toute activité me semblait fastidieuse et je manquais de cœur pour m'y consacrer et m'y attacher.

Mon père nous fit attendre trois semaines, à croire que l'affaire dans laquelle il s'était engagé avait coulé bas ou qu'il était tombé dans un guet-apens.

Par un de ces jours ensoleillés qui creusent leur nid dans la boue de l'hiver, une carriole s'arrêta devant notre maison. J'en vis descendre le garçon déluré qui m'avait donné le premier des nouvelles de mon père. Il me dit sans ambages :

— Peire Jouvenel, tu vas déménager ta masure, mettre ton bien dans ma voiture et me suivre jusqu'à Brive, toi et ta famille. Ordre de ton père. Fais vite. Nous en aurons pour la journée. Je vais te donner un coup de main.

On n'aurait pu être plus concis ! En quelques phrases, il avait fait basculer le destin. J'avais envie de lui tendre les mains, de les serrer dans les miennes, et même peut-être de le presser contre ma poitrine. Il ne lui manquait que le chapeau de Mercure et des ailes aux talons pour donner l'image d'un argus.

Il nous fallut moins d'une heure pour faire le vide dans la maison et le plein dans la carriole. Solange trouva place sur la panière où nous avions entassé la volaille, la beneste de notre petit frère à ses pieds.

Je cachai dans ma ceinture mon modeste magot et dans mon écritoire quelques poèmes avec la réserve d'encre et le mauvais papier que je m'étais procuré à Uzerche. Je n'avais comme arme qu'un couteau, tout juste bon à affûter mon calame. Le garçon, en revanche, était doté d'un poignard qu'il portait à la ceinture et d'une épée placée sous la banquette.

— Nous risquons pas, me dit-il, d'être attaqués par la Bande noire, et pour cause, mais nous pourrions être inquiétés par des brigands qui agissent par petits groupes ou en famille. Ça arrive.

Alors que nous achevions le chargement, nous eûmes la visite de Renaudie. Il s'approcha de ma mère et la conduisit par le bras jusqu'à la rive. Je ne sais ce qu'ils se dirent, mais je vis ma mère fondre en larmes, s'accrocher à son cou et fus plus surpris encore de l'entendre s'écrier de sa voix éraillée :

— Faut en prendre ton parti ! Tu sais bien que je pouvais pas rester !

Stupéfaction ! Ma mère parlait, et pas qu'en distribuant leur provende à ses poules. Elle ne s'était pas livrée à un long discours mais le peu qu'elle avait exprimé me laissait pantois. Je me dis que les sentiments éprouvés pour cet homme un peu lourdaud mais affable avaient suffi à dénouer le nœud qui entravait sa gorge depuis des lustres. Je la plaignais, mais que faire ? Je souhaitais simplement que mon père ne fût jamais informé de ce qui était peut-être plus qu'une amourette : une passion. Il l'aurait, je pense, battue à mort.

Après nos adieux aux voisines qui assistaient à notre départ dans l'aboi des chiens et les cris d'enfants, je montai dans la carriole et demandai au garçon comment je devais l'appeler.

— Mon vrai nom, me dit-il en souriant, tu le sauras pas, et je sais pas comment tu peux m'appeler. Tiens : *Mystère*, ça t'irait ? De toute manière on est pas destinés à se revoir.

L'état du chemin qui mène d'Uzerche à Brive était satisfaisant et ce voyage ne nous réserva aucune mauvaise rencontre. Notre monture était une vieille mule aux oreilles tailladées, mais robuste et de bon vouloir, que nous soulagions dans les montées en mettant pied à terre. Nous arrivâmes à Brive à la nuit tombante par une porte monumentale, dite de Corrèze, qui donnait sur la rivière, alors que sonnait la corne annonçant la fermeture. Un dernier soleil colorait de rose les flocons de brume flottant sur une eau presque immobile.

Aux approches de la nuit, la ville sentait la fiente de porc et la fumée. Mystère engagea la carriole dans une artère au fond de laquelle se dessinait la masse pesante et grisâtre d'une basilique coiffée d'un clocher en forme de courge d'où tombait une sonorité de cloche fêlée.

Je demandai à Mystère s'il savait où il devait nous déposer.

— T'inquiète pas ! me dit-il. Cette bourgade, je la connais comme ma poche. Je pourrais même te montrer où je suis né.

Il dirigea la mule le long des remparts, en direction du sud, et l'arrêta devant une maison de belle apparence dont la façade s'ornait d'un panonceau en forme de sabot.

— Fin du voyage ! lança-t-il. Peire, j'ai apprécié ta compagnie et ta conversation. Si je suis moins bavard que toi, c'est que, dans mon état, il est dangereux de trop parler.

Il sauta à terre, cogna à l'huis et jeta quelques mots à une servante qui appela un domestique afin de nous aider à entreposer nos bagages et notre volaille dans la cour intérieure. Il me tendit la main et me dit :

— Salut et bonne chance, Peire Jouvenel ! Heureux de t'avoir connu. On se reverra peut-être, si Dieu le veut.

Il refusa l'argent que je lui offrais pour la course. Quand je lui demandai où il allait passer la nuit, il me répondit qu'il avait encore de la famille à Brive, et que je n'avais pas de souci à me faire pour lui. Il avait réponse à tous les problèmes.

Mon père avait eu la main heureuse.

Nous étions attendus. Dans la cuisine où régnait une chaleur douce, la table était mise pour nous, avec au milieu la grosse marmite enlevée à sa crémaillère, et qui répandait une odeur bouleversante. Marthe, la servante, un beau brin de femme accorte et souriante, nous servit et nous dit :

— Dix lieues depuis Uzerche, ce n'est pas rien. Vous devez être rompus, transis et affamés. Mettez-vous à l'aise et mangez. Maître Borzeix va vous recevoir. En attendant, je vais préparer votre coucher. Vous serez comme des coqs en pâte et, si vous vous levez tard, personne ne vous le reprochera.

J'attendais avec impatience que le maître des lieux vînt se présenter à nous ; c'est Marthe qui nous conduisit à lui par un étroit escalier de pierre éclairé de chandelles accrochées aux murs nacrés d'humidité.

Maître Borzeix achevait de souper en compagnie de sa famille, une dame au visage sec, au front orné d'un bandeau blanc, vêtue d'une houppelande de velours vert à l'encolure soulignée d'un délicat liséré de petit-gris, et trois enfants ou adolescents qui ne nous quittaient pas des yeux en pelant leur pomme. Lui-même était vêtu d'un bliaut fourré gris perle, tenu à la taille par une large ceinture de cuir d'où pendait un trousseau de clés. C'était un homme mûr, fort de taille comme Milon de Crotone, dont le visage carré, encadré d'une chevelure taillée droit autour des oreilles, respirait la franchise et la courtoisie.

Si je me suis attardé sur la description de ce décor et de ses habitants, c'est que tout pour moi était nouveau ou peu s'en faut. Il n'y avait que dans la demeure de maître Masbaraud que j'avais pu observer une famille bourgeoise dans son cadre et ses habitudes. Ici, tout était différent, en plus agréable et moins guindé qu'à Limoges, et je m'y sentis tout de suite comme adopté.

Maître Borzeix nous invita à prendre place au bout de la

table et nous fit servir une part de tarte aux poires et un verre d'hypocras, du vin un peu trop épicé à mon goût.

— Peire Jouvenel, me dit-il en se rasseyant, heureux de t'héberger. On m'a parlé de toi dans les meilleurs termes, encore que je ne puisse te dire de qui je tiens cette appréciation. Achevez ce repas. Nous aurons demain, toi et moi, un entretien plus poussé. Sache que je compte sur toi pour me donner satisfaction. Tu es robuste pour ton âge, presque un homme déjà, et loin d'être sot, à ce qu'on m'a dit. Demain, ma sœur, Hélène, t'amènera visiter ta nouvelle demeure.

Il ajouta en posant sa main sur mon épaule :

— Peire, il y a autour de cette affaire un mystère dont tu seras sans doute informé d'ici peu. Que cela ne t'empêche pas de dormir...

Il avait dit *mystère.* Décidément, ce mot me poursuivait.

Levé de bonne heure après huit heures de sommeil, j'entrepris une flânerie dans la bourgade épanouie entre des remparts qui, par endroits, auraient pu être franchis d'un saut par un cheval, autour de sa collégiale qui ne mérite pas le nom de cathédrale malgré son volume. Sur la fin de la messe matinale, je pénétrai dans une autre église, celle-ci aux dimensions d'une grange et de modeste apparence, placée sous le vocable de saint Libéral et proche du domicile du maître sabotier. J'appris d'un bedeau avec lequel j'avais lié conversation que ce saint patron, obscur évêque de la fin du siècle passé, pris par le mal du pays, était revenu dans sa ville natal où, après sa mort, il avait dispensé quelques discrets miracles.

Dédiée à saint Martin, la collégiale que j'allai visiter par la suite avait une singulière apparence, non en raison du cimetière qui flanquait le côté nord, mais par la multitude de boutiques qui étouffaient ses murs, comme des tortues autour d'un récif.

En marge du cimetière et de la maison des chanoines se tenait un marché fort animé, dont certains étalages débordaient au milieu des tombes. Une artère grouillante de porcs et de volailles, où des bouchers égorgeaient leurs premières bêtes, me mena à la porte dite de Corrèze, que nous avions empruntée la veille. Il régnait sur une place dite du Civoire, proche de Saint-Libéral, une intense activité, autour d'un autre marché qui sentait le poisson et la châtaigne grillée.

Lorsque, talonné par la faim, je regagnai la maison de maître Borzeix, la boutique donnant sur une rue étroite et boueuse avait ouvert ses auvents. Une clientèle urbaine et paysanne faisait claquer des sabots entre ses mains pour éprouver leur robustesse.

Je retrouvai ma mère à la cuisine où elle donnait le sein à Étienne. Je pris un matinel roboratif et attendis que maître Borzeix daignât manifester sa présence. Il me dit d'entrer dans son cabinet et me rabroua :

— Mon garçon, sache que l'on n'entre et ne sort pas de cette maison comme d'un moulin. Tu aurais dû m'avertir de ton envie de promenade. Je comprends ton désir de visiter notre ville, mais la moindre des choses était de m'en prévenir.

Confus, je m'excusai d'avoir ignoré ces pratiques. Il ajouta :

— Tu es pardonné, mon garçon. J'aurais dû t'informer, mais passons ! Nous avons à parler de choses plus importantes. Sieds-toi.

J'en appris de belles au cours de cet entretien et en restai abasourdi.

Maître Borzeix avait eu connaissance de notre situation de famille et de nos déboires par le mari de sa sœur, Hélène, le chef de la Bande noire qui avait accueilli mon père. Les deux hommes avaient sympathisé dans la vie du camp et au cours d'expéditions de brigandage. Ému par la situation de mon père, le chef, dont le nom ne me fut pas révélé, s'était promis de l'aider : il avait à Brive un beau-frère capable de les tirer d'affaire, lui et sa famille, en lui proposant du travail.

— Cet homme, dit maître Borzeix, je n'ai plus de contact

avec lui depuis des années, sans que nous soyons irréconciliables. Je n'ai d'ailleurs rien de grave à lui reprocher, sinon le forfait qui l'a conduit à devenir un hors-la-loi. En confidence, menacé d'une faillite dans son commerce de drap blanquet, il a commis quelques malversations qui l'ont conduit à la prison, d'où il s'est évadé. La suite, tu la connais.

Il m'avoua qu'il lui arrivait de faire appel à ce beau-frère pour lui fournir des escortes armées destinées à protéger ses voitures de livraison de socques et de sabots à travers la province et au-delà, en Périgord et en Auvergne notamment.

Il en vint à l'objet principal de notre entretien : l'exploitation d'une tenure proche de Turenne, au lieu-dit La Nadalie. Le contrat qu'il me proposait, en attendant le retour de mon père, allait faire de nous des serfs libres, à des conditions qui me parurent honnêtes. Nous ne serions pas, comme dans les temps passés, soumis à l'autorité et aux caprices d'un maître vétilleux. Si nous n'avions pas de protection juridique à proprement parler, nous étions assurés de la bienveillance et du secours du propriétaire dans les moments difficiles.

Peu familier que je suis de ces pratiques et de ce jargon, je passe sur les termes de ce contrat, certain que nous n'étions pas lésés. Je fis part de cette opération à ma mère, sans en tirer d'autre réaction qu'un accord formulé sur un simple hochement de tête.

Le lendemain, dans la voiture que maître Borzeix avait mise à ma disposition, je partis à la découverte de notre nouveau domaine en compagnie d'Hélène. Femme déjà et mon aînée de quatre ou cinq ans, elle était de belle taille, comme son frère, avec un corps de Diane, en dépit d'un visage qui, sans la défigurer, portait des traces de petite vérole. D'emblée, elle décida de me tutoyer, une familiarité qui, loin de m'indisposer, me rassurait quant à nos rapports qui, me dit-elle, allaient se répéter.

Une heure environ après avoir quitté la ville somnolente sous sa couette de brouillard et de fumée, et accédé à un plateau ouvert sur un large horizon brumeux, Hélène me montra dans le lointain du sud un piton en forme de pyramide.

— Turenne, dit-elle. Tu auras sûrement affaire au vicomte et à ses gens. C'est une famille un peu turbulente, mais qui ne t'importunera pas.

À une lieue de cette forteresse, Hélène dirigea la carriole vers un chemin qui plongeait par une forte pente vers la vallée de la Tourmente. Nous longeâmes, à un quart de lieue environ, une forte bâtisse de pierres rouges.

— Le Moulin des Champs, dit Hélène. Nous allons y faire halte, le temps de boire un vin chaud et d'accomplir une mission que m'a confiée mon frère : secouer les puces du meunier, Monteil, notre locataire. Il a de fâcheuses tendances à trafiquer sa farine et garde la fleur pour la revendre aux pâtissiers de Brive. Tu auras souvent affaire à lui. C'est un petit escroc mais de bonne compagnie.

Monteil s'est avancé vers nous en suçant une paille, accompagné de sa marmaille. Il était de ces hommes auxquels on ne sait si l'on doit tendre la main ou le poing : haut et lourd comme une stèle de cimetière, le visage embarbé d'une paille roussie.

Il essuya avec sérénité la tornade que lui infligea Hélène et ne fit qu'en sourire, ajoutant que d'autres mouliniers, jaloux de sa prospérité, faisaient courir ces bruits mais qu'il était franc comme l'or. Il nous invita à le suivre dans sa cuisine où il nous fit servir du vin chaud et des crêpes.

Informé des motifs de ma présence, il me lança, alors que nous remontions dans la carriole :

— Petit, reviens chez moi quand tu voudras. C'est la maison du Bon Dieu. J'aimerais que tu me parles de Limoges, où j'ai jamais foutu les pieds. Paraît que c'est plus grand que Brive et qu'on peut même s'y perdre...

La demeure de La Nadalie avait piètre apparence. Bâtie de pierres rouges comme le Moulin des Champs, elle était assez vaste pour une masure de manant, mais, inoccupée depuis quelques années, elle sentait l'humide et le moisi.

Des cloisons à mi-corps, taillées dans un bois brut, séparaient la cuisine des chambres. Le mobilier, vétuste et des plus sommaires, serait suffisant pour nos débuts. L'excavation creusée dans le mur du pignon ne méritait pas le nom de cheminée, mais me donna l'assurance que nous ne mourrions pas de froid. Des nattes de genêt achevaient de pourrir sur le sol d'où suintait une eau grisâtre.

Hélène me lança en plaisantant :

— Voici ton palais ! En attendant les semailles et les plantations, il te faudra rendre ces lieux habitables pour le retour de ton père. Et d'abord faire du feu pour chasser l'humidité. Il y a du bois dans l'appentis, avec des outils. Tu ne manqueras de rien, mais, si c'est le cas, tu trouveras de l'aide chez les voisins.

Changée trois ans auparavant, la toiture de chaume était en bon état. Quant à la vue que nous avions du seuil...

En forçant un peu, Hélène ouvrit une des fenêtres. La pyramide de Turenne occupait, en direction du sud, une large portion du paysage, austère, massive, assaillie sur ses flancs par une marée de demeures aux toits d'ardoise.

— Cet endroit, ajouta Hélène, offre un autre avantage, que tu apprécieras surtout en été : la proximité de la petite rivière, où tu pourras puiser l'eau nécessaire à tes plantations. Prends garde : elle a parfois des colères. La Tourmente mérite bien son nom.

Alors que ma mère commençait à aménager les lieux, Hélène me dit avant de remonter dans sa voiture :

— Nous nous reverrons d'ici peu, Peire. Tu devras, une fois ou deux par mois, rendre compte à mon père de l'état de tes travaux. Tu pourrais t'en passer, mais il y tient. Quant à moi, il se peut que je vienne te saluer et bavarder. J'ai appris que tu as été enseigné à Saint-Martial de Limoges. Tu es bien le seul de toute cette vallée à avoir de l'instruction. Si tu aimes toujours la lecture, je pourrai te satisfaire. Je possède quelques livres que je pourrai te prêter. Nous en reparlerons...

Ces quelques propos me réconfortèrent, alors que j'en avais le plus grand besoin, face à la tâche qui m'incombait dans l'attente de mon père. Après un moment d'euphorie, elle me paraissait insurmontable.

— Ce qui me serait aussi utile, sinon plus, lui dis-je, c'est un manuel d'horticulture. Il me plairait d'avoir un jardin potager et un verger, mais je suis ignare dans ce domaine.

— J'ai ce qu'il te faut. Si tu persistes dans cette idée, je pourrais même te fournir des graines et des plants. Tu verras : la terre de cette vallée est généreuse et le climat moins rude qu'à Limoges. Bon courage, Peire !

Elle remonta dans sa carriole et fit claquer les rênes sur la croupe de son cheval en s'écriant :

— Hue, Jasmin !

J'avais la force et le courage nécessaires, mais la conviction me faisait défaut.

Il me semblait être rejeté des années en arrière, dans notre tenure de Saint-Sylvestre, où nous vivions à la limite de la misère.

Mis à part l'aménagement de notre logis, qui prit tout mon temps durant une semaine, il y avait peu de chose à faire en cette saison où la nature est figée.

Je me consacrai quelques heures par jour au nettoyage de nos parcelles, envahies par les herbes sauvages, mais le sol gelé était si dur que je m'y échinais, alors que tout serait à reprendre à la belle saison. Je me contentai de délimiter l'endroit que je réservais pour mon potager, mon verger et mes essais d'horticulture.

Hélène me dit, quelques jours après notre installation :

— Tu devrais cultiver des plantes médicinales et en faire le commerce. Cette marchandise se vend très bien sur les marchés de Brive.

Elle me prêta un ouvrage écrit dans un style barbare, qui contenait un répertoire de simples, avec des dessins vaguement coloriés, qui avait appartenu à son grand-père. Le titre en gothique maladroite éclatait sur la page racornie : *De herbis hortulanis.*

Je lui promis de le lire et d'en faire mon profit. Ce que je fis. Cette sorte de vade-mecum d'une centaine de pages, rédigé sur un mauvais papier bleu d'Auvergne, consistait en une compilation disparate dédiée aux *Jardiniers de Dieu*, en référence aux moines, qui passent pour être experts dans ce domaine.

La première page était consacrée à quelques strophes d'un lettré aquitain des siècles passés, Decimus Magnus Ausonius, plus connu sous le nom d'Ausone. Le style en était plaisant : *J'errais par les rigoles entrecroisées irriguant les carrés d'un jardin, et je vis la rosée suspendue aux herbes / Jeune fille, cueille la rose tant qu'elle est encore nouvelle, comme ta jeunesse...*

Je me demandais d'où elle pouvait bien tenir un autre ouvrage qu'elle me confia comme on dépose une gerbe sur un autel. Ce livre de voyages relatait les visites du géographe grec Strabon à travers le monde et notamment dans les *hortulus* de Gethsémanie, lieu de recueillement du Christ. Elle avait de même découvert une œuvre grignotée par les vers, de Venance Fortunat, ancien évêque de Poitiers, offrant à la reine des Francs, Radegonde, de cultiver *ses verts gazons, ses rosiers et ses vignes...*

Ce fatras sentait l'artifice poétique plus que la science, et me laissait indifférent, encore que j'y prisse quelque plaisir. Je manifestai davantage d'intérêt pour le *De herbis portumanis* d'un auteur anonyme, consacré en grande partie aux plantes médicinales. J'en recopiai quelques chapitres.

J'avais chaque jour la visite de voisins. Ils se montraient curieux et moi circonspect. Ils m'assuraient de leur secours en cas de besoin, ce qui me fut sensible.

Monteil m'offrit l'aide d'un de ses fils pour le plus gros des travaux, au retour du printemps. Ce *petit escroc* (Hélène dixit) m'avait à la bonne. Il ne nous laissait pas manquer de farine, de châtaignes et de noix, avec parfois une petite corbeille de nèfles. Hélène, à chacune de ses visites, raréfiées par les intempéries, nous portait un pochon de sel et de la viande, ainsi que des friandises pour Solange.

Pour l'office de la Nativité, je me rendis en compagnie de ma sœur dans la chapelle la plus proche : celle de La Méchaussée. Il neigeotait dans la nuit sur le chemin où nous

nous guidions à l'aide d'une lanterne de corne. La messe était dite par un religieux venu d'une communauté cistercienne des parages.

Au retour, je portai sur mes épaules ma petite sœur endormie. Par respect de la tradition, je fis lever ma mère pour le plus modeste des réveillons : un lièvre capturé au collet au bord de la Tourmente, arrosé d'une cruche de vin du Périgord apporté quelques jours avant dans un tonnelet par Hélène.

Avant de gagner ma couche, je restai quelques instants sur le seuil. Malgré la neige, la nuit était douce, sans un souffle de vent et vaguement éclairée sous un ciel bleuâtre. Il venait du château une lointaine musique et des chants de Noël. Sur les remparts, des pots à feu ou des torches de résine formaient une guirlande lumineuse.

3

Amours et sortilèges

La vicomté où j'étais appelé à vivre avait les dimensions d'une principauté. Une semaine passée à chevaucher ne serait pas de trop, me disais-je, pour parcourir les seigneuries et les villes placées sous sa dépendance.

Cet immense domaine où le charme le dispute à l'opulence, il semble que Dieu en ait fait le lieu de sa retraite, plutôt que les déserts de Judée, où est né Son Fils. On y trouve tout ce dont l'homme a besoin pour sa subsistance et ses rêves : une terre prolifique, un climat tempéré, des carrières et d'immenses forêts pour les chantiers et la chasse, des horizons lointains pour le plaisir des yeux et le repos de l'âme... Il y flotte une espèce de grâce, à peine ternie par les conflits entre seigneurs et les exploits des brigands.

Mon père nous est revenu aux premiers effluves du printemps, dans la fièvre des semis ou des plantations.

Il boitait de la jambe droite et portait au visage une longue balafre. Je me gardai de l'interroger sur l'origine de ces blessures, certain qu'il m'en parlerait de lui-même. Il allait s'en ouvrir à moi quelques jours plus tard, alors que nous retournions une parcelle à la bêche et à la tranche. Il avait livré bataille, avec ses acolytes de la Bande noire, dans les parages de Ventadour, à des brigands venus des forêts de l'Auvergne, qui pillaient et massacraient sans discernement.

— Une vraie bataille, me dit-il. Nous avons perdu une

dizaine des nôtres, mais ils ont laissé sur le terrain davantage des leurs. Ça s'est passé dans la forêt de Bonneval, près du village de Soudeilles, quelques jours avant Noël. J'ai eu mon cheval tué sous moi et, dans la chute, je me suis brisé une jambe, ce qui me fait boiter, comme tu vois. Cette balafre, je l'ai reçue dans un duel au couteau, dont je suis sorti vainqueur. Paraît que ça me donne l'air plus viril, mais je m'en serais bien passé...

Je me hasardai à lui demander s'il comptait rester à demeure à La Nadalie. Il parut gêné. Appuyé des mains sur le manche de bêche, il soupira :

— Le moment n'est pas venu, petit, mais ça tardera guère. J'ai passé un contrat avec le chef de la Bande noire, et j'en ai encore pour un bout de temps à courir la campagne. Je supporte de plus en plus mal les camps volants, les chevauchées dans la forêt, les nuits à la belle étoile, les alertes et surtout les mauvais traitements que certains des nôtres font subir aux paysans et aux moines. Mon fils, crois-moi quand je te dis que j'aspire à une vie normale. J'espère être de retour dans moins d'un an, et je prie Dieu pour qu'il m'accorde cette grâce...

Il ne m'avait jamais parlé aussi longuement et sur un tel ton de confidence, au point que j'en étais remué. Il se disait satisfait des rapports de confiance qui m'attachaient au maître sabotier, son frère, à nos voisins, ainsi que de mon travail.

La semaine qu'il resta à La Nadalie, il m'aida de son mieux mais, de temps à autre, j'ignore pourquoi, il se claquemurait dans la maison, disant qu'il tenait à ce que l'on évitât de le déranger. En revanche, la nuit venue, il passait de longues heures à errer dans les parages, comme pour un rendez-vous avec une nouvelle chimère.

Il me dit avant d'embrasser Géralde et de remonter à cheval :

— Peire, j'ai bien réfléchi à ton avenir. Tu mets du cœur à l'ouvrage et tu t'en tires bien. Pourtant... j'ai la conviction que cette condition n'est pas celle que tu espérais. Dis-moi si je me trompe.

Je ne sus que lui répondre, mais mon silence parut le satisfaire.

Dans les mois qui suivirent, j'eus de ses nouvelles par Mystère.

Il arriva juché sur un bourricot, accoutré comme un pèlerin, une grosse croix de buis pendue à sa ceinture. Il demanda du pain, du fromage et du cidre, visita mes carrés d'herbes et froissa quelques feuilles pour les respirer. Mon père se portait bien. Le chef de la Bande noire en avait fait son second. Ses fonctions essentielles consistaient à prélever dans les fermes des subsides pour les groupes épars, en contrepartie de leur protection contre les brigands qui hantaient les parages.

— Et toi, lui demandai-je, à quoi t'emploie-t-on ?

— À diverses tâches : veiller à l'entretien des armes, à la distribution des vivres, à renifler l'air de Limoges pour m'informer de la situation, à prendre des contacts avec des particuliers comme toi, à donner des nouvelles aux familles... Tu vois, j'ai guère le temps d'aller me baigner dans la Vézère ou les étangs !

Il ajouta :

— Faudra que je t'apprenne à te servir de l'épée, du poignard et de l'arc. Ça pourra t'être utile. Le pays est calme, mais l'orage peut éclater sans prévenir.

Je protestai : j'avais mon couteau et des bras solides pour m'en servir, le cas échéant.

Il s'esclaffa.

— Un couteau ! Peuh... C'est d'abord d'une bonne épée que tu aurais besoin. Ton père m'en procurera une et je t'apprendrai à t'en servir. J'ai quelque talent, à ce qu'on dit...

Je remis à Hélène les ouvrages qu'elle m'avait prêtés et dont j'avais recopié ce qui pouvait m'être utile. Elle me rendit le recueil de poèmes que je lui avais confié à sa demande. J'attendais de sa part la même indifférence que j'avais essuyée auprès d'Alain Masbaraud. Je fus surpris de sa réaction.

— J'ai douté un moment, me dit-elle, que tu sois l'auteur de ces vers. Il y a un tel contraste entre ton inspiration et la vie que tu mènes... Mais j'ai fini par comprendre que j'étais trompée par les apparences.

Assise à mon côté sur le banc du seuil, à l'ombre du gros tilleul qui ombrage la façade, elle déploya mes feuillets sur ses genoux, porta l'un d'eux à ses yeux car elle avait la vue basse, et en lut le texte à voix haute :

Langue limousine, langue d'or...
Le vent peut tourner, le soleil se voiler,
Cette mer de froment et de chanvre
Reste figée dans la lumière...

Elle reposa le feuillet sur ses genoux, soupira profondément et me dit :

— Comme tu parles bien de la nature... Tu as les mots justes et l'on respire ton émotion à travers eux. Cependant, la femme est absente de tous tes poèmes. Dois-je en conclure que notre sexe te laisse insensible ? Cela me surprendrait. J'ai constaté que, lors de tes visites, tu lorgnes les jupes de Marthe et qu'elle ne paraît pas s'en offusquer.

Je bredouillai :

— Marthe... Certes, c'est une belle garce, mais de là à croire que je la convoite...

— Je suis jeune, Peire, mais perspicace. Dis-moi franchement : es-tu encore puceau ? Ne vas-tu pas courir le guilledou, avec les filles de Monteil par exemple ?

— Dieu m'en garde ! Elles sont encore jouvencelles !

Hélène consacra une bonne heure à inspecter mon *hortulus* et se montra satisfaite. Elle passait d'un carré à un autre du potager et de l'*hortulus,* redressant une tige de poireau, s'extasiant sur l'opulence des choux, froissant, pour les humer avec une mine gourmande, des feuilles de romarin ou de sauge. J'aurais aimé avoir le talent d'Alain Masbaraud pour la dessiner et la peindre, tant le moindre de ses mouvements était imprégné de grâce. Les premiers vers d'un nouveau poème tournaient déjà dans ma tête.

Elle coupa quelques tiges d'herbes aromatiques pour sa famille, puis, pour elle, une rose à peine flétrie.

— La rose, me dit-elle dans un souffle, la fleur de Vénus, le symbole de la joie d'amour... Je la placerai ce soir à mon chevet. Elle me fera penser à toi.

Je bus ces mots comme une ambroisie. Elle ajouta en remontant dans sa carriole :

— Il faudra que tu viennes à Brive un jour prochain pour chanter ou dire tes poèmes dans le jardin. J'inviterai quelques amis. Mon frère m'a donné son accord. Promets-moi de réfléchir à ma proposition.

— Je crains d'être ridicule. Pour tout vêtement, je n'ai que ce sarrau. Je serais la risée de tes amis !

— Qu'à cela ne tienne ! Mon frère te prêtera une tenue dont tu n'aies pas à rougir. Je te ferai connaître notre troubadour local, Herbert Limozy. Il est discret et peu ambitieux, bien qu'il ne manque pas de talent. Si tu refusais je t'en tiendrais rigueur. Hue, Jasmin !

Une semaine passa, puis une autre, sans qu'Hélène donnât signe de vie, à croire que son projet était tombé dans les oubliettes.

Un dimanche, alors que j'étais occupé à vendre les produits de ma première récolte sur le Marchadiol, au pied de la butte qui porte le château, où se tenait le marché, je reçus une visite qui me fit froid dans le dos.

J'aurais vu surgir un monstre de l'Apocalypse ou quelque bête pharamine que je n'aurais pas été plus choqué. Sous la cuculle rabattue au ras des sourcils apparaissaient une hure de cinglar piquée de poils raides, des yeux porcins, un angiome qui faisait pendre une poche de sang à la commissure de ses lèvres. Le ladre laissa courir ses mains aux ongles noirs sur mes herbes avant de me dire :

— Tu me connais pas, Jouvenel. Moi si. Je suis le frère Hyacinthe, convers au monastère de La Méchaussée, où je m'occupe du jardin. C'est pas loin de La Nadalie, tu le sais, au point qu'on pourrait se faire des signes. Il m'arrive de te regarder travailler. Tu y mets du cœur. Rien ne t'arrête, ni la pluie ni le soleil. Aussi, ton pré carré est net comme un travail de dame.

— Pourtant, moi, je ne vous ai jamais vu.

— C'est que je me cache derrière ton gros chêne, entre ta maison et la Tourmente. J'évite de me montrer pour pas te faire peur et que tu me flanques un coup de tranche ! Quand tu en auras fini avec ta boutique viens me retrouver au cabaret de Miallet. Je te paierai un cruchon de cidre ou de piquette.

Il ajouta :

— Si tu répugnes pas à partager un moment avec un monstre et si tu aimes parler, je suis ton homme.

C'est sans plaisir que j'allai satisfaire à ce rendez-vous. Ce moine, me disais-je, que peut-il attendre de moi et moi de lui ? Que fait-il dans ce lieu public alors qu'il aurait dû être enfermé dans une maladrerie ou porter la clochette, comme les lépreux ?

Le ladre m'attendait dans le fond de la salle où paradait, au milieu de son auditoire habituel, maître Favereau, le gros prévôt de Gondres, un village voisin de La Nadalie. Mon moine avait attaqué un chanteau de pain oint de fromage blanc mêlé d'ail, et une pinte de cidre. Il mangeait avec une gloutonnerie écœurante, qui me donna l'idée de battre en retraite. Plutôt que de m'asseoir en face de lui et de recevoir de plein fouet son haleine et ses postillons, je choisis de prendre place à son côté. Il ne parut pas se formaliser de cette précaution.

Une surprise plus agréable m'attendait. Le frère Hyacinthe parlait en connaisseur des plantes aromatiques de la partie de ma boutique ambulante qui faisait pendant à celle consacrée aux légumes et aux fruits.

Il m'avoua que, sans les mépriser, il ne vouait qu'un intérêt distant aux autres produits que les herbes.

Il en connaissait les vertus et les applications. Avec ce qu'il me confia, sans cesser de manger et de boire, au cours de l'heure que nous passâmes de compagnie, on aurait pu écrire un dictionnaire, d'autant qu'il ajoutait aux qualités curatives des plantes qu'il me nommait des considérations d'ordre ésotérique qui les rattachaient à un monde de mystères et de diableries.

Il me confia qu'il s'était fabriqué de bric et de broc un petit alambic où il distillait clandestinement aromates, élixirs et autres dictames. Il fabriquait en outre des baumes et des pommades à l'intention des gens de la communauté et des villageois.

— Rassure-toi ! me dit-il dans un éclat de rire qui dispersa quelques postillons jusque sur ma tranche, je ne suis pas un sorcier, encore que certains de mes remèdes aient une efficacité quasi miraculeuse.

Il prit un air inspiré pour ajouter :

— Jouvenel, je ferais volontiers mon domaine du mystère. J'aime à voir les vérités secrètes qui se cachent derrière les choses, les hommes et les plantes en particulier. Il me plairait de savoir ce que le garçon sans artifice que tu sembles être peut dissimuler de pensées secrètes et d'ombres propices aux égarements. Pour ce qui est des plantes, elles sont aussi mystérieuses que les femmes. On apprécie leurs bienfaits mais si l'on en abuse, gare ! Cette curiosité obsessionnelle te paraît-elle capable de me jeter sur le bûcher ? Serais-je coupable de transgresser les principes de la religion ?

— Certes non ! Ce genre de curiosité ne m'est pas étranger et n'a rien de répréhensible. Ceux qui pourraient vous accuser de sorcellerie auraient tort. Moi-même je considère les plantes comme des êtres doués de sensibilité. Il m'arrive même de leur parler sans avoir le sentiment de trahir ma foi.

De la part d'un moine convers – l'emploi le plus humble qui soit dans une communauté – ces idées singulières et ce langage châtié me surprenaient. Il me tenait, en dévorant son pain avec des bruits odieux de déglutition et des rots, des propos d'alchimiste et de philosophe. J'eus l'impression, lorsqu'il posa sa main sur la mienne, de ressentir le froid gluant d'un crapaud.

— Si le mystère te passionne, me dit-il, il faudra que je te mène à la fontaine de Briat. C'est un hameau de trois maisons, accroché à la falaise, en face du château. Elle date du temps des Gaulois, à ce qu'on dit, et se contente pas de donner son eau : elle est... magique !

— Vraiment ? Qu'avez-vous observé ?

— Je sais les gestes et les mots qui font surgir des apparitions. Des fées, des anges ou des esprits ? J'en sais trop rien. Il faut choisir la bonne lune, attendre la nuit et venir sans témoin sceptique qui ferait tout manquer. Et alors c'est comme si les portes du paradis s'ouvraient pour toi !

Je connaissais ces lieux que j'avais visités au cours de mes promenades.

Cette fontaine nichée au creux de la falaise, bâtie de gros moellons, portait sur son manteau des caractères romains à demi rongés par la mousse et indéchiffrables. La margelle creusée de ridules laissées par la corde des seaux depuis des siècles cernait une vasque profonde alimentée par des suintements en toutes saisons, si bien qu'elle ne s'était jamais tarie, à ce que disaient les gens du hameau.

Qu'elle eût plus d'un millénaire n'avait rien pour me surprendre, mais le mystère qui l'entourait, à en croire Hyacinthe, excita ma curiosité, si bien que je lui donnai mon accord pour une expédition nocturne à la date qui lui conviendrait.

Hyacinthe me donna signe de vie une quinzaine plus tard, à l'occasion de la pleine lune.

Malgré ma fatigue, après une rude journée de labeur, j'acceptai de le suivre. Il se présenta à la nuit tombée, muni d'une lanterne et d'un bourdon, comme s'il partait en pèlerinage. À la suite d'une averse, des concerts de grenouilles et de crapauds montaient des fonds humides. Il nous fallut moins d'une heure, par des sentiers de chèvre, pour apercevoir à la clarté de la lune dans son plein les toits de chaume de Briat.

Hyacinthe avait interrompu sa marche à plusieurs reprises pour faire des signes de croix et ingurgiter je ne sais quel élixir en marmonnant des prières inaudibles. À quelques pas du hameau, il me tendit son flacon, estimant que quelques gorgées me seraient nécessaires pour me préparer à l'épreuve qui nous attendait. Malgré ma répugnance, je bus au goulot une mixture au goût de figue, fort raide, qui me mit du feu dans la tête.

Malgré la sympathie qu'il semblait me témoigner, je n'étais guère rassuré sur la suite de cette expédition. Je fis en titubant le reste du chemin, le cerveau traversé par des visions de crapauds, de serpents et de salamandres, dans un pétillement d'étoiles.

Hyacinthe posa sa lanterne sur la margelle, en sortit la

chandelle avec laquelle il alluma un gros fond de cierge qu'il colla à la pierre.

— À présent, dit-il, tu vas suivre mes instructions à la lettre et sans barguigner. *Primo* : se mettre nu comme le père Adam dans son paradis, pour les ablutions rituelles. *Secundo* : prier et faire preuve de patience.

La drogue que j'avais ingurgitée faisait son effet, si bien que j'avais l'impression de voguer dans une galère sur une mer de constellations. Il me força à m'agenouiller près de lui, nus tous deux comme pour un baptême. Il bredouilla une prière cabalistique qu'il me fit répéter mot à mot, mais à laquelle je ne compris goutte.

Je le vis se lever brusquement et, après un large signe de croix, enjamber la margelle et plonger dans l'eau avec un râle de fauve, en marmonnant une invocation que je traduisis par ces mots : « Je sème le chènevis, le chènevis je sème pour que celui qui m'aime vienne me moissonner ! » Il m'invita à plonger à mon tour et, fouillant sa besace, en sortit un sachet de graines dont il nous saupoudra.

Alors que nous avions interrompu notre bain lustral, je constatai avec stupeur que son sexe avait pris une dimension monstrueuse et qu'il en jouait comme d'un hochet. Lorsque, pressant ma tête à deux mains, il tenta de m'y faire coller ma bouche, je me rebellai. Il se mit à débiter une autre de ces invocations qu'il avait dû puiser dans un manuel satanique :

— Au nom de l'ange Rahmiel et de Dlibat la passionnée, au nom des dieux et seigneurs des mystères, amen ! Descendez de votre trône de feu, éblouissez-nous de votre lumière et versez-nous votre nectar d'amour !

À demi inconscient, je résistai à peine lorsque, me faisant retourner et m'accouder à la margelle, il tenta de me violer, avec des grognements de cinglar. Au contact de la tige brûlante, dure comme du bois dont il frottait mon arrière-train, je me débattis et, prenant le cierge, le lui appliquai sur le bas-ventre. Il hurla, tenta de me serrer la gorge à m'étrangler, en vomissant des injures et des insanités.

Je ramassai mes vêtements, saisis ma lanterne et

rebroussai chemin au galop en direction de la Tourmente dont le cours scintillait à travers les saules.

Le lendemain, j'émergeai d'un mauvais sommeil la tête lourde, le corps lacéré par les ronces et les épines que je n'avais pu éviter dans ma retraite précipitée. J'avais du mal à me convaincre que je n'avais pas été victime d'un cauchemar.

Ma première idée fut de prévenir les bons moines de La Méchaussée qu'ils abritaient dans leur établissement une créature satanique et perverse. La crainte du ridicule de cette démarche me retint.

Quelques mois tard, j'appris que le supérieur de la communauté avait découvert le pot aux roses dans la cellule de Hyacinthe : un recueil de formules magiques, un petit alambic dissimulé sous des sacs de cosses de pois, un coffre rempli de bouquets d'herbes suspectes, dont une mandragore. Une véritable pharmacopée de sorcier...

Livré à la justice épiscopale, Hyacinthe alla finir ses jours dans un couvent de la montagne limousine, avec d'autres moines délictueux ou en proie au démon.

Hélène, au contraire de ce que j'imaginais, tenait à son projet d'une soirée qui me fût consacrée. J'eusse préféré qu'elle l'oubliât, mais elle semblait y tenir. Redoutant que mon refus ne mît un terme à nos relations que j'ose dire amicales, je décidai d'accepter quand elle revint à la charge.

Je garde de cette soirée des souvenirs équivoques, ceux de moments agréables alternant avec la conviction obsédante que je n'étais pas à ma place dans ce milieu bourgeois aux allures un peu méprisantes pour le manant que j'étais.

Le premier soin d'Hélène fut de me confier à Marthe. Elle parut prendre plus de plaisir que moi à me baigner, me raser, m'épouiller et trancher dans ma tignasse hirsute. Elle devait avoir l'âge de ma mère, la trentaine proche, mais gardait des relents de jeunesse, avec une méticulosité maternelle dans les soins qu'elle me prodiguait.

Alors qu'elle me savonnait d'une main vigoureuse, elle s'esclaffa :

— Eh ! Voyez le petit coq... Il relève la crête comme s'il attendait sa provende !

J'avoue qu'à la suite de ses manipulations et du spectacle de ses seins qui ballottaient dans l'échancrure du corsage, le puceau que j'étais encore à dix-huit ans sentait un trouble le submerger.

Hélène apporta un soin particulier à ma tenue. Elle hésita entre un bliaut vert oseille et une tunique d'écarlate bordée d'écureuil. C'est cette dernière qu'elle retint, bien qu'elle fût un peu longue, la taille de son frère dépassant la mienne. Elle assortit cette toilette d'un collier de jolis coquillages nacrés, d'un simple bonnet de velours et de souliers à boucle d'argent qui me torturaient, habitué que j'étais à marcher pieds nus ou chaussé de sabots.

Elle dit en faisant claquer ses mains :

— Tout ceci est parfait, Peire Jouvenel. Tu as l'apparence d'un fils de bourgeois en goguette.

— Permettez-moi d'en douter ! lui répondis-je. Comme disait mon père : on ne peut empêcher le fumier de puer.

Elle me menaça de sa main avec un air réprobateur.

— Je trouve cette allusion à ton état déplacée. Recommence et tu reprendras la route de Turenne, à pied et avec ma malédiction !

Je me le tins pour dit et m'inclinai pour lui baiser la main. Elle répondit à mon geste par un baiser sur la joue. Après tout, me dis-je, si l'habit ne fait pas le moine, celui dont elle m'avait revêtu pouvait faire oublier mes origines.

Avant l'arrivée des invités, Hélène me prit par la main pour faire admirer ma vêture à sa famille. Un rouge de confusion aux joues, je me présentai à chacun à tour de rôle, comme si j'attendais mon adoubement. J'eus des compliments de maître Borzeix, de la dame Agnès, son épouse, et des sourires narquois des enfants.

Cette obligation me fut pénible et un brin humiliante, mais ravit Hélène. Restait de ma part à démontrer que, sous cet accoutrement bourgeois, se cachait un poète. Ce n'est pas sans crainte que j'attendais l'épreuve qui allait m'introduire dans cette société ou m'en rejeter.

Ce que j'avais appris de musique à Saint-Martial de Limoges allait m'être utile pour chanter mes poèmes à l'image des troubadours. Je jouais de la mandore et de la vielle avec un talent reconnu de mes maîtres. Hélène avait tenu à s'assurer qu'outre ma voix agréable et mon élocution aisée, je savais pincer la corde. Un poème sans musique, disait-elle, est comme un moulin sans eau.

Elle me donna le choix, pour m'accompagner, entre une

citole, qu'on appelle aussi organol ou ciste, une mandore, sorte de luth au chevillier en forme de crosse, et une vielle actionnée par une manivelle frottant les cordes. C'est cette dernière que je choisis, la jugeant mieux apte à souligner le côté pastoral de mon inspiration. Elle allait devenir mon instrument favori.

Le jardinet où maître Borzeix avait rassemblé ses invités pour le souper et le spectacle présentait, au soir tombant, dans la lumière des pots à feu déposés sur la pelouse et des lanternes accrochées aux arbres, une image d'enluminure. Privé d'appétit, je grignotai du bout des lèvres la perdrix aux raisins et le brochet à l'oseille venu d'un étang que maître Borzeix possédait sur les hauteurs de la ville. Redoutant les effets du vin, je m'abstins d'en boire pour garder l'esprit et la voix clairs.

Il y avait, réunis autour de cette table, outre quelques invités qui avaient pignon sur rue, un personnage effacé mais qui retint mon attention : le troubadour local, Herbert Limozy. On l'avait placé en face de moi, si bien que notre entretien fut aisé.

Il m'apprit qu'il entretenait des liens d'amitié avec un troubadour qui avait fait son chemin sans atteindre à la renommée de Bernart de Ventadour : Marcabru. Enfant trouvé, originaire de la Gascogne, surnommé dans sa jeunesse Pain-Perdu, on avait vite compris que ce pain méprisé était de la brioche. Marcabru se fit jongleur, puis commença à composer des poèmes d'un style obscur (le *trobar clus*), empreints d'une étrange misogynie qui alternait bizarrement avec le *fin amor*.

Autour de nous, la conversation roulait sur les événements qui agitaient la province et le royaume de France. J'en retins que le prince Louis avait été sacré roi, septième du nom, et qu'il allait avoir fort à faire pour maîtriser les appétits et les caprices de ses barons.

Passé le dessert, le moment venu de mon épreuve, j'eus la concurrence des chœurs de grenouilles montant des bords de la Corrèze et des marécages voisins, outre des nuées de moustiques attirés par la lumière.

Hélène lança en plaisantant :

— Nous avions l'intention d'envoyer nos domestiques battre l'eau avec des perches pour faire taire ces importuns, mais il aurait fallu mobiliser toute la milice. Alors notre jeune poète devra faire contre mauvaise fortune bon cœur. Orphée a su s'imposer aux fauves. Il triomphera bien des batraciens !

J'ouvris mon répertoire par un bref poème débité sans accompagnement, « La fontaine » : *Tu es la fontaine de la montagne / Glacée comme un astre qui surgit / Comme une lumière qui étanche la soif des bergers...*

On m'applaudit si discrètement que je compris qu'il faudrait de la musique et du chant pour éveiller l'attention de ces bourgeois occupés à digérer.

J'annonçai un poème chanté, d'un rythme allègre, « Bourrée » : *S'il ne faut qu'un cornemuseux / Pour faire danser tout un bourg / Combien faudrait-il de réveilleurs / Pour faire se lever le jour ?*

Ravi et encouragé par les applaudissements qui saluèrent la dernière strophe, je poursuivis par quelques pastorales qui s'accordaient avec le chœur des grenouilles, et terminai par une « Ode à ma bienfaitrice », en laquelle chacun reconnut Hélène : *Le simple toucher de votre main / Me rend ma sérénité entière / Dans cette vie où les chemins / Sont souvent semés d'embûches...*

Les compliments que me valurent ce récital m'importaient moins que l'avis d'Hélène sur ce dernier poème. Rose de plaisir en m'embrassant sous les vivats de l'assistance, elle me glissa à l'oreille :

— Merci, Orphée ! Ton Eurydice t'aime et te salue...

C'est avec une autre forme d'impatience que j'attendais les commentaires de Limozy. Cet homme à la démarche difficile en raison de sa goutte, visage de bouillie grise et froide, mâchoire déchaussée, vint vers moi bras écartés comme pour m'embrasser, ce que je lui sus gré de ne pas faire. Il me prit par le coude pour m'attirer à l'écart des buveurs de tisane et de liqueur et me dit d'un ton paterne :

— Mon jeune ami, le vétéran que je suis salue en vous un talent qui ne tardera pas à se confirmer. Vos poèmes, bien ficelés pour la plupart, sentent encore un peu trop le collège, mais vous chantez si bien la nature que vous m'avez ému.

Il ajouta :

— J'aimerais que nous parlions plus longuement et échangions nos œuvres.

En déambulant à mon bras dans le jardin, il me débita quelques strophes de son cru, prélude au nouvel entretien qu'il m'avait suggéré. C'était un pathos ampoulé dont je rougis de devoir lui faire compliment.

Il me parla de sa condition d'écolâtre de l'école des chanoines, de l'indifférence de ses élèves pour son art et des bourgeois pour son talent, ainsi que de sa solitude *olympienne*. On manifestait quelque estime pour ses dons, mais on ne le lui montrait guère.

— Cela, me dit-il, ne m'empêche pas de poursuivre mon œuvre. Marcabru m'y encourage. Peut-on empêcher un rossignol de chanter, et mieux encore s'il a les yeux crevés ?

Une surprise m'attendait à l'issue de cette soirée.

Alors que je sombrais dans un premier sommeil, le grincement de la porte m'éveilla en sursaut. Dans la lumière d'une chandelle, je vis s'avancer vers mon lit une longue chemise translucide. Le cœur serré, je songeai qu'Hélène venait me témoigner sa reconnaissance. Ce n'était que Marthe...

— Je viens m'assurer, me dit-elle d'une voix hésitante, que vous n'avez besoin de rien. Peut-être qu'un bol de tilleul vous aiderait à dormir.

Je lui répondis en riant que sa proposition m'était agréable mais inutile : quelles que soient les circonstances, je dormais comme une souche. Sans tenir compte de ma réponse, elle posa le bougeoir sur ma table de nuit, s'assit sans façon sur le bord du lit et, ôtant son bonnet, répandit ses cheveux sur ses épaules.

— J'en suis heureuse pour vous, balbutia-t-elle. Quant à moi, je ne pouvais trouver le sommeil. Vos poèmes m'ont tant bouleversée que j'en ai pleuré...

Je l'écoutai babiller en tortillant à poignées sa chevelure et l'interrompis brusquement.

— Marthe, dites-moi franchement ce que vous attendez de moi ! Que je vous dise un de mes poèmes ou que je vous propose de passer la nuit en ma compagnie ?

D'un air faussement offusqué elle pouffa de rire derrière ses mains, puis, sans un mot, fit voler sa chemise et se coula en gloussant contre moi.

J'avais pour la première fois une femme dans mon lit, et pas pour me servir une tisane. Marthe n'avait pas, loin de là, la beauté, la sveltesse et la grâce de sa maîtresse – son esprit non plus ! – mais j'acceptai l'idée d'être déniaisé par cette créature un peu dodue mais piquante et parfumée comme une hétaïre.

Elle allait se montrer très vite experte en préliminaires coquins. Quand j'éjaculai dans sa main qui manipulait mon sexe, elle s'esclaffa puis ajouta :

— Nous allons dormir, maintenant. Si tu te réveilles et que tu aies encore envie de moi, tu pourras me prendre à ta guise.

Je n'attendis pas l'aube pour me sentir apte à des ébats dignes de ce nom. Elle répondait en tous points à mon désir et se montrait une partenaire soumise à mes caprices, dont le répertoire serait bref.

La chandelle brûlait encore pour éclairer le dernier épisode du dévergondage délectable marquant mon entrée dans la vie amoureuse, quand, l'heure du service ayant sonné avec le lever du jour, Marthe m'abandonna, épuisé mais radieux. J'observai une grasse matinée de bourgeois et ne me levai que quand la sonnette du maître annonça le dîner que l'on prit dans le jardin, avec les restes du souper.

Je m'apprêtais à reprendre à pied la route de La Nadalie quand Hélène m'annonça qu'elle avait attelé Jasmin et allait me raccompagner. Je me gardai d'écarter son offre ; en revanche, je refusai l'argent que maître Borzeix me proposait pour ma soirée.

En cours de route, après m'avoir assuré que ma prestation avait été appréciée de tous, elle ajouta :

— As-tu bien dormi cette nuit ? Cette soirée ne t'a pas trop affecté ?

— Mon Dieu, non. J'ai dormi tout mon soûl.

— Tu mens, Peire ! Crois-tu que je sois aveugle ? Cette nuit, tu l'as passée à folâtrer avec Marthe. Tu as jeté ton pucelage aux orties avec cette souillon !

— Diable ! Comment le savez-vous ? Vous guettiez derrière la porte, c'est cela ? Ou alors est-ce Marthe qui vous a avoué sa faute ?

Elle s'exclama :

— Ai-je parlé d'une faute ? Pour tout te dire, c'est moi qui lui ai demandé de te déniaiser. Il semble qu'elle ait accompli sa mission à votre satisfaction commune... Ne me dis pas que tu en éprouves du remords, je ne te croirais pas !

Indigné, je lui demandai d'arrêter sa carriole au lieu-dit Montplaisir, sur le plateau, entre Brive et Turenne. Je sautai à terre, repris mon baluchon et m'apprêtais à poursuivre ma route à pied, quand elle me lança :

— Remonte donc, imbécile ! Il va falloir que nous parlions.

Je m'étais éloigné de quelques pas quand je sentis un cinglon de fouet sur mon échine. En me retournant pour l'insulter, je la vis descendre de sa carriole et courir vers moi. Elle me prit dans ses bras avec une fougue qui m'ébranla.

— Remonte dans la carriole ! m'ordonna-t-elle. Je te dois une explication. Tu as raison d'avoir pris ombrage de mon initiative, mais dis-moi : comment te serais-tu comporté si, au lieu de Marthe, j'avais poussé ta porte ? N'est-ce pas moi que tu attendais ? M'aurais-tu repoussée ? J'exige la vérité ! Qu'as-tu à répondre ?

Cette avalanche de questions me laissait pantois. J'allais riposter pour dire qu'elle m'avait manipulé odieusement et que je n'avais pas à me justifier. La vérité me força à reconnaître que, si je ne l'attendais pas, elle aurait été la bienvenue.

— À la bonne heure ! J'apprécie ta franchise. Je n'avais quant à moi qu'une intention : te faire entrer dans le monde des adultes, fût-ce par une porte de service. L'essentiel est que tu aies fait tes preuves. Tu es un homme à présent, Peire, grâce à moi, mais je te mets en garde contre une illusion : tu n'auras rien à attendre de ma part que de l'amitié.

Je ne lui cachai pas ma déception. J'appréciais ce sentiment et les services précieux qui l'accompagnaient, mais elle ne pourrait m'empêcher de lui vouer la vénération amoureuse que traduisaient certains poèmes que je lui avais cachés.

Elle me reprocha de ne pas les lui avoir confiés et ajouta :

— Il m'est interdit de t'aimer comme tu le souhaiterais, et comme moi-même... Bref ! Mon mari m'a quittée depuis si longtemps que je me considère comme à demi veuve. Il n'empêche, je suis toujours attachée à lui.

Elle me confia que, quelques années auparavant, à la suite d'une rixe, il avait tué un homme et, pour échapper à la corde, s'était évadé et avait rejoint la Bande noire, dont il n'avait pas tardé à prendre la tête. Il donnait de ses nouvelles par l'intermédiaire d'un messager qui n'était autre que Mystère : leur fils.

— Peut-être mon époux reviendra-t-il un jour reprendre une vie normale auprès de moi, mais j'en doute. Il risque sa vie chaque jour ou presque. S'il revient, je le recevrai comme si rien ne s'était passé, sauf qu'il ne retrouvera pas la créature aimante et soumise que j'étais pour lui, en dépit de son caractère emporté et d'une autorité dont il abusait. Il n'en est pas des sentiments comme des restes froids d'un repas, si tu me permets cette image triviale.

Elle m'avoua avec une franchise qui me bouleversa qu'elle devait parfois réfréner les mouvements qui la portaient vers moi, qu'elle avait envie – ce sont ses propres mots – de me sauter au cou et de mordre mes lèvres. Elle lisait chaque jour un ou plusieurs de mes poèmes.

— Ce partage entre mon devoir et mes sentiments,

ajouta-t-elle, est mon drame quotidien. Je le pallie en montant dans ma carriole pour venir te retrouver, sans raison précise, sinon poussée par l'envie pressante de te revoir. Ce manège ne laisse pas d'intriguer mon frère.

— Ce drame, lui dis-je, je le partage avec vous. Mes jours sont aussi tourmentés que peuvent l'être les vôtres, mais avec pour vous un avantage : être maîtresse de vos décisions dans la partie que nous disputons. Vous pouvez à tout moment franchir le mur qui nous sépare, alors que je n'ai que la permission d'espérer vos visites.

Je lui baisai la main ; elle m'offrit ses lèvres.

Mystère m'avait promis sa visite ; il ne trahit pas sa promesse.

Quelques jours après mon récital de poèmes, il arriva sur son bourricot sur le coup de midi, par une chaleur à griller les couleuvres. Il accepta sans se faire prier de partager notre repas frugal, après m'avoir remis un paquet long de deux coudées, enveloppé d'une touaille qui sentait la graisse.

— Pour toi, me dit-il, de la part de ton père, avec son affection. J'espère que tu n'auras pas à en faire usage...

Le paquet contenait une épée et un coutelas semblable à ceux dont on se sert pour saigner les porcs. L'épée n'avait rien du *claymore*, cet espadon dont se servit le géant Goliath dans son duel contre David : elle était simple, nue, avec une garde dotée d'une coquille branlante, mais une épaisse fusée à double tranchant et une poignée dont le cuir s'effilochait.

Mystère sortit de sa ceinture une bourse qu'il déposa sur la table.

— Pour tes besoins les plus pressants, me dit-il.

Il ajouta :

— Ton *pater* aimerait que je te donne quelques leçons. Je le ferai avec plaisir. Tu seras surpris de certains tours de ma façon.

En son honneur, ma mère tira de la huche une miche de

pain, une terrine de lièvre et le tonnelet de vin dont nous ne buvions que le dimanche, au retour de la messe.

J'observai Mystère avec un autre regard que d'ordinaire et cherchai sur ses traits et dans son comportement ce qui pouvait me rappeler sa mère. Je n'y trouvai que la couleur des yeux vaguement noisette, un ovale assez prononcé du visage et un léger déhanchement lorsque la conversation prenait un tour animé. Il semblait que la vie aventureuse qu'il menait eût gommé entre eux toute ressemblance.

Au cours de ce repas, à l'ombre du tilleul, Mystère me parla de mon père.

À la suite de querelles entre lui et le chef de la Bande noire pour des problèmes de discipline, mon père songeait à s'installer à Bordeaux lorsque le contrat qui l'attachait à la bande arriverait à son terme.

— Bordeaux ? Qu'irait-il faire dans cette ville ?

— Se mettre au service de l'archevêque qui envisage de constituer une compagnie armée pour défendre ses possessions. J'ai cru comprendre ce qui retient ton père : s'éloigner de sa terre natale et de sa famille lui est insupportable. Alors tu peux toujours espérer le voir revenir.

— C'est ce que je souhaite dans mes prières, mais il courrait autant de risques ici, avec nous, qu'auprès de ton père.

Mystère parut surpris. Je lui révélai qu'une bande, les Pieds-Rouges, venait de s'installer dans la forêt de la Ramière, entre Collonges et Meyssac. Ils se reconnaissaient au ruban écarlate qu'ils portaient noué à une cheville. Ils se tenaient assez tranquilles, du moins pour le moment, se contentant de se faire nourrir par les paysans des parages, mais cela ne durerait guère.

— Le vicomte Raymond, ajoutai-je, est décidé à leur faire la chasse. Des patrouilles ont déjà visité ma maison pour s'assurer que je n'abritais pas un de ces brigands, me demander si je les avais rencontrés, et où. Si mon père vient nous rejoindre et qu'on le trouve, il y a fort à craindre pour sa sécurité. Il faudra l'en prévenir.

Peu avant la tombée de la nuit, Mystère me donna ma première leçon. Il se moqua un peu de ma maladresse, mais me rassura : j'avais de bonnes dispositions et, avec un peu d'entraînement, je manierais l'épée aussi bien que la faucille.

Il se livrait à cet exercice comme à une danse, paraissant se jouer de mes assauts maladroits, et me lançait :

— Tu confonds l'épée et la hache ! Plus de souplesse dans les jambes... efface ton corps... regarde-moi, au lieu d'admirer mes chausses... Là, c'est mieux !

Ce n'était, j'en avais conscience, ni bien ni mieux. À la fin des trois jours que Mystère passa à La Nadalie, j'enregistrai quelque progrès, mais j'étais loin d'atteindre à ses qualités de bretteur. Tout compte fait, je préférais mes outils aux armes.

Chaque soir, la chaleur tombée, nous allions poser des nasses dans la Tourmente et, à l'aube, les rapportions pleines d'écrevisses et de truites pêchées à la main, dont il se régalait, assaisonnées de mes herbes.

Mystère semblait se plaire en ma compagnie mais aussi en celle de Solange, qui ne dédaignait pas ses attentions et s'amusait de ses facéties. Elle allait sur ses treize ans (l'âge, à peu près, de mon compagnon). Sous une broussaille de cheveux d'un blond de seigle mûr, elle avait le visage un peu massif de notre père, mais avec une grâce que j'allais plus tard retrouver dans une fresque de la Vierge ornant la chapelle du château.

Mystère me dit au moment du départ :

— Mes leçons t'ont été profitables mais insuffisantes. Il faudra t'exercer chaque jour. Lorsque je reviendrai, nous nous livrerons à un véritable combat... avec des épées de bois !

Il se sépara du bracelet d'argent qu'il portait au poignet et l'offrit à Solange.

— Pour te faire souvenir de moi dans tes rêves...

Je lus la liasse de poèmes que m'avait confiés Limozy et en tirai une première conclusion : il n'entrerait jamais dans la confrérie des troubadours.

J'y trouvai quelques belles images, mais l'ensemble sentait son écolâtre. La plupart de ses écrits étaient consacrés à son potager, à ses arbres fruitiers en espalier, dont il semblait très fier, et aux bords de la Corrèze qu'il comparait au Tibre ! Aucune image de femme n'émergeait de ce fatras. La perspective de le retrouver et de lui en parler m'importunait.

Hélène me révéla qu'il était épris d'elle depuis des lustres. Il lui avait adressé des poèmes délirants qu'elle avait brûlés, en lui conseillant de faire de même pour ceux qu'il avait pu garder par-devers lui. Il en avait pleuré à ses genoux !

Ce pauvre homme nous libéra de sa présence plus tôt que nous ne l'eussions présumé : il mourut un jour d'été dans sa vigne, d'un coup de chaleur. Le destin venait de priver Brive du seul troubadour auquel cette bourgade eût jamais donné naissance.

Hélène évoqua cette fin prématurée au cours d'une promenade le long de la Tourmente, par une chaude matinée d'août.

Ce qui restait d'un orage nocturne faisait scintiller les hautes collines autour de La Nadalie et monter des friches des bouquets d'odeurs sauvages. Des crapauds traversaient le sentier à petits sauts, d'une flaque l'autre. Monteil nous salua au passage et nous offrit du cidre. La marmaille du moulin nous escorta un moment en se livrant à des facéties.

— Il faudra, me dit Hélène en me prenant le bras, que je te présente aux châtelains de Turenne. L'intendant de messire Raymond est de nos bons clients. C'est parfois moi que mon frère envoie faire les livraisons de sabots et de socques. Ce sont des gens simples et courtois, qui n'affichent aucun mépris pour la roture. Il leur arrive souvent d'accueillir des jongleurs et des troubadours pour de petites fêtes. Je compte bien t'y faire inviter...

— Gardez-vous-en bien ! Je n'y ai pas ma place et me sentirais ridicule !

— Pas si je m'en mêle, comme pour notre soirée, et que je te présente comme le troubadour que tu es.

— Je vous conjure d'oublier ce projet.

— Soit, n'en parlons plus, du moins pour le moment, mais imaginer que je pourrais renoncer serait mal me connaître. Ce que femme veut...

Elle me tendit sa joue à baiser et me dit sur un ton badin :

— Mon petit Peire, penses-tu souvent à moi ?

Je répondis sur le même ton :

— À chaque heure de chaque jour, mais la nuit surtout, où vous m'apparaissez sous les traits de la fée Morgane ou d'une de ces *Tria fata* dont parle le poète Ausone, vêtue d'un voile transparent sous lequel je devine votre nudité.

— Polisson ! Est-ce à dire que tu souhaiterais me voir nue ?

— Cessez de me tourmenter, alors que vous connaissez ma réponse !

Elle s'éventa avec le bas de sa ceinture et soupira :

— Cette chaleur est insupportable. Un bain nous ferait le plus grand bien. La Tourmente nous tend les bras.

— Vous n'allez pas...

— Et pourquoi pas, alors que personne ne nous observe ? Allons, aide-moi à me défaire de ma robe.

J'exécutai l'ordre d'une main malhabile, ce qui l'agaça. Elle fit glisser jusqu'à ses pieds sa chemise légère qui sentait la violette et la sueur, et pouffa de rire en voyant mon air ébahi et mon allure figée.

— Eh bien ! me dit-elle, attends-tu que je te déshabille ?

Je me défis d'une main fiévreuse de ma souquenille et de mes chausses et, une main sur le bas de mon ventre, la suivit lorsqu'elle s'abattit dans le courant en m'aspergeant d'une eau glaciale.

Il n'y avait que trois à quatre pieds de profondeur, ce qui ne nous permettait pas de nager, ce dont j'eus d'ailleurs été incapable, et elle de même sans doute. Nous nous sommes allongés dans le lit de la rivière, côte à côte, ma main dans la sienne, comme prêts à nous laisser emporter jusqu'à la Dordogne. Une grosse couleuvre enroulée à une branche de saule, sa queue balancée par le courant, semblait nous observer, comme dans un jardin du paradis. Je n'osais porter mon regard sur Hélène dont je ne voyais, sur la plage blanche de son corps, que le pubis sombre, pailleté d'étincelles liquides, mais je constatai qu'elle n'avait pas le même scrupule envers moi. Je ne saurais dire combien de temps dura ce bain. Nous restâmes muets et immobiles comme les statues englouties dormant au fond des mers. Des images des jeunes héros de Longus, Daphnis et Chloé, et de leurs jeux innocents dans les collines de la Grèce me revenaient en mémoire.

Hélène fut la première à rompre le charme.

Elle sauta sur la rive d'un saut de carpe, traversa le sentier, s'épongea avec mon sarrau, et, s'étant rhabillée, s'allongea dans une flaque de soleil, sur une roche plate, en me faisant signe de la rejoindre.

Nous nous retrouvâmes dans la même attitude de gisants que dans la rivière, sauf que le schiste me grattait désagréablement le dos. Je restai d'une immobilité de marbre dans l'expectative d'une invite plus précise de sa part. En vain.

Je pris hardiment les devants sans qu'elle tressaillît. Les yeux clos, elle me laissa la caresser, enfouir mon visage dans sa chevelure humide et odorante, laisser courir mes lèvres sur son épaule et ses bras.

Quand, inondé de désir dans l'attente de l'abandon que

j'espérais, je tentai de me livrer à des gestes plus audacieux, elle détourna ma main en s'écriant :

— Non, Peire ! Je te le répète : n'attends rien d'autre de moi que de l'amitié. Poursuivre ce jeu jusqu'à son terme serait nous exposer à des péripéties que je redoute. Tu rêvais de me voir nue ? J'ai satisfait à ton désir. Ne m'en demande pas plus.

Elle avait parlé d'un *jeu*. Pour moi, c'était tout autre chose : une idylle à long terme, un engagement définitif. J'imaginais déjà les tourments qu'allait susciter en moi ce moment de communion intense mais inaboutie. Je devais pourtant convenir de la sagesse de ma compagne : si nous avions joui l'un de l'autre, l'absence aurait été plus poignante et nous aurait incités à multiplier nos rencontres, au risque d'être surpris et confondus. J'imaginais la force irrésistible qui nous eût entraînés dans une aventure dont la conclusion m'échappait.

Sur le chemin du retour, dans le soir moite, je la surpris à murmurer un des poèmes que je lui avais dédiés :

Je veux pour nos amours
L'ombre d'un grand chêne
Le chant d'une source
Et le silence du ruisseau...

L'automne passa, puis l'hiver, sans rien apporter de nouveau dans mes rapports avec Hélène. L'espoir de la voir se donner à moi s'estompa puis se fondit dans la monotonie des jours.

Un soir, alors que je m'étais rendu à Brive pour régler mes comptes avec maître Borzeix et lui offrir un sac de châtaignes, le temps avait filé si vite qu'à la nuit tombante nous en avions tout juste fini. Je fus invité à souper et à coucher.

C'est en vain que j'attendis, en me morfondant, que la porte de ma chambre s'ouvrît, sur Marthe ou sur sa maîtresse. J'en fus pour mes frais.

Je repartis de bon matin sans saluer Hélène, en guise de représailles. Elle en prit ombrage et resta quelques semaines sans me rendre visite, au point que je crus à une rupture de nos relations et que cela m'obséda, persuadé que c'eût été ôter tout sens à mon destin.

Un dimanche, au retour de la messe en famille dans la chapelle claustrale de La Méchaussée, je flânais dans le Marchadiol, après le marché, quand j'entendis parler pour la première fois, au cabaret Miallet, par maître Favereau, prévôt de Turenne, du père Anselme.

J'appris que cet ermite avait installé sa retraite sur la crête d'un piton boisé dominant la vallée, qu'on appelait le Vieux-Turenne.

Ancienne place forte du temps de Charlemagne, ce

n'était plus qu'une ruine. Un roi de France, Pépin le Bref, s'y était livré à un siège pour en déloger son ennemi, le duc d'Aquitaine Waïffre.

Je manifestai le souhait de me rendre sur ces lieux, mais maître Favereau me le déconseilla : l'accès en était difficile, à travers une forêt touffue, grouillante de reptiles, et sans le moindre sentier. De plus, je risquais de recevoir de l'ermite un accueil exempt d'aménité.

— Le père Anselme est un sauvage de la pire espèce. Il vit de chair crue, de glands et de serpents. Il vous recevrait à la fourche...

Ma curiosité l'emporta.

Je fis les jours suivants le tour de la haute colline. Ce site était l'objet d'une légende. Dans l'intention de changer de domicile, les châtelains de l'époque avaient consulté le diable. Il avait pris un marteau et l'avait lancé dans l'espace. Il avait atterri sur la plate-forme rocheuse où se dresse aujourd'hui la forteresse de Turenne.

Au jugé, maître Favereau n'avait pas exagéré : cet ancien château, englouti dans une épaisse masse végétale, était aussi inabordable que les couvents des météores, en Thessalie. Aucun vestige n'en surgissait et je ne trouvai pas l'amorce du moindre sentier.

Revenu quelques jours plus tard sur les lieux, je me hasardai à m'engager dans une vague échancrure du flanc méridional, au milieu d'un espace de hauts genêts.

Alors que je progressais avec peine entre les ronciers, je crus avoir la berlue en constatant qu'à chaque pas ou presque je voyais déguerpir des reptiles : vipères, couleuvres, lézards verts, dans un froissement de feuilles sèches. En d'autres endroits, je me heurtais à de hautes haies d'églantiers, de genêts et de prunelliers qui, en m'obligeant à des détours, ralentissaient ma marche. Lorsque, suant sang et eau, je découvris un muret de pierres sèches, je me dis que j'approchais du terme de ma promenade et l'enjambai prudemment pour éviter de déranger la colonie de vipères qui nichaient dans ses joints.

Je finis, en émergeant de cette jungle, par me trouver sur

un espace dénudé occupé par un énorme châtaignier et délimité par un autre mur, de plus haute envergure que le précédent. Ce ne pouvait être, me dis-je, que les vestiges de la forteresse occupée par le duc Waïffre.

À première vue, aucune trace de mon ermite.

Je fis avec précaution le tour de cette butte d'où la vue rayonnait sur l'immensité de la vallée traversée par la ceinture argentée de la Tourmente et semée de hameaux et de fermes isolées : La Borie, Baladre, La Grange-Rouge, La Méchaussée, La Bastide, Gondres...

Assis sur une roche pour retrouver mon souffle et me désaltérer à l'eau de ma gourde, je m'apprêtais à me retirer, certain qu'on m'avait trompé, quand une voix rauque me héla âprement :

— Qu'est-ce que tu fous ici, bonhomme ? Qu'est-ce que tu me veux ? Si tu as une arme, jette-la à tes pieds !

En me retournant, je me crus en présence d'une image de cauchemar. Je venais de voir surgir une sorte de cyclope à demi nu, barbu jusqu'à la ceinture, haut de sept pieds et qui me menaçait d'une antique et lourde rapière tenue à deux mains.

— C'est toi, le père Anselme, le reclus ? lui répondis-je sottement.

— Eh ! Qui veux-tu que ce soit, grand nigaud ? L'évêque de Tulle ? Je ne suis pas un reclus, bonhomme, mais un ermite laïc et libre comme le vent. Je répète : qu'est-ce que tu viens faire dans mon domaine ? Si c'est pour les châtaignes, c'est pas la saison.

Je lui confiai que je me livrais à une simple promenade et n'avais pas d'intention hostile à son égard.

— Je l'espère bien ! Mais, encore une fois, tu la jettes, ton arme, oui ou non ?

Je déposai sur le mur le coutelas dont je ne me séparais jamais. Il me demanda si j'avais du pain dans ma besace. Il me restait un croûton de seigle que je déposai près du coutelas. Il fit la grimace.

— Peuh ! Un rogaton... C'est tout ce que tu m'apportes ?

— Si j'avais su, je serais venu avec une tourte et un pot de rillettes.

— Eh bien ! Tâche de t'en souvenir, si tu reviens. Ma huche est vide. Si tu pouvais m'apporter en plus une bouteille de vin, ça serait pas de trop.

Après m'avoir demandé qui j'étais et où j'habitais, il me dit :

— On a dû t'en raconter des histoires sur mon compte, pas vrai ? Du vrai et du faux. Du faux surtout ! Tu n'es pas le premier à venir voir le *phénomène*, comme disent les gens du château et ceux d'en bas. J'en ai fait deux catégories : ceux qui se mettent à rigoler en me voyant et que j'expulse à coups de pierres, et ceux qui, comme toi, me prennent pas pour un innocent ou un fou, et à qui je peux faire bonne mine. Alors, approche mais reste pas trop longtemps : si je perds plaisir à bavarder, ça m'épuise vite. Alors quand je te dirai de partir, tâche de pas me le faire répéter.

Nous n'avions que quelques pas à faire jusqu'à sa tanière à moitié enfouie dans la terre et précédée d'un auvent recouvert de genêts tressés, qui avait l'apparence d'une souille de cinglar.

Il me fit asseoir sur une pierre et me demanda si j'avais faim et soif. Je m'étais désaltéré à l'eau de ma gourde et je répugnais à goûter aux tronçons de couleuvre qui rôtissaient entre deux pierres.

Du pain, qu'il se procurait je ne sais comment, il n'en manquait pas. Il m'en tailla un chanteau large comme la main, à l'aide de mon coutelas qui grinçait dans la tourte rassie comme une scie sur une bille de bois. De ma vie je n'ai mangé de pain aussi grossier : d'orge pétri avec du son et de la paille, verdâtre de moisi et à goût aigrelet. Je faillis m'y casser les dents ; Anselme s'en accommodait en le trempant dans une écuelle d'eau. Une bouchée de pain, un morceau de couleuvre...

Il s'interrompit pour me répéter qu'il remerciait Dieu de l'avoir dirigé vers cette thébaïde, de lui avoir fourni sa provende quotidienne et de lui donner des sommeils sans rêves. Il était le plus heureux des hommes.

Je me hasardai à lui demander ce qui avait suscité sa

vocation d'érémitisme. Je m'attendais à une rebuffade ; il consentit à me satisfaire. Il venait du Breuil, un hameau de la paroisse de Nespouls, à quelques lieues de Turenne, où sa famille possédait une modeste seigneurie. Il avait eu femme, enfants, serviteurs mais ignorait ce que ce petit monde était devenu.

Parti tout feu tout flamme pour la croisade prêchée à Clermont d'Auvergne par le pape Urbain, il s'était joint à l'armée d'un seigneur du nord, Godefroy de Bouillon.

Dans une sorte de braiment, comme s'il s'adressait à la terre entière, il égrena ses exploits :

— Nous avons pris Nicée, Édesse, Antioche ! À Jérusalem, nous avons fait le plus grand massacre de Mahométans et de Juifs connu depuis la Bible. On était souillés jusqu'aux yeux de ce sang impur. En y jetant les cadavres, on aurait pu remplir les fossés de Ventadour !

Il ajouta, un ton plus bas :

— Ne crois pas que je sois fier de cet exploit, bonhomme. Voir les pierres de la Ville sainte, foulées jadis par les pieds de Marie et du Christ (il se signa), souillées par un sang hérétique, m'était insupportable.

Je lui demandai s'il était resté longtemps en Palestine.

— Trop longtemps, bonhomme ! Un peu plus d'un an, je crois... Tous nos chevaliers voulaient leur part du gâteau et se tailler des principautés. Ma part à moi a été maigre : un coin de désert, avec une fontaine, trois ou quatre palmiers, un village bâti en pisé couleur de terre et un campement de Bédouins qui n'attendaient qu'une occasion de m'égorger. Alors j'ai pris mon barda, laissé sur place ce qui restait de mes hommes, pour rembarquer à Jaffa sur une galère de Trieste.

Il poursuivit, en attaquant une autre tranche de couleuvre :

— Surprise en débarquant à Marseille ! Une putain juive de Jaffa m'avait fait cadeau d'une maladie qui, avec les marques apparues sur mon visage, aurait pu me faire passer pour un lépreux. J'ai mis un an à m'en guérir dans l'hospice qui porte le nom de Nazareth, près de Turenne, où tu trouveras les éclopés des croisades logés et nourris gratis, grâce au vicomte. Que Dieu l'ait en sa sainte garde !

Il se signa de nouveau. Ces détails ne m'expliquaient pas les raisons de sa retraite dans ce lieu hostile. Il m'en parla de lui-même.

— Une fois guéri, je suis allé embrasser ma femme et mes enfants au Breuil de Nespouls, puis, comme si la guerre m'avait versé son poison dans le sang, j'ai rassemblé quelques hommes et suis parti me battre dans l'armée du roi d'Aragon contre les Maures de Cordoue. J'en ai ramené quelques blessures et des fièvres, mais de gloire, pas de quoi s'en vanter. Je suis resté trois ans dans ces déserts. Quand je suis revenu, ma femme était morte de m'avoir attendu trop longtemps, et ceux de mes enfants qui n'avaient pas quitté le château m'ont rejeté comme si je leur amenais la peste. Alors j'ai repris la route, seul sur mon vieux cheval aussi fourbu que je l'étais.

— Vous auriez pu entrer dans un couvent. Il n'en manque pas dans la région.

— J'étais comme un chien enragé, prêt à mordre à la moindre contrariété. Alors m'enfermer dans un monastère et obéir à la discipline me répugnait. C'est pourtant ce que j'ai fait. Faut dire que j'avais guère le choix. J'ai mené, durant quatre ans, une existence édifiante, respecté de mes frères pour avoir, à ce qu'ils disaient, donné mon sang pour le Christ ! Ils ont fini par me choisir pour diriger la communauté, après la mort de leur abbé...

Alors qu'il observait un silence, j'allais lui demander ce qui l'avait fait renoncer à tenir son rang pour choisir la solitude érémitique. Il me dit en se grattant vigoureusement les aisselles :

— Lorsque j'ai pris en main la discipline du couvent, beaucoup se sont repentis de leur choix. J'avoue que je les ménageais pas, mes moines ! Du lever au coucher du soleil, qu'il pleuve ou que ça chauffe comme en Palestine, ils trimaient comme des esclaves, « pour le rachat de votre âme pécheresse », que je leur disais ! Beaucoup en avaient fichtrement besoin... Un beau jour, je les trouve réunis dans la cour et refusant de prendre leur outil. Je les engueule et les menace. Rien n'y fait ! Alors ils se ruent vers moi, me dépouillent de ma robe et me bastonnent. J'en porte encore les traces. Après ça, ils ouvrent la porte et me foutent dehors comme un malpropre, moi, leur abbé !

— Tout nu ?

— Tout nu ! Alors que voulais-tu que je fasse ? J'ai menacé d'assommer un manant pour qu'il me donne une souquenille, et j'ai battu la campagne en mendiant et en volant pour me nourrir.

— Votre monastère, il se situait où ?

— Sur le causse, près de Chasteaux. Son nom te dirait rien. Moi, j'essaie d'oublier. Un jour, alors que je passais par Turenne, je tombe en arrêt devant cette butte. Ça a été comme une illumination ! J'avais l'impression d'avoir découvert ma Terre promise. J'ai escaladé la pente et trouvé au sommet ces quelques débris laissés par les hommes des temps passés. Je m'y suis installé et, comme tu vois, je me débrouille pas mal !

— Il y a longtemps ?

— Si tu crois que je compte les jours et les années ! Quatre ou cinq ans, peut-être... Le temps n'a plus de sens pour moi. Quant à mon âge, j'en sais foutre rien, mais je dois bien approcher les quatre-vingts et je me porte comme la tour de César !

Il ajouta en se levant avec un bâillement :

— Et maintenant, bonhomme, ouste ! C'est l'heure de ma sieste. Si tu reviens, tâche de m'apporter du pain et du vin, ce qui me manque le plus. Descends par l'autre côté, tu y trouveras moins de serpents...

Durant près de deux ans, une fois par mois, j'ai rendu visite au père Anselme, ma besace pleine, en passant par le côté nord de la butte. Je lui demandai la raison de cette prolifération de reptiles ; il éclata de rire.

— C'est fait pour décourager les curieux ! J'ai battu la campagne, le causse et les rives de la Tourmente pour en rapporter de pleins sacs. Ce sont mes vigiles et de plus ils m'évitent de mourir de faim. Tu devrais y penser ! Rien de meilleur qu'une couleuvre grillée avec des herbes...

Je prenais à chaque visite plaisir à l'entendre me parler

des terres lointaines de la Palestine et de l'Aragon, avec cette verve et ce langage de soudard qui me plaisaient.

Anselme du Breuil est mort peu de temps avant Noël. De froid ou de faim ? Je ne sais. De vieillesse peut-être... Il ne restait de lui, dans le creux de la souille, qu'une apparence d'être humain, presque un squelette recouvert de givre. Je le laissai à sa place et recouvris le corps de caillasse, avec l'épée plantée en guise de croix dans la terre gelée.

En fouillant dans son maigre bien, j'ai découvert des pièces d'or et d'argent datant de Charlemagne, une lourde boucle de ceinture représentant un lion, symbole de l'Aquitaine, et un de ces coutelas à tranchant qu'on appelle scramasaxes.

J'ai déposé ma découverte chez l'intendant du château, ne gardant en souvenir de l'ermite qu'une monnaie d'Aragon en cuivre représentant un cavalier.

Le jour de ses quinze ans, ma sœur Solange nous a quittés, non pour suivre son ami Mystère sur les chemins du vent, mais pour épouser Daniel, un des fils de Monteil qui, lui, en avait près de vingt. C'était un brave garçon mais un adolescent attardé. Il lui fit des enfants pour assumer ses fonctions d'époux et parce qu'au Moulin des Champs on aimait les ménages prolifiques.

Elle se plaçait bien. Monteil était, disait-on, riche comme l'évêque de Tulle et propriétaire de vastes parcelles de terres et de forêts qu'il faisait travailler et exploiter par sa famille et quelques brassiers.

À douze ans, mon frère Étienne promettait de la robustesse mais peu de courage. Il répugnait à retourner la terre avec l'araire à soc de bois de ma fabrication, auquel nous attelions notre mère, cette force de la nature, comme on dit. Il mettait moins de répugnance à la plantation, à la cueillette et au tri de mes herbes médicinales. C'était une nature délicate et, comme notre père, toujours attelé à une chimère.

Malgré sa déception ressentie du mariage de Solange, sur laquelle il avait fondé quelque ambition qu'elle ne partageait pas, Mystère restait attaché à son rôle d'argus.

C'est lui qui nous apprit la mort de notre père.

Il n'avait pu mener à bien son intention de nous rejoindre. Alors qu'il participait à une expédition contre une bande rivale qui débordait des limites de l'Auvergne, il avait eu la poitrine crevée par le carreau d'arbalète tiré d'une ruine dans laquelle l'ennemi s'était retiré, dans la forêt de Ventadour, près de Darnets.

Il avait, nous dit Mystère, agonisé durant des heures sans autre secours que les prières du religieux qui accompagnait chaque expédition. Et avait été inhumé au cœur de la forêt.

Mon père avait connu là le terme de son dernier voyage, qui n'avait rien des grands pèlerinages auxquels il avait aspiré toute sa vie. Il ne se nourrissait que de velléités décevantes.

Si notre mère en conçut du chagrin, elle n'en montra rien.

Cette femme est toujours restée une énigme pour moi. Elle ne manquait pas d'affection pour nous mais ne le témoignait guère. Le sentiment était en elle comme une pierre dure, silex plutôt que diamant. Je ne pouvais oublier l'attirance qu'elle avait eue, en l'absence de son époux, pour le contremaître des tanneries d'Uzerche, Renaudie, mais ce n'avait été, en apparence, qu'un feu de paille.

Elle n'a jamais failli à sa tâche, qu'il s'agisse de son ménage ou du travail de la terre. Elle n'avait pas son pareil pour tirer l'araire ou manier la bêche.

La mort de notre père nous affligea peu, je dois en convenir. Nous n'avions pas revu depuis des années cet éternel absent et avions perdu l'espoir de le voir revenir. Il était déjà mort quand nous avons appris son drame. Son comportement quotidien, sa voix, les traits de son visage, se diluaient dans le temps. Que nous restait-il de lui ? Peu de chose : quelques objets façonnés de ses mains, l'épée qu'il m'avait offerte, la bourse de cuir contenant une dizaine de livres et de la monnaie que Mystère avait déposée sur notre table.

— Je crains, nous dit Mystère en remontant sur son bourricot, que ce ne soit ma dernière visite. Mes leçons n'ont pas été inutiles, Peire. Le cas échéant, tu te battras comme un vrai soldat.

Quand je lui demandai où il se rendait, il eut un mince sourire mais garda le silence, comme s'il tenait à préserver en lui la part d'énigme qui me fascinait.

Les années avaient passé sans me donner la moindre occasion d'une rencontre digne d'intérêt avec les gens du château.

Le dimanche ou les jours de fête, ils daignaient parfois faire une courte apparition dans le barri du Marchadiol, entourés de leur famille et de leur valetaille. On les saluait chapeau bas ; ils répondaient par des sourires ou de petits gestes de la main et s'attardaient à bavarder avec le prévôt ou le bayle, avant de s'engouffrer dans l'église paroissiale, lorsque sonnait la messe dominicale.

Une seule fois, lors de Pâques fleuries, j'eus l'honneur de voir la dame Eustorgie, épouse de messire Boson, faire halte devant mon éventaire et paraître s'intéresser à mes tisanes. Elle était de santé précaire et sujette à de fréquentes alarmes.

Elle picora du bout des doigts quelques pincées de feuilles ou de poudres, les respira et me dit, à ma grande confusion :

— Maître Jouvenel, je connais votre réputation d'herboriste. Alors, dites-moi : auriez-vous un remède contre l'insomnie ?

Je balbutiai :

— Il en existe de différentes sortes, madame, selon la nature de cette affection. Sans doute avez-vous déjà éprouvé les vertus du tilleul. Alors je me permets de vous conseiller également la fleur d'aubépine, que voici, mêlée à ces sommités de ballote. Je puis vous conseiller de croquer une pomme avant de vous endormir. Si ce remède se révèle inefficace, veillez à placer votre lit de manière à faire face au septentrion...

— Maître Jouvenel, votre science m'éblouit ! Et pour les essoufflements, que me conseillez-vous ?

— La fleur d'aubépine, madame. Avec trois tasses par jour durant une quinzaine, vous vous sentirez mieux. Ou alors, si vous en supportez l'odeur, croquez des oignons crus.

— Mais vous êtes un magicien ! s'exclama-t-elle. Préparez-moi tout cela, je vous prie, sauf les pommes et les oignons, dont nous ne manquons pas au château, et dites-moi combien cela va me coûter.

— Madame, vous faire ce modeste cadeau est pour moi un plaisir et un honneur.

Elle m'en remercia, tendit le paquet à une servante et ajouta :

— Peire Jouvenel... Peire Jouvenel... Ce nom ne m'est pas étranger. Seriez-vous ce troubadour dont m'a parlé dame Hélène, la fille de notre sabotier ? Elle m'a dit le plus grand bien de vos tisanes et autres talents. S'il s'agit bien de vous, j'aimerais que vous nous régaliez de vos œuvres. L'été venu, nos portes s'ouvriront pour des jongleurs et des poètes. Accepteriez-vous d'être des leurs, un soir, sur nos terrasses ?

— C'est beaucoup d'honneur, madame, et je ne puis refuser.

— À la bonne heure ! Dame Hélène vous tiendra informé.

Que la dame Eustorgie, fille d'un puissant baron cévenol d'Anduze, souffrît d'insomnies n'avait rien pour me surprendre. Le vicomte Boson, son époux, passait la majeure partie de son temps à chevaucher, en quête d'exploits guerriers, à travers la vicomté et au-delà, loin dans le sud, sur les terres des comtes de Toulouse. Elle s'attendait chaque jour, disait-on, à recevoir l'annonce de sa mort au combat. Il ne fallait pas chercher ailleurs la cause de ses maux.

Le bruit du dernier exploit de Boson avait déjà couru la

province lorsque Hélène m'en informa quelques semaines plus tard.

Boson avait annoncé sa présence au mariage de sa sœur, Marguerite, avec Aymard, vicomte de Limoges. Lors de la messe nuptiale, il se fit attendre. On se dit qu'il avait manqué à sa parole, ce qui ne surprit personne.

Il arriva sur le parvis alors que la messe s'achevait, descendit de son cheval blanc d'écume et pénétra dans la cathédrale, hirsute et chancelant de fatigue, son habit couturé de coups d'épée souillé de sang. Il raconta qu'il revenait du Quercy où il avait livré bataille dans la troupe du seigneur de Castelnau contre un baron d'Auvergne.

Après un brin de toilette, Boson avait assisté au repas nuptial, dansé la carole et l'estampie, puis s'était jeté sur un lit et avait dormi comme une bûche. Le lendemain, sans en informer son épouse qu'il avait tout juste daigné embrasser, il était remonté en selle et, avec les quelques chevaliers de son escorte, avait pris la route du Rouergue, où il avait, dit-il, un différend à régler.

Ce mariage, m'avait confié Hélène, n'était pas un modèle d'harmonie conjugale. Marguerite de Turenne était la beauté et l'innocence incarnées ; Aymard une petite brute sournoise et perverse. On avait enfermé dans la même cage la colombe et le faucon...

Sans m'en confier les raisons, Hélène avait espacé ses visites et mesurait le temps qu'elle leur consacrait. Je m'expliquais cette réserve par mon refus de lui faire lire les poèmes qui lui étaient dédiés, que je jugeais trop intimes et un peu lestes, ce dont elle eût pris ombrage.

Elle me surprit un jour en train de fabriquer mon encre suivant le procédé acquis à Saint-Martial : un mélange de noir de fumée, de tanin de noix de galle, de gomme arabique et d'urine de mes brebis...

J'étais fier du résultat : cette encre du plus beau noir et de l'épaisseur qui me convenait s'adaptait parfaitement au papier bleuté acheté par Hélène à un colporteur auvergnat.

Je l'accueillis avec une pointe d'ironie dans mon salut.

— Votre venue, lui dis-je, me surprend et me flatte. J'ai

cru que vous aviez renoncé à vos visites. Que me vaut cet honneur ?

Elle haussa les épaules, alla saluer ma mère, qui ravaudait une chemise sous le tilleul, et Étienne, occupé à trier des plantes à faire sécher.

— Cesse de persifler, Peire. Dis-moi plutôt ce que tu fais.

— Je prépare mon encre. Un travail méticuleux, comme vous voyez.

Elle souleva le bocal de verre où j'avais commencé à verser mon encre.

— Elle est d'un noir absolu, dit-elle. Dire que, de ce liquide sombre comme la nuit, vont naître des poèmes lumineux comme le jour...

Elle me demanda si j'étais toujours aussi réticent à lui confier mes derniers poèmes.

— Faut-il que je t'implore à genoux de me les montrer ? N'en serais-tu pas satisfait ?

Elle me pria de la rejoindre dans le jardin pour une promenade. Elle était venue à cheval et la course avait avivé son teint. Son bliaut à parements brodés de fils d'argent, son chapeau de soleil noué sous le menton, ses bottes de cuir fauve lui donnaient l'apparence d'une amazone échappée d'une fête mondaine.

Elle me prit le bras et, au milieu de l'allée qui sépare les légumes des herbes aromatiques, me dit :

— Peire, je me sens coupable envers toi. Je te conjure de m'écouter sans te fâcher ni te moquer. Notre bain dans la Tourmente, l'été dernier, était une épreuve. Je voulais savoir si ce que j'ose appeler notre amour pouvait résister à la tentation d'une union charnelle et au temps.

Cette révélation me laissa un moment perplexe et incertain de ma réaction. Je lui demandai, sur un ton non exempt de persiflage, si je devais attendre que ma barbe eût blanchi ou qu'apparaissent mes premières rides pour qu'elle daignât me confier le résultat de cette épreuve. Des mois ayant passé, elle avait eu le temps de la réflexion !

Elle se livra à un pathos d'une telle confusion que j'avais du mal à suivre sa pensée. Ce qui m'importait, c'était de savoir à quelle conclusion elle s'était arrêtée et quelle sentence elle allait m'assener.

Je l'interrompis sèchement.

— Laisser nos sentiments s'enliser, transformer l'ambroisie en une mixture saumâtre est une absurdité. Pour parler franc, qu'avez-vous décidé pour nos relations à venir ? À défaut d'être mon épouse, soyez ma maîtresse, ou alors persistons dans nos rapports amicaux.

— Ce que tu ignores, c'est que j'ai obtenu sans peine du légat du pape l'annulation de mon mariage, et que donc je suis libre, ce qui ne fait qu'entériner un état de fait.

— Eh bien ! Cela vous laisse toute latitude de contracter un nouveau mariage. Jeune, belle et riche, vous ne manquerez pas de beaux et bons prétendants. Quant à moi, j'en prendrai mon parti.

— Cesse d'ironiser, Peire, je t'en prie. Si l'envie me prenait de convoler, tu sais bien à qui je songerais !

— Votre famille vous renierait !

— J'en ai conscience.

Elle ajouta en étouffant un rire derrière ses gants :

— Sais-tu à quoi j'ai rêvé la nuit passée ? Tu m'enlevais, comme dans les romans !

— C'est un rêve absurde ! Dans les romans de chevalerie, ce sont les princes qui enlèvent des bergères, jamais le contraire. D'ailleurs, à supposer que vous décidiez de rompre avec votre famille, qu'aurais-je à vous proposer ?

Je poursuivis par un bilan de notre situation. Nous pourrions ne rien changer à nos relations, entretenir des rapports plus intimes. Elle pourrait se trouver un mari assez naïf ou complaisant pour accepter qu'elle le trompât, avec tout ce que l'adultère comporte de problèmes de conscience...

Elle me serra contre sa poitrine et me dit à l'oreille :

— Mon amour, mon choix est déjà fait. Je vais bientôt me marier.

Quelques mois plus tard, la dame Hélène Borzeix épousait en justes noces, en la collégiale de Brive, Martin

Croze, fils du cirier de la porte des Sœurs, échevin. C'était conjuguer richesse et opulence.

Hélène n'avait pas à rougir de cette union. Les Croze étaient les meilleurs fabricants de cierges, de chandelles et de bougies du bas-pays limousin ; ils possédaient intramuros un moulin entre Brive et Tulle et des domaines qu'ils faisaient exploiter par des journaliers.

Je fus un des témoins et garçons d'honneur de ce mariage. Un *honneur* dont je me serais bien passé, mais auquel Hélène tenait, disant que cela me permettrait d'avoir une présence plus concrète dans sa famille et un pied dans celle de son époux, avec pour moi, « si je savais mener ma barque », une idylle concrétisée par une union avec l'une des sœurs de Martin Croze. La perspective de naviguer en eau trouble ne me tentait guère.

Pour le repas de noces, en mai, dans le jardin de la saboterie, chandelles et bougies multicolores des Croze scintillèrent de mille feux et les vins coulèrent à flots.

Je garde en mémoire le sourire complice de la mariée lorsque l'honneur m'échut de dénouer la jarretière de sa cuisse en me glissant sous la table, une coutume obscène et grotesque dont je m'acquittai avec une pointe d'humiliation. Je mis pourtant à cette opération plus de temps qu'il n'était convenable, couvrant sa cuisse nue de baisers et laissant ma main remonter vers des territoires interdits.

Cette épreuve n'était rien comparée à la douleur que j'éprouvai lorsque, discrètement, les époux se retirèrent pour consommer charnellement leur union. Je ne puis oublier le regard de commisération que me lança Hélène qui, au moment de disparaître au bras de son mari, me fit songer au sacrifice d'Iphigénie. Elle semblait attendre de ma part un secours que j'étais bien en peine de lui apporter !

Pour tromper mon chagrin, j'avais tant abusé des vins que je ne pus, malgré les requêtes pressantes de maître Borzeix, consentir à déclamer quelques vers et chanter quelques couplets. Le moment venu de la danse, je m'éclipsai en alléguant de ma fatigue et de la tâche qui m'attendait le lendemain, jour de cueillette de mes herbes.

Manière de revanche, je sollicitai de Marthe sa présence pour la nuit. Elle ne s'en offusqua pas. Son service achevé, elle vint me rejoindre dans ma chambre, peu après minuit. Je me jetai sur elle comme un loup sur sa proie et me livrai à des ébats qui me mirent sur le flanc.

En la prenant avec une sorte de rage froide, je songeais que, dans une chambre voisine, Hélène devait elle-même se donner du bon temps, ce qui décuplait mes ardeurs.

Tard dans la matinée, je retrouvai mes deux tourtereaux à la table du matinel, dans le jardin encore humide de rosée. Tout en échangeant des regards complices avec Marthe, je dévorais ce qu'elle me servait.

Plus âgé qu'Hélène de quelques années, Martin Croze était pâlichon, un peu voûté, et tellement voué au travail de la cire qu'il avait pris la couleur de cette matière – peut-être la consistance – sans pour autant donner de la flamme à ses sentiments et à ses désirs. La proie rêvée, me dis-je, pour un adultère en bonne et due forme ! Un modèle du genre, à croire qu'Hélène l'avait choisi en fonction de ces dispositions favorables à des manœuvres perverses.

Fine mouche, elle dit à son époux :

— Martin, il me plairait que vous vous fissiez un ami de Peire Jouvenel. Je le considère quant à moi, depuis des années, comme un frère, ce qui explique certaines familiarités entre nous, dont je vous saurais gré de ne pas vous vexer. Je vous ai parlé de lui et de ses poèmes dont certains valent ceux de nos meilleurs troubadours. Sa présence ne peut que nous être profitable, à vous comme à moi.

Martin se dressa à demi pour me tendre une main molle et moite et m'adressa un sourire marqué au coin d'un sceau de crème. Je n'avais pas de peine à deviner que les propos de son épouse étaient destinés à dorer ma roture. Elle ajouta :

— Peire, je suis persuadé que mon époux serait tout disposé à te montrer comment on fabrique ses produits. Tu verras, c'est passionnant !

Une semaine plus tard, je ne pus couper à une visite détaillée de la fabrique, à quelques maisons de la saboterie, dans un lacis de ruelles entortillées sur elles-mêmes comme la spirale d'un mollusque.

Hélène tint à me chaperonner, parfois en me tenant le coude.

Il régnait, dans ces ateliers en forme de crypte, vestige d'un ancien couvent, une chaleur moite et une odeur écœurante, entretenues par de grandes cuves où fondait la cire. Curieux que je suis de toute activité humaine, je m'intéressai à la fabrication des cierges, chandelles et « flambeaux de poing », au rouloir qui les façonne, au taille-mèche, aux broches à percher les gros cierges d'églises...

Au repas en famille chez les Croze, qui mit un terme à cette matinée, il ne fut question que de la marche de l'entreprise, de la qualité des suifs livrés par les bouchers, des rapports avec les autorités religieuses... Placée en face de moi, Hélène me glissait de temps à autre des regards humides de tendresse et animés de complicité. Par moments je sentais ses escarpins tenter avec mes bottes une confrontation clandestine.

En m'accompagnant à la saboterie, elle me confia ce que Marthe lui avait avoué de notre nuit.

— Cette pauvre Marthe, soupira-t-elle, tu l'as mise à rude épreuve, mais elle ne s'en est pas plainte. Il faudra pourtant renoncer à vos ébats. Je ne les tolérerai plus. En confidence, Martin s'est révélé un mari *affectueux*. C'est tout ce que je puis dire de cette nuit. Je te saurai gré de ne pas chercher à en savoir plus.

La belle famille d'Hélène possédait hors les murs, entre Brive et Turenne, au lieu-dit Les Escrozes, un arpent de vigne et une petite demeure assez coquette qui accueillait la famille le dimanche, à la belle saison, et restait close la semaine.

Hélène me fit comprendre que nous pourrions trouver là un lieu discret pour nos rencontres.

Elle partageait son temps entre la maison des Croze et sa famille, ce qui suscita dans le voisinage, du moins dans les débuts, des soupçons de mésentente entre les nouveaux époux et de désaccord entre les deux familles.

Hélène obtint de son père qu'il me louât une carriole avec sa mule pour faciliter le transport de mes produits dans les foires et marchés des environs. Cette initiative me fut sensible : outre qu'elle me permettait d'élargir mes lieux de vente, elle m'épargnait la fatigue des longues randonnées.

À force de ruse, de vigilance et d'improvisations, nous étions parvenus, Hélène et moi, à instaurer dans nos rapports une intimité qui fit très vite de nous des amants. Le tissu de dissimulation qui nous protégeait était précaire mais force fut de nous en contenter.

Nous nous retrouvions aux Escrozes deux à trois fois par mois. C'était peu mais nous jouissions sans frein de ces quelques heures arrachées à grands risques au quotidien.

Pour justifier ses déplacements, Hélène s'était découvert une passion pour la vigne et le petit domaine de forêt qui en occupait la plus grande superficie. De la maison de grès rose, la vue embrassait un vaste espace de vallée profonde, assaillie de tous côtés par une végétation luxuriante où, au printemps, l'odeur des pins se mêlait à celle des genêts en fleur.

Après l'amour, nous consacrions le peu qui nous restait de temps à des promenades le long du ruisseau, entre de hautes collines et des falaises aux flancs creusés de cavernes habitées dans les temps anciens par des primitifs. Nous en retrouvions trace sous forme de pierres taillées et d'images d'animaux gravées dans le tuf.

Ce manège ingénieux allait durer deux longues années. Il ne nous arriva qu'à deux ou trois reprises, à l'un ou à l'autre, de manquer au rendez-vous, pour des raisons indépendantes de notre volonté. Cette fragile intimité compensait son mariage et ma solitude.

Deuxième partie

1

Dans le cercle de feu

Un soir de décembre, alors que ma mère venait de poser la marmite sur la table, Angèle, une des filles de Monteil, vint nous faire part de la mort de messire Boson au cours d'une échauffourée, elle ne savait où.

Il n'allait guère laisser de regret, ni dans sa famille ni parmi ses sujets, en raison de ses caprices et de sa violence. On ne le voyait jamais autrement qu'à cheval et l'épée au côté. Il passait pour arrogant avec les siens, méprisant avec ses serfs et insolent avec les religieux.

Il aurait eu sa place dans une croisade si ce mouvement n'avait accusé une trêve, mais, l'appel du pape eût-il retenti, il n'eût pas hésité à prendre la croix.

Nous apprîmes peu de temps après les circonstances de sa mort. En présence de son beau-frère, le vicomte de Limoges, qui partageait ses goûts belliqueux, Aymard assiégeait le château de La Roche-Saint-Paul, en Périgord, quand, au cours d'un assaut, un moellon tombé des remparts lui avait défoncé le crâne.

Il était écrit que Boson ne retrouverait jamais son fief de Turenne. Déposé au monastère de Vigeois après une interminable promenade funèbre, son corps réduit à l'état de charogne avait été inhumé dans le cloître de Tulle, le quatrième avent précédant la Nativité.

Son fils aîné, Raymond, deuxième du nom, allait assurer sa succession, mais, étant donné son jeune âge, la dame Eustorgie se devait d'exercer la régence.

Je n'en voulais pas à cette dame d'avoir oublié sa proposition de m'inviter à rencontrer au château des troubadours de passage. Elle avait trop de soucis avec sa santé et les comportements de son mari pour se souvenir de l'humble paysan que j'étais.

J'avais quant à moi assez à faire avec mon travail et mes rendez-vous amoureux pour avoir le temps de *trouver*. Cette trêve n'avait rien d'inquiétant et ne me causait guère de tracas. J'avais la certitude que la souffrance, dans ce domaine comme dans d'autres, est le moteur de la création, et que le bonheur est un terrain stérile pour l'inspiration. Le feu se ranimerait comme la nuit succède au jour.

Alors que j'en avais fait mon deuil, j'appris un jour d'été, par Hélène, que la dame Eustorgie nous proposait d'assister à une soirée en présence de deux célèbres troubadours : Jaufré Rudel et Marcabru.

Je ne connaissais de Rudel que trois ou quatre poèmes, dont « Amour de terre lointaine », qu'Hélène avait appris de Limozy peu avant la mort de ce dernier. C'était une sorte de litanie tendre et mélancolique, à l'adresse d'une princesse, « gente chrétienne, juive ou sarrasine » (il ne savait trop !), qui demeurait au-delà des mers (il ignorait où !). Les révélations de Limozy m'en avaient appris davantage à propos de Marcabru, bon poète mais personnage irascible.

Cette invitation me flattait mais me laissait perplexe quant à ma toilette, ma garde-robe étant réduite à la stricte nécessité quotidienne : chausses et sarrau.

Une fois de plus, Hélène allait me tirer d'embarras. Elle me proposa un bliaut de samit vert, un capulet de velours, une large ceinture de soie rouge et des souliers à boucle, le tout puisé dans le coffre de Martin Croze, qui avait la même taille que moi, à peu de chose près.

Un peu par défi, folle qu'elle était, elle avait choisi de porter une robe de même étoffe que mon bliaut, disant qu'ainsi nous pourrions passer pour mari et femme !

L'été tirait à sa fin dans un charivari d'orages et une chaleur oppressante. Nous nous rendîmes au château dans la carriole qu'Hélène avait décorée de fleurs et de verdure. La rampe menant aux deuxièmes portes du château et à la chapelle aux murs gravés de figures grimaçantes était tapissée de genêt et de bruyère, et décorée de bannières aux armes de la vicomté.

Une musique aigrelette venait du jardin où, dans l'ombre d'un gros chêne balayée par un souffle d'orage, un groupe de musiciens répétait des airs anciens à la vielle, au manicorde, à la flûte et au tambourin. Des servantes nous offrirent du cidre frais et des galettes de froment.

Malgré une chaleur africaine, la foule chamarrée avait envahi terrasses et jardins. Hélène s'y mêla sans la moindre gêne. En sueur dans mon bliaut et les pieds à la torture, je vis la dame Eustorgie venir vers moi. Remise de son veuvage, elle avait repris des couleurs. Je la saluai bonnet bas ; elle me souhaita la bienvenue et ajouta :

— Maître Jouvenel, si j'étais reine, je ferais de vous mon grand herboriste ! Vos remèdes accomplissent des miracles. En confidence, n'auriez-vous dans votre pharmacopée des herbes capables de guérir une constipation opiniâtre ? Je vous saurai gré de me les faire parvenir au plus tôt.

— Volontiers, madame ! lui répondis-je, mais il vous suffirait de prendre chaque matin deux cuillerées à soupe de miel, trois pruneaux et...

Elle m'interrompit en riant.

— Vous m'en reparlerez une autre fois, Jouvenel ! Pensez-y...

Passant d'une table à une autre, des fruits secs aux pâtisseries, du cidre au limon, nous avons fait, Hélène et moi, le tour de ce que la vicomté compte des barons venus de Curemonte, de Ligneyrac, de Collonges et de quelques seigneuries du Quercy comme Castelnau, Montvalent et j'en passe !

Certains, trouvant dans cette fête l'occasion de vider leurs querelles en attendant de le faire au cours d'un tournoi, discutaient âprement. Je faillis intervenir lorsque Robert de Ligneyrac prit au col le sire de Lanteuil en le traitant de « voleur de poules ».

— Mes amis, s'écria la dame Eustorgie, alertée par la querelle, ce n'est ni le lieu ni le moment d'en venir aux mains ! Si l'envie vous en démange, attendez demain et allez vous affronter sur la lice !

Avec l'impatience que l'on devine, je guettais la venue des deux troubadours. Une demoiselle de Linoire, le château qui fait face à Turenne, auprès de laquelle je m'informai, me confia qu'ils se reposaient dans leur chambre et n'allaient guère tarder.

Assis avec Hélène sur la murette qui court le long de la terrasse jusqu'à la tour de César, dont la construction ne doit rien au conquérant des Gaules, nous avons trompé notre attente à bavarder avec des dames que ma présence semblait intriguer. Le ciel s'était alourdi et, par bouffées, un vent moite balayait les jardins. La demoiselle de Linoire nous rassura : si l'orage éclatait, l'assistance trouverait refuge dans la salle des gardes.

Il faisait encore jour et les menaces d'orage s'éloignaient, quand Jaufré Rudel et Marcabru daignèrent se montrer.

Le premier, par sa toilette recherchée, faisait honneur à sa qualité de prince de Blaye, et Marcabru à sa réputation de grincheux et de misogyne par une tenue austère qui aurait pu passer pour une provocation dans cette assemblée où chacun rivalisait d'élégance.

Du muret surmonté d'une arcature où nous nous trouvions, je parvins à suivre le comportement et les évolutions de ces deux personnages, connus des rivages du septentrion aux côtes de la Méditerranée. Guidés par la dame Eustorgie, ils passaient d'un groupe à l'autre, distribuaient des salutations et des sourires en picorant des friandises.

Quelques semaines avant de disparaître, ce pauvre Limozy m'avait parlé de Jaufré Rudel et de la passion aveugle qu'il éprouvait pour sa « princesse lointaine ». Il avait fait de son art un autel où il célébrait cette créature dont, grisé par son titre de princesse de Tripoli ou par des récits de croisés, il ignorait si elle existait vraiment. Elle était pour lui une Mélusine ou une Morgane ; il l'avait adoptée, modelée et nourrie de ses illusions.

Personnage fastueux, le prince de Blaye avait passé le cap du demi-siècle. Une couronne de cheveux d'un blond mêlé de cendre encadrait un visage beau et grave mais comme rongé de l'intérieur par la passion. Son regard entre gris et bleu semblait baigner dans une eau trouble.

Au terme de sa promenade, la dame Eustorgie m'envoya quérir par la demoiselle de Linoire. Je la rejoignis au pied de la tour de César, après que les deux troubadours en furent descendus.

— Jouvenel, me dit-elle, messire Jaufré aimerait bavarder un moment avec vous. Je lui ai appris que vous-même composiez des poèmes dont on dit grand bien à Brive.

Je me présentai à lui respectueusement, rouge de confusion, mon bonnet à la main, et peinai à articuler quelques mots :

— Monseigneur... c'est trop d'honneur... J'en suis flatté et confus, et...

Il me coupa la parole en riant :

— Pas de ces simagrées entre nous, Jouvenel ! Nous ne sommes pas à la cour du Louvre. Appelez-moi Jaufré.

Il ajouta, en me priant de m'asseoir près de lui :

— Ainsi, mon jeune ami, vous êtes de notre confrérie ? Après notre audition, j'aurai plaisir à m'entretenir avec vous et vous dire ce que je pense de vos œuvres. Nos jongleurs se chargeront de vous accompagner, à moins que vous ne le fissiez vous-même.

— Je m'accompagnerai de la vielle, Jaufré. C'est mon instrument favori.

À la tombée de la nuit, alors que, l'orage s'étant éloigné sur le causse où il se donnait une fête d'éclairs, le ciel dégagé avait pris une couleur lilas, des domestiques disposèrent des luminaires sur la pelouse, autour du cercle délimité par des cordons de verdure qui nous était destiné.

C'était l'heure douce. Des concerts de batraciens montaient des marécages voilés par les premières brumes du soir. Les foucades de vent qui faisaient trembler la flamme des luminaires nous apportaient des fragrances de pluies lointaines.

Un baladin ouvrit le spectacle par des exhibitions de chiens et de singes savants. Quand il se fut retiré, longuement applaudi, Jaufré me glissa à l'oreille :

— Jouvenel, préparez-vous. C'est votre tour. Faites-nous oublier cet histrion...

Invité, pour la première fois, à chanter mes poèmes devant une assistance aussi nombreuse que prestigieuse, j'en éprouvais plus de gêne et d'inquiétude que d'émotion et de fierté.

Je choisis de chanter une aube composée au début de mes amours avec Hélène, dans la petite maison de pierres roses. J'avais donné à cette œuvrette un titre sommaire : « Amour ». La dame Eustorgie ayant réclamé le silence, j'entrai dans l'arène et commençai à chanter :

Écoutez cette louange / En l'honneur de ma belle / Sa beauté est sans égale / Blanche et suave comme neige d'avril...

Lorsque j'en eus terminé, Jaufré se leva, s'avança vers moi, m'embrassa et s'écria :

— Mes beaux seigneurs et belles dames, je salue en Peire Jouvenel le digne émule du prince des troubadours, notre maître à tous, Bernart de Ventadour !

Des ovations saluèrent ces propos. Marcabru, qui détestait Bernart, resta de glace, si l'on peut dire, car il était occupé à éteindre le feu qui avait pris au ras de sa robe en frôlant une torche. Il fit retentir quelques imprécations avant de prendre place à son tour dans le cercle de feu.

Je n'avais guère de sympathie pour ce personnage rugueux, mais je pris plaisir à l'entendre égrener les lamentations d'une demoiselle dont le fiancé venait de partir affronter les hérétiques en Palestine. Cette pièce intitulée « L'amie du croisé », chantée *a capella,* d'une voix aux accents riches et vigoureux, comme gravée dans le marbre, ne trahissait aucune émotion.

Les maigres applaudissements qu'il reçut ne le découragèrent pas. Il enchaîna avec un autre poème, « Le galant éconduit », qu'il se contenta de déclamer et qui n'eut pas plus de succès. La forme en était rigoureuse, mais la pièce absconse. Il y eut même dans l'assistance rires et moqueries sans qu'il se départît de son allure marmoréenne.

Le spectacle se poursuivit par des divertissements de jongleurs qui détendirent l'atmosphère, comme le vent dissipe les miasmes. Des histrions firent quelques tours de magie et jonglèrent avec des poignards. Une femme aux formes opulentes, vêtue à la mauresque, dansa sur une musique orientale en jouant avec un de ces gros serpents d'Afrique qu'on appelle des *pythons*...

Un silence respectueux accueillit l'entrée dans le cercle de feu du héros de la soirée, Jaufré Rudel. Il était accompagné de trois jongleurs qui préludèrent en jouant de la citole, de la flûte et du psaltérion.

Jaufré ôta son capulet de velours rouge, le glissa dans sa ceinture, peigna des deux mains son ample chevelure et, figé comme une statue, entonna son premier poème. Peu de spectateurs furent surpris d'en entendre le titre : « Amour de terre lointaine ». Je le connaissais, Limozy me l'ayant donné à lire, mais l'émotion me saisit dès la première strophe : *Lorsque j'entends courir la source / Claire comme à chaque printemps / Lorsque s'épanouissent / Les fleurs de l'églantier / Que le rossignol répète / Et module sa chanson / Qui pourrait m'empêcher / De faire de même ?...*

Je transcris de mémoire le début de ce poème qui a tant fait pour sa gloire. Lorsque je me tournais vers Hélène, je surprenais, dans la clarté des torchères, des larmes au bord de ses paupières.

J'appréciai moins le second poème : « À la princesse lointaine », qui ne faisait que reprendre les thèmes du premier. Autant que la qualité formelle de ces œuvres, c'est le mystère enveloppant cet amour asexué qui me troublait. J'avais l'impression, en l'écoutant avec une grosse émotion dans la gorge, d'entrer dans un temple dédié à une déesse ou à une courtisane.

Quelques années plus tard, les faits allaient confirmer la persistance de ses obsessions. Une galère de Venise allait l'emporter vers les rivages d'Asie, dans la tourmente d'une croisade à laquelle participaient le roi Louis et la reine Aliénor.

Je ne pus témoigner mon émotion à Jaufré. À peine avait-il fini, la foule l'entourait, comme prête à le porter en triomphe. Qu'aurais-je pu dire, d'ailleurs, à cet Orphée, qui pût lui être agréable ? Je ne le revis plus de la soirée, et il semble que lui-même eût oublié sa promesse d'un entretien. Je ne l'aperçus que de loin, entouré d'une cour empressée à lui témoigner sa dévotion. J'avoue qu'il m'aurait plu de recueillir son avis sur mes poèmes. Cela me fut refusé. Je l'ai longtemps regretté.

Hélène et moi avons passé le reste de la nuit dans la maison de vigne des Croze. Nous n'échangeâmes que quelques mots, tant l'émotion brûlait encore en nous. J'avais, bourdonnant dans ma tête, des vers de Jaufré que je murmurais dans mon demi-sommeil en étreignant Hélène : *Je me souviens d'un amour lointain / Mais rien ne me plaît davantage qu'un hiver glacé...*

2

Des nuages dans la tête

Lorsque me reviennent en mémoire des images de cette soirée au château et du cercle de feu où s'était exprimé le verbe ardent de Jaufré et de Marcabru, j'ai l'impression d'avoir assisté, et participé pour une modeste part, à l'éclosion d'un art nouveau et d'une sensibilité païenne qui allaient apporter du sang frais à la poésie figée dans les thèmes de la chevalerie et de la religion. Les sentiments allaient s'habiller de courtoisie et s'exprimer librement.

Au cours de cette nuit, entre deux orages, on n'avait pas chanté les exploits guerriers des chevaliers, les batailles des croisades, les paillardises des barons et des moines ni débité des prières à la Vierge Marie, à Dieu et à ses saints. Il semblait qu'une bourrasque eût balayé ces vieux thèmes inlassablement ressassés, pour laisser place à ce « vent de paradis » dont parle Bernart dans le plus émouvant de ses poèmes.

Sur le retour, dans le balancement de la carriole conduite par Hélène, je me disais que les mânes de Théocrite, de Virgile, de Longus ressurgissaient sur notre terre après des siècles d'un cheminement souterrain, et allaient préluder à une floraison généreuse de nouveaux Orphée porteurs de cithare, de vielle ou de mandore.

D'avoir été admis à cette fête, comme spectateur puis comme acteur, me redonnait confiance dans un talent qui, jusqu'à ce jour, ne m'avait semblé modeste que parce qu'il n'avait pas vraiment trouvé à s'exprimer et qui, s'il agrémentait ma solitude, ne changeait rien à ma destinée.

Des années ont été nécessaires pour que je fusse reconnu et admis dans la *confrérie*, comme disait Jaufré, sans pour autant que ma renommée franchisse les limites de ma province.

J'ai connu nombre de troubadours, des seigneurs parfois, le plus souvent de pauvres hères traînant leurs grègues dans la poussière des chemins. J'ai vu passer comme une tornade le seigneur d'Hautefort, Bertran de Born, ce misérable traîne-misère de Gaucelm Faydit accompagné de sa catin, ce timide fils de paysan, Giraud de Borneil... Je me suis fait un ami de certains ; d'autres furent des adversaires pour moi, mais j'ai toujours pris intérêt à leur compagnie et plaisir à *trouver* et à chanter avec eux.

Le plus souvent sans prévenir, imprévisibles comme le vent, ils arrivaient au château à cheval, à pied ou au cul d'une charrette, couverts de poussière ou transis de pluie ou de neige, mais toujours prêts à chanter, comme ces cigales mutilées qui persistent à faire vibrer leurs élytres.

Je faisais en sorte qu'on ne leur refusât jamais l'hospitalité. Certains, ayant connu la reine Aliénor, guerroyé contre les Maures, fréquenté des princes de la Provence ou de l'Espagne, faisaient figure d'ambassadeurs ; d'autres n'avaient à raconter que leur dernier repas à l'auberge ou leurs ennuis avec la justice pour mauvaises mœurs ou menus larcins. Avec eux, quelles que fussent leur famille et leur origine, le château prenait un air de fête. Ils restaient le temps qu'ils voulaient et les plus misérables ne repartaient pas la bourse vide.

Les femmes qui passèrent par Turenne et se mêlèrent à ce Parnasse n'étaient pas des vagabondes. Comment pourrais-je oublier Maria de Ventadour, Comtor de Comborn, Audiarde de Malemort ? Discrètes pour le talent, elles étaient plus inspiratrices qu'inspirées.

Ces poètes qui ont fait passer un souffle généreux sur ce printemps de la poésie, j'entretiens leur mémoire, dans une lumière de soupirail et une odeur de crypte. Ils sont prêts, semble-t-il, aux premiers accords d'une vielle ou d'une cithare, à se dresser et à bondir dans le cercle de feu...

Des années noires nous menaçaient, Hélène et moi.

Un soir, alors que nous allions quitter Les Escrozes après quelques heures à nous aimer, elle m'annonça d'une voix brisée qu'elle était enceinte. Je lui demandai stupidement de qui venait son état. Elle haussa les épaules.

— De qui veux-tu que ce soit, grand bêta ? Martin ne m'a pas fait l'amour depuis la Trinité, et je n'ai plus mes fleurs depuis deux mois ! Qu'allons-nous devenir ? Dieu nous vienne en aide.

L'affaire était sérieuse ; j'en demeurai pantois. Autant, me dis-je, j'aurais plaisir à avoir un enfant de ma maîtresse, autant j'avais conscience des épreuves qui nous attendaient.

Nous restâmes un moment assis au bord du lit, la tête d'Hélène sur mon épaule.

— Si je décide de garder cet enfant, me dit-elle, comment Martin réagira-t-il ? Il est naïf, mais pas au point de croire à un miracle. Il aura tôt fait de comprendre de qui cela vient. Et alors, qu'est-ce qui m'attend ? Le bannissement de sa famille et de la mienne !

— Je vois trois solutions pour nous tirer de ce mauvais pas, lui dis-je : te faire avorter par une matrone que je connais, mais je m'y refuse pour ne pas perdre à la fois la mère et l'enfant, ou alors...

— Ou alors ?

— Tenter une opération de séduction auprès de Martin,

après l'avoir fait boire, et lui faire croire par la suite à une naissance prématurée.

— Forcer Martin à boire est aléatoire, sobre comme il est, et plus encore l'inviter à me faire l'amour, alors qu'il se montre encore plus sobre sur ce chapitre. Dis-moi ta troisième idée.

— Divorcer ! Cela te serait facile en prétextant le manque d'assiduité de ton époux.

— J'en doute. Cette manœuvre ne serait fiable qu'à condition qu'il fût incapable de consommer. Ce n'est pas le cas...

— Alors, quelle solution choisis-tu ?

Elle soupira en se détachant de moi :

— Me séparer de cet enfant. Qui est cette matrone dont tu m'as parlé ?

— Jeanne, la femme de Monteil, le meunier du Moulin des Champs. Si tu veux, j'en fais mon affaire.

C'est à une autre solution que se résolut Hélène, et cela ne tarda guère.

Germaine Croze, belle-mère d'Hélène, la prit contre sa poitrine et l'embrassa avec fougue et émotion. Elle venait d'apprendre d'une servante chargée de la lingerie qu'Hélène n'avait pas eu ses fleurs depuis deux mois.

— J'aurais préféré, lui reprocha-t-elle, que cette confidence vînt de vous, ma chérie.

— Mon intention était de vous en informer, mère, mais j'ai préféré attendre d'en être plus sûre.

Informé à son tour de la bonne nouvelle, maître Croze tint à la célébrer par une libation. Le seul à bouder fut Martin. Et pour cause ! Aussi naïf fût-il, il avait du mal à se persuader que son épouse, à l'égal de la Vierge, eût pu concevoir hors de ses œuvres. Il se contenta d'embrasser son épouse du bout des lèvres. Nul ne prit garde à sa réserve, taciturne qu'il était dans son naturel.

Dans les jours qui suivirent notre dernier rendez-vous, Hélène décida de prendre le taureau par les cornes, une expression logique en l'occurrence. Elle décida d'avoir un entretien, seul à seule avec Martin, et de lui avouer sa faute.

Je sursautai.

— Ainsi, tu lui as tout dit ?

— Tout !

— Quelle a été sa réaction ?

— J'en ai été stupéfaite ! Il est resté un moment figé et muet, comme si le plafond venait de lui tomber sur la tête, puis il m'a maudite comme la dernière des traînées et enfin s'est mis à pleurer dans mon cou.

— T'aurait-il pardonné ? Comment serait-ce possible ?

— Il en est malade, et comme obsédé par cette affaire. Je suis parvenue à le convaincre que lui et moi avions intérêt à ne pas faire éclater un scandale qui provoquerait une séparation immédiate. Divorcer serait porter atteinte à ses sentiments religieux, et il m'aime, comprends-tu ?

Ils étaient donc convenus de jeter le manteau de Noé sur cette affaire. Martin allait se débattre avec sa conscience, sans se trahir auprès des siens. Il paraissait maussade, le teint blême, mais ses parents attribuèrent son état à un surcroît de travail.

Du fait de son état, Hélène dut limiter la fréquence de nos rencontres. Montait-elle dans sa carriole ? On la réprimandait. Que la voiture versât dans une fondrière et elle risquait de perdre son enfant. D'ailleurs, qu'allait-elle faire aux Escrozes ? La vigne se passerait bien de sa présence ! Elle protestait, disant que l'air de la campagne lui était profitable. Les réunions de famille du dimanche ne lui suffisaient donc pas ? Non : l'air chargé de miasmes qu'elle respirait à Brive l'incommodait. Soit ! Mais qu'elle n'abuse pas de ces promenades...

Elle menait une lutte sourde et difficile contre sa belle-famille.

— Il viendra un moment, me dit-elle, où tout déplacement hors de la maison sera proscrit, et cela pourrait durer des mois. Oh, Peire ! Des mois sans te voir...

J'eus du mal à m'accommoder de cette nouvelle situation, tout en me disant que c'était le moindre mal.

À quelques semaines de son terme, alors que nous avions passé deux mois sans nous voir, je reçus d'elle un billet apporté par son palefrenier. Une absence de Martin, chargé de convoyer un chargement de cierges à l'abbaye d'Égletons, nous donnerait l'occasion de nous revoir sans trop de risques. Si l'on surprenait ma présence, je pourrais alléguer venir prendre des nouvelles de sa gésine. Elle me conseillait, pour plus de sûreté, d'entrer par la porte des livraisons.

Le jour venu, je me rendis à Brive en carriole, sous une lourde pluie d'automne, partagé entre la joie de revoir ma maîtresse et la crainte que l'on me surprît.

Alors que j'arrivais en vue des remparts sur lesquels pourrissaient les dernières courges de la saison, le ciel s'éclaircit, ce qui avait permis à Hélène de m'attendre dans le jardin.

Elle était assise sous un arbre, un livre ouvert sur son ventre proéminent. Je l'embrassai en réprimant l'envie furieuse de l'enlever, elle et son fruit, comme dans les romans et les fabliaux.

— Nous avons peu de temps, me dit-elle. Dame Germaine ne va pas tarder à m'appeler pour travailler au trousseau de notre enfant. Elle fait la sieste, mais elle peut se réveiller à tout moment et nous surprendre. Ou alors une servante...

Sa grossesse suivait son cours sans donner lieu à des alarmes. La matité de son visage s'était accentuée, avec une légère boursouflure des joues, mais je la trouvai plus séduisante qu'auparavant : plus femme.

— Il bouge sacrément, notre petit bonhomme ! dit-elle en riant. Pose ta main sur mon ventre, tu verras. Il n'arrête pas de gigoter comme un petit singe.

Elle parlait de cet enfant comme si ce dût être un mâle. La ventrière du quartier Saint-Pierre l'en avait assurée, si bien qu'elle n'en doutait plus, et pas davantage qu'il fût beau, robuste et intelligent.

— ... comme toi, mon chéri !

Elle ajouta :

— Pars à présent. Il se peut que je te demande sans tarder de revenir, quand approchera l'heure de la délivrance, dans moins d'un mois à ce qu'il semble...

À une semaine de ma visite, alors que je cueillais mes dernières figues pour les mettre en pot, un cheval s'arrêta sur le sentier qui mène à la rivière. Il en descendit un homme emmitouflé dans un ample manteau de pluie et coiffé d'un chapeau à large bord. Il mit pied à terre et, après avoir attaché la bride au piquet du portail, pénétra dans le jardin en fouettant mes groseilliers de la pointe de sa cravache.

Je sursautai, lorsqu'il eut ôté son chapeau, en reconnaissant Martin Croze. Il me dit d'un air grave, sans me tendre la main :

— Peire Jouvenel, nous avons à parler. Avez-vous un moment à me consacrer ?

J'aurais cru manquer aux règles de la civilité si je ne lui avais pas proposé un verre de cidre. Il refusa d'un revers de main mais accepta de s'asseoir sur le banc du seuil. Je m'assis près de lui. Il dispersa quelques feuilles de tilleul du bout de sa cravache et me dit d'une voix lente et un peu rauque :

— Vous ne pouvez ignorer, je pense, l'objet de ma visite. Rassurez-vous : je ne viens pas faire un esclandre ni vous provoquer en duel ! La situation est suffisamment grave pour ne pas la compliquer par des mouvements d'humeur. Je suis d'un calme olympien, comme vous pouvez le constater, alors que j'aurais de bonnes raisons de vous demander des comptes.

Il ajouta avec un mince sourire :

— J'ai appris par une de nos servantes que vous aviez profité de mon absence pour rendre visite à mon épouse. Cela n'est pas digne de vous et m'a déçu dans l'estime que je vous portais. Je souhaite que cela ne se renouvelle pas. J'ai d'ailleurs d'ores et déjà pris les mesures nécessaires.

Je répliquai avec humeur :

— Allez-vous séquestrer Hélène ? Croyez-vous qu'elle pourrait le tolérer ?

— Gardez votre calme, je vous prie, et cessez de prononcer le prénom de ma femme. Cela m'indispose. Je vous rappelle qu'elle est pour tous, vous y compris, *dame Croze*. Vous m'obligeriez en renonçant une fois pour toutes à ce genre de démarche, dans ma propre maison. J'attends votre réponse et ne repartirai pas sans l'avoir obtenue.

Cette sortie, faite sur un ton brutal, me surprit au point que je me levai pour faire quelques pas dans l'allée du potager, en proie à une confusion que je ne parvenais pas à surmonter.

Lui donner satisfaction en promettant de ne plus revoir Hélène me semblait inconcevable. Qui, me disais-je, aurait pu me contraindre à renoncer à celle que je considérais, autant sinon plus que cette chiffe molle de Martin, comme mon épouse et la mère de mon enfant ? Lui demander un temps de réflexion lui serait apparu comme une dérobade.

Je choisis le refus. Je le lui dis en me rasseyant près de lui :

— Maître Martin, j'ai connu votre épouse bien avant que vous ne la connussiez vous-même. Elle était libre et je l'étais aussi. Nous nous sommes aimés comme mari et femme, et l'enfant qu'elle porte est le mien. C'est dire que je ne puis accéder à votre requête sans trahir la mère et l'enfant.

— Est-ce votre dernier mot ?

— Certes, et je m'y tiendrai.

— Soit, soupira-t-il en se levant. Je réglerai donc cette affaire à ma manière. Dites-vous que l'enfant qui va naître portera mon nom, que je le considérerai comme né de mes œuvres et l'aimerai parce qu'il sera celui d'une épouse à laquelle je suis attaché. Je veillerai à son éducation et préparerai son avenir, ce que vous ne sauriez faire. Il est vrai que mon épouse avait des raisons de se plaindre de moi. C'est pourquoi je lui ai pardonné sa faute. Quant à vous, je m'en tiendrai là pour le moment, mais vous aurez à répondre d'un acharnement qui ne peut vous mener à rien et risque de vous attirer des ennuis.

Pris dans cet imbroglio dont je ne voyais pas comment me dépêtrer, je passai des jours à me morfondre.

Ce n'est que dans la famille d'Hélène, où rien n'avait transpiré de cette affaire, que je pouvais espérer recueillir de ses nouvelles. Je m'y rendais une fois par semaine, y restais parfois souper et coucher.

La dame Agnès, l'épouse de maître Borzeix, m'accueillit un jour avec un sourire largement épanoui. Elle venait d'apprendre que sa fille avait donné naissance à un garçon qu'on avait appelé Vital, comme un grand-père de Martin. Tout s'était passé le mieux du monde. La mère et l'enfant se portaient fort bien.

— Vous devriez, me dit-elle, lui rendre visite. Ma fille a beaucoup de sympathie pour vous.

Elle ajouta :

— La belle-famille d'Hélène est heureuse de cet événement, et nous de même. Seul Martin n'a pas manifesté sa joie. Sa mère m'a dit qu'il aurait préféré une fille ! Quoi qu'il en soit, la dynastie des Croze ne s'éteindra pas de sitôt.

Je fus si ému de cet accueil, empreint d'aménité comme les précédents, que je pris cette brave femme dans mes bras et faillis lui dire la vérité sur cette naissance. Ce qui me retint fut l'émotion qui l'aurait terrassée et l'incertitude dans laquelle je me trouvais des sentiments d'Hélène. Peut-être, me disais-je, cet événement allait-il la rapprocher de Martin et la faire renoncer à moi ?

— J'allais me rendre de ce pas chez les Croze, me dit la dame Agnès. Voulez-vous m'y accompagner ?

Pour me dérober, je prétextai des achats à faire en ville et mon cheval à ferrer. Je la priai de présenter mes compliments à Hélène et de lui dire que je souhaitais longue vie à Vital. Je la conjurai de ne le faire qu'en l'absence de Martin, avec lequel j'avais eu, lui dis-je, un « léger différend » ces temps dernier.

Marthe m'apprit peu après que la dame Agnès n'avait pas respecté ma consigne et que Martin s'était fâché, disant qu'il ne voulait plus entendre le nom de Jouvenel dans son foyer.

Je n'irai pas jusqu'à écrire, comme Jaufré Rudel, que « rien ne me plaît davantage que l'hiver glacé », mais j'avoue trouver du charme à cette saison, où le travail se fait moins pressant. Je pouvais me livrer à de longues lectures dans une lumière grise ou devant la cheminée où crépitait le bois dont j'étais bien pourvu. Je passais des heures à apprendre à mon petit frère Jacques à connaître les plantes et leurs vertus et à les trier par variétés. Il a l'esprit lent, mais ce qui le pénètre y demeure gravé.

Dans ma modeste tenure, il y avait du travail pour tous. J'avais obtenu de maître Borzeix, moyennant une redevance en nature, la concession d'un lopin de friche voisin de notre domaine. Je le labourai avec l'intention de l'ensemencer en céréales.

Brusquement, à quelques semaines de la Nativité, la santé de notre mère s'aggrava subitement.

Elle était d'apparence si robuste que la maladie semblait ne pas avoir prise sur elle, jusqu'au jour où elle se plaignit de maux de tête, de nausées et de violentes démangeaisons qui la forçaient à se lever la nuit.

J'écartai la possibilité qu'elle eût pu être victime d'un empoisonnement, car le reste de la famille mangeait au même pot et n'avait pas été indisposé.

Le jour où elle renonça à se lever, je décidai d'alerter le *mège* de Gondres, maître Delfour, qui soignait indifféremment les malades du château comme les simples manants ou les animaux et faisait souvent appel à moi pour lui fournir des simples.

— Jouvenel, me dit-il, votre mère souffre de la variole. Sa solide constitution pourrait lui éviter le pire, mais j'en doute. Peu de malades en réchappent. Je ne connais qu'un praticien capable de guérir votre mère : Bernard Gordon, de Montpellier, mais il est trop tard pour faire appel à lui, et je suppose que vous n'avez pas les moyens de vous y rendre. En attendant une fin qui ne saurait tarder, protégez-vous de la contagion.

En m'interrogeant sur l'origine de cette maladie, je me souvins d'avoir approché, à l'hospice de Nazareth qui abrite malades et éclopés de retour des croisades, un malade portant les stigmates de cette maladie. J'en parlai à Dufour ; il convint que le mal eût pu venir de là.

Tout espoir de guérison s'envola lorsque des pustules envahirent le visage de la malade et qu'une desquamation la rendit hideuse.

Elle mourut dans de grandes douleurs, sans dire un mot, à une semaine de la Nativité. Nous creusâmes sa tombe dans la forêt, assez haut pour que les crues de la Tourmente ne pussent l'arracher à la terre et l'emporter loin de nous.

À quelques jours de cet événement, la dame Eustorgie m'invita à assister, dans la chapelle du château, à la messe de la Nativité, en compagnie de la famille, de quelques officiers et des serviteurs. Je ne pus la décevoir lorsqu'elle me demanda d'écrire pour cette occasion une chanson destinée à être chantée au cours de l'office. Je m'en acquittai d'autant plus volontiers que je n'avais pas *trouvé* depuis longtemps. J'allais à cette occasion en retrouver le goût.

Sans nouvelles d'Hélène depuis des semaines, si ce n'est celles que je recueillais chez les Borzeix, j'en venais à penser que c'en était fini de notre liaison et que je ne verrais jamais le fils qu'elle m'avait donné.

Au cours des rares incursions que je faisais à Brive, il m'arrivait de passer avec ma carriole devant la maison des Croze, le chapeau enfoncé jusqu'aux yeux. Mon regard glissait sur la façade et s'attardait à la fenêtre d'Hélène. Parfois, enveloppé dans mon manteau de pluie, je m'asseyais en face sur le montoir de la maison d'un échevin, pour tâcher d'entrevoir ma maîtresse – ma femme. Cette chance ne survint pas, si bien que je pris mon parti de devoir abandonner une tombe à jamais close.

Un matin, le jour de la Chandeleur, la dame Agnès, après m'avoir donné des nouvelles d'Hélène et de son nourrisson, me pria d'assister au souper, m'assurant que j'y rencontrerais Hélène et sa nouvelle famille.

— Ce sera une joie pour elle et pour nous, ajouta-t-elle. Et vous verrez enfin notre petit Vital. Une petite merveille. Le portrait de son père... Allons, ne vous faites pas prier.

Je déclinai cette invitation, disant que la mort récente de ma mère m'interdisait durant quelques semaines toute réjouissance.

À la mi-janvier, alors que j'avais commencé à débroussailler la parcelle cédée par maître Borzeix, deux cavaliers firent halte à quelques pas de ma maison.

— Peire Jouvenel, me lança l'un d'eux, c'est bien toi ?

— C'est bien moi. Que me voulez-vous ?

— Tu vas abandonner la bêche et nous suivre.

— Et où cela, s'il vous plaît ?

— Au château. La dame Eustorgie demande à te voir au plus tôt.

— Savez-vous ce qu'elle attend de moi ? Serait-elle souffrante ?

— Ça, mon gars, tu le sauras quand nous serons arrivés. Suis-nous comme tu es. Peu importe la toilette !

Ils échangèrent un regard complice et un rire qui me troublèrent au point que je faillis renoncer à leur obéir, mais, à la pensée qu'ils pouvaient dire vrai, je m'exécutai.

Encadré par les deux cavaliers, je suivis la Tourmente sur un quart de lieue environ. Avant le moulin de Chanterâne, le plus proche du château, ils arrêtèrent leurs montures, en descendirent et, avant que je puisse me préparer à la riposte, me menacèrent avec le gourdin qu'ils cachaient sous leur manteau. J'esquivai leurs coups, tentai de me rebiffer avec le coutelas que je portais toujours dans ma ceinture et criai pour appeler à l'aide les gens du moulin.

Je parvins à leur échapper en sautant dans la Tourmente. Remontés en selle, ils franchirent la rivière et me rattrapèrent sans peine. Je leur fis face. Par un tour que m'avait enseigné Mystère, je lardai avec le coutelas caché dans ma ceinture le bras d'un de mes agresseurs qui lâcha son gourdin en hurlant.

Je bondis sur son complice et le fis reculer mais je ne pus échapper à une volée qui m'atteignit à l'épaule, m'ébranla et me fit reculer. C'est la tête que visait mon adversaire. Je ne tardai pas à le comprendre et répondis à ses assauts par des esquives. Je tressaillis de joie en entendant, venue du moulin, une rumeur de voix.

Je tournai les talons et m'apprêtai à fausser de nouveau compagnie à mon adversaire, quand un choc à la tête me fit trébucher et perdre connaissance. Le bâton qu'il m'avait lancé avait atteint son but.

De ce qui suivit, je ne vis rien, mais les gens de Chanterâne me le racontèrent avec force détails. Alerté par mes cris, le meunier, Gorce, et deux de ses fils avaient surgi au moment où j'allais crever sous les coups de gourdin, comme un chien enragé, et avaient mis en fuite mes agresseurs.

— Jouvenel, me dit Gorce, tu reviens de loin ! Sans nous tu ne serais plus de ce monde. Ce gredin s'est acharné sur toi. Si tu voyais ta gueule...

Il me fit dispenser les premiers soins par sa femme. Je quittai son moulin allongé dans sa carriole, bardé de charpie comme ces momies ramenées d'Égypte par les croisés.

Je ne sentais plus mon corps mais, au moindre mouvement, il se rappelait à moi. Je restai alité durant une semaine, des côtes brisées et le visage en capilotade. Jamais les journées ne me parurent aussi longues et pénibles. Comme avait dit Gorce, je revenais de loin et n'avais plus mon coutelas, « pas perdu pour tout le monde », ajouta-t-il.

Jacques me demanda si je savais à qui j'avais eu affaire.

— Je n'en sais fichtre rien ! Je ne me connais pas d'ennemi capable de vouloir ma mort. Si j'en ai quelque idée, tu en seras informé.

En fait, j'avais quelque idée de qui cela pouvait venir, et qui pouvait avoir intérêt à me voir disparaître. Jacques était convaincu qu'il s'agissait de brigands de grand chemin, mais l'argent ne semblait pas les intéresser. Quant à penser à une agression gratuite, j'en écartai l'idée : ces deux gredins voulaient vraiment ma mort. Jacques parla d'alerter le bayle et de lui demander de diligenter une enquête ; je le lui interdis et lui demandai de rester vigilant. Nous aviserions plus tard.

Je me levai après une semaine et en mis trois avant de pouvoir reprendre ma tâche, sans trop forcer. Jacques et Solange avaient mis toute leur ardeur et leur force à me suppléer, quand certains jours, en cours de guérison, je devais abandonner la bêche ou la houe pour me reposer. Ils suivaient mes conseils avec la meilleure bonne volonté du monde, mais, outre que mon frère était incapable de la moindre initiative, ma sœur répugnait aux travaux trop rudes pour sa jeunesse et sa constitution fragile.

C'est sans beaucoup de conviction que je me résolus à parler de mon agression au bayle de la vicomté, maître Grégoire Favereau, qui habitait non loin de La Nadalie, au village de Gondres.

C'était l'homme le plus gros que j'eusse connu : une montagne de saindoux d'où suintait une sérosité huileuse et malodorante. Bel homme disait-on dans sa jeunesse, il avait cédé, à la mort de sa femme, à ses penchants secrets : le vin et la bonne chère. Avec les années, cet Adonis avait pris l'allure d'un silène.

Il lui arrivait rarement de recevoir les plaignants à son domicile, et surtout pas ce qui sentait la roture. Quand on heurtait à sa porte, c'est sa fenêtre donnant sur son jardin qui s'ouvrait. Sauf à montrer patte blanche, on ne voyait ce poussah qu'à mi-corps, le nez chaussé de grosses bésicles en cristal de roche, car, s'il avait le verbe haut, il avait la vue basse.

Cette moitié de bayle me jeta :

— Tiens, te voilà, Jouvenel ! Qu'est-ce qui t'amène, mon garçon ? Tu m'apportes les tisanes pour la goutte que je t'avais demandées dimanche, au Machadiol ?

Pour riposter au mépris qu'il vouait aux gens de basse classe, je ne quittai pas ma monture.

— Des tisanes, maître Favereau, je vous en apporterai quand vous daignerez m'ouvrir votre porte !

— Alors, glapit-il, vas-tu me dire ce qui t'amène ? On gèle !

Je lui racontai le plus brièvement possible mon agression. Il protesta que j'avais attendu bien longtemps - trois semaines ! - avant de me décider à porter plainte. J'en convins, mais me déplacer, lui dis-je, m'était pénible.

— Tu n'as aucune idée, me dit-il, d'où a pu venir le coup et qui sont ces malandrins ?

— Si je le savais, je ne vous aurais pas importuné. Je suis capable de faire justice moi-même.

— Alors, mon garçon, que veux-tu que je fasse ? Envoyer mes sergents mener l'enquête ? N'y compte pas. Sans le moindre soupçon, je ne puis rien faire. Et maintenant, salut et bonne chance ! Je ne veux pas mourir de froid.

Alors que j'avais tourné bride, il me lança :

— Pense à ma tisane ! Je l'attendrai dimanche, au marché...

Ce qui me restait à faire, je le savais.

Une évidence : je ne pouvais laisser cet attentat impuni. Autre évidence, à mettre au net : aller demander des comptes à Martin Croze, sans que l'idée me vînt de tenter la moindre action punitive contre lui. S'il s'était abstenu de cette agression, je l'aurais laissé mijoter dans sa rancœur et moi dans ma solitude, quoi qu'il pût m'en coûter.

Il était allé trop loin et trop maladroitement. Ne pas lui

donner la réplique eût été le conforter dans l'idée que j'avais renoncé à reconquérir Hélène : une idée qui, de plus en plus, s'imposait à moi.

J'avais un plan et ne tardai pas à l'exécuter.

Dans les premiers jours de printemps, aux alentours de Pâques fleuries, je sellai mon cheval et pris le chemin de la ville. Parvenu sur le plateau gréseux, au lieu-dit Montplaisir, je me dirigeai à travers bois vers la vallée, en direction des Escrozes. En arrivant sur la rive du ruisseau de Planchetorte, je laissai boire mon cheval.

Je n'étais qu'à une portée d'arbalète de la maison de vigne des Croze. Ayant inspecté les environs pour m'assurer que je ne pouvais être aperçu, sinon des renards et des loups, je laissai mon cheval attaché à une branche et achevai à pied mon chemin, à travers les rangées de vigne et un bois de pin fouetté par le vent. Je savais où l'on plaçait la clé. Sous un appentis accolé à la maison, je trouvai des brassées de sarments que j'entassai à l'intérieur, puis, ayant battu le briquet, je pris plaisir à voir, en quelques instants, le monceau de sarments transformé en brasier attaquer la charpente.

Sans m'attarder à ce spectacle délectable, je remontai à cheval et repris la route de La Nadalie par le même chemin. Parvenu dans les parages de Montplaisir, je me retournai pour assister au dernier acte du drame, comme les Achéens devant les ruines fumantes de Troie.

J'avais de bonnes raisons de croire que Martin Croze ne tarderait pas à deviner l'auteur de ce méfait et tâcherait d'en tirer vengeance.

Je m'en protégeai du mieux que je pouvais. Monteil consentit à me prêter un de ses chiens. Chaque soir je barrais portes et fenêtres, et chaque jour je faisais en sorte de ne me trouver jamais seul afin de décourager une éventuelle agression. Je m'étais procuré à Brive un nouveau coutelas qui s'ajouterait à mon épée.

Il se passa près d'un mois sans que j'eusse à subir la

moindre alerte. Je me dis que Martin Croze avait compris la leçon et renoncerait à me provoquer de nouveau.

J'avais tort.

Un dimanche, alors que je me rendais au Marchadiol en longeant les rives de la Tourmente, je vis surgir de l'orée d'un bois trois cavaliers à la mine patibulaire. Ils se postèrent en travers du chemin et mirent pied à terre. Je descendis de ma carriole, avec mon épée et mon coutelas sous mon manteau. Ils me demandèrent si j'étais Jouvenel ; je ne les démentis pas.

Sans un mot, ils se précipitèrent vers moi, l'épée au poing, et parurent interloqués de me voir brandir la mienne d'une main et mon coutelas de l'autre. Je leur lançai pour les provoquer :

— Eh bien, mes gaillards, cette fois-ci Croze n'a pas lésiné ! Il aura peut-être plus de chance cette fois, mais je vais vous donner du mal !

J'engageai le fer sur-le-champ en veillant à ce qu'ils ne me prissent pas à revers. Ce n'étaient pas des novices, mais je leur menai la vie dure.

Celui qui me donnait le plus de tablature était le jeunot : malhabile, il était aussi le plus fringant. Je lui ouvris une balafre au visage avec mon épée et lui plantai mon coutelas dans le flanc. Il tomba sur les genoux et piqua du nez dans la terre.

Je m'attendais à une ruée de ses deux complices, mais un seul s'y risqua, l'autre, le nez au vent, paraissant s'inquiéter d'une approche.

Son acolyte était une sorte de brute maladroite mais d'une puissance inquiétante, qui taillait l'air comme un bûcheron en me provoquant de la voix. La pointe de son arme déchira ma chemise et laboura ma poitrine, ce qui n'eut d'autre conséquence que de me faire redoubler d'ardeur.

Profitant de ce qu'il rejetait un pan de son manteau dans son dos, je lui portai sous la ceinture un coup de pointe si franc que ma lame le transperça de bout en bout. Il hurla comme un porc saigné, fit quelques pas en arrière et s'abattit sur le dos.

J'allais m'attaquer au troisième larron, mais, ayant sauté en selle, il traversa la rivière et disparut dans une lande de genêts.

En me retournant, je vis surgir sur le chemin la carriole de Monteil, chargée à craquer de sa femme et de sa marmaille.

— Soyez le bienvenu ! lui lançai-je. Vous m'avez peut-être sauvé la vie. Donnez-moi un coup de main, je vous prie. J'ai un chargement à faire...

Il m'aida à hisser sur leurs selles et à y attacher les deux blessés qui râlaient et se débattaient encore. Il me demanda ce que j'allais faire de ces gredins.

— Les conduire au bayle. Puisqu'ils sont encore en vie, ils nous apprendront peut-être qui les a payés pour me tuer, avant que nous les laissions crever ou que nous les pendions.

Notre petite caravane suscita, en débouchant sur le Marchadiol, plus de curiosité que l'arrivée d'une troupe de saltimbanques. On s'écartait pour nous laisser place, on nous harcelait de questions, on nous faisait cortège.

Je savais où trouver Favereau : au cabaret de Miallet, en train de s'empiffrer. En me voyant paraître avec mes deux lascars ficelés sur leur selle comme des dépouilles de sangliers, il fit effort pour se lever et retomba sur son banc.

— Descends de ton perchoir, Jouvenel ! me lança-t-il, et dis-moi qui sont ces deux hommes. Ils sont morts !

— Pas encore. Vous allez pouvoir leur tirer les vers du nez.

Je m'assis en face de lui et, en quelques mots, lui fis part du nouvel attentat que j'avais subi et dont, grâce à Dieu, je m'étais tiré seulement avec une égratignure.

— Ils étaient trois. Le troisième a foutu le camp quand Monteil est arrivé. Ces deux-là, je vous les livre à domicile. À vous de savoir qui les a soudoyés, mais faites vite : le temps leur est compté.

Il parut embarrassé de ce présent, et, jetant un œil de

regret aux galettes de seigle ointes de miel et à sa cruche de vin, se leva en soupirant. Il eut le toupet de me dire :

— Tu aurais pu attendre demain, Jouvenel. On ne se bat pas le jour du Seigneur.

J'allais me fâcher quand Lhéritier, le prévôt de La Méchaussée, le fit à ma place et en termes peu courtois :

— Tu en as de bonnes, gros pourceau ! C'est à ces deux brigands qu'il faut dire ça, pas à leur victime. Prends cette affaire en main, courge molle ! Essuie ta trogne barbouillée de graisse et fais ton travail, dimanche ou pas ! On va mettre tes galettes et ton cidre au frais.

Il y avait au château une sorte de cave peu fréquentée qui ne méritait pas le nom de prison et dont les châtelains avaient fait un cellier. On y transporta mes deux victimes. Elles succédaient à un meunier malhonnête qu'on avait exposé au pilori pour distraire la population, avant de le jeter dehors avec un coup de pied au cul.

Avec mes deux brigands, l'affaire était plus grave.

Accompagné de Favereau, je les rejoignis dans leur geôle au moment où deux sergents les molestaient avec le bois de leur lance, alors qu'étant à l'agonie ils demandaient à grands cris qu'on leur amenât un prêtre. Je chassai ces soudards en les insultant et décidai d'interroger les blessés en présence du bayle. Il aurait dû le faire à ma place, mais je redoutais son incompétence et son laxisme.

Je fis porter par un sergent un gobelet d'eau-de-vie à ces deux misérables. Ils parurent aussitôt recouvrer leurs esprits.

J'appris, sans avoir eu à les malmener, qu'ils faisaient partie de la bande des Pieds-Rouges, qui sévissait dans l'immense forêt de la Ramière dominant Collonges. En revanche, je dus insister pour leur faire avouer qui les avait soudoyés. On leur avait confié une mission ; ils l'avaient exécutée mais elle avait échoué.

— Qui, *on* ? demanda le bayle.

Ils se fermèrent comme des huîtres, si bien que je dus leur mettre le couteau sur la gorge pour les aider à compléter leur confession. La brute bredouilla un nom : Hugo.

— Qui est ce Hugo ? hurla le bayle.

Nous apprîmes que la bande était commandée par ce personnage, ancien supérieur d'un prieuré proche de Brive, excommunié et renvoyé pour le viol d'un novice. Il avait pris la tête des Pieds-Rouges et se faisait appeler de ce surnom : Hugo.

Cela ne nous avançait guère et ne me convenait pas.

— Écoute, dis-je à la brute, on va causer. Je t'en veux pas trop. Tu as fait ce qu'on te commandait, voilà tout. Alors, tu vas me dire qui a fait ce marché avec ton prieur. J'ai besoin de le savoir. Si tu te montres raisonnable, je te ferai une fleur en faisant venir un prêtre. En soulageant ta conscience tu feras une bonne action. Le Seigneur t'en tiendra compte. Alors ?

Il secoua la tête avec une grimace en bredouillant :

— Un bourgeois de Brive... Je l'ai rencontré dans son jardin... pour recevoir... ses instructions... tout ce que je peux te dire c'est que c'était en face de la maison de l'échevin et que... ça sentait la cire...

— Son nom ? glapit Favereau.

— Je m'en souviens pas.

— Est-ce que ce n'était pas Croze ? demandai-je.

— Croze... oui... c'était bien lui... il me semble.

— Il te semble, hurla le bayle, ou tu es sûr ?

— Demandez au petit gars... qui m'accompagnait... Il a meilleure mémoire que moi.

— Il pourrait pas nous répondre, dis-je : il est mort.

Je demandai à Favereau s'il avait pris bonne note de ces aveux. Il hocha la tête et me donna permission d'achever le blessé. Je le fis sans plaisir, en lui tranchant la gorge. Il n'eut pas un geste pour repousser mon arme et même, me sembla-t-il, accepta sa fin avec un sourire.

En redescendant sur la place du Marchadiol envahie par la foule sortant de l'église, je n'étais pas fier de moi. Des femmes se lamentaient en voyant ma chemise tachée de sang, des gens s'arrêtaient pour me congratuler, me demander qui étaient ces bandits et si on allait les pendre. Je répondais qu'on ne pendait pas les morts, et ces deux-là l'étaient bel et bien. Si le troisième manquait, on le retrouverait un jour, avec l'aide de Dieu...

Un vieil homme prit mon cheval au mors et me raccompagna jusqu'à la sortie du village en distribuant des saluts avec son bonnet. Je faillis me fâcher lorsque des clients de Miallet, un peu éméchés, entreprirent de dételer mon cheval pour traîner eux-mêmes mon char. Je dus les menacer de mon fouet pour qu'ils se retirent.

Un cortège se forma, un prêtre en tête, pour m'accompagner jusqu'au lieu de mon agression et bénir mes armes vengeresses. J'étais à moitié ivre sans avoir bu autre chose que l'eau de ma gourde, comme étranger à cette scène grotesque au-dessus de laquelle je flottais comme sur un nuage. Je sombrai dans l'inconscience avant d'atteindre La Nadalie, où mon cheval me déposa.

Malgré le peu de gravité de ma blessure, j'avais perdu beaucoup de sang.

Le dimanche suivant, je m'informai du sort que l'on avait réservé aux deux cadavres. J'eus la surprise d'apprendre du bayle qu'ils avaient été pendus pour l'exemple, détachés quelques heures plus tard, après que les gens se furent repus du spectacle, puis brûlés sur la place centrale, en face de la maison des dames de Mongalvy. La jeunesse avait organisé une carole autour du bûcher.

Troisième partie

1

« Nature a perdu ses couleurs »...

Dire que j'étais fier de mon exploit serait me prêter des sentiments que je n'éprouvais pas.

Je pouvais certes me réjouir d'avoir échappé à la mort, d'avoir fait quinaud celui qui s'était déclaré mon ennemi et d'avoir purgé le pays de deux brigands. J'aurais pu m'endormir sur mes lauriers, mais l'affaire avait fait trop de bruit pour ne pas avoir une suite.

En dépit de sa réputation d'honnêteté et de ses relations, Martin Croze, lorsque l'affaire vint devant la justice, allait répondre de ses actes. Quant à moi, quel procès pouvait-on me faire ? Avoir séduit Hélène ? Elle était libre quand elle s'était donnée à moi. On pouvait lui reprocher un adultère et une naissance illégitime, mais personne n'avait intérêt à ce que cela se sût. Pour l'incendie de la maison de vigne, on pourrait avoir des soupçons envers moi, mais point de preuves.

Je fus informé par le bayle d'avoir à être présent au procès intenté à Martin Croze pour instigation au crime.

Je ne m'attarderai pas sur cette audience qui prit la journée, et fut ennuyeuse à souhait. La défense de mon adversaire fut lamentable : il commença par nier et m'accuser de l'incendie des Escrozes, sans arguer de la moindre preuve, puis il accusa odieusement sa femme de lui avoir conseillé ces attentats. Brusquement, au milieu d'une phrase, il s'effondra en larmes et implora la clémence des juges.

— Je jure, leur lança-t-il, qu'à peine libéré j'entreprendrai un pèlerinage à Compostelle, à pied, avec la coquille et le bourdon, en passant par Rocamadour !

La peine capitale lui fut évitée de justesse, mais pas la prison. Mon triomphe fut modéré autant que le verdict, mais je le savourai comme un dictame : j'allais retrouver Hélène, dont le divorce ne faisait pas de doute.

À quelques jours de ce procès qui fit grand bruit dans la province, je reçus un message de maître Borzeix me demandant de me rendre à son domicile.

Il me reçut dans son cabinet orné sur trois murs de collections de sabots et de socques de tout le royaume. Il me fit asseoir en face de lui et prit un ton sévère pour me dire, en tapotant le bord de la table avec son calame :

— Peire, je suis fort mécontent ! Tu as jeté le discrédit sur une famille honorable, celle des Croze, et sur la nôtre. As-tu conscience de ta faute ?

Cramponné aux bras de mon fauteuil pour ne pas bondir, je me contentai de répondre :

— Serait-ce une faute, maître, que de se défendre contre des tueurs mercenaires ? Aurais-je dû me laisser égorger pour épargner l'honneur de qui a inspiré cet attentat ?

Il se gratta le menton avec son calame.

— Certes non ! bougonna-t-il. Ce que je te reproche, c'est d'avoir donné à cette affaire une publicité indécente. Les Croze n'ont eu que des bontés pour toi, l'as-tu oublié ? Ils ne méritaient pas d'être traînés dans la boue. Ce pauvre Martin... C'est comme s'il était mort !

— Alors, selon vous, j'aurais dû renoncer à l'accuser et laisser ce criminel vaquer librement ?

— Un criminel ! Cette expression est outrancière.

— J'insiste, maître : un criminel, récidiviste de surcroît. Je ne regrette rien. Si c'était à refaire je n'aurais de nouveau aucun scrupule.

Au comble de l'indignation, pour m'exonérer de la seule faute dont je puisse me sentir coupable : mes rapports intimes avec sa sœur et ma paternité, je lui lançai :

— Oui, maître, j'avance que je suis le père du petit Vital.

Je le regrette, de même qu'Hélène. Nous en avons beaucoup souffert, elle, qui devait donner le change, plus que moi sans doute. Je ne vous apprendrai rien en vous disant que nous nous aimons et que nous n'avons cessé de croire que le destin nous réunirait un jour.

Il plaqua ses mains sur la table, éberlué et furieux.

— J'avais observé des attitudes équivoques de votre part, mais comment aurais-je pu imaginer que vous en viendriez là ? Toutes ces manigances, là, sous mon toit, à mon insu !

Il ajouta, frémissant de colère :

— Comment peux-tu penser que le *destin*, comme tu dis, puisse vous réunir un jour ? D'où viennent ces beaux nuages que tu as pris pour des augures ? Comment peux-tu croire qu'Hélène pourrait accepter de s'unir à toi devant l'Église ? Une fille de la meilleure société épouser un... un manant !

J'allais riposter quand il poursuivit d'un ton ironique :

— Tu espérais peut-être que les quelques pièces de vers que tu as commises te donneraient le droit d'aspirer à un riche mariage ? Foutaise !

Je lui parlai d'une voix calme de la soirée de Turenne, au cours de laquelle Jaufré Rudel m'avait ouvert la porte de sa confrérie.

Il eut un rire grinçant.

— Jaufré Rudel... Oublies-tu que le prince de Blaye voit les portes des châteaux s'ouvrir pour lui, alors qu'elles resteront fermées pour le paysan de La Nadalie ?

Je faillis me lever après lui avoir fait comprendre que j'étais un homme libre et pas un serf, mais il en revint aux Croze.

— Je crains, me dit-il, qu'ils ne doivent fermer boutique. La clientèle leur tourne le dos, si bien qu'ils ont dû licencier une partie de leur personnel. Je me suis entretenu hier avec le père de Martin. La famille t'en veut moins qu'à leur fils et se demande ce qui l'a entraîné à se commettre avec les Pieds-Rouges. Ils n'en dorment plus et la dame Croze en est tombée malade.

Je crus qu'il en avait fini et que nous en resterions à constater cet imbroglio sans parvenir à le résoudre, quand, après un long silence, tourné vers la fenêtre, il me dit, comme s'il s'adressait à quelqu'un d'autre que moi :

— Peire, pardonne-moi pour les propos humiliants que je t'ai infligés. Tu es un bon garçon et je n'ai jamais eu à me plaindre de toi. Alors oublie mes propos, je te prie.

— C'est fait, maître.

— Nous ne pouvons pas rester à attendre que le vent tourne. Le temps des décisions énergiques est venu. Quoi qu'il nous en coûte, à moi et à ma famille, es-tu prêt à réparer ta faute ?

— Qu'est-ce à dire, maître ?

— À épouser Hélène et à reconnaître ton enfant.

Ébahi de ce revirement brutal, je me sentis fondre de bonheur, comme si les nuages dont il avait parlé venaient de m'inonder d'une pluie bienfaisante. Je bredouillai :

— Je vous sais gré de votre clémence, maître, cependant... madame votre sœur sera-t-elle consentante ?

Il éclata de rire.

— Le contraire me surprendrait. Divorcer pour la deuxième fois n'est pas un obstacle. Tu pourras t'en informer par toi-même. J'ai d'ailleurs prévu une rencontre qui ne tardera guère. Hélène t'attend dans sa chambre, avec votre fils. Ne t'attarde pas trop. Cette affaire l'a meurtrie. Suis-moi...

Assise dans un demi-jour, Hélène m'attendait en berçant la beneste de Vital. En me voyant paraître, informée de ma présence, elle évita, par décence, de me sauter au cou devant son frère. Je la baisai au front et me penchai sur le berceau. À travers le voile qui le protégeait des mouches, j'aperçus un petit visage bien rond et bien rose, à la bouche luisante de salive, et une main minuscule crispée sur le drap.

Bouleversé, j'écartai le voile pour mieux le contempler. Hélène arrêta mon geste, affirmant que je risquais de le réveiller, alors qu'il avait passé une mauvaise nuit après avoir rejeté son lait, suite à une légère fièvre.

— Il te ressemble, me dit-elle, et ne me donne guère de soucis.

Elle ajouta :

— Comptes-tu rester ce soir ?

Comme je n'avais pas prévu cette éventualité, je dus repartir pour La Nadalie, afin de ne pas donner d'inquiétude à ma petite famille. Pourtant j'aurais volontiers passé des heures entre Hélène et notre enfant, attendant qu'il se réveille pour le prendre dans mes bras et lui donner un premier baiser.

— Prends garde à toi, Peire, me dit Hélène en se levant pour m'embrasser. Voyager est devenu dangereux. Reviens dimanche, après le marché de Turenne. N'oublie pas que, désormais, cette maison est un peu la tienne...

Elle avait changé. Si son visage avait gardé cette séduction empreinte de gravité qui m'avait plu dès notre première rencontre, son corps s'était un peu alourdi, sans lui ôter de sa grâce.

— Ah, Peire ! me dit-elle, sa tête contre mon épaule, j'ai vécu des moments terribles. J'en étais venue à croire que jamais nous ne nous retrouverions et que je devrais vivre le reste de mon existence dans le mensonge. Et tu es là, et tout s'éclaire !

Je lui relatai mon entretien avec son frère et le souhait qu'il avait émis d'un mariage. Elle n'y faisait pas obstacle, disant que c'était une fin logique. Elle se moquait de ce que les bons bourgeois de la ville pourraient penser de cette union et des conséquences qu'elle pourrait avoir sur l'honorabilité de sa famille.

Elle posa ses mains sur mes épaules et me tendit ses lèvres.

Depuis quelques années, le climat semblait la proie d'étranges caprices. Quand il aurait fallu du soleil, c'est la pluie qui survenait ; quand la terre réclamait de l'eau, le soleil redoublait d'ardeur ; quand les plantes ne pourrissaient pas, elles rissolaient...

Malgré le désir qui m'étreignait de retrouver Hélène le plus souvent possible, j'évitais de me rendre auprès d'elle plus d'une fois par semaine, le plus souvent le dimanche, après ma vente, accompagné par mon frère pour assurer ma sécurité.

Il nous arrivait en chemin de faire de mauvaises rencontres. Il y avait des groupes de vrais pèlerins et des faux, qui cachaient une arme sous leur tunique, ce qui nous obligeait à forcer l'allure. Parfois, assaillis par des paysans chassés de leur tenure par la misère, nous échappions à leur colère, après que nous leur eûmes refusé une aumône, ce qui eût fini par vider notre bourse. Quand ils s'accrochaient aux ridelles de notre carriole, nous étions contraints de les chasser à coups de fouet pour éviter qu'ils nous volent notre cheval et nous laissent nus sur la route.

Un matin, au réveil, j'eus la pénible surprise de constater que mon potager avait été pillé durant la nuit, du vert comme du sec. Pois, oignons, aulx, racines de toutes sortes, tout avait disparu. Le chien de Monteil, que nous avions fini par adopter, avait été étranglé, puis pendu à un poirier.

Je n'eus d'autre recours que d'aller me plaindre au bayle. Il ouvrit sa fenêtre et daigna écouter ma récrimination avant de soupirer :

— Tu es le dixième depuis ce matin, mon pauvre Jouvenel ! Que veux-tu que je fasse ? Je ne suis pas le Bon Dieu ! On voit d'étranges choses... Sais-tu ce que m'a raconté le bedeau de Turenne, pas plus tard que ce matin ? Des misérables ont déterré le cadavre d'une femme inhumée de la veille ! Ce sont ceux du causse qui ont fait le coup, j'en mettrais ma main au feu. Tout est grillé chez eux. Ils ont abattu toutes leurs bêtes et aujourd'hui ils n'ont rien que leurs yeux pour pleurer. Alors ces gens sont devenus pires que des animaux. Si tu veux un conseil, prends un nouveau chien et fais toi-même bonne garde la nuit. Tu risques d'avoir de nouvelles visites, comme au moulin de Chanterâne, chez les Gorce. Des pillards leur ont enlevé dix ouailles. Va leur courir après ! Moi, j'y ai renoncé. C'est plus de mon âge. Salut !

Il me ferma sa fenêtre au nez, la rouvrit et me lança :

— Il y aura une procession demain, pour faire venir la pluie. Ce sera l'occasion de promener la côte de saint

Martial, qui fait ce genre de miracles. On partira de Gondres pour aboutir à La Grange-Rouge. Sois des nôtres si tu es un bon chrétien !

Je promis de m'y rendre mais oubliai ma promesse. La canicule me l'aurait d'ailleurs déconseillé.

Dans mon malheur, j'avais une chance.

Précautionneux que je suis, j'avais toujours, dans une excavation pratiquée contre un mur de ma maison, une réserve en solide et en liquide pour parer aux périodes difficiles. C'est ainsi qu'en modérant notre appétit nous avons échappé à la famine générale. Nous n'avons pas trop pâti du pillage de mon potager qui, arrosé avec ce qui restait d'eau dans la Tourmente, n'avait pas trop souffert de la chaleur.

Chez maître Borzeix, j'étais reçu comme un membre de la famille, que j'étais en fait, sans que l'on fît allusion au caractère clandestin de ma présence, du moins avant mon mariage.

Je ne venais jamais les mains vides. Il y avait toujours des tisanes pour la dame Agnès, un pochon de farine ou de légumes secs pour Marthe... Ces menus cadeaux étaient appréciés, car, si la famine ne régnait pas en ville au point de jeter des émeutiers dans la rue, le volume des denrées était à la baisse et les prix à la hausse.

Certains, peu scrupuleux, tiraient profit de cette situation.

Un convoi de céréales venu de la région de Toulouse, où l'on souffrait moins que nous des intempéries, avait été intercepté près de Martel par des négociants de Brive assistés d'un groupe de la milice urbaine. Ils avaient conclu un marché avec le chef du convoi et racheté la totalité de la marchandise pour la revendre au meilleur prix !

Si, durant une semaine, le moulin sur la Corrèze eut du grain à moudre, la majorité de la population en revint au régime spartiate des soupes d'herbes et des grillades de chat, de chien ou de rat. Dans les jours qui suivirent, le nombre de mendiants s'accrut ; des hommes et des femmes à bout de ressources se pendirent, des mères vendirent leurs nouveau-nés ; les établissements religieux fermèrent leur porte à la misère...

Certains jours, maître Borzeix et moi allions tirer à l'arc dans les collines le rare gibier ayant échappé à la canicule. Le plus souvent nous allions pêcher dans la Corrèze, en remontant son lit vers Tulle, de quoi faire une friture.

De tout le temps que dura cet été torride, la ville avait changé de visage.

Les campagnes ne livrant plus leurs produits, la plupart des boutiques d'alimentation avaient fermé. Il se passait des jours sans qu'une voiture de livraison, un âne ou un mulet ne franchissent les portes, car, à peine installés, c'était la ruée et le pillage. Sur les chemins, des groupes de brigands attaquaient les convois, malgré les sergents montés qui les protégeaient.

Une bande installée dans le causse, en un lieu nommé à juste titre Pille-Brive, avait acquis une funeste réputation. Pour survivre, elle menait de véritables expéditions contre des maisons fortes, des abbayes et des hospices, entre Brive et la petite ville de Terrasson, en débordant sur le Quercy et le Périgord.

Les échevins de Brive avaient organisé un corps de milice pour éliminer ce fléau, mais ces gueux étaient insaisissables.

Certains jours, pour ne pas retourner à La Nadalie après le souper, je restais coucher chez maître Borzeix.

Par convenance, avant le divorce d'Hélène, la dame Agnès m'avait affecté, sous les combles où régnait une chaleur d'enfer, une chambre que, le plus souvent, je désertais pour aller chercher un semblant de fraîcheur dans le jardin.

J'aurais eu mauvaise grâce de me plaindre de ce traitement. Je vivais sous le même toit qu'Hélène et notre enfant et j'avais ma place à table. Cette cohabitation inespérée me faisait oublier des mois passés à me morfondre dans une solitude désespérée. J'avais l'impression d'avoir accédé à un nouveau rang social, malgré les allusions que maître Borzeix faisait parfois à ma condition.

« *Nature a perdu ses couleurs* »...

L'envie me prenait souvent de rompre l'abstinence imposée et d'aller gratter à la porte d'Hélène. La dernière marche franchie, j'y renonçais. J'espérais qu'Hélène, à supposer qu'elle fût dans les mêmes dispositions, déciderait de détourner cet interdit, mais elle n'en fit rien. J'aurais volontiers, au mieux de ma virilité, convié Marthe à quelques ébats, mais la décence et la crainte d'être découvert m'en dissuadèrent.

Alors que nous vivions à pot et à feu depuis des semaines, il ne fut pas question de prendre un acompte sur notre future union. La décence s'y opposait, mais aussi un devoir de repentance : Hélène avait trahi la confiance de son mari ; j'avais incendié la maison des Escrozes et tué deux hommes. Nous faisions en quelque sorte figure de hors-la-loi.

Notre mariage eut lieu au début de l'hiver, le dimanche du Christ-Roi, en la collégiale Saint-Martin. Il se fit avec la discrétion que nous souhaitions tous, sans repas nuptial ni danserie ni rien de ces simagrées qui accompagnent d'ordinaire cet événement. Ce fut une journée identique aux précédentes, mais, pour Hélène comme pour moi, différente : elle consacrait mon entrée dans cette famille bourgeoise. J'y avais pénétré par la petite porte ; la grande m'était désormais ouverte.

Ma femme et moi avons consommé notre union dans une harmonie parfaite, mais qui ne me fit pas oublier les élans fougueux de nos débuts, dans la maison de vigne notamment... Nous avons réinventé sans fièvre les gestes simples de l'amour, avec une sorte de ferveur : celle d'une communion longtemps retardée.

Peu après la Nativité, le jour des Saints-Innocents, la châtelaine de Turenne, dame Eustorgie, rendit son âme à Dieu.

Elle était encore dans la force de l'âge, mais sa nature capricieuse la portait souvent à des excès néfastes pour sa santé. C'est ainsi qu'aux premières neiges de décembre, elle avait tenu à se rendre à cheval à Noailhac, à deux ou trois lieues du château, pour rendre visite à l'épouse du seigneur. Agressée par une harde de loups, elle aurait été mise en pièces sans l'intervention d'un charbonnier.

À son retour, prise de frissons et d'une toux opiniâtre, elle avait dû s'aliter. Un mal de poitrine l'emporta en moins d'une semaine.

Avec cette grande dame respectée de tous pour son sens de la justice et sa générosité, je perdais moins une protectrice qu'une relation confiante et, j'ose le dire, affectueuse. Elle avait été des premiers à reconnaître en moi un troubadour digne de ce nom et à me donner confiance en me confrontant à Rudel et à Marcabru. Elle croyait, disait-elle, en mon avenir dans le monde incertain où j'avais fait mes premiers pas.

De passage sur le marché du Marchadiol, elle manquait rarement de s'arrêter à mon éventaire pour bavarder avec moi. Feignant de me prendre pour un magicien, elle choisissait des simples que je lui offrais de bon cœur.

Elle m'avoua un jour qu'elle aurait aimé que je fisse partie de sa maison, son médicastre, Dufour, n'étant bon, disait-elle, qu'à soigner les chèvres !

Veuve du vicomte Boson, cette tête brûlée, elle s'était trouvée régente d'immenses domaines, avec dans ses jupes le jeune Raymond, deuxième du nom, devenu un bel adolescent au moment où Dieu la rappela à lui, puis, des années plus tard, un homme loyal mais un tantinet ambitieux et batailleur comme son père. Il n'allait pas tarder à prendre la direction de la Palestine où, sur la fin de ce siècle, il laisserait sa vie.

Celui que Bertran de Born appelait, par dérision, le « Seigneur de Mirandol » (une petite baronnie des environs de Martel), fut l'ami et le soutien des troubadours, l'allié du prince Plantagenêt Henri le Jeune, fils du roi d'Angleterre Henri II et de la reine Aliénor.

J'allais avoir, à plusieurs reprises, l'occasion de le rencontrer, de participer à ses expéditions à travers ses États et aux fêtes fastueuses qu'il donnait à Turenne. Il était généreux, juste et fidèle en amitié.

Je fis sa connaissance sur le Marchadiol, peu après la mort de sa mère. Il semblait décidé à perpétuer cette coutume instaurée par la dame Eustorgie, afin de se tenir au courant par la *vox populi* des événements qui agitaient les seigneuries de Comborn, Ventadour et Limoges.

La première fois que je l'avais vu, il avait moins de dix ans, portait encore des chausses à cul et s'accrochait à la robe de sa mère. Je lui avais offert un bâtonnet de réglisse qu'il n'avait pas daigné considérer. Sa mère l'avait rabroué :

— Ne vous ai-je pas appris les bonnes manières ? Quand on reçoit un cadeau, la moindre des choses est de dire...

— ... merci.

Des années plus tard, lorsque je l'ai vu paraître au milieu d'un groupe de jeunes chevaliers turbulents, il paraissait précoce en de nombreux domaines, notamment pour courir le guilledou. Lui et ses compagnons menaient grand tapage en s'engouffrant à cheval sur les marchés avec des cris et des rires.

Il était arrivé un dimanche accompagné d'une demi-sœur, bâtarde du vicomte Boson : Jordane. Cette fille délurée faisait porter ses achats par une servante dans une grande panière de vîme. Raymond s'était arrêté devant mon éventaire, était descendu de cheval, et avait fait mine de le parcourir. Avec un sourire complice, il m'avait demandé un bâtonnet de réglisse. Je le lui avais tendu en lui disant que, s'il manifestait de l'intérêt pour mes produits, cela n'avait pas toujours été le cas.

— Il est vrai que nous nous connaissons depuis longtemps, maître Jouvenel, avait-il ajouté. J'étais encore un enfant quand vous avez chanté pour la première fois au château, avec Rudel et Marcabru. Cela m'a intéressé, puis, pardonnez-moi ! je me suis endormi. J'ai appris votre exploit contre les brigands, près du moulin de Chanterâne, et vous en félicite. Si vous décidez un jour de renoncer aux herbes j'aimerais vous compter parmi mes sergents.

— Grand merci, messire, mais sachez que, si je sais me défendre en cas de nécessité, je n'ai pas l'esprit guerrier. De plus, je suis chargé de famille.

— Est-il vrai que vous ayez épousé la sœur de maître Borzeix ? C'est une maison sérieuse dont nous sommes clients depuis des lustres. J'aimerais que vous me présentiez votre épouse.

— Ce serait un honneur pour elle et pour moi, messire.

Je redoutai qu'il me parlât de l'affaire qui avait fait de nous un couple et causé la ruine des Croze, mais il était trop jeune à cette époque.

Il m'avait demandé, avant de s'éloigner, si je persistais dans l'art de *trouver*. Je lui avais révélé qu'en apprenant la mort de la dame Eustorgie, j'avais écrit un *planh*, une déploration, dont je lui avais récité à voix basse les premiers vers : *Depuis que Dieu l'a rappelée à lui / Il n'y a plus printemps ni été / Nature a perdu ses couleurs...*

— Cela me plaît, m'avait-il dit, et j'aimerais entendre la suite. Venez donc dîner demain au château, en compagnie de votre épouse. Vous y rencontrerez un de nos meilleurs troubadours : Bertran de Born. Merci pour la réglisse, maître Jouvenel.

À l'idée de dîner à la table du vicomte et de rencontrer Bertran de Born, j'étais pris d'une sorte de vertige. Si le troubadour avait une notoriété qui le plaçait parmi les meilleurs, le seigneur d'Hautefort qu'il était avait une réputation détestable.

Prévenue par Jacques de cette invitation, Hélène arriva de Limoges avec de quoi nous présenter dignement. Le lendemain, lorsque nous prîmes à cheval le chemin du château, j'étais comme ivre et me pris à chantonner. Le printemps avait fait de la vallée une corbeille de verdures sombres, dissimulant le cours de la Tourmente et les moulins de Berlières et de Chanterâne. On se serait cru aux premiers temps de la Genèse.

Après que Raymond nous eut présentés à lui, Bertran nous tourna le dos avec insolence pour achever une conversation animée avec un chevalier de Collonges. C'était un homme jeune encore, voûté, un peu chafouin sous son bonnet de travers, l'air d'un gros chien inquiet. Je remarquai qu'il était le seul à porter l'épée dont il avait un jour déclaré ne jamais se séparer, « même pour la messe ».

Alors que nous étions assis sur la pelouse en compagnie de jeunes chevaliers des parages, Bertran vint se mêler à l'assistance et, sur un mode plaisant, demanda lesquels d'entre nous allaient l'accompagner à la croisade. Il était trop jeune, dit-il, pour avoir répondu naguère à l'appel du moine Bernard, à Vézelay, et eût aimé suivre le roi Louis et la reine Aliénor, si la situation dans son apanage ne lui avait donné du souci. Il fallait constamment être sur le qui-vive, courir au feu pour ramener à la raison, souvent par les armes, des barons rebelles et des bandes qui pillaient ses terres du Périgord.

— Une femme aux croisades, mes amis, s'écria-t-il, et de plus une reine ! C'est insensé ! La guerre, en Palestine surtout, n'a rien d'un tournoi. Cette femme que l'on dit lubrique comme une chèvre (pardonnez-moi, mesdames !), risque, par ses caprices, de faire échouer cette croisade, ce qui semble devoir se confirmer. J'ai appris qu'Aliénor s'est amourachée d'un de ses parents qui tient la place d'Antioche et que Louis, informé de ses dévergondages, est sur le point de retourner en France. À l'heure qu'il est, peut-être est-il en mer.

Je dis à Raymond que c'était sans doute le vin du Périgord, dont il avait apporté un tonnelet, qui faisait tenir à son invité ces propos iconoclastes et malsonnants.

— Ne soyez pas surpris, Jouvenel, me répondit-il. Bertran est toujours ainsi. Tout feu, tout flamme... S'il n'a pas de querelle à vider il n'a de cesse qu'il n'en ait suscité une. Mais quel poète !

À la fin du repas donné dans le jardin, le vicomte invita Bertran à nous chanter une de ses œuvres. Il ne se fit pas prier et, d'un geste théâtral, brandissant son épée comme pour bénir l'assistance, il entonna *a capella* un de ses poèmes les plus connus et que je savais par cœur : « Éloge de la guerre ». Quand, après une ouverture pastorale, il entama la deuxième strophe : *Je suis heureux de voir nos éclaireurs / Faire fuir les gens avec leurs biens...* je mêlai ma voix à la sienne : *Je me réjouis de voir quantité de nos hommes / Assiéger de forts châteaux...*

Il sourit, m'encouragea à poursuivre jusqu'à la fin et, quittant son banc, vint m'embrasser, saluant en moi son meilleur public.

— Messire Raymond, dit-il, m'a appris que vous-même pinciez la lyre avec quelque talent. J'aimerais que vous en portiez témoignage devant cette assemblée.

Légèrement pris de boisson malgré les recommandations d'Hélène, j'hésitais ; on m'encouragea de la voix et des mains. Je me lançai avec un poème inspiré par mon épouse : *Tu m'as appris la vertu du silence / J'ai su ce que tu voulais dire / Dans la muette étreinte de la nuit...*

Bertran m'écouta jusqu'au bout en hochant parfois la tête, puis me fit asseoir près de lui.

— Voilà qui me surprend et me séduit, me dit-il. Tu as l'étoffe d'un véritable troubadour. Nous n'œuvrons pas sur les mêmes sujets, mais j'aimerais, moi qui n'ai qu'une maîtresse : la guerre, en parler avec le même lyrisme. Peire Jouvenel, tu es des nôtres !

J'en rougis de fierté. C'était, à peu de chose près, lui répondis-je, le compliment que m'avait fait avant lui Jaufré Rudel. Ses traits se crispèrent.

— Rudel n'est pas un mauvais troubadour, encore que son talent soit mièvre, mais sa légende a étouffé son talent. Si son aventure est réelle, cela signifie qu'il faut se méfier des rêves puisqu'il a démontré qu'on peut en mourir si l'on y croit.

Table levée au mitan de l'après-midi, Bertran me dit avant d'inviter ses chevaliers à monter en selle :

— J'aurais aimé poursuivre cette conversation et entendre quelques autres de tes œuvres, mais je dois vider une querelle avec le baron de Tourtoirac qui me cherche des poux. Peut-être nous reverrons-nous. Quoi qu'il en soit, ne renonce jamais à chanter. C'est ta vocation...

Alors que nous nous apprêtions à faire de même, la demoiselle Jordane, profitant de ce qu'Hélène s'entretenait avec le vicomte Raymond, s'avança vers moi.

— Messire Jouvenel, me dit-elle, votre poème m'a bouleversée. Il a semé en moi des graines d'émotion qui ne demandent qu'à germer. J'aimerais que vous reveniez nous en chanter d'autres, un soir, sur la terrasse. Je vais en parler à Raymond.

— Ce serait un plaisir et un honneur, répondis-je. Demoiselle Jordane, je vous souhaite le bonsoir.

Nous cheminions dans le soir tombant, sous des nuées d'éphémères, quand Hélène me lança d'une voix âpre :

— Il ne me plaît guère que tu fasses le joli cœur avec cette bâtarde qui a la réputation d'une dévergondée. Elle ne t'a pas quitté des yeux durant tout le repas, et il semble que tu n'y sois pas insensible. Évite de la rencontrer, je te prie. Elle ne peut que t'être néfaste.

Hélène, jalouse ! J'éclatai de rire. Jalouse de cette gamine à peine sortie de l'adolescence... S'il est vrai qu'elle avait semblé fascinée par ma personne, ce qui m'eût surpris, ou plutôt par mon talent, qu'y pouvais-je ?

J'aurais mieux fait, ce jour de mai, de rester à La Nadalie pour arroser mes herbes...

2

Orage sur la tour

Peu après notre mariage, mes relations avec Hélène avaient pris un tour équivoque et difficile.

J'avais tout lieu de m'estimer choyé par le destin. Ma situation sociale s'était améliorée, je fréquentais une société dans laquelle je n'aurais jamais espéré pénétrer, j'avais une femme que beaucoup auraient pu m'envier et un enfant que je chérissais. Il m'arrivait parfois, au milieu de mon sommeil, de me demander si je ne rêvais pas et si les beaux nuages qui traversaient mon ciel serein n'allaient pas fondre en orage sur ma tête.

En apparence, rien n'aurait pu me faire craindre que le destin me réservât des désillusions. Maître Borzeix m'avait proposé de collaborer à son entreprise pour l'aider à assumer un surcroît de travail qui l'épuisait.

Il me dit un jour, alors que nous buvions une liqueur dans le jardin :

— Peire, j'ai longuement réfléchi à ta situation. Elle ne peut se prolonger indéfiniment : un pied à La Nadalie et l'autre à Brive... Ta place est dans ma maison. Non pour te confier l'atelier de saboterie car je suis pourvu du personnel nécessaire à sa bonne marche, mais pour mes rapports avec les fournisseurs, la clientèle et la tenue des comptes. Tu serais intéressé aux bénéfices, cela va de soi.

Je rechignai à cette proposition généreuse et demandai à

réfléchir. Il dut prendre cette réserve pour une dérobade car il ajouta :

— Cultiver des herbes n'est pas un métier, mon garçon ! Tu mérites mieux.

Je ripostai sans me départir de mon calme que j'étais attaché à cette profession qui, outre qu'elle m'agréait, me permettait de faire vivre ma famille. Je n'avais pas, lui dis-je, à en rougir.

— Est-ce à dire que tu pourrais refuser ma proposition ?

— Je n'ai rien dit de tel, mais cela demande réflexion. Lorsque j'en aurai fini avec ma récolte nous en reparlerons.

— Soit, soupira-t-il. D'ici là, peut-être la raison aura-t-elle pris le pas sur cette passion ridicule. En attendant, je te conseille d'en parler avec ma sœur.

C'est ce que je fis à quelques jours de là, alors que, toute fringante, elle poussait le portillon de mon jardin de ses mains chaussées de gants de chevreau. Elle fit une brève promenade dans mes allées, fouettant au passage avec sa cravache ma sauge et mon romarin puis, plantée devant ma table, occupé que j'étais à ensacher des mélanges, elle me dit d'un ton ironique qui me déplut :

— J'ai peine à imaginer le plaisir que tu peux éprouver à manier ces herbes.

Je rétorquai :

— Sans elles, tu souffrirais encore de ton catarrhe du printemps dernier et notre enfant de sa dernière éruption de boutons ! Nous leur devons le respect.

— Je ne puis supporter, me lança-t-elle, l'idée de continuer à vivre avec... avec un *manant* qui marche pieds nus dans la boue et pue la sueur !

— Un *manant* ! J'espère que ce mot a dépassé ta pensée. Dans les grimoires, on appelle les herboristes des « jardiniers de Dieu ». Je n'éprouve aucune honte à exercer cette profession. Le poète Ausone et Fortunat, l'ami de la reine Radegonde, ne rougissaient pas de se promener pieds nus dans la boue de leur jardin, et...

Elle me coupa sèchement la parole :

— Ils n'en faisaient pas commerce, que je sache ! Tu as

décidé de réfléchir, m'a dit mon frère. Eh bien, soit ! Mais je te préviens : je ne resterai pas longtemps l'épouse d'un marchand d'herbes et de racines. Nous ne pouvons vivre, notre fils et moi, dans cette... dans cette *masure* !

Après de longues et âpres discussions, nous sommes convenus d'un consensus : elle continuerait à vivre à Brive et moi à La Nadalie, avec des rencontres que nous organiserions selon notre agrément ou notre intérêt.

Cette convention pouvait me contenter ; elle beaucoup moins. Je compris qu'elle souhaitait m'avoir dans ses jupes, à la laisse comme le petit carlin que la dame Agnès avait offert à Vital.

J'avais trouvé chez cette dame une alliée passive mais compréhensive. Elle se refusait à prendre ouvertement mon parti mais me soutenait et m'encourageait, d'autant qu'elle faisait souvent appel à moi pour la soigner.

Elle souffrait du foie mais surtout des varices qui lui interdisaient de rester longtemps debout. Je mobilisais mes simples : sauge, hamamélis, armoise et marron d'Inde râpé, ajoutais à ce traitement des frictions d'aiguilles de conifères, en remontant vers le cœur. Ces remèdes la soulageaient, sans pouvoir étancher les suppurations de ses jambes.

Elle n'avait pas oublié que, durant la grande famine, j'avais apporté mon aide à sa famille, parfois en me privant.

Lorsque des disputes éclataient à mon sujet, elle ne soufflait mot mais me manifestait son soutien par des regards et des sourires complices.

Bon an mal an, cette situation boiteuse perdura environ deux ans sans que mon beau-frère remît notre différend sur le tapis. Hélène, quant à elle, n'avait pas désarmé et ne manquait aucune occasion de me manifester sa colère et son mépris, mais sans une intention formelle de rompre.

Situation étrange... Si, le jour, nous étions souvent comme chien et chat, prêts à sortir nos griffes, la nuit nous réconciliait. Je passais souvent mes dimanches en famille, à la belle saison, dans leur maison de vigne, proche de celle des Croze, laissée à l'abandon, mais de moindre importance.

Maître Borzeix en avait fait l'acquisition pour faire, comme il disait, « respirer le bon air » à son neveu, fragile des bronches et auquel l'air de la ville ne convenait guère. Cette masure entourée d'une vigne était devenue notre havre de paix. Nous étions implicitement convenus que, durant les quelques heures que nous passerions à entretenir la vigne et à respirer l'odeur des pins, nous garderions nos armes à la ceinture.

Les vendanges se firent dans une ambiance sereine, chacun y participant, à commencer par Marthe, chargée de préparer le repas auquel nous fîmes honneur, sur la terrasse d'une caverne tendue de rideaux de lierre.

Je pris un plaisir intense à voir Hélène retrousser ses jupes jusqu'à la ceinture et fouler la vendange en chantonnant, ses cheveux tombant sur ses yeux, sans crainte des guêpes et des frelons qui bourdonnaient autour du cuveau.

Un jour, alors que Vital jouait avec son petit chien, une guêpe le piqua à la cuisse. Après avoir extrait le dard, je badigeonnai sa peau avec du jus de bardane, à défaut de sarriette, dont j'étais dépourvu. Nous en fûmes quittes pour la peur.

Exposé au midi, cet endroit abrite une faune reptilienne dangereuse si l'on n'y prend garde. Alors qu'il chassait le lièvre à l'arc sur le plateau, mon beau-frère nous revint dans un piteux état. En écartant une branche au ras du sol pour ramasser un cèpe, il avait été mordu à la main par une vipère aspic, le reptile le plus dangereux sous nos climats. Il traînait la jambe, le visage blême et en sueur.

— Nous allons savoir, me dit-il, jusqu'où va ta science, mais fais vite car je frise la syncope.

Je le fis allonger, incisai la chair entre les deux points rouges avec la pointe de mon coutelas passée au feu, aspirai le sang et le recrachai. Comme cela ne suffisait pas, j'écrasai dans un pilon ce qui restait d'oignons crus de nos agapes et appliquai cet emplâtre sur la blessure.

Nous avons attendu la tombée de la nuit pour ramener

notre blessé à son domicile dans la carriole d'Hélène. En cours de route, il me remercia et prit mes mains dans les siennes. Au cours de la soirée, dame Agnès me glissa à l'oreille :

— Décidément, Peire, vous nous êtes plus utile en continuant d'exercer votre métier qu'en travaillant à la saboterie...

Sur la fin de l'été, messire Raymond me demanda de monter au château pour soigner son chapelain, Giraudeau. Il avait d'abord fait appel à Dufour, mais ce médicastre avait une nouvelle fois témoigné de son incapacité à soigner autre chose que des rhumes.

Ce pauvre prélat semblait avoir déjà un pied dans la tombe. Maigre comme un fagot, le visage jaune et parcheminé, la bouche crispée, il me révéla l'origine de son mal, qui est assez commun : une constipation opiniâtre. Elle persistait depuis plus d'une semaine et lui torturait le ventre. Dufour lui avait fait administrer le clystère, mais sans résultat.

Giraudeau me dit, avec son franc-parler :

— Jouvenel, mon garçon, tu vas me délivrer de cette saloperie, même si je dois en crever, ou je t'excommunie. Je suis arrivé au bout du rouleau et ne tiens pas à me présenter devant le Seigneur dans cet état merdeux.

Je l'assurai que son état ne m'inspirait pas d'inquiétude et que j'allais faire de mon mieux. Je préparai un laxatif fait de racines de bardane, qui se montra trop léger et inefficace. Je le renforçai avec un remède utilisé en Sicile : la sève de frêne, que je lui fis ingurgiter sous forme de tisane.

L'oreille collée à son ventre ballonné, je perçus quelques chuintements et gargouillis, signes annonciateurs d'une évacuation imminente. Je l'y aidai d'un sinapisme collé à la base de l'échine, qui le fit hurler et se contracter, si bien que l'événement espéré se fit attendre.

C'est alors que je décidai, en retroussant mes manches et en me vêtant d'un tablier, d'affronter l'adversaire *manu militari*, avec pour seule arme une petite cuillère d'étain ointe de saindoux. J'y œuvrais, le cœur au bord des lèvres, quand soudain l'irruption se déclencha, faisant fuir les servantes qui m'assistaient. Sans avoir eu le temps de me protéger, je me trouvai, si je puis dire, couvert de honte, inondé par une tornade qui semblait faite de noyaux de cerises.

Je laissai mon malade radieux, ébloui par ma science, pour courir aux étuves où trois bains d'eau chaude me délivrèrent de ces sanies puantes.

Quand je demandai à prendre congé de messire Raymond, on m'informa qu'il se tenait en sa chambre pour la sieste, avec consigne de ne pas l'importuner. J'attendis son retour en retournant auprès de mon malade à qui je prescrivis quelques sédatifs que je déposai sur sa table de nuit. Il me bénit et m'annonça que j'aurais une place dans son sermon du dimanche, au chapitre des miracles sans doute...

Raymond me rejoignit en rajustant ses chausses et en peignant ses cheveux, encore tout frémissant d'une sieste qui n'avait pas dû être solitaire. Il me fit compter trois livres, ce qui était bien payé, et me demanda de l'attendre dans le jardin, le temps de faire toilette.

Je l'attendis assis sur un muret proche de la maisonnette habitée par l'intendant. La vallée semblait se gaver du soleil de ce temps de Pâques, dans un silence de désert.

Raymond arriva vêtu d'une robe légère et coiffé d'un chapeau de paille qui jurait avec sa tenue.

— J'aime le soleil, Peire, me dit-il, mais il arrive qu'il me joue des mauvais tours, surtout quand je suis en campagne. Qu'en sera-ce quand je combattrai en Palestine ?

Il me pria de m'asseoir près de lui et m'annonça qu'il avait prévu de donner un tournoi la veille du dimanche de Pâques, à La Grange-Rouge, et souhaitait m'y voir participer. Interloqué, je lui demandai s'il comptait sur ma présence pour prodiguer mes soins aux blessés.

— Non, Jouvenel : pour combattre. Tu y rencontreras la fleur de la chevalerie de ma vicomté. Es-tu sensible à cet honneur ?

Je lui fis observer que l'homme de près de quarante ans

que j'étais pourrait fort bien se passer de cette distinction et n'avait guère le goût des armes. Il s'esclaffa.

— Allons, allons ! Jouvenel... Tu n'as pas l'apparence d'une mauviette. Je n'ai pas oublié que tu as purgé mes domaines de redoutables brigands, et que tu n'en étais pas à tes débuts. Je comptais sur Guillaume de Lostanges, mais il a fait une chute de cheval qui le tient à la chambre pour une bonne quinzaine.

— Je serais ridicule, messire !

— Rassure-toi ! Je veillerai à ce qu'on te donne un de mes meilleurs chevaux et le harnachement qui conviendra. Il faudra que tu passes une journée au château pour t'informer des règles.

Il ajouta après un bref silence :

— Ma demi-sœur, Jordane, a insisté pour que tu combattes sous ses couleurs. Tu ne peux pas lui refuser cette faveur ! Elle en serait fâchée, et moi de même. Un grand repas précédera le tournoi. Tu y auras ta place. Apporte ta vielle pour nous régaler de quelques chansons. Il te reste une semaine. Profites-en pour faire un peu d'exercice. Ma salle d'armes est à ta disposition...

Le lendemain, je parlai de cette proposition à Hélène. Elle s'écria :

— Ne me dis pas que tu as accepté !

— Il m'était difficile de refuser ce service à Raymond. Je pourrais lui dire que je suis souffrant mais il viendrait m'arracher à mon lit ! S'il me demandait de le suivre en croisade, ce serait la même chose. Il est le maître et je ne suis qu'un de ses plus humbles sujets.

J'ajoutai que Raymond avait souhaité sa présence.

— Jamais de la vie ! s'exclama-t-elle. Pour le plaisir de te voir prendre de mauvais coups, te laisser humilier, te faire massacrer peut-être ? C'est non !

Ce fut oui.

Raymond, certain qu'on allait parler de ce tournoi dans toute la vicomté, jusqu'à Limoges, s'attacha à ce qu'il en fût ainsi.

Il avait sollicité la présence de jeunes et fringants barons qui ne demandaient qu'à en découdre pour le plaisir. Il m'avait prévenu : ce tournoi n'aurait pas la somptuosité de ceux qui se déroulaient dans les cours princières de la Normandie, de Toulouse ou de l'Île-de-France. Je serais le seul, précisa-t-il, avec un ancien chef de bande qui avait échappé à la corde puis s'était repenti, à ne pas porter les armes d'une seigneurie. Jordane y avait pourvu : elle allait faire peindre une branche d'églantier en fleur sur l'écu de son champion...

J'avais appris jadis d'un de mes collègues du scriptorium de Saint-Martial la signification symbolique de cette fête. Il avait employé une expression singulière : il s'agissait d'un *rite de passage* dans la chevalerie.

Il consistait, pour des chevaliers récemment adoubés, à faire preuve de leurs qualités guerrières. Les premiers tournois, en Anjou, dataient d'environ un siècle. Ce n'étaient que des échauffourées d'une extrême brutalité, sans la moindre notion d'honneur et de courtoisie, avec mort d'hommes. L'Église s'en était émue. Par la suite, le tournoi était devenu un spectacle : on cherchait surtout à faire des prisonniers et à les rançonner en prenant leur cheval et leur équipement.

Plus les jours passaient, plus j'appréhendais cette épreuve que je ne me sentais pas de taille à affronter. J'en venais à souhaiter qu'un bel orage de printemps interdît cette fête. Il en naissait certains soirs sur les hauteurs de l'Auvergne ; ils bourgeonnaient, tournicotaient, lâchaient quelques éclairs et se dissipaient sur le causse de Martel.

Hélène avait mis sous cape le penchant agressif de sa nature pour ne me témoigner, avant le tournoi, que de la compassion et me prodiguer des conseils. Elle se voyait déjà à mon chevet, gémissante et pansant mes plaies avec mes herbes. De toute la semaine qui précédait ce tournoi, elle demeura avec moi à La Nadalie, m'aidant à préparer mes sachets de simples, avec parfois une larme sur sa joue, que j'essuyais de mes lèvres.

Je dus me rendre à trois reprises au château pour m'exercer aux armes et me familiariser avec mon cheval, Garcia, une « fleur de coursier » m'avait dit Jordane. Ce genet d'Espagne de taille modeste mais robuste répondait bien à ma main, mais avec parfois des caprices imprévus et dangereux.

Jordane tint de même à assister à mes exercices dans la salle d'armes, sous la direction de Vicente, un mercenaire vétéran des armées du roi d'Aragon, que Raymond avait fait à grands frais venir de Toulouse. Il avait combattu contre les Maures de Cordoue et en avait rapporté quelques vénérables blessures : un œil et une main en moins.

Il m'enseigna quelques tours de sa façon, propres à désarçonner un adversaire ou à parer un coup, de lance, d'épée ou de masse. Je fis preuve d'une vigueur et d'une souplesse dont je ne me serais pas cru capable. Des bouffées de fierté m'inondaient lorsque le maître complimentait son élève.

Jordane tint à me faire essayer mon équipement : le gambison matelassé destiné à amortir les coups, une cotte de mailles par-dessus, qui me descendait aux genoux, un casque conique à nasal. Rien de ces armures lourdes et incommodes dont la mode n'allait pas tarder à envahir la chevalerie d'Occident ! Je porterais une épée et un écu en forme d'amande, orné d'une branche d'églantier. J'aurais été plus exposé mais plus à l'aise dans ma souquenille.

Contre une bâtisse délabrée servant de grange, on avait dressé une tribune pour les invités de lointaines seigneuries, Ventadour, Comborn, Ségur, Merle et autres lieux, venus à cheval ou dans des chariots, auxquels se mêleraient des autorités civiles et religieuses. De l'autre côté de la lice, sur une autre tribune, prendraient place les dames de haute lignée.

La foule des spectateurs du commun, bourgeois, maquignons, changeurs, marchands de beignets et de cidre, musiciens, filles de joie, prendrait place le long des barrières.

Je passai la journée de la veille au château afin de réviser mon équipement, nettoyer et lustrer le harnais de mon cheval, graisser ma cotte de mailles et ajuster les courroies de mon écu, que je comptais bien ramener intact à Jordane. Je tapissai de foin l'intérieur de mon casque pour amortir les coups et, en compagnie d'Hélène, fis faire des galops et des exercices à Garcia, aux alentours de La Grange-Rouge.

Nous avons pris, Hélène et moi, le chemin du château à la pique du jour, montés tous deux sur son cheval. Du moulin de Chanterâne jusqu'au bourg s'alignaient au bord de la Tourmente carrioles, chariots et charrettes. Des tentes ou de simples couvertures abritaient des familles entières installées là depuis la veille. Sur le Marchadiol, c'était la cohue. À la terrasse de Miallet, on prenait déjà les paris à grand bruit.

À La Grange-Rouge, la fête avait débuté par des affrontements à l'épée de bois entre de jeunes damoiseaux qui faisaient plus de bruit que de dommages.

Indisposée par la chaleur de la matinée, le tumulte et la presse, Hélène renonça à monter jusqu'au château, d'autant que la foule qui avait envahi la rampe interdisait l'usage de la voiture.

Je trouvai Raymond dans la salle de garde. Il s'était pris de querelle avec Robert de Ligneyrac qui lui reprochait d'avoir engagé dans ce tournoi ce qu'il appelait une « pègre vermineuse » et des pouacres, des gens étrangers à la chevalerie, dont j'étais. Je faillis relever l'insulte, mais Raymond s'en chargea avec fougue, disant que ces gens que Robert méprisait valaient bien certains de ses barons et que, s'il avait affaire à eux, il pourrait bien avoir à réviser son jugement.

Il faudrait un poème de mille vers pour relater en détail les épisodes des combats qui allaient suivre. Eût-il été présent, Bertran de Born s'en fût peut-être chargé.

J'assistai au premier combat où s'affrontèrent les chevaliers de Gerbert de Merle et ceux d'Archambaud de Combon, dit « le Barbu ». Il se termina par une mêlée sauvage à laquelle le héraut dut mettre fin car elle risquait de tourner au massacre.

Venait ensuite un affrontement entre les gens de Géraud de Malafayda, seigneur de Saint-Viance, et ceux de Raymond de Curemonte. Il y eut de belles prouesses de part et d'autre et deux chevaux blessés qu'il fallut achever. Je frémis d'indignation lorsque, dans le combat qui suivit, je vis Roger de Valeyrac s'acharner à coups de masse sur Pierre de Noailles, qui avait mordu la poussière et, une épaule brisée, ne pouvait se défendre.

Dans l'attente de mon tour, je sentais l'angoisse me serrer les tripes. Je priai Dieu pour que le vent chaud qui soulevait la poussière de la lice et brassait des nuées lourdes comme du plomb fit éclater l'orage.

Lorsque le héraut aux allures de perroquet lança mon nom, ceux de mes partenaires et ceux des gens que nous allions combattre, je cherchai des yeux Hélène, dans l'attente d'un signe d'elle. Elle ne se trouvait pas à sa place dans la tribune des dames. En revanche Jordane me sourit en agitant son mouchoir.

Je ne retrouvai mon courage qu'en enfourchant Garcia. Il bronchait, énervé par la chaleur, la poussière et les mouches. Je lui flattai l'encolure et le dirigeai vers mon groupe où je reconnus le brigand repenti qui me tendit la main et quatre chevaliers de seigneuries voisines de Turenne, bien jeunes à mon gré et qui ne payaient pas de mine. Nous avions en face de nous quelques jeunes barons du proche Quercy : Cavagnac, Martel, Sarrazac, qui s'amusaient à faire cabrer et hennir leur monture, comme pour nous provoquer.

Accompagné de hurlements, le premier choc fut d'une telle impétuosité que je crus que nos adversaires allaient remporter la victoire sans coup férir. Couverts de huées après avoir été repoussés au fond de la lice, nous retrouvâmes notre assurance et parvînmes à ramener le combat au centre du terrain.

Un heureux coup de taille que j'assenai sur son casque fit vider les arçons au baron de Sarrazac qui se retira en boitillant. J'eus maille à partir avec un jeune chevalier de Martel qui donnait de la voix et paraissait avoir fait de moi sa victime présumée. Sa lance faillit me jeter à terre, mais je ripostai en brisant son écu d'un coup de masse qui l'ébranla au point qu'il s'enquit d'un autre adversaire.

J'ignorais l'identité précise de la plupart de mes compagnons, excepté celle du brigand repenti, mais la cohésion faisait notre force. Que l'un d'eux fût en difficulté, il se trouvait toujours l'un des nôtres pour lui venir en aide. Ceux d'en face au contraire semblaient rechercher l'exploit individuel et la rançon qui l'accompagnerait. Ils ne manquaient pas d'audace mais s'ignoraient mutuellement.

J'avais dès les premiers engagements brisé ma lance et me battais avec mon épée et ma masse d'arme. Je finis par rejeter cette dernière, lourde et encombrante, quand un jeunot qui portait les armes de Cavagnac me chercha noise avec obstination, comme s'il guignait mon cheval. Je décidai, lorsqu'il me traita de « manant », d'en finir avec lui.

Il venait d'abandonner son cheval qui, atteint au garrot d'un coup de lance, boitait et tournoyait, fou de douleur. Dans une position hiératique, droit sur ses jambes écartées, les mains appuyées à la garde de son épée, il me provoqua, disant qu'il aimerait voir si je maniais mon arme aussi bien que la houe.

— Tu as tort de me narguer, lui lançai-je. J'ai presque deux fois ton âge mais tu es deux fois plus sot que moi ! Tu tiens vraiment à retourner à Cavagnac vidé de ton sang ?

Il avait moins de repartie que de fougue. Nous avons engagé le fer, lui avec exaltation, moi avec circonspection, soucieux à la fois de préserver ma vie et de lui épargner une blessure qui lui eût été fatale.

Cette petite brute me donna du mal. À plusieurs reprises, par des assauts foudroyants mais maladroits et encombrés de sa masse d'arme, il me fit reculer. Il était plus souple ; j'étais plus robuste. Il éclatait de rire chaque fois que sa pointe éraflait ma cotte de mailles, mais d'un rire crispé. Je le sentais d'instant en instant plus nerveux et moins sûr de lui.

Décidé à en finir, j'assenai à toute volée sur son écu un

coup d'épée qui le fendit en deux, le fit tituber et basculer en arrière. Je posai le pied sur son épée, exigeai qu'il me demandât merci et appelai le héraut pour qu'il constatât ma victoire.

Profitant de ce que j'avais le dos tourné, mon adversaire se remit prestement sur pied, saisit sa masse et m'en porta un coup sur le revers de mon casque, puis un second qui me mit à terre. Sans l'intervention du héraut et de quelques spectateurs indignés qui avaient franchi les barrières, ce vaurien m'aurait tué.

Des coups sourds me ranimèrent. Je me dis en reprenant mes esprits que c'étaient les cloches du Jugement qui sonnaient pour moi. Le faure prévu à cet effet m'avait fait allonger sur le pré, à l'écart de la lice, et, à coups de marteau, tentait de désincarcérer ma tête posée sur une petite enclume.

Je l'entendis me dire, entre deux sonneries de cloche :

— Eh bien, mon gars, ton casque m'a donné du travail ! Heureusement, il semble que tu aies la tête dure. Tant mieux pour toi ! J'ai cru qu'on allait devoir te couper le cou...

La tête hors de sa prison, je demandai à rencontrer, pour lui frotter les oreilles, le garnement qui m'avait mis en condition de victime, alors que je l'avais vaincu. Un des servants chargés de retirer les blessés de la lice m'annonça qu'il avait failli être écharpé par le public et qu'on avait chassé, la honte à ses talons, ce criminel en puissance.

Je restai quelques instants allongé dans l'herbe, les cervicales douloureuses, du brouillard sous mon crâne, la vue trouble, lorsqu'une forme blanche se pencha sur moi. Je crus que c'était Hélène.

C'était Jordane.

— Peire, me dit-elle, vous vous êtes battu comme un lion. Je ne vous ai pas quitté des yeux durant tout le combat. Cela mérite une récompense.

Elle déposa un baiser sur mes lèvres, détacha le ruban qu'elle portait au poignet et le noua à mon bras.

— Nous nous reverrons, Peire Jouvenel, mon champion. J'y tiens beaucoup. Cela ne tardera guère.

À peine Jordane m'avait-elle quitté pour regagner la tribune des dames, je vis surgir Hélène, le visage crispé. Elle m'aida à me relever, me demanda si je souffrais. Je lui répondis que ma vie, Dieu merci, n'était pas en danger et que je me remettrais vite.

— Cet ignoble morveux aurait pu te tuer ! Qu'as-tu retiré de cette escarmouche ? Le cheval de ton adversaire, son équipement, un peu de gloire... Cela valait-il de risquer sa vie ? Avoue que j'avais raison de m'opposer à cette folie !

Elle me demanda si j'étais en état de regagner La Nadalie. Certes, mais nous ne pouvions éviter d'assister au festin qui allait suivre sans faire injure à Raymond.

— Eh bien soit ! me dit-elle. Je vais donc repartir seule et m'occuper de Vital. Inutile de m'accompagner. Je connais le chemin...

Elle arracha d'un geste rageur le ruban que Jordane avait noué à mon bras et le jeta dans l'herbe. Je la regardai s'éloigner à pas pressés dans le souffle de l'orage, sa robe gonflée comme si elle allait prendre son vol.

En longeant la lice sous les premières gouttes, j'assistai durant quelques instants au dénouement du dernier combat qui mêlait certains rescapés des précédents à de nouveaux protagonistes. La plupart, ayant perdu leur cheval, combattaient à pied. Qui se battait contre qui ? Je l'ignorais et m'en moquais. Je suivis le mouvement de la foule qui se débandait sous la menace de l'orage.

J'ai le sentiment de n'avoir donné de cette fête meurtrière, à laquelle j'avais participé à contrecœur, que des images fragmentaires et confuses. Mais comment rendre perceptible, au plus près de la réalité, l'ambiance de ces jeux brutaux et confus, reliquat de siècles de barbarie ? Comment décrire par le menu chaque combat et chaque prouesse ? Il m'aurait fallu le talent et les connaissances de Chrétien de Troyes ou de l'auteur anonyme de *La Chanson de Roland*.

Le cerveau encore brouillé, je retournai au château en compagnie de mes compagnons, dont l'un était à l'article de la mort pour avoir reçu le bois d'une lance au visage.

Je constatai avec une pointe d'humeur qu'Hélène avait mis son projet à exécution. Je me fis masser la nuque par une servante et, après avoir bu quelques gorgées de vin aux étuves, passai une heure allongé pour me détendre. Je retrouvai Jordane alors qu'elle aidait à dresser la table du festin dans la salle de garde. Elle me fit revêtir un bliaut d'étoffe légère prélevé dans la garde-robe du vicomte et coiffer un capulet de velours.

Elle me prit la main et me promena dans l'assistance comme un phénomène de foire, déclarant que j'étais son champion, son héros, et qu'elle était fière de moi. Elle me dit, comme si cela avait quelque importance, que le repas devait avoir lieu sur les pelouses, mais qu'en raison de l'orage on se contenterait de la salle de garde.

— Les orages..., me dit-elle. J'aime les orages. Vous en parlez vous-même dans un de vos poèmes, il me semble. Retrouvez-le pour moi, Peire. J'aimerais le lire en entier. N'avez-vous pas quelques vers en mémoire ?

— Certes : *L'orage de mai éclate soudain / Et fait se lever dans la vallée / Des odeurs de paradis*... Il est vrai que ces phénomènes de la nature ne me déplaisent pas, mais je m'en méfie. Comme des femmes, d'ailleurs...

— Peire Jouvenel, vous êtes un grand poète.

— Oh là là ! Vous me flattez. J'en suis loin.

Elle me sauta au cou et me glissa à l'oreille :

— Suis-moi, Peire. Nous allons tenir compagnie à l'orage.

Ce soudain tutoiement m'indisposait. Je m'interdis d'en user avec elle : j'aurais pu être son père.

Alors qu'autour de nous on s'amusait de ce manège, ce qui m'importunait, elle me prit la main et m'entraîna dans l'escalier de pierre puis sur les échelles qui, après la salle haute, débouchent sur la plate-forme du donjon fouettée par les violentes foucades de l'orage et de la pluie. J'objectai qu'il était dangereux de provoquer la foudre et que nous allions être mouillés jusqu'aux os. À travers les éclats du tonnerre, je l'entendis s'écrier :

— Tu aurais peur de l'orage, toi, le héros du jour ? Moi j'ai fait alliance avec lui et ne crains pas ses foudres. Allons, viens ! Quittons nos vêtements et mettons-les au sec.

Je satisfis en maugréant à ce caprice et ôtai mon bliaut et mes chausses pour la rejoindre au cœur de l'orage, nus tous deux dans un grand charivari de Genèse. Gagné par l'exaltation qui l'animait, j'avais l'impression de retrouver mes jeux d'enfant, à Uzerche, quand des grands me mettaient au défi de traverser la rivière alors que je ne savais pas nager.

Dieu me pardonne ! En accédant aux marches précédant le sommet, je pris un plaisir trouble à voir onduler son échine et sa croupe dans le bleu phosphorescent des éclairs qui l'éclaboussaient.

Lorsque, pour la première fois depuis que j'avais mes entrées au château, je me trouvai sur cette plate-forme, je fus pris d'une sorte de vertige, ajouté à l'envoûtement dont j'étais la proie. Les bourrasques de pluie nous enveloppaient comme dans un drap humide et glacé. Autour de nous, dans la danse sauvage des éclairs jaillissant de tous côtés, se dessinait sur les proches falaises du causse, et jusqu'aux lointaines collines du Quercy, un paysage fantôme. À l'autre bord des jardins, la tour de César fouettée par les éclairs dessinait une image de cauchemar.

Partagé entre le désir et la peur, je me disais que j'étais complice d'une folie, mais que cette folie était une fête. J'en attendais une double conclusion : la giclée de foudre qui nous réduirait en cendres ou une étreinte dont je laissai l'initiative à Jordane, persuadé qu'elle en avait l'idée depuis le début de cette aventure.

Elle se blottit contre moi et s'écria :

— Tu vois que j'avais raison, Peire. L'orage joue avec nous comme un chien. Je savais qu'il ne nous voulait pas de mal.

Elle ajouta, en me poussant contre un merlon :

— Peire, je t'en supplie, fais-moi l'amour ! Nous allons connaître un moment que nous n'oublierons jamais. J'en ai rêvé depuis que je te connais. Tu pourras en faire un poème et me le dédier...

Mes dispositions à répondre à cette invite péremptoire étaient si évidentes que je faillis me laisser emporter. Elle haletait comme si, déjà, je l'avais pénétrée. L'inévitable se serait sans doute produit si la foudre n'avait frappé la hampe de la bannière portant les armes de Turenne, ébréché un merlon et fait éclater autour de nous une fanfare de tonnerre à faire vibrer sous nos corps la pierre sur laquelle la violence de la déflagration nous avait projetés.

Je lui criai aux oreilles :

— Ce jeu dangereux a assez duré ! Tu es trop jeune pour mourir de cette façon. Tu voulais défier l'orage ? Tu l'as fait. Maintenant il est temps de redescendre. On doit s'inquiéter de notre absence.

Elle éclata de rire, disant qu'elle s'en moquait, qu'elle était libre de ses actes et que personne ne contestait ses caprices. Elle ajouta :

— Je te tiens pour quitte, Peire, mais sache que tu ne m'échapperas plus. Un jour ou l'autre...

Après nous être rhabillés, nous avons pu, en nous dissimulant derrière une tapisserie, échapper aux regards et aux commentaires de l'assistance. Dans la lumière des chandelles et des flambeaux plantés dans la muraille, le festin avait débuté.

3

Peines d'amour et autres maux

Je n'allais pas tarder à pâtir des conséquences de ce tournoi, de l'orage qui lui avait succédé et de la fête qui avait mis un terme à cette folle journée.

Durant des jours, Hélène ne me donna pas signe de vie. J'aurais pu me rendre au domicile des Borzeix, mais mon travail occupait toutes mes journées, de l'aube au crépuscule, et je ne voulais pas avoir l'air de solliciter son indulgence. Je décidai de laisser s'écouler une semaine puis me rendis à Brive pour connaître les raisons de cette bouderie.

Dame Agnès m'informa que sa fille était partie, accompagnée de Marthe, effectuer quelques courses en ville. J'embrassai Vital qui avait enfourché un cheval de bois à bascule et jouait avec son chien. Il paraissait en bonne santé et annonçait une taille d'homme respectable.

En attendant le retour de mon épouse, j'aidai maître Borzeix à décharger une charrette de bois qu'un bûcheron du causse venait de livrer.

Hélène parut se figer en me voyant. Sans daigner m'embrasser elle me dit d'un air ironique, en lançant son chapeau sur un fauteuil :

— Tiens, voilà mon cher époux ! Vient-il prendre de mes nouvelles ? Je me porte fort bien, merci.

— Sortons dans le jardin, lui dis-je. Nous avons à parler.

Je l'invitai à s'asseoir sur le banc, à l'ombre du lilas. Un vieux jardinier était occupé à émonder les poiriers en espaliers que j'avais moi-même plantés. Je lui demandai les raisons de son absence et de l'étrange manœuvre à laquelle elle se livrait pour ne pas alerter ses parents sur notre bouderie.

— Mais j'aimerais savoir, lui dis-je, les raisons de cette absence prolongée. Qu'as-tu à me reprocher ? Es-tu lasse de la vie que nous menons ? Souhaites-tu y mettre fin ?

Elle me répondit d'une voix glacée :

— J'ignore si nous pouvons envisager une séparation. Pour ma part, je ne le souhaite pas. Je constate pourtant que notre couple a pris, par ta faute, un tour qui me déçoit. Ton comportement à mon égard a changé, et pas en bien. Tu me reproches mon comportement, mais que devrais-je dire du tien ? Tu sembles toujours prendre autant d'intérêt à tes herbes ! Et si ce n'était que cela...

Je lui demandai de préciser sa pensée.

— Cette fille, Jordane, pour qui tu t'es battu lors du tournoi, qu'est-elle pour toi ? J'ai appris qu'elle ne t'avait pas quitté de la soirée, peut-être de la nuit.

Je protestai avec vigueur, disant que c'étaient des sornettes, et que sa faute à elle était de s'être refusé à me tenir compagnie. Jordane ? Peut-être s'était-elle éprise de moi, mais je m'en moquais, et qu'y pouvais-je ? Une gamine... Je faillis, poussé par un élan de sincérité, lui raconter la scène de l'orage, mais je me dis que cela n'eût fait que la monter plus encore contre moi et contre Jordane.

— Que comptes-tu faire ? me dit-elle. J'ai besoin de le savoir. Il m'est insupportable de nous voir continuer à vivre comme un couple désuni, surtout dans l'état où je suis...

Elle m'avoua qu'elle était enceinte de quatre ou cinq mois. Je me montrai surpris qu'elle ne m'en eût pas parlé. Elle haussa les épaules : elle voulait être sûre de mes sentiments, qui lui semblaient avoir *tiédi*. Je la pris dans mes bras.

— Mon amour pour toi, lui dis-je, n'a pas changé d'un iota, en dépit d'apparences trompeuses. L'enfant que tu portes ne me fera que t'aimer davantage.

Hélène accoucha avant terme, sur la fin de l'été, d'une fille qui ne vécut qu'une journée. Lorsque je la vis, elle avait l'aspect d'une poupée de cire et ne pesait pas plus qu'un lapin écorché. Je la portai dans mes bras jusqu'au cimetière de la collégiale.

Un matin de décembre, mon frère Jacques m'annonça son prochain mariage.

Il avait porté son dévolu sur Marie, la fille de maître Leyge, tisserand à Pommier, hameau de la paroisse de Ligneyrac, à trois lieues de La Nadalie. Le mariage eut lieu dans le mois qui suivit. Jacques avait décidé de me quitter, ce qui me mettait dans la gêne.

Il *se plaçait bien,* comme on dit.

Sans rouler sur l'or, maître Leyge et sa famille vivaient dans une aisance comparable à la nôtre. Sa demeure s'érigeait sur une table de roche, en face du château de Linoire. Sobre comme un cistercien, sec comme un fagot de genêts, ce tellier ne quittait son métier à tisser que pour ses livraisons dans les parages, jusqu'à Meyssac et Collonges. Marie ne lui ressemblait guère : forte nature, mains de bûcheron et trogne rougeaude, elle n'aurait pu inspirer la moindre attirance, sauf pour Jacques qui, lui-même, n'était pas un Adonis.

Il me fallut, après son départ, redoubler d'ardeur dans mon travail et y impliquer davantage ma sœur Solange qui, elle-même, était en âge de convoler. Je dus louer les services d'une des filles de Monteil. En fin de compte, je me passai de l'aide de mon frère sans trop de mal.

Un jour de printemps de l'année suivante, alors que je faisais la sieste sous mon tilleul, j'eus la visite d'un homme de haute taille, vêtu d'un long manteau noir, qui portait un ruban rouge noué à un bras et agitait une cliquette de bois. Je n'eus guère de mal à comprendre que je me trouvais en présence d'un lépreux.

Je me levai et lui demandai ce qu'il voulait.

— Rien d'autre, me dit-il, que de quoi ne pas crever de faim devant ta porte comme un chien abandonné. Si tu y ajoutes une rasade de cidre, Dieu te le rendra. Rassure-toi, tu ne risques rien : j'use de mon propre gobelet.

Je lui demandai qui il était, d'où il venait et où il se rendait.

— Mon nom est Geffrey, me dit-il, et je suis issu de la famille des barons de Noailhac. J'ai fait tout ce chemin à pied depuis Marseille pour retrouver ma famille, en espérant qu'elle daignera m'accueillir.

Il revenait de Palestine où il s'était battu dans l'armée du roi Louis et de la reine Aliénor. Il y avait contracté cette maladie qui l'obligeait à porter des gants, ses mains étant veuves de quelques doigts.

Sa longue barbe laissait apparaître des tavelures. L'esclavine qui lui tombait aux talons était effrangée et grise de poussière, et il puait comme un cadavre. Il me raconta qu'il avait passé la nuit dans une cabane de berger du causse et n'avait rien mangé depuis le matin précédent.

Je le fis entrer et demandai à Solange de lui préparer une omelette à l'oseille qu'il avala en quelques bouchées en vidant un pot de cidre. Il fit de même honneur au pain et au fromage, mais eut du mal, en raison de ses gants, à se servir de son couteau.

N'était son odeur, celle des grandes randonnées à pied mêlée à celle de la lèpre, sa présence ne me rebutait pas, sachant que cette maladie, quoi qu'on en dise, n'est pas contagieuse.

— Si j'osais, me dit-il, je te demanderais la permission de faire la sieste, sinon je n'aurai pas la force d'arriver au terme de mon voyage, alors que je n'en suis qu'à trois ou quatre lieues.

Je lui montrai le grabat de Jacques : un matelas de fougères posé sur trois planches surélevées. Il s'y allongea sans se défaire de son esclavine et me dit, avant de s'endormir :

— J'aime ta maison, mon ami. Sais-tu ce qu'elle évoque pour moi ? Ces masures des bergers de Palestine qui sentent bon les herbes sauvages : thym, romarin, menthe... Hum... Réveille-moi dans une heure. Ça me suffira pour reprendre des forces.

Geffrey se leva alors que le soleil se couchait. Il dormait si profondément que je m'étais gardé d'interrompre son sommeil. Il bondit hors du grabat en jurant :

— Mille dieux ! Il va falloir que je marche toute la nuit, au risque de me perdre. Tu aurais dû me réveiller !

— Je n'ai pas osé. Tu peux partager notre souper et rester cette nuit, si tu n'es pas trop pressé. Ce sera à la fortune du pot.

— C'est une fortune que j'aurais aimé rencontrer souvent, mon gars, mais le bruit de ma cliquette fait fuir les gens. Alors, si je comptais sur leur hospitalité... J'accepte la tienne. Béni sois-tu !

Il s'attarda à me parler de sa longue marche depuis Marseille.

— Un calvaire, mon ami ! Quand je demandais l'aumône, on me tournait le dos pour ne pas respirer le même air que moi ou l'on me jetait un croûton de pain. Quand j'entrais dans une église pour entendre la messe, le bedeau me désignait le fond de la nef et me tendait l'eau bénite au bout d'un bâton. Dans certaines églises, on trouve des bénitiers particuliers pour les ladres. J'aurais aimé avoir la compagnie d'un chien. Interdit ! Je souhaitais posséder, en cas de mauvaises rencontres, une autre arme que ce mauvais couteau. Interdit ! Laver mon linge dans un lavoir public ? Interdit ! Béni soit Dieu qui t'a mis sur mon chemin...

J'avais appris, au temps du scriptorium de Saint-Martial, l'existence de léproseries dans la province. C'était, disait-on, des groupes de huttes infâmes entourées de murs de pierres sèches, où il était plus facile d'entrer que de sortir.

Moïse parle de cette maladie dite « lèpre des Hébreux », ce qui atteste de son ancienneté. Elle nous vient, dit-on, du royaume des Maures d'Espagne, comme si ces hérétiques s'en faisaient une arme contre les Chrétiens ! Geffrey me raconta qu'il avait espéré guérir en se baignant dans le Jourdain en disant des prières à sainte Marthe et à saint Lazare. Sans résultat. Ces sanies purulentes échappent à toutes les médications.

Geffrey profita du peu de jour qui restait pour aller faire ses ablutions et laver dans la Tourmente son linge qu'il fit sécher devant la cheminée.

Au cours du souper, je crus ne pouvoir le rassasier. Il

avala sans sourciller une écuelle de soupe d'orties, le lapin rôti aux herbes et le fromage, disant que cela me serait rendu au centuple. Quand je lui demandai de me parler de sa croisade, je surpris une crispation sur son visage.

— Cette aventure, j'aimerais l'oublier, mais son souvenir est aussi tenace que la lèpre. Un conseil, mon ami : si l'envie te vient de voir du pays et d'apprendre aux Bédouins à se conduire en chrétiens, mieux vaut y renoncer ! À peine débarqué, tu perdrais toutes illusions. J'ai risqué ma peau pour permettre à des barons de se tailler des principautés et de s'y conduire comme des ruffians et des tyrans. Jérusalem, le tombeau du Christ, ils s'en foutent comme de leurs premières chausses ! Leur seule ambition c'est de mener la belle vie entre leurs chevaliers et leur harem, et de massacrer des indigènes.

Il poursuivit son récit à la chandelle en vidant un cruchon de liqueur de figue. Il s'exprimait avec une âpre volubilité, comme s'il vomissait ses souvenirs.

Le roi Louis, que l'on traitait de moine avant son départ, s'était battu avec conviction et courage. Il était au bord de la ruine lorsqu'il avait décidé de réembarquer à Antioche, sa mission assumée. Sans le secours du maître des Templiers, Évrard des Barres, il n'aurait pu louer les services d'une galère génoise ou vénitienne.

Je lui demandai ce qu'il pensait de la reine Aliénor. Il s'écria :

— Ne me parle pas de cette catin ! Elle était comme cul et chemise avec son oncle Raymond, prince d'Antioche. J'ignore où s'est arrêtée leur idylle, mais cette garce qui ne sait pas maîtriser ses passions est fort capable d'en avoir fait son amant. Tout ce que je ramène de ces déserts, c'est une maladie incurable et des désillusions.

Le visage enflammé, ivre de ma liqueur de figue et des souvenirs qui émergeaient de sa mémoire, Geffrey ajouta :

— Je pourrais te parler des déserts et des montagnes brûlées par le soleil. Avant même d'avoir pu coiffer son casque et ajuster son bouclier, on voyait surgir des hordes de démons à cheval qui hurlaient les noms d'Allah et de son prophète en brandissant leur sabre courbe. Je pourrais t'en dire long sur les marches harassantes sous un ciel à faire fondre le plomb, la tête aussi vide que notre gourde, les chevaux qui crevaient sous nous, langue pendante et blancs d'écume, la fièvre qui nous enflammait le corps, les nuits glaciales dans l'attente d'une attaque...

Il reprit son souffle, réclama un autre cruchon de liqueur, avant de poursuivre, comme si sa fatigue s'était dissipée :

— Le pire, Jouvenel, a été le siège de Damas. C'était folie que de s'attaquer à cette ville, la plus importante et la mieux défendue de la Syrie. Nous n'avions rien à y foutre, mille dieux ! D'autant que le prince Unur et ses gens nous avaient à la bonne. Par chance, l'empereur d'Allemagne, Conrad, qui avait mené sa propre croisade à travers l'Anatolie, nous est venu en aide, mais son armée a été si rudement étrillée que ça n'a pas fait pencher la balance en notre faveur.

Il remplit son gobelet et se gratta les aisselles avec sa main gantée.

— L'affaire a été réglée en quatre jours ! L'assaut contre la citadelle a failli réussir, mais une troupe de ces sauvages, menée par Nouradin, un allié d'Unur, nous a pris à revers, en pleine nuit, et nous a mené la vie dure. J'avais l'impression de me battre en chemise contre des ombres. Je m'en suis tiré avec une flèche dans le dos et un coup de sabre sur l'omoplate. J'en garde encore les traces. Regarde !

Il souleva sa chemise pour me montrer ces cicatrices, et soupira :

— Nous avons eu des centaines de morts en pure perte ! Le roi et l'empereur ont dû lever le siège en se rejetant la responsabilité de cet échec. Le mieux aurait été de quitter cette terre vouée au diable, mais les barons qu'on appelle des « poulains » n'en avaient cure. Ils vivaient comme des princes musulmans et tenaient à leur palais et à leur harem ! Notre pauvre roi s'est battu comme un lion mais s'est laissé manœuvrer comme un chien.

Il s'interrompit brusquement, disant qu'il aurait pu passer le reste de la nuit à ressasser ses faits d'armes et ses illusions perdues. Nous sommes restés un moment sur le seuil, dans cette tiède nuit de printemps qui déployait une courtine de constellations au-dessus de la vallée, à écouter en silence chanter les grenouilles, les crapauds et les grillons.

Le lendemain, alors qu'il reprenait son bagage pour sa dernière étape, je demandai à voir ses mains. Ce n'étaient plus que des moignons d'où pendaient encore quelques doigts recroquevillés, à moitié pourris et qui puaient.

— C'est tout ce qui me reste de mes mains, Jouvenel. D'ici quelques mois, je n'aurai même plus besoin de gants. La charpie suffira. Il faudra que je me fasse aider pour manger, faire ma toilette et me torcher.

Il ajouta d'un ton un peu solennel :

— Jouvenel, alors que je pue comme un âne mort, tu m'as hébergé sans manifester de répugnance. Tu es un brave homme. Je te réserverai une place dans mes prières.

Il ajouta en jetant sur son épaule le baluchon que j'avais garni de pain et de fromage :

— Pour te faire souvenir de moi, je te laisse ce chapelet à vingt-cinq *pater* qu'on m'a contraint de porter. Je ne vais plus en avoir besoin, à présent, si tant est qu'il m'ait été de quelque secours. Viens me rendre visite à Noailhac. J'ai prévu d'y installer une léproserie avec l'argent que je réclamerai à ma famille.

À voir son visage déjà rongé par des tumeurs comme des traces de boue séchée, je me dis que, d'ici quelques mois, il aurait l'apparence d'un monstre de gargouille. Lorsque je l'embrassai, une larme coula sur sa joue. Il se détourna pour cacher son émotion.

L'odeur que Geffrey avait laissée dans la maison était si prégnante que, deux jours plus tard, lorsque Hélène y pénétra avec Vital, elle s'écria :

— Qu'est-ce que cela sent, Peire ? Aurais-tu laissé pourrir de la viande ou du poisson ?

Quand je lui eus raconté la visite de mon lépreux, elle poussa les hauts cris :

— Tu es fou ! On peut faire l'aumône à ces gens sans les recevoir chez soi ! Ignores-tu que la lèpre est contagieuse ?

J'eus beau protester que cette croyance était absurde, elle refusa de rester plus longtemps. Elle me demanda d'où je tenais le chapelet à vingt-cinq *pater* que j'avais suspendu à une poutre ; elle le décrocha du bout de sa cravache et alla le jeter dans la Tourmente. De retour, elle prit Vital par la main, remonta à cheval et disparut. Je ne la revis pas de plus d'une semaine. Lorsque je lui rendis visite dans sa famille, elle refusa de me recevoir.

Une quinzaine plus tard, alors que je procédais à une récolte de romarin, un adolescent qui montait à cru une vieille rosse s'arrêta devant le portillon de mon jardin et me dit :

— Je m'appelle Jean. Je suis un des fils de Geffrey de Noailhac. Il m'a chargé de vous offrir ce cheval pour vous remercier de votre hospitalité.

Son père, me dit-il, n'avait pas attendu pour créer sa léproserie et toute la famille l'y aidait. Il avait déjà des pensionnaires.

— Mon père vous fait dire qu'il attend votre visite et que ce serait un honneur si vous acceptiez.

Il porta la main au bord de son chapeau en guise de salut et reprit son chemin à pied.

Lorsque Hélène, ayant rompu avec ses préventions, se montra de nouveau à La Nadalie, elle eut un hoquet de surprise en apercevant le cheval de Geffrey, qui semblait faire bon ménage avec le mien sous l'appentis qui servait d'écurie.

— Que vas-tu faire de cette guenille ? Tu n'as pas besoin de deux chevaux, il me semble ! Fais-moi le plaisir de le rendre à son propriétaire, de le vendre ou de l'abattre. Il porte peut-être des miasmes de la lèpre...

J'attendis la prochaine foire de Brive et cédai ce pauvre animal, pour un prix dérisoire, à un maquignon.

Mes rapports avec mon épouse finirent, dans les semaines qui suivirent, par retrouver leurs assises.

Je n'avais pas trop à me plaindre de son comportement. Elle semblait de nouveau se plaire à La Nadalie et s'intéresser à mes simples. Elle prélevait dans ma réserve celles qui aideraient la dame Agnès à supporter ses varices et les caprices de son foie, à son frère à affronter son catarrhe et à elle ses migraines. Une fois même, alors que la chaleur de mai pesait sur la vallée, elle se résolut à faire la sieste sur mon grabat et m'invita à la rejoindre.

Cette étreinte, après des mois d'abstinence, paraissait devoir faire oublier ses humeurs et mes remords. Nous avions retrouvé notre ardeur de jadis et ces épanchements qui suivaient nos ébats. Je lui sus gré d'éviter de me parler de Jordane, ce qui eût de nouveau empoisonné nos rapports.

Elle avait apparemment pris goût à ces retrouvailles, si bien qu'elle me fit de nouveau, à plusieurs reprises, signe de la rejoindre sur mon grabat, porte close, en laissant Vital jouer sous le tilleul avec son chien et Solange.

Elle m'avoua un jour son intention de se rendre à Rocamadour pour, me dit-elle en employant une expression populaire, *brandir le verrou* : celui d'un coffre antique, qui passait pour favoriser la maternité. Persuadée que ce geste confirmerait la reprise de notre intimité, elle voulait un autre enfant de moi.

Je l'accompagnai au début de l'été pour ce pèlerinage dont l'efficacité me paraissait douteuse. Nous avons monté à genoux, un cierge à la main, les marches de pierre du sanctuaire, en nous arrêtant de temps à autre pour une prière. Elle secoua le verrou avec conviction et, dans l'heure qui suivit, retrouva sa sérénité avec sa confiance.

Je lui avais menti en niant avoir eu avec Jordane d'autres rendez-vous après la nuit du tournoi. Malgré mes efforts pour m'en défendre, cette jeune garce m'avait mis du feu dans le sang.

Ce soir-là, j'avais prévu d'attendre la fin de l'orage pour regagner La Nadalie, impatient de constater les dégâts qu'il avait occasionnés à mes plantations. Raymond, à qui je fis part de mes inquiétudes et de ma décision, parvint à me convaincre de rester, disant qu'il serait bien assez tôt, le lendemain, pour m'informer des dégâts.

— Je compte sur toi, avait-il ajouté, pour animer cette soirée par quelques chansons de ton cru. Jordane ne pardonnerait pas à son champion de lui préférer ses herbes !

Cette allusion à peine voilée au harcèlement auquel elle me soumettait m'avait enclin à subodorer entre eux une complicité destinée à se jouer de moi pour des raisons qui m'échappaient. Je puis dire sans fatuité que, malgré la quarantaine proche, j'avais suffisamment de prestance et de virilité pour séduire une femme ou une fille. Que Jordane se fût éprise de moi me flattait, mais je redoutais ses élans et ses caprices qui frisaient la nymphomanie.

Le festin avait tenu ses promesses : charcutaille, moutons et pièces de bœuf cuits à la broche, chapons truffés, le tout accompagné de pains mollets et de vins du Périgord...

Alors que s'annonçait la fin de ces joyeuses agapes, Raymond avait réclamé le silence et annoncé que j'allais chanter quelques-unes de mes œuvres.

On m'avait tendu une vielle. Ma pastorale n'avait suscité qu'un semblant d'intérêt, puis une aube n'en avait provoqué aucun, lorsque Raymond m'avait demandé d'improviser un poème sur le tournoi. C'était pour moi un exercice nouveau et redoutable, mais les libations et la présence de

Jordane m'avaient armé de l'inspiration et de l'assurance nécessaires.

Debout sur mon banc, j'avais débuté par un allègre prélude musical puis entonné un premier couplet : *Ce jour la presse est grande / À La Grange-Rouge / Dans la lice on voir accourir / La fine fleur des chevaliers...*

J'avais conscience de la médiocrité de ces vers mais la satisfaction de constater que l'on m'écoutait et que l'on m'ovationnait lorsque je décrivis des scènes de combats où certains reconnaissaient leurs exploits. Mon chant terminé, l'on m'avait comparé à Bertran de Born, ce qui m'avait fait sourire.

J'avais été accompagné dans la salle haute, comme Apollon musagète, de quelques dames et chevaliers. Un grabat m'y attendait, protégé de ses voisins par une cloison de toile. Je m'y étais abattu d'une pièce, terrassé par la fatigue et les douleurs que je ressentais encore sous mon crâne.

Je ne saurais dire combien d'heures avait duré ce premier sommeil, alors que l'orage grondait encore et que des bouffées de vent humide balayaient cet immense dortoir. Je m'étais éveillé en sursaut lorsqu'une main avait touché mon épaule et qu'une voix de femme m'avait glissé à l'oreille :

— Assez dormi, mon héros ! Il est temps de recevoir ta récompense. Fais-moi une place...

Dans la pénombre où ne brûlaient que quelques pots à feu, j'avais vu Jordane ôter sa chemise et se couler près de moi en frissonnant, après m'avoir libéré de mon bliaut et de mes chausses.

Notre première étreinte avait été brève, discrète et silencieuse. Son désir assouvi, elle avait repris sa chemise et disparu sans ajouter un mot. J'étais resté un certain temps à tenter de démêler le rêve et la réalité. J'avais accepté sans la moindre réserve, et même avec un plaisir intense, cette sorte de viol consenti. Le matin venu, nulle trace de sang ne maculait mon grabat.

Dans la première fraîcheur du matin, sans prendre congé, je repartis pour La Nadalie par des chemins inondés, la Tourmente ayant débordé. Mes craintes étaient justifiées : mes plates-bandes avaient fait place à un lac d'où surnageaient quelques tiges misérables. Je me tins un moment, grelottant de froid, au seuil de ma demeure dont Solange, armée d'un balai de genêt, chassait l'eau boueuse.

Je n'étais pas loin de voir dans ce désastre une punition du ciel.

J'attendis quelques mois avant de me rendre à l'invitation de Geffrey. J'avais eu bien du mal à redonner son apparence normale à mon jardin. Le temps m'y aida, une période de grand soleil ayant succédé à l'orage.

Je me rendis à Noilhac sur la fin de l'été. La contrée étant encore en proie aux exploits de la bande des Pieds-Rouges, je m'étais fait assister, pour ma sécurité, du fils aîné de Monteil, Étienne. Le village se situe sur une colline, à une lieue environ de Collonges. L'église fortifiée, flanquée d'une échauguette, domine un amas de masures et de maisons nobles mêlées au château de Geffrey.

Ni pont-levis ni fossés. On entre de plain-pied, par une porte délabrée rongée dans le bas, dans une cour ombragée par un marronnier chétif et envahie par des porcs, de la volaille et des chiens efflanqués qui ne daignèrent pas signaler ma présence.

Le fils de Geffrey, Jean, vint vers moi, les mains dans sa ceinture, en suçant une herbe, ses pieds chaussés de fumier en croûte. Il était seul dans la maison, les siens étant occupés à gauler les noix.

— Si c'est mon père que vous venez voir, me dit-il, vous le trouverez à Chabrignat, avec ses pensionnaires. Je vais vous y conduire.

Il monta en croupe sur le cheval d'Étienne. Le chemin qu'il me fit suivre, dégradé par de récents orages, plongeait dans une vallée marécageuse avant de remonter une pente couverte de genêts que la fin de l'été avait fait refleurir.

Le château, qui occupait la butte de Chabrignat et dominait un hameau, était de dimensions plus imposantes et de meilleure apparence que celui de Geffrey. Jadis propriété de sa famille, il relevait de la vicomté de Turenne et de l'abbaye d'Uzerche. C'est de cette dernière que Geffrey avait obtenu la concession d'une parcelle pour y construire son hospice et exploiter quelques parcelles aux alentours.

Jean me déconseilla de frapper à l'huis, *par convenance*.

— Ce sont de mauvais diables, me dit-il. Ils ne connaissent que deux moyens d'accueillir les gens de passage : leurs chiens et leurs flèches. J'en sais quelque chose. Un jour où je m'étais approché trop près de la porte, mon cheval en a reçu une dans l'encolure, tirée du chemin de ronde, et a failli en crever. Mieux vaut passer notre chemin.

Il m'apprit qu'il s'agissait d'un lieu maudit, rendez-vous, dans un lointain passé, des diables et des diablesses qui venaient de nuit y mener leur sabbat.

En descendant vers la léproserie, je m'arrêtai après avoir flairé une odeur de pourriture. Je me dis que nous approchions d'un cimetière ou d'une charogne.

— Ça vient de la maison des morts, me dit Jean. On la reconnaît à sa couverture de genêt, là-bas, dans la châtaigneraie. En hiver, quand la terre est gelée, on y place les cadavres, en attendant le redoux. M'est avis qu'on a dû en oublier un...

À peine m'eut-il aperçu, Geffrey sortit de l'enclos, s'avança vers moi et me prit dans ses bras en m'invitant à le suivre.

Haute de deux brasses, l'enceinte de pierres sèches, dotée d'une entrée unique, était terminée. Une équipe de brassiers, hommes et femmes, hôtes de la léproserie, s'activaient à l'édification de huttes de torchis couvertes de chaume.

— J'héberge dans mon hospice, me dit Geffrey, non seulement des lépreux mais aussi des *rougneux*, atteints d'un mal suspect, sans faire de discrimination. Ce jeune religieux chargé de la discipline qui se promène avec sa badine a été chassé de son monastère à la suite d'une variole qui a laissé des traces sur sa figure, qui, c'est vrai, n'est pas belle à voir.

Il me montra la fontaine coiffée d'une chape de pierre, sommée d'une croix de fer due au fabre de Noailhac, l'ébauche de la chapelle, le potager et, dans le fond, derrière une haie d'églantiers, un espace réservé au cimetière.

La léproserie était occupée par une dizaine de ladres des deux sexes. D'autres se présentaient de temps à autre. Il y avait encore de la place.

Je demandai à Geffrey la permission d'examiner ses pensionnaires ; il s'y opposa et me refusa l'entrée.

— Je le regrette, me dit-il, mais on n'entre pas ici comme dans un moulin ! Tu serais le vicomte de Turenne ou le roi de France qu'il en serait de même. Les gens du village qui nous apportent de la nourriture ne franchissent pas cette porte. Ils déposent leurs dons dans ce tourniquet. Il en serait de même des châtelains, mais j'attends encore leur visite !

Je demandai à constater les progrès de son mal. Il s'y refusa de même.

— *Noli me tangere !* me dit-il en riant. On ne me touche pas. Il faut laisser le mal poursuivre son œuvre, puisque Dieu le veut.

— Je n'ai pas l'intention de vous ausculter, protestai-je, mais simplement de vous examiner. Cela ne prendra que quelques instants et me sera utile.

Il consentit à ôter sa capuche. Je constatai que son visage s'était dégradé. Le nez avait été attaqué et il avait perdu un œil.

— Tu es satisfait ? me dit-il avec une pointe de rancœur. Tout ce que je souhaite, c'est avoir assez de force pour mener à bien mon entreprise. Je veux faire de cette léproserie un modèle d'un genre différent de celles que j'ai connues et qui n'étaient que des antichambres de l'enfer. J'ai encore du pain sur la planche, mon gars. Merci de ta visite et reviens quand tu voudras. Tu seras toujours le bienvenu, Peire Jouvenel !

Avant de reprendre ma route avec mes compagnons qui

s'étaient tenus frileusement à distance, je déposai dans le tourniquet une tourte de seigle, un cruchon de liqueur de figue et deux pots de rillettes.

Lorsque je retournai à Chabrignat, peu avant Noël, porteur d'une nouvelle provende, je constatai qu'une dizaine de cabanes avaient été achevées. Il en montait des fumées odorantes, signe que la vie suivait son cours. Deux tombes se signalaient par une croix dans le petit cimetière. On achevait la construction de la chapelle où le jeune moine d'Uzerche dirait la messe de la Nativité.

Geffrey, de derrière le portillon, me demanda des nouvelles de la vicomté et du royaume, son isolement l'en ayant privé. Je l'informai du mariage d'Ebles de Ventadour avec la veuve du comte de Limoges, Eymar. Marguerite de Turenne, tante de Raymond, avait donné naissance à une fille prénommée Matabrune.

Quant aux événements du royaume, je n'en savais que ce que mes visites au château m'avaient révélé : le roi Louis allait passer à Limoges les fêtes de Noël avec la reine Aliénor. Le bruit courait d'un prochain divorce...

Le diable semblait s'être cramponné à moi et refuser de lâcher prise.

J'aurais aimé que mes relations avec Jordane ne fussent qu'une passade et qu'elle m'oubliât. Il n'en était rien. Ce que j'avais considéré comme un caprice anodin de sa part prenait des allures de passion. Lorsque le père de famille que j'étais lui disait mon intention d'en finir, elle montait sur ses grands chevaux et menaçait de me tuer et de mettre fin à ses jours si je renonçais à nos relations. Folle qu'elle était, je l'en croyais capable.

Je dois convenir qu'en dépit de ses exigences, elle apportait du sel et même du piment à mon existence, et qu'une semaine ou deux sans la voir m'était pénible. Je trouvais à nos rendez-vous une compensation à la monotonie des jours.

L'orage qui avait suivi le tournoi de La Grange-Rouge avait laissé dans ma mémoire une traînée de feu, mais, de retour à La Nadalie, j'avais dû retrousser mes manches pour reconstituer mes plantations. Ce fut une diversion salutaire. Ce n'était pas la ruine mais un désastre, sans qu'à aucun moment l'idée me vînt de renoncer. Mes biens en numéraire, placés chez un banquier de Brive, ami de ma belle-famille, avaient fructifié, si bien que je me trouvais en possession d'un beau magot qui m'évitait de sombrer dans le désespoir.

J'avais trouvé de l'aide avec Luce, une des filles de Monteil, et un jeune ouvrier de la saboterie que maître Borzeix avait mis à ma disposition, le temps de réparer les dégâts de la crue. Les quelques journées de soleil qui avaient suivi l'orage nous avaient été profitables. De la boue jusqu'aux yeux, nous mettions du cœur à l'ouvrage.

Je ne m'accordais de repos que le dimanche.

Je sellais mon cheval pour me rendre à la sacro-sainte cérémonie familiale dans la maison de vigne qui avait elle aussi souffert de l'orage, la toiture ayant été crevée en divers endroits par des trombes d'eau. J'aidai mon beau-frère à remplacer les tuiles.

L'amabilité que me témoignait maître Borzeix m'incitait à croire qu'il ignorait la double vie que je menais. Plus perspicace, dame Agnès avait subodoré un conflit sous-jacent entre ma femme et moi.

Un dimanche, alors qu'elle tricotait un vêtement de laine pour l'hiver, elle me dit :

— Hélène me donne des inquiétudes. Depuis quelques mois, elle a perdu son entrain, manque d'appétit, passe des heures à rêvasser dans le jardin et se montre sévère avec notre petit Vital. Je l'ai surprise à le battre parce qu'il faisait trop de bruit et que cela dérangeait sa lecture. Sa santé lui donnerait-elle du souci, ou alors...

— Quoi donc, madame ?

— N'y aurait-il pas quelque motif de querelle entre vous ?

Je la rassurai. Ce comportement ne tenait-il pas plutôt à la situation bancale de notre couple : elle à Brive et moi à La Nadalie ?

— J'ai beaucoup de respect pour vous et votre métier, Peire, mais je regrette que vous n'ayez pas accepté d'entrer dans notre maison. Vous y avez votre place.

— J'en suis confus, madame, mais, si j'aime ce métier, je n'ai en revanche aucune compétence en matière de saboterie. Je dois d'ailleurs vous l'avouer, c'est un travail qui ne me tente guère. Je le regrette.

— Et moi plus que vous encore ! Je suis persuadé que, si vous consentiez à ce qu'on attend de vous, Hélène retrouverait la joie de vivre.

Au début de l'année suivante, maître Borzeix m'informa qu'il avait besoin de mes services pour une affaire *particulière.*

Il m'apprit que, la semaine précédente, deux de ses employés revenant de livrer un chargement de sabots dans le proche Quercy avaient été attaqués par une bande à proximité du village de Chasteaux. L'un d'eux avait été tué et l'autre blessé. L'argent qu'ils rapportaient s'était évaporé.

— Je sais d'où vient le coup, me dit-il : de la bande dite de Pille-Brive. On a monté contre elle des expéditions qui se sont soldées par un échec, à croire que ces brigands sont insaisissables. Ils tombent sur leur proie comme la foudre et disparaissent dans le causse. On ignore leur nombre et le nom de leur chef. J'ai décidé d'en finir avec cette vermine.

Je lui demandai comment il comptait procéder.

— Je vais tenter de constituer une compagnie d'hommes qui n'aient pas froid aux yeux. Les échevins m'ont promis le concours de la milice urbaine. De même quelques châtelains des alentours.

Quand je m'informai de qui allait prendre le commandement de cette compagnie, il posa sa main sur mon épaule. Je faillis m'effondrer quand je l'entendis me répondre :

— Peire, je n'ai ni la force ni le courage de m'y risquer. Je n'ai d'ailleurs jamais fait usage de mes armes. C'est sur toi que je compte, et je ne suis pas le seul. On a beaucoup parlé de toi après le tournoi de La Grange-Rouge, qui t'a fait une réputation de héros.

Je me laissai tomber dans un fauteuil en me grattant furieusement la barbe, incapable de donner sur-le-champ mon accord, ce qui me rebutait, et un refus, ce qui aurait déçu mon beau-frère. Quant à demander un temps de réflexion, il eût pris cette réaction pour une tentative de dérobade.

Je gardai un moment de silence qu'il respecta, avant de soupirer :

— Soit, je suis votre homme.

Le mardi d'après la Pentecôte, la compagnie que j'avais à commander se réunit sur la place du Civoire. Elle se composait d'une dizaine de jeunes et fringants bourgeois, volontaires de la milice urbaine. Leur équipement prêtait à sourire : il était fait de bric et de broc, seulement d'armes de poing, les arcs, dont on ne se servait que pour les jeux du dimanche sur les bords de la rivière, étant jugés encombrants. L'un de ces hommes n'avait trouvé en guise d'arme qu'une broche à cuire la viande et un autre son tisonnier.

Les échevins nous offrirent un repas qui s'acheva par des chansons et des provocations à l'égard des brigands auxquels on se promettait de *chauffer les oreilles.* Plus circonspect, je n'attendais de cette expédition qu'un avertissement ou une simple promenade militaire.

Le départ eut lieu le lendemain à l'aube, par petits groupes pour ne pas attirer l'attention de la bande lorsque nous pénétrerions dans les terres du causse.

J'avais pour m'assister, en guise d'éclaireur, un maître ébéniste, Coste, sollicité en vertu de ses connaissances de la région, son épouse étant une sœur de Reynaud de Lissac, seigneur de Cousages, dans les parages de Pille-Brive.

C'est dans ce dernier château à fort donjon, qui domine la vallée de la Couze, que nous avons, à ma requête, choisi d'installer notre quartier général.

Homme de haute stature, Reynaud de Lissac nous fit servir du vin et me dit :

— Usez de mon hospitalité, Jouvenel, le temps qui vous conviendra. Ma femme veillera à ce que vous et vos hommes ne manquiez de rien. Sachez pourtant que vous allez courir après le vent. Pour inquiéter la bande de Pille-Brive, il faudrait une armée d'un millier d'hommes. Que maître Borzeix, homme pétri de raison, ait pu avoir cette idée saugrenue me surprend. M'en eût-il parlé, je lui aurais déconseillé cette expédition. Quoi qu'il en soit, je ne ferai rien qui puisse la contrarier.

Il fit mieux et me confia deux de ses serviteurs, Jean et Fulbert, qui connaissaient la contrée, me dit-il, *comme leur poche* pour y chasser en sa compagnie « la bête noire », à savoir le cinglar, et autres gibiers.

Raynaud nous fit dormir à la paillasse, dans la salle des gardes où, en dépit du hurlement des loups et du grondement du vent dans les salles hautes, notre sommeil fut paisible. À l'heure du matinel, Fulbert nous dit :

— Faudra partir par groupes de trois ou quatre, comme pour chercher des morilles, et bien ouvrir nos mirettes. Un passage ou un campement des brigands laisse toujours des traces : celles de leurs chevaux avec le crottin, les cendres de leur repas ou leur merde... Tout est bon pour les repérer. Un simple crottin en dit plus que tu ne crois.

Il ajouta à mon intention :

— Toi, Jouvenel, je te conseille de te rendre par la forêt à Pille-Brive, avec quatre hommes. Jean te servira de guide. Si l'endroit est désert, contente-toi de l'admirer. S'il y a du monde, fais demi-tour pour m'informer. Je bougerai pas du château.

Séparés les uns des autres d'une centaine de pas, il nous fallut près d'une heure pour arriver en vue de Pille-Brive. Jean nous demanda de l'attendre dans un champ de genêts en contrebas du chemin qui passait sous cette forteresse naturelle : une énorme masse rocheuse chue d'une falaise du causse, sommairement aménagée par l'homme et qui laisse apparaître, à travers une végétation dense, des excavations, des restes de murs, des amorces d'escaliers taillés dans la pierre et une terrasse. Il nous dit à son retour n'avoir trouvé sur la plate-forme sommitale qu'un tas de cendres froides, une lame de couteau rouillée et une gourde éventrée. C'était peu de chose, mais il y avait mieux.

Il sortit d'un morceau d'étoffe un crottin découvert sur le bord du chemin. Il l'ouvrit en deux, nous le fit tâter et respirer avant de conclure qu'il ne datait que de quelques heures, ce qui signifiait que l'ennemi ne devait pas être loin. En train, peut-être, de nous observer ! Je décidai de laisser nos hommes sur place, à charge pour eux de surveiller les mouvements du groupe, s'il réapparaissait, et d'envoyer l'un d'eux informer toutes les heures Coste et les gens de Cousages.

Nos compagnons ne rechignèrent pas à cette mission, en apparence peu dangereuse. Ils avaient emporté des vivres pour la journée et de quoi se désaltérer. Ce n'étaient pas des foudres de guerre, mais on ne leur demandait pas de prendre d'assaut Pille-Brive.

Le lieu où nous les avions laissés n'était pas le Sahara. Dissimulés dans les buissons et les rochers, avec vue sur la vallée et les abords de la forteresse, ils avaient eu du spectacle : un groupe de pèlerins en route vers Rocamadour, un lépreux reconnaissable à l'étoffe rouge nouée à son bras, une gardeuse d'oies et trois cavaliers se dirigeant vers Larche et la Vézère...

Nos hommes tinrent parole en nous envoyant un émissaire heure par heure.

Leur retour au château avait été prévu pour la tombée de la nuit. Nous ne les vîmes pas revenir, et pas davantage dans la matinée du lendemain. Alors que nous formions un groupe pour aller nous informer de leur situation, un pêcheur d'écrevisses nous alerta : il avait entendu le soir, du seuil de sa chaumière, des cris venant de Pille-Brive.

Je décidai en urgence de prendre avec Fulbert la tête d'une compagnie de dix hommes pour nous avancer jusqu'aux abords de la forteresse en suivant la Couze. Je m'attendais au pire, et Fulbert partageait mes craintes.

Sous le hameau de Roziers, en longeant le bief du moulin de Navarre, Fulbert et moi rencontrâmes, assis sur un rocher, un homme d'allure patibulaire, vêtu d'une souquenille rapiécée, en train de manger un quignon de pain et du fromage.

Sans se lever ni cesser d'avaler son pain, il nous demanda ce que nous faisions là. Nous cherchions un bon coin pour les écrevisses et les truites, si ça se trouvait.

— Les écrevisses, vous en trouverez en face du Sorpt, et des belles. Pour les truites, c'est moins sûr.

Il fronça les sourcils en se levant.

— Vous avez besoin d'une épée pour pêcher ? Et vos prises, vous allez les mettre dans votre ceinture ?

— L'épée, dit Fulbert, c'est pour la sécurité. Ça chauffe dans les parages, à ce qu'on dit. Pour les panières, t'inquiète pas : s'il y a des écrevisses, on reviendra. Mais toi-même, mon gars, qu'est-ce que tu fiches là ? Tu attends ta promise ?

— Ça, mon gars, c'est mes affaires. Tu es trop curieux.

Durant ce bref échange, je constatai que notre solitaire était lui-même porteur d'une épée, de deux coutelas émergeant de sa ceinture de cuir, et qu'il portait des traces de sang sur sa chemise, ce qui me mit la puce à l'oreille.

Je lui proposai de le remercier de ses conseils en buvant quelques lampées de vin. Ce n'était pas de refus. Je lui tendis ma gourde et, alors qu'il faisait sauter le bouchon, je le bousculai et lui mis mon couteau sur la gorge. Fulbert, qui avait eu les mêmes soupçons que moi, sortit son épée.

Après que je lui eus chatouillé la gorge avec la pointe de mon coutelas, il m'avoua qu'il était de la bande et avait été placé là, après les événements de la veille, pour surveiller le passage.

— Quels événements ? Parle !

Il nous révéla que le gros de la bande, retour d'une expédition dans le causse, avait débusqué quatre hommes armés sous Pille-Brive.

— Qu'en avez-vous fait ?

— Eh ! Que voulais-tu qu'on en fasse ? On s'est jetés sur eux. Ils se sont battus, fort bien, ma foi, mais ils étaient pas de taille à résister longtemps. On en a tué trois. Le quatrième a disparu en se jetant dans la Couze, mais il a pas dû aller bien loin.

Il ajouta :

— Qu'est-ce que vous allez faire de moi ?

— Tu dois bien t'en douter ! C'est la corde qui t'attend, mais avant, il faudra que tu nous en dises plus long sur tes congénères.

Il hurla comme pour donner l'alerte, se débattit, parvint à m'écarter et à se dresser, sans cesser d'appeler à l'aide. L'épée de Fulbert lui transperça la poitrine de part en part. Il eut quelques sursauts, un gargouillis dans la gorge, vomit une gorgée de sang avant de s'abattre sans vie dans la rocaille.

— Tu n'aurais pas dû le tuer, dis-je à Fulbert. On aurait pu en tirer des renseignements.

Il en convint et s'en excusa piteusement, précisant que cette brute aurait pu nous réserver le même sort, et que ses hurlements auraient pu alerter ceux de la bande, nous mettre en péril et faire échouer l'expédition. Nous récupérâmes ses armes et jetâmes le corps dans un taillis de vergnes.

Notre premier soin fut d'envoyer à Cousages l'un des hommes qui nous avaient rejoints pour tenir Coste au courant de notre exploit et de la bataille de la nuit passée.

Au village du Sorpt, nous rencontrâmes un manant en train de biner sa terre. Fulbert, qui le connaissait, lui demanda s'il était au courant de ce qui se passait à Pille-Brive. Il l'ignorait mais c'étaient sûrement des choses pas très catholiques, à en croire les bruits de la nuit passée.

— Si vous voulez vous approcher sans trop de risques, nous dit-il, suivez cette rangée de vîmes puis le sentier entre deux gros ronciers. Il mène droit au grand chemin. Traversez-le et montez vers la falaise en passant par la forêt, si vous voulez voir d'en haut ce que manigancent ces brigands. Mais gare ! Ils sont au moins vingt, et pas des gringalets. Si vous débarrassez le pays de ces créatures du diable, moi et ma famille on vous bénira toute notre vie.

Nous suivîmes ses instructions à la lettre. En silence, à pas de loup, pliés en deux, nous arrivâmes au sommet d'une falaise d'où, malgré l'épaisseur de la végétation, nous pûmes observer les occupants de la forteresse. Il y avait plus de dix hommes, une quinzaine peut-être, et un seul cheval : celui du chef sans doute. Ils avaient allumé sur la terrasse un feu qui ne faisait guère de fumée, où ils cuisaient leur viande. Il semblait certain qu'ils allaient passer la nuit dans leur repaire. C'était l'avis de Fulbert.

Revenus à Cousages, nous préparâmes notre expédition nocturne en nous enduisant le visage d'une graisse mêlée de suie. Nous étions moins nombreux que l'adversaire mais nous aurions l'avantage de la surprise. Les conseils de Fulbert nous furent précieux : lui et Jean avaient l'habitude de chasser la nuit dans ces forêts pour traquer le loup et la « bête noire », dont les hures tapissaient l'intérieur du château.

Nous arrivâmes en vue de Pille-Brive à l'issue d'une longue marche à travers l'ombre, heureux de constater que nos oiseaux étaient au nid. Un petit œil de lumière – feu ou chandelle – signalait l'entrée de la terrasse supérieure. Le cheval était visible, de même que les hommes couchés autour de lui, enveloppés dans leurs manteaux.

Nous approchions avec mille précautions du repaire quand un homme, se dressant à quelques pas de nous, lança son « Qui va là ? » sans obtenir de réponse. Nous le laissâmes s'approcher et, alors qu'il était à notre portée, l'un de nos hommes lui mit la main sur la bouche et lui trancha la gorge.

Ce fut le signal de l'attaque.

De l'assaut et de la bataille qui suivit à travers la pénombre, je garde le souvenir d'une extrême confusion. En proie à une sorte de rage, hurlant comme des damnés, nous avons fait un massacre de la plupart de ces brigands pris par surprise. Certains avaient préféré prendre le large, car, par nos cris, nous donnions à la bande l'impression que nous étions une armée.

Fulbert nous avoua quelques heures plus tard qu'il avait fait un coup d'éclat en capturant de ses mains le chef de la bande.

Ce brigand avait un cheval. Un chef digne de ce nom se doit d'en avoir un, pour la dignité, l'autorité... et pour lui permettre de prendre la fuite dans les moments difficiles.

— Je l'ai cueilli, nous dit Fulbert, au moment où il

mettait le pied à l'étrier. Pour se mêler au combat ou foutre le camp ? Il nous le dira peut-être...

Le chef capturé par Fulbert fut jeté dans une cave du château avec les autres prisonniers, en attendant leur transfert à Brive. Il souffrait d'une fracture de la jambe droite, consécutive à une chute au moment d'enjamber sa monture.

Le prisonnier se nommait Gilbert. Originaire de Moustiers, près de Ventadour, il avait eu avec messire Ebles des démêlés. Pour échapper à la corde, il avait pris la fuite et avait trouvé à Pille-Brive un repaire favorable à la formation d'une bande et à des opérations de brigandage. Il portait dans sa ceinture deux cents livres en or et en argent ainsi que quelques bijoux.

Le lendemain de la bataille, je proposai à Coste d'emprunter un cheval pour nous en retourner sans plus tarder et au galop à Brive afin d'informer les échevins et la population de notre victoire. Le reste de la compagnie reviendrait en escortant les cadavres de cinq des nôtres cousus dans des peaux de loup et de vieux draps.

Le soir même, Coste et moi recevions des échevins un triomphe digne de César retour des Gaules. On avait ressorti pour l'occasion l'arc de triomphe qui servait à la réception de l'évêque de Tulle ou du comte de Limoges. Des jeunes filles succédaient à la fanfare et précédaient le cortège, jetant à poignées dans la foule verdure et fleurs de la saison. Les cloches sonnaient à toute volée.

Il ne manquait à cette fête que Fulbert sans qui cette expédition se serait soldée par des pertes plus importantes. Homme modeste s'il en fut, il s'était contenté de notre reconnaissance et de quelques livres qu'il avait partagées avec Jean.

C'est à moi qu'incomba l'honneur de répondre à l'allocution verbeuse du Premier échevin, maître Maschaulx. Je fis en sorte que cet exploit passât pour un événement digne de l'antique en faisant de mes seconds et des jeunes de la milice urbaine des héros de Rome et de Sparte dignes de figurer aux Thermopyles.

Lorsque je descendis de la tribune, maître Borzeix fut le premier à me serrer dans ses bras et à pleurer dans mon épaule, comme si je venais d'éviter la peste et la famine à sa ville et aux siens. Hélène m'étreignit à son tour en me disant qu'elle était fière de moi. Je soulevai Vital et le portai sur mes épaules jusqu'à la saboterie.

Des bruits coururent sur le sort réservé aux prisonniers. Seraient-ils écorchés vifs, noyés dans la Corrèze, pendus ou brûlés ? On aurait bien aimé les écarteler pour l'atroce beauté du spectacle, mais il n'y avait pas de bourreau dans cette ville et faire venir celui de Limoges eût occasionné des frais considérables.

Après un jugement sommaire, on se contenta de les pendre au lieu-dit Roc-de-Mioule, sous une arche taillée dans une falaise, sur le chemin menant à Turenne. Ils y restèrent à se dessécher une quinzaine pour le plus grand bonheur des corbeaux et des corneilles.

Avant de regagner La Nadalie et mes plantations, je restai quelques jours à Brive pour me remettre des épreuves que je venais de vivre, soigné comme un coq en pâte.

Je passais chaque jour une heure ou deux à l'atelier de saboterie, prenant plaisir et intérêt à admirer le travail des ouvriers qui maniaient la hachette, l'herminette, le paroir avec une précision et une habileté déconcertantes. Ils sculptaient le bois comme d'autres la pierre. En moins d'une heure, d'un bloc de bois brut sortait de leur main la forme parfaite du sabot, cet objet d'apparence modeste que l'homme a chaussé pour passer de sa nature primitive à une ère nouvelle.

Il était rare qu'au cours de mes sorties en ville je ne fusse reconnu, fêté et invité dans un cabaret des bords de la Corrèze ou de la rue Basse pour raconter ma *croisade*.

Ces promenades allaient m'apprendre beaucoup sur cette ville, moins importante que Limoges mais plus qu'Uzerche, les seules que j'eusse connues à ce jour.

À vrai dire, on en avait vite fait le tour, en longeant les remparts tapissés de l'intérieur par des masures collées à leur flanc et fleuris en jaune par des courges aux larges feuilles qui leur donnaient de l'agrément. Le centre avait l'allure d'un vaste comptoir grouillant de chalands, de curieux, de porcs et de volailles. Des marchés se tenaient en divers points, à commencer par les cimetières où les boutiques en plein vent retentissaient d'invites tonitruantes, de sonnailles de grelots et de sons de cornes. Je m'y arrêtais volontiers pour acheter et boire pour quelques mailles un bol de lait de chèvre sorti tiède du pis.

Une de mes promenades favorites me menait à la porte de Corrèze, laide et lourde construction ouvrant sur la perspective lumineuse d'une rivière divisée en minuscules archipels de roselières et de saules nains entre lesquels évoluent des barques de pêcheurs à la ligne ou au filet, avant de glisser sur le courant qui la mène vers sa sœur aînée, la Vézère, à une lieue en direction du couchant.

Je fis dans ces passages la connaissance d'un potier et de sa femme, qui avaient leur atelier sur une butte grasse d'argile, face à un moulin de planches si vermoulu qu'on s'attendait à le voir s'écrouler à la moindre bourrasque.

Je leur achetai, pour en faire cadeau à Hélène, quelques statuettes et lampes à huile copiées de l'antique. Il me montra son trésor caché dans un coffre : des personnages sculptés dans le calcaire représentant des femmes coiffées de grands chapeaux en forme de coquillage, des Vénus gracieuses et des coqs, qu'il avait découverts en travaillant son jardin et en creusant son four.

J'avais eu raison de faire confiance à Solange et à Luce, la fille de Monteil, mon voisin du Moulin des Champs.

Solange se plaignait que cette fille se fût installée dans sa maison comme si elle en eût été la maîtresse – ce qu'à Dieu ne plaise ! Avec son allure de matrone précoce, sa figure tavelée par une variole infantile et ses façons vulgaires, Luce n'avait rien qui pût susciter la moindre attirance. En revanche, travailleuse en diable, infatigable, elle me rappelait ma mère.

En retournant à La Nadalie, je constatai que mes plantations n'avaient pas souffert de mon absence. Lorsque je félicitai Luce et la récompensai de quelques sous, elle rougit de plaisir et me sauta au cou.

J'eus quelque mal à reprendre ma tâche.

Les événements de Pille-Brive, les réceptions et les repas qui avaient suivi m'avaient affecté plus que les pires journées de travail dans mes jardins. Je peinais à retrouver mon assiette, mon énergie et ma conviction. Les journées me parurent longues et ennuyeuses, mes siestes trop brèves. Sans la présence de Luce et de Solange qui me poussaient à reprendre le collier, peut-être aurais-je passé mes journées à pêcher la truite ou à bayer aux corneilles. J'en venais à regretter de n'avoir pas cédé à l'insistance de maître Borzeix et d'Hélène pour m'installer à demeure dans leur maison afin de leur apporter mon aide en matière d'écritures, à défaut de mes connaissances.

J'aurais eu tort.

Je ne sais si l'écho de mes exploits contre la bande de Pille-Brive en fut la cause, mais j'enregistrai un regain de demandes en consultations, quoique je ne fusse pas un *mège,* mi-médecin, mi-sorcier. On m'estimait et me respectait plus que par le passé. Si j'avais dressé des murs autour de mon jardin, avec une tour au milieu, j'aurais pu me dire baron de La Nadalie !

Pour mes poèmes, le cœur, semblait-il, n'y était plus. J'avais l'impression de battre la même eau sans faire avancer mon esquif.

Avant d'avoir rencontré Jordane, l'inspiration jaillissait de moi comme de la fontaine de Briat. Un air de chalemelle cueilli en chemin, une femme lavant son linge dans la rivière, une aube d'été, suffisaient à faire éclore des vers. *Trouver* était pour moi une fonction naturelle. Cet exercice me plaisait.

Qu'est-ce qui m'avait retenu, moi qui avais hérité de mon père le goût des pérégrinations, de partir sur les chemins avec ma vielle et mon chien pour dire et chanter dans les demeures seigneuriales et sur les places publiques ? Giraud de Borneil, Peire d'Auvergne, Marcabru et quelques autres l'avaient fait avant moi, et Gaucelm Faydit d'Uzerche n'allait pas tarder à se lancer dans cette aventure ! Était-il trop tard ?

Durant mon séjour à Brive, j'avais relu quelques poèmes confiés à Hélène : des jalons sur une vie sentimentale qui n'avait rien d'original, et sans ce parfum de légende qu'on respire dans ceux du prince de Blaye, Jaufré Rudel. Peut-être me manquait-il une princesse lointaine, ou, comme à Bernart de Ventadour, une grande dame, inspiratrice souveraine... Je fus déçu. On ne devrait jamais relire ses propres œuvres.

Pourtant, de temps à autre, j'étais en proie à des fulgurances propres à me faire saisir le calame et à lisser le papier du revers de la main.

Le tournoi de Turenne et le chant que j'avais improvisé à cette occasion m'avaient donné l'impression que j'avais encore de la ressource. J'avais recopié de mémoire cette œuvre d'environ cent vers. Je l'avais jugée médiocre ; elle ne l'était pas. Je me délectai de quelques images bienvenues : *le pétillement d'étincelles des épées... la poitrine grondante de colère... le hennissement des chevaux fous...* En revanche, l'épisode de l'orage sur la tour et ma nuit avec Jordane (savoir pourquoi ?) n'avaient rien suscité en moi qui pût se traduire par un poème. Peut-être devais-je laisser mes émotions, trop vives encore, se décanter ?

À la réflexion, je constatais qu'une cohérence s'était faite dans ma vie, comme si Dieu y eût mis la main. Dieu ou le diable ?

À La Nadalie, entre Brive où vivait ma femme et Turenne où se trouvait ma maîtresse, j'occupais le centre d'un domaine sentimental qui connaissait de belles plages de sérénité balayées de quelques orages. J'exerçais un métier qui, outre qu'il me convenait, me permettait de vivre sans soucis financiers. Je jouissais d'une bonne réputation. De quoi aurais-je pu me plaindre, moi qui me suis toujours contenté de peu, moi que les démons de l'ambition n'ont jamais titillé au point de me faire abandonner la proie pour l'ombre ?

Les temps avaient changé.

L'Aquitaine, et plus encore nos provinces, allaient devenir le théâtre d'une guerre fratricide, aux multiples épisodes, plus sanglants les uns que les autres, entre les Plantagenêt, fils du roi Henri et de la reine Aliénor, pour la possession de ces immenses territoires, les plus peuplés et les plus prospères de tout l'Occident.

J'aurais dû, pour occuper le temps de ma vieillesse, dresser un obituaire pour recueillir les noms des barons et des chevaliers qui avaient laissé leur vie dans cette guerre sans merci.

D'autres, peut-être, le feront à ma place.

Quatrième partie

1

La lune des fous

Dans les temps qui ont suivi l'affaire de Pille-Brive, mes relations avec Hélène ont pris un tour insolite.

Nous parvenions à nous retrouver deux à trois fois par semaine, à Brive et à La Nadalie, ou, le dimanche à la maison de vigne. Elle qualifiait cette demeure de *masure* mais ne semblait pas se déplaire dans ce milieu agreste dont l'air vivifiant était davantage favorable à la santé de notre enfant que celui de la ville.

Nos sentiments se suffisaient de cette situation, aussi inconfortable fût-elle. Nos ébats amoureux tournaient à l'habitude. Il s'était agrégé autour de nous, au cours des années, une sorte de carapace qui paralysait nos élans. Aucune étincelle ne venait ranimer cet amas de cendres tièdes. J'avais la chance qu'Hélène s'intéressât à mes poèmes et les appréciât à leur juste valeur. Elle avait un goût très sûr en la matière, mais sa sévérité m'affligeait quand elle me paraissait injustifiée.

Alors qu'il était entré dans sa dixième année, nous avions placé Vital à l'école de grammaire de la collégiale Saint-Martin. Les chanoines se montrèrent d'emblée attentifs à cet enfant de nature capricieuse et indépendante, mais doué pour les mathématiques et les sciences physiques.

Hélène souhaitait d'autres enfants ; cela lui fut refusé. Elle en souffrit plus que moi qui n'eus jamais la fibre paternelle. Elle avorta à deux reprises avant d'entendre la sentence qu'elle redoutait : elle était désormais stérile.

Son caractère en souffrit et j'en éprouvai les conséquences sans me plaindre ni lui en tenir rigueur.

Le dimanche de carême, quelques mois après l'affaire de Pille-Brive, la dame Agnès nous quitta. Au retour de la messe, alors qu'elle pressait le pas pour échapper à une averse, son cœur, pétri de bonté et d'indulgence, l'avait trahie.

J'avais en elle, je ne sais pourquoi, une amie et une alliée fidèles. Elle souffrait des discordes qui éclataient fréquemment entre celle qu'elle appelait sa *fille* et moi. Elle aurait été ravie que j'entre dans sa maison pour seconder son mari, mais ne me tenait pas rigueur de mes réserves et de mon refus.

Mes relations avec sa demi-sœur Jordane, bâtarde de son père, Boson, n'avaient pas échappé au vicomte Raymond. Il ne nous manifesta aucune acrimonie, à elle comme à moi, sans pour autant paraître cautionner ouvertement des relations nouées autour d'un adultère. Lui-même, d'ailleurs, était fort libre dans son comportement : les servantes et les épouses de ses chevaliers, la femme du cabaretier du Marchadiol et quelques autres créatures auraient pu en témoigner.

Il avait pris pour épouse la fille de Bernard de Castelnau, son voisin et allié du Quercy, Élise, une demoiselle au physique agréable, mais un peu trop confite en dévotion au goût de son époux, et même un peu pimbêche. Il avait trouvé dans la corbeille de mariage la belle seigneurie d'Alvignac.

Lorsqu'un troubadour était de passage en son château, Raymond ne se faisait pas faute de m'inviter, ayant à portée de main un personnage qui pût le soulager de la contrainte des conversations et des débats.

C'est ainsi que j'eus le plaisir de rencontrer Peire d'Auvergne, Giraud de Borneil, Bernart de Ventadour et quelques autres maîtres de la grande confrérie. Certains n'étaient que des jongleurs ou des écornifleurs qu'il fallait chasser avant qu'ils ne s'incrustent. Raymond n'eut qu'à de rares occasions la visite de Bertran de Born, qu'il n'eut d'ailleurs garde de solliciter car, chaque fois, cet affreux personnage s'emportait contre Raymond qu'il souhaitait intéresser à ses aventures guerrières.

Mes amours avec Jordane avaient pris l'apparence d'un éternel printemps avec, de ma part, le goût amer de la transgression.

Nous ne manquions pas de lieux pour abriter nos moments d'intimité : tantôt au château, dans la maisonnette du jardin, qui avait servi à divers usages et où elle avait installé un grabat, tantôt dans ce que je n'ose appeler une *chambre*, dans la salle haute, tantôt au hasard de nos promenades dans la vallée, plus rarement à La Nadalie, Solange supportant mal sa présence et où nous risquions de nous faire surprendre par Hélène.

Jordane... Qu'attendait-elle de moi ? Que je divorce pour l'épouser ? Je lui avais fait comprendre qu'elle se heurterait au refus de Raymond d'accueillir un roturier et un divorcé dans sa famille et que, d'ailleurs, je n'avais nulle intention de me séparer d'Hélène.

Ce que je redoutais surtout, c'est que cette liaison aberrante s'interrompît brutalement, à la suite d'un de ses caprices, et me laissât sur le flanc. J'attendais et espérais plutôt que notre passion commune se déferait insensiblement, comme un vêtement trop longtemps porté, et soulagerait la douleur d'une séparation que je jugeais inévitable.

La perversité de Jordane et son goût de la provocation paraissaient ne pas avoir de limites.

Un dimanche d'octobre, peu avant les vendanges, alors que je me trouvais en famille dans la maison de vigne, en train de me gaver de figues, notre chien se mit à aboyer furieusement. Je me dis qu'il avait reniflé le passage de quelque sauvagine quand, à ma grande stupeur, je vis surgir Jordane, montée sur son cheval, cheveux au vent, belle et sauvage comme une des amazones dont parle Homère.

En arrivant au premier rang de vigne, elle marqua un temps d'arrêt, descendit de cheval, cueillit une grappe pour picorer quelques grains et, remontant en selle, passa devant nous en nous remerciant avec un sourire ironique, avant de lancer sa monture au trot dans le bois de pins.

— Sacrédié ! jura maître Borzeix, quel toupet, quelle insolence ! Qui est-elle et que nous voulait-elle ?

— Ma foi, bredouillai-je, je l'ignore. Sans doute voulait-elle simplement goûter nos raisins.

Hélène, qui jouait au croquet à proximité avec Marthe et Vital, surgit, le feu au visage, et, me tirant à part, me dit d'une voix âpre :

— Je sais bien, moi, ce que cette catin voulait : c'était te provoquer ! Eh bien, c'en est trop ! J'irai me plaindre au vicomte Raymond. Et toi, grand niguedouille, tu n'as rien fait...

— Qu'aurais-je pu faire ? Lui courir après ? Tout s'est passé si vite que j'en suis encore ébahi. Ce que je puis t'assurer, c'est que ce genre de provocation ne se renouvellera pas.

— Je l'espère ! Sinon il te faudra choisir entre elle et moi !

Un frisson me parcourut. Hélène devait, me dis-je, être persuadée que mes rapports avec Jordane avaient passé à la trappe, car elle ne m'en reparlait jamais. Il est vrai que je m'étais armé des précautions nécessaires pour éviter qu'elle découvrît ma trahison.

Je passe sur le concert de récriminations et de menaces qui suivit cet événement. Je ne l'avais jamais vue dans un tel état d'exaspération.

Quelques jours plus tard, après le marché sur le Marchadiol, je montai au château et demandai à voir Jordane. Elle se trouvait aux étuves. Je l'attendis en rongeant mon frein. Lorsqu'elle en sortit, la peau fraîche comme une pomme sous la rosée et à moitié nue, je lui pris le bras et l'entraînai dans une embrasure.

— Je suppose, lui dis-je, que tu sais ce qui m'amène.

— Tu vas me le dire, mais fais vite. J'ai froid.

— Ne fais pas l'innocente ! J'ai subi patiemment tes provocations, mais, là, tu as passé les bornes de la décence.

Elle haussa les épaules et m'agressa d'un regard froid.

— Eh quoi ! Je ne faisais que me promener, comme je le fais chaque jour. Le hasard a voulu que je passe à cet endroit, alors que tu t'y trouvais en famille.

— Le hasard... Il a bon dos ! Tu avais prémédité ton coup, et il a parfaitement réussi. Que cherches-tu ? À me brouiller avec mon épouse et sa famille, à provoquer un divorce ? Eh bien, sache que tu fais fausse route. Jamais je ne divorcerai ! Et pourquoi le ferais-je ?

Elle m'attira vers elle, une larme au coin des yeux, et posa sa tête dans le creux de mon épaule en sanglotant. Je la repoussai brutalement et lui dis d'une voix sereine :

— Je suis venu te morigéner et te faire mes adieux. Ne cherche plus à me revoir, et je ferai de même. Sinon tu le regretteras.

Prise d'un accès de fureur, elle saisit un rostre de mollusque fossilisé posé sur le banc de l'embrasure, en s'écriant :

— Ose répéter ce que tu viens de dire, Peire Jouvenel, et je jure de me briser les dents avec cette pierre !

Je n'eus guère de peine à la désarmer et à la faire asseoir sur le banc à mon côté, encore frémissante de colère, belle comme jamais avec sa chevelure d'Érinye, au point que j'en fus bouleversé.

— Comment, me dit-elle d'une voix plus calme, peux-tu continuer à vivre avec cette grosse femme qui ne t'est plus rien ? Comment oses-tu me la préférer ? Elle a gâté ta vie en faisant obstacle à tes ambitions. Tu aurais pu devenir un troubadour célèbre, rencontrer des gens influents, et tu restes attaché à ta glèbe avec une seule ambition : diriger un jour une saboterie !

— C'en est trop ! lui dis-je en me levant. Cette femme dont tu parles avec tant de haine est mon épouse et la mère de mon enfant. Je l'aime et ne m'en séparerai jamais, sauf si la mort nous l'impose !

— Ce que tu viens de me dire, s'écria-t-elle, tu le regretteras. Tu ne sais pas ce dont je suis capable quand je tiens à une idée !

— Oh si ! Je ne le sais que trop bien, mais je te préviens : quoi que tu entreprennes, tu me trouveras prêt à la riposte. Tu es non seulement jalouse mais vindicative et obstinée. Eh bien, vois-tu, je le suis de même...

Durant une quinzaine, je n'eus pas de nouvelles de Jordane, à croire qu'elle avait pris la sage décision de ne plus me relancer.

Elle ne tarda pas à me manquer. Jour après jour, ma colère s'était dissipée. Parfois, en travaillant dans mes parcelles, je me tournais en direction du château en me disant qu'elle n'allait pas tarder à reparaître et que mes sages résolutions s'envoleraient dans un ciel de nouveau radieux.

Un dimanche, sur le Marchadiol, je la vis surgir entourée de quelques jeunes chevaliers qui plaisantaient et riaient avec elle sans retenue. Elle s'arrêta devant mon éventaire, cueillit quelques pincées de coriandre, les respira et s'éloigna sans un mot ni même un regard.

Après le dîner à la maison de vigne, Hélène me demanda comment s'était déroulé mon marché dominical.

— Peu de monde, lui dis-je, à cause des vendanges... J'ai vendu quelques sachets de tisanes et des flacons d'électuaires.

— As-tu fait des rencontres ? J'ai entendu dire que Peire d'Auvergne se trouvait au château.

Je n'en avais pas entendu parler. Elle me jeta un baiser sur la joue et me demanda de l'aider à préparer les deux perdreaux que son frère avait tués le matin et de préparer un lit de braise. Le temps était serein. Marthe cueillait de la bruyère avec Vital et maître Borzeix somnolait sous le figuier qui perdait ses derniers fruits et ses premières feuilles.

— Mon frère me donne du souci, me dit Hélène. Il a renoncé aux livraisons qui le fatiguent et semble se désintéresser de sa fabrique. Nous avons pris du retard, mais il n'a pas l'air de s'en inquiéter. Je l'aide de mon mieux mais je ne puis assumer seule sa tâche trop lourde et complexe pour moi. Selon toi, de quel mal souffre-t-il ?

— D'asthénie, apparemment.

— Une maladie que tu peux soigner ?

— Je vais m'y efforcer, mais je ne te promets rien.

Dès le lendemain, après avoir consulté mes grimoires, je préparai une médication faite de fruits de santoline et de feuilles d'épervières susceptibles de lui éviter ses somnolences. Si elles persistaient, je pourrais toujours me rabattre sur un levain de mélisse ou de gentiane.

J'observai avec un sentiment de pitié ce gros homme qui, proche de la cinquantaine, avait une allure sénile. Je savais trop bien ce que je lui devais pour ne pas me désintéresser de son mal et ne pas lui tendre une main secourable dans l'espèce de brouillard où il sombrait.

Quelques semaines plus tard, je constatai que mes remèdes avaient fait leur effet et que mon malade avait repris goût à ses affaires.

Une nuit d'octobre, alors que je faisais mes comptes à la chandelle, dans le bruit de la pluie et du vent, ma porte s'ouvrit lentement. M'étant levé pour la refermer, je sursautai en voyant une ombre se dessiner sur le seuil. Une voix de femme, que je n'eus pas de mal à reconnaître, me dit :

— C'est moi, Jordane. Je ne fais que passer. Ne refuse pas de me recevoir. Je suis transie et j'ai besoin de ta présence, ne serait-ce qu'un moment.

Je m'effaçai pour la laisser entrer. Elle laissait derrière elle un sillage où l'odeur de la pluie se mêlait à celle de la bergamote. Elle ôta son manteau, s'assit devant le feu en pétrissant sa chaleur entre ses mains et releva sa robe humide jusqu'à son ventre.

Je passai dans la chambre de Solange pour m'assurer que cette intrusion ne l'avait pas réveillée.

— Tu es folle, dis-je à Jordane. Courir la campagne en pleine nuit et avec ce temps de chien...

J'attisai le feu et lui préparai une tisane de tilleul. Elle grelottait de froid, peut-être aussi d'émotion. Du temps avait passé depuis sa visite au Marchadiol et l'humiliation qu'elle avait souhaité me faire subir.

Je l'entendis balbutier :

— Je n'en puis plus, Peire. Il fallait que je te revoie. Je suis folle, c'est vrai, mais tu devines de qui. J'aurais pu venir dans la journée, mais je redoutais la présence de ta sœur. Ce soir, je suis restée des heures à me trémousser sur mon lit sans trouver le sommeil. C'est alors que je me suis décidée à venir vers toi. Si ma présence t'importune, dis-le-moi, et je repartirai.

— Ta présence ? Elle me surprend plus qu'elle ne m'importune. Alors tu peux rester, mais sans trop t'attarder car ma journée a été pénible.

Elle me sourit, but à petites lampées sa tisane, me demanda un morceau de pain et de fromage qu'elle grignota en silence, comme fascinée par les fumerolles bleues qui montaient des bûches. Elle me fit signe de m'asseoir près d'elle. Je m'accroupis sur la jonchée de genêts secs qui recouvrait le sol, la tête sur sa cuisse nue. Je l'entendis avec surprise débiter d'une voix lente et contractée une litanie de repentance rappelant ses provocations, disant qu'elle les regrettait et que j'avais de bonnes raisons d'être fâché contre elle...

— Tu as donc renoncé, lui dis-je en riant, à te briser les dents à coups de pierre ?

Elle me dit en faisant écho à mon rire :

— Je n'en avais pas vraiment l'intention, tu t'en doutes. Mes dents sont trop belles et trop saines pour que je les abîme volontairement.

Elle joua avec ma tignasse hirsute avant d'ajouter :

— Peire, j'ai eu le temps de songer à notre situation. Je suis décidée, puisque je dois renoncer à toi, à me réfugier en Dieu et à prendre le voile chez les ursulines de Meyssac. J'ai rencontré l'abbesse. Elle s'est montrée surprise de ma décision, mais prête à m'ouvrir sa porte.

— Tu lui as révélé les raisons de ce choix ?

— Elle m'y a incitée et je ne lui ai rien caché. Elle s'est fâchée, disant que j'étais une sotte, une étourdie, une fille perdue et que je n'avais pas ma place dans sa maison. Elle ne pourra m'y accueillir que lorsque j'aurai renoncé à toi.

— Allons donc ! Je ne te crois pas. Une diablesse comme toi, au couvent ! Je plaindrais ces pauvres filles.

— Tu as raison de te moquer mais tort de ne pas me croire. Je donnerai suite à mon projet dès que je serai débarrassée de cette passion qui me ronge. Je connais un moyen de m'en guérir d'un coup.

— Te jeter dans le vide du haut de la tour de César ?

— Non : que tu partes pour la croisade. Tu trouveras bien un baron qui te prendra dans son ost.

Je haussai les épaules en me demandant si cette idée l'avait vraiment effleurée, ce qui aurait signifié qu'elle n'avait plus toute sa raison.

Elle ajouta :

— Peire, garde-moi cette nuit, je t'en supplie. Pour la dernière fois.

Persuadé que cette *dernière fois* serait une fois de trop et aurait risqué de me faire retomber dans son piège, je refusai. Elle me repoussa, se dressa, saisit un brandon avec les pinces et me dit, d'une voix dont la raucité me surprit :

— Persiste dans ton refus, Peire, et, je le jure de par Dieu, j'écraserai ce brandon sur ton visage et sur le mien. Nous porterons cette marque commune jusqu'à la fin de notre existence. N'avance pas ! Ne fais pas un geste !

Cette fois-ci, elle avait l'air bien décidée à mettre son chantage à exécution. J'aurais pu dévier le geste dirigé contre moi mais moins aisément celui qu'elle se réservait, ce que je ne me serais pas pardonné. Je cédai donc, avec d'autant moins de réticence que le désir que j'avais d'elle répondait au sien.

Nous avions une telle envie l'un de l'autre que nos ébats durèrent jusqu'à l'aube sans réveiller Solange qui, elle aussi, avait eu une rude journée. Le plaisir coulait de nous comme d'une fontaine intarissable.

Il pleuvait encore lorsque, au petit jour, le hennissement du cheval de Jordane, que nous avions oublié d'abriter sous l'auvent, nous surprit. Mon premier soin fut de le brosser avec des poignées d'herbes sèches et de lui donner son picotin. Lorsque je rentrai, Jordane aidait ma sœur à préparer le matinel : elle avait ranimé le feu et taillait dans la tourte. Cette simplicité était un aspect de sa nature que j'ignorais, nos relations, à ce jour, s'étant bornées à des coucheries. Voulait-elle démontrer par là qu'elle avait, malgré sa jeunesse, les talents d'une bonne ménagère ?

Elle s'entendait bien avec Solange, parlait et plaisantait librement avec elle, disant qu'avec cette chienne de pluie, mieux aurait valu ne pas se lever.

En les regardant s'activer, j'étais surpris de ne ressentir aucun sentiment de culpabilité envers moi ni de rancune vis-à-vis d'elle. Je baignais dans une sorte d'amnios, serein, détaché des contingences du quotidien, étranger au travail qui m'attendait et à cette pluie qui allait me cantonner dans mon séchoir. Quant à Solange, elle ne semblait nullement offusquée de trouver Jordane à La Nadalie à cette heure indue. Il est vrai qu'à quelques années près, elles avaient le même âge.

Jordane ne s'attarda guère plus d'une heure, pour ne pas donner de motifs d'inquiétude à son frère et à la dame Élise qu'elle assistait pour sa toilette du matin. J'attendais qu'elle m'annonçât une prochaine visite. Lorsque je l'aidai à monter en selle, elle me jeta un baiser sur la joue, fit claquer sa langue et s'en fut sans se retourner.

Dans les jours qui suivirent je rendis visite à mon frère, Jacques, dans la maison de Leyge, le tisserand de Pommier, enfouie dans une forêt de robiniers jaunis par l'automne.

Sa femme, Marie, lui avait donné deux enfants et comptait bien ne pas en rester là. Maître Leyge avait tenté de l'intéresser à son travail pour le jour où il devrait cesser de faire courir la navette, mais Jacques ne se sentait aucune disposition pour le drap, comme moi pour la saboterie. Il n'attachait d'importance qu'au potager, au verger et surtout à la vigne qui donnait un vin léger et agréable, dont Jacques m'offrait un barillet après chaque vendange.

Assise sur une avancée de roche et de terre grasse où l'argile se mêle au calcaire, ce qui la rend difficile à travailler, cette maison bâtie de forts moellons embrasse un immense espace. Au fond, autour du village de la Rivière, le cours sinueux de la Tourmente glisse vers la Dordogne. En face, le château de Linoire se dresse en vigie, avec sa grosse tour ronde, sur le contrefort du causse. Vers le nord s'érige l'imposante pyramide de Turenne coiffée de sa forteresse. À l'amplitude de ce paysage répond la majesté des castelets dressés sur les pentes du sud et la prospérité de ces terres où s'égrène une multitude de hameaux et de maisons isolées.

Jacques me dit un jour :

— Si tu souhaites quitter La Nadalie ou que tu y sois contraint, dis-toi que tu pourras trouver asile dans cette maison. Il y aura du travail pour toi et de la place pour tes plantations.

Oubliait-il que j'étais marié et père de famille ? Jamais Hélène n'accepterait de venir habiter cette demeure, pas plus qu'elle n'eût envisagé de partager mon existence à La Nadalie. D'ailleurs la place y était mesurée, au point que, lorsqu'il m'arrivait d'y passer la nuit, je dormais dans le cellier voûté comme une crypte, au milieu de la futaille.

À quelque temps de cette visite, l'occasion me fut donnée de m'entretenir avec le prince des troubadours, l'illustre Bernart de Ventadour, de nouveau de passage à Turenne. Par l'intermédiaire de Jordane, Raymond m'avait invité à le rencontrer.

Ce roturier de la plus basse extraction, fils du chaufournier du château de Ventadour, avait fait son chemin, et non en étant contraint de mendier son pain. Il avait appris la poésie et les bonnes manières auprès du vicomte Ebles, dit le chanteur, et de la vicomtesse Marie, dont il était tombé amoureux, au point qu'on avait jugé bon de l'éloigner. À la cour de Poitiers, dans l'entourage de la reine Aliénor, égérie et protectrice des troubadours, il avait acquis, avec la confirmation de ses talents, une urbanité qui faisait oublier sa roture.

Il devait son retour en Limousin à une querelle entre Aliénor et son époux, Henri Plantagenêt, comte d'Anjou, duc de Normandie et d'Aquitaine, roi d'Angleterre : le plus puissant seigneur d'Occident. Laisser à Poitiers cette créature volage qu'était Aliénor eût été de la dernière imprudence. Henri l'avait contrainte à le suivre en Angleterre, ce qui avait soulevé quelques éclats de part et d'autre. C'était jeter un colibri dans une volière de rapaces.

Forcé de renoncer à son égérie, Bernart, le cœur en berne, avait pris la route de Toulouse où il savait trouver un nouveau protecteur en la personne du comte Raimond. Turenne était sur son chemin ; il y avait fait halte avec sa compagnie de jongleurs et ses serviteurs.

Bernart tenait son charisme moins de sa taille majestueuse et de sa barbe ample et blonde, qui frisottait comme la mienne, qu'à ses manières aristocratiques et à son élocution élaborée, chaque phrase semblant taillée et polie comme un diamant.

Je ne tardai pas à comprendre que ce prince ne porterait que peu d'intérêt au vilain qui se piquait de poésie qu'il voyait en moi. Il ne me manifesta pas ouvertement son mépris mais il transparaissait dans son comportement.

Au cours de la soirée qui nous réunit, Jordane à ma droite, sa jambe frôlant la mienne, Bernart ne fit que parler de lui, ainsi que des affaires de Poitiers et de Londres.

À la fin du repas, sur la requête de la dame Élise, il consentit à nous charmer de quelques poèmes. Lorsque Jordane proposa de faire entendre ma voix pour chanter une pastourelle qu'elle aimait entre toutes, je m'exécutai sans conviction. Bernart écouta en hochant la tête avec un mince sourire – de satisfaction ou d'ironie, je ne sais – le poème que je chantai en m'accompagnant de ma vielle. Les images que j'évoquais, celles d'un matin de printemps dans ma vallée, ne parurent pas éveiller son intérêt.

Alors que nous quittions la table, Bernart me prit à part pour me proposer une brève promenade dans le jardin. Jordane s'invita, sans qu'il y trouvât à redire. Il me prit familièrement par le bras et me dit, en s'arrêtant tous les dix pas :

— On devine dans vos vers, mon cher Jouvenel, une juste connaissance de la nature. Cela tient à votre condition, je suppose. L'herboristerie, quel beau métier ! Le poète Ausone lui aussi parlait en connaisseur et avec émotion de son *herbarium*. La forme est harmonieuse et le style châtié. Cependant... j'aurais aimé que l'on ait l'impression, lorsque vous évoquez, par exemple, une rivière, que l'image d'une femme y fût associée. Pour moi, parler de la nature est parler d'amour. Sachez que...

J'entendis avec stupeur Jordane l'interrompre avec une impertinence qu'il se garda de relever.

— Pardonnez-moi, maître, mais je crains que vous n'ayez été distrait ou que vous n'ayez mal compris le sens de ce poème. À divers endroits, on y trouve des allusions à une présence féminine. Je puis en témoigner, car cette œuvre m'est dédiée !

— Certes... certes, mon enfant, bougonna Bernart, mais ce poème – pardonnez ma sévérité, Jouvenel – sent la glaise plus que la rose. La poésie est un alambic. Elle a fonction de raffiner les matériaux bruts que nous lui confions. Je regrette de n'avoir pas senti cela dans ce poème.

Il s'assit sur le mur, face au crépuscule de novembre qui faisait du ciel, au-dessus du causse, un brasier mêlant cendres et fumées.

— Prenez place près de moi, nous dit-il. J'aimerais vous dire un de mes poèmes les plus conformes à mes théories : « Plaintes amoureuses ». Il vous paraîtra peut-être un peu longuet – soixante-huit vers exactement ! –, mais j'espère qu'il vous donnera autant de plaisir que j'eus, moi, à l'écrire.

Ce poème s'adressait, je l'appris par la dernière strophe, à une dame qu'il appelait *Bel Vezer*, dont il vantait la chair *blanche comme neige de Noël*, mais qui le faisait endêver comme un puceau.

Bernart ne manifesta pas le souhait d'entendre une autre de mes œuvres. Il bâilla, nous demanda la permission de gagner son lit et nous souhaita le bonsoir. Je quittai le château peu après pour regagner mes pénates, en dépit de la volonté de Jordane de me garder pour la nuit.

En cours de route, je méditai sur la mesquinerie de ce prince des troubadours, qui m'avait montré, sinon son mépris, du moins son indifférence. Du haut de sa cathèdre, il considérait ceux de sa confrérie qui n'avaient eu ni son talent ni sa chance comme un *vulgum pecus* auquel il distribuait bénédictions ou reproches, certains étant, je le présume, à la merci d'une excommunication.

Les relations que j'avais reprises avec Jordane n'avaient de la passion que l'apparence.

À aucun moment, au cours de nos rencontres, nous n'avons fait usage du répertoire sentimental habituel qui naît de la moindre étreinte. Nous nous faisions l'un l'autre, sans le mesurer, le don du plaisir dans un mutisme quasi total, ces échanges sensuels ne s'accompagnant que de soupirs, de geignements et parfois, chez elle, de larmes.

Il y avait entre nous une telle complicité qu'il suffisait d'un regard pour nous inciter à donner libre cours à nos sens. L'endroit de nos ébats importait peu. C'était souvent, au cours d'une promenade à cheval le long de la Tourmente, la conséquence d'un simple échange de regards qui nous faisait descendre de cheval pour chercher un nid dans un trou de verdure, entre deux rochers, sur une jonchée de fougères. Et cela quel que fût le temps.

Un jour de février, alors que, malgré la neige, nous avions sacrifié au rite d'une chevauchée matinale, nous nous trouvions dans les parages de Coussirat, à l'orée d'une forêt poudrée à frimas, quand elle jeta une couverture sur un tapis de bruyères et m'invita, non sans quelque hésitation, à l'y rejoindre.

À peine l'avais-je prise dans mes bras, elle repoussa ma main qui remontait sous sa jupe et me dit d'une voix grave :

— Nous devrons nous montrer sages aujourd'hui, Peire. Mes fleurs me sont venues. Je viens tout juste de m'en rendre compte. Mieux vaut repartir.

Elle se leva et, après quelques pas en direction de nos montures, souleva ses jupes pour constater que ses craintes étaient bien réelles. Elle laissa échapper quelques gouttes de sang dans la neige et me dit qu'elles ressemblaient à des grains de groseille ou à des rubis. Je me baissai, en cueillis une du bout des doigts et la portai à mes lèvres.

— Que fais-tu ? s'écria-t-elle en riant. Tu es fou !

— Je veux connaître, lui dis-je, le goût de ton sang...

Agoraphobe de par ma nature, je me suis toujours tenu volontairement à l'égard de la foule en général et des réjouissances populaires en particulier, dont je supporte mal les débordements vulgaires et obscènes.

C'est ainsi que, depuis des années, je m'étais refusé à assister à la fête des Fous, qui se tient chaque année, au temps du carême, à Brive et dans de nombreuses villes du Limousin.

Cette année-là, je fus pour ainsi dire pris au piège par maître Borzeix. Friand de ces festivités populaires, il aurait dû y renoncer en raison de son état de santé si j'avais refusé de l'accompagner.

À peine avais-je franchi avec mon cheval et mes bastes remplies de sachets d'herbes la porte de Puyblanc ouvrant sur le midi, j'abordai les prémices de la fête. Des groupes d'enfants grimés et costumés, garçons et filles, déambulaient dans la rue droite qui descend vers la collégiale, chantant et brandissant des croix de bois ornées d'effigies burlesques et des rubans de toutes les couleurs. On avait enfermé les porcs et la volaille qui, d'ordinaire, vaquent et fouillent du groin les ordures.

Le cœur de la ville était déjà en ébullition.

Sur la place du Civoire, première déception : j'avais omis de m'informer si le marché avait lieu ou non. En raison de la fête, il n'y en aurait point. Un orchestre de quatre ou cinq musiciens juchés sur une estrade jouait à pleins poumons et à pleins bras des airs populaires à l'endroit où je me tenais d'ordinaire. Près de la grande croix de pierre rouge, on dansait la carole. Des gens s'attroupaient devant une énorme futaille enrobée de lierre, offerte par les échevins, en attendant qu'on la mît en perce.

J'étais attendu dans ma belle-famille.

Maître Borzeix m'accueillit à bras ouverts, surpris de me voir surgir avec mes bastes. Il s'excusa de ne pas m'avoir prévenu que le marché était annulé. Il avait revêtu une tenue grotesque : pourpoint multicolore, constellé de fausses pierres et de rubans, chapeau pointu bordé de grelots, qu'il agitait en pouffant de rire. Il avait prévu de me travestir en moine ; je m'y refusai, disant que je n'avais guère de goût pour la mascarade. Il n'en prit pas ombrage et m'invita à vider une cruche de vin, ce qu'en revanche je me gardai de refuser.

Il me rappela en vidant son gobelet la nature de cette fête dont je n'avais qu'une vague notion.

— Cette tradition, me dit-il d'un air docte, remonte à Charlemagne, au-delà peut-être. Les fêtes qui l'accompagnent donnent licence au populaire, durant une journée, de se livrer à des caprices, des fantaisies et des insolences souvent assaisonnées de gros sel, de poivre et de piment dont tu n'as pas idée. On se moque de l'Église, de l'échevinage, de la police, de tout ce qui porte des marques d'autorité.

Hélène, qui avait lu certains auteurs de l'Antiquité, me confia que cette journée, qu'elle détestait pour son caractère grossier et provocateur, rappelait les saturnales, les bacchanales ou les lupercales de la Rome antique. Dans certains quartiers, des hommes nus couraient les rues et fouettaient les femmes avec des lanières taillées dans des peaux de boucs pour les rendre fécondes.

— L'Église a interdit ces insanités, mais elle a fini par convenir qu'elles constituaient une soupape de sûreté pour le peuple, une manière de libérer sa violence et sa révolte pour éviter qu'on ait à sévir le reste du temps. Mais rassure-toi : tu ne verras pas d'hommes nus s'en prendre aux femmes !

Elle ajouta :

— Mon frère tient à ce que tu l'accompagnes. Il faudra veiller sur lui et lui éviter de boire et de se mêler aux danses et aux rondes. Quant à moi, je me refuse à assister à ces folies, ne serait-ce que de ma fenêtre. De même pour Vital : il apprendra bien assez tôt à quel degré d'obscénité, de vulgarité et de sacrilège la nature humaine peut atteindre. Durant quelques heures, cette ville te rappellera à la fois Sodome, Gomorrhe et Capharnaüm...

Devoir affronter durant une demi-journée le vent de folie qui soufflait sur la ville me répugnait à l'avance, autant que maître Borzeix s'en montrait impatient. Je tolère la transgression lorsqu'elle est l'expression de la liberté, mais déteste les excès qu'elle peut entraîner. Avec une populace libérée de toute contrainte, à quels abus peut-on s'attendre ?

Alors que nous étions en train d'expédier notre dîner, le tintamarre de la rue montait jusqu'à nos fenêtres. Le délire collectif, parti de Saint-Libéral, avait gagné le quartier puis la ville entière. Maître Borzeix fut le seul de la tablée à se lever pour assister au défilé burlesque qui arrivait au niveau de la saboterie. Il répondait aux saluts en levant son verre pour saluer les participants.

— Peire ! me cria-t-il, ne manque pas ce spectacle. Accours !

Je me levai à contrecœur pour le rejoindre, lui d'un côté du meneau, moi de l'autre. Le défilé qui venait d'atteindre notre porte était composé d'hommes et de femmes au visage grimé, méconnaissables, affublés de défroques de friperies ou de costumes puisés dans les coffres des greniers. Derrière le premier rang qui progressait avec une lenteur processionnelle, ils pouvaient être une centaine de joyeux lurons jouant de la flûte, frappant sur des tambours ou sur tout objet métallique qui pût rendre un son. Des femmes leur jetaient des sourires et des fleurs de leurs fenêtres et des hommes descendaient sur le seuil leur offrir du vin.

Ce qui allait suivre fut pour moi une épreuve redoutable. Maître Borzeix m'entraîna sur la place du Civoire où la fête battait son plein. En cours de route, nous nous heurtions à des groupes d'adolescents au visage fardé en bleu et rouge, les filles déguisées en garçons et les garçons en filles, qui agitaient des poignées de grelots sous notre nez. Certains portaient à leur ceinture deux pommes rouges et une carotte, signe de virilité et de fécondité.

La foule avait envahi la place autour de l'estrade et débordait dans les rues adjacentes, où l'on se bousculait à grands cris en brandissant des écriteaux sur lesquels étaient dessinées des images représentant des animaux à visage humain.

— Regarde ! me dit maître Borzeix, le porc dessiné sur cette pancarte représente notre Premier échevin, Maschaulx, et cette oie qui bat de l'aile, c'est le portrait de sa femme. C'est réussi, hein ! L'évêque de Tulle est représenté sous la forme d'un bouc, le chef de la milice est costumé en Maure et le supérieur de la collégiale en fille de joie... Je les reconnais tous. Cette insolence ne va pas leur plaire, mais, s'ils protestaient, ils seraient plus ridicules encore et on irait pisser sur leur maison. Mais rassure-toi : demain toutes ces insanités seront oubliées !

À la foule urbaine se mêlaient des gens des parages venus à pleines voitures : artisans, officiers et magistrats du vicomte de Turenne ou du baron de Malemort, manants par centaines... Jamais, même à Limoges au temps des grandes foires, je n'avais assisté à une telle cohue.

Accroché à mon bras, maître Borzeix me montra la grande futaille chevauchée par une fille aux jupes retroussées, qui occupait le centre de la place et que l'on assiégeait.

— J'ai la gorge sèche, me dit-il. Cette poussière et cette chaleur m'indisposent. Nous allons goûter le vin de l'échevinage. D'ordinaire il est fameux.

— Est-ce bien raisonnable ? lui dis-je. Nous avons déjà bu

lors du repas. Si je vous ramenais ivre à la maison, c'est pour le coup que nous aurions affaire à Hélène !

— Ma sœur... cette pimbêche ! Si je l'écoutais, je devrais vivre comme l'ermite du Vieux-Turenne. J'ai soif, mille dieux ! Et personne, pas même elle, ne pourrait m'empêcher de me désaltérer.

— Je crains, lui dis-je, que vous dussiez y renoncer. Regardez cette cohue ! Ces bougres se battent pour un gobelet de vin alors qu'ils sont déjà ivres. Quant aux cabarets et aux auberges, mieux vaut ne pas s'en approcher. Nous risquerions de nous faire écharper.

En jouant des coudes, nous parvînmes jusqu'à la murette qui sépare le cimetière de la place. La nécropole était envahie par une foule qui procédait à des libations à l'intention des morts. Je fis asseoir mon compagnon et allai acheter un gobelet d'eau à une marchande ambulante. Il m'en remercia du bout des lèvres et soupira en passant son bras autour de mon épaule :

— Ah ! Peire, quand je pense à ma jeunesse et à ce que je suis devenu : un vieil homme à demi impotent... J'étais un des plus joyeux lurons de cette fête. Les filles m'assiégeaient et je pouvais boire une pinte de vin sans en être incommodé. Si tu m'avais vu danser et si tu m'avais entendu chanter *Les Filles de Malemort*... Un jour j'ai figuré sur le char de la reine, à côté d'elle. Devine qui était cette fille ? Agnès ! Quelques mois plus tard nous étions mari et femme. Quelle belle fille c'était, quand j'y pense... Oui, mais un fruit sec. Mon père voulait la répudier, mais j'ai tenu bon. Ce qui ne t'a peut-être pas échappé, c'est qu'à défaut d'avoir eu des enfants, je considère Hélène un peu comme ma fille. Elle-même a eu un enfant de ce chef de bande, Gerbert.

— Je sais, lui dis-je. Il se faisait appeler Mystère, parce qu'il me rendait visite en catimini pour me donner des nouvelles de mon père. J'ai toujours ignoré son véritable nom.

— Arnaud. Il s'appelait Arnaud Rougerie. Nous avons toujours refusé de recevoir ce fils de bandit, et j'ignore ce qu'il est devenu. Ne m'en parle plus, je te prie. C'est une tache que je souhaite effacer à jamais.

J'aurais pu lui rappeler que j'étais moi-même le fils d'un

brigand. Il avait toujours fait mine de l'ignorer. Hélène de même.

Mon beau-frère semblait disposé à m'en dire plus long sur sa famille, mais le tumulte autour de nous avait pris une telle ampleur que nous avions du mal à nous comprendre.

Il se leva brusquement et me cria à l'oreille :

— Suis-moi, Peire. Le défilé va débuter et je ne voudrais le manquer pour rien au monde. Il est chaque année différent. Si j'en crois ma sœur, cette tradition est une réplique de la fête de l'Âne qui avait lieu dans l'Antiquité. On prétend qu'une ânesse du prophète de Babylone, Balaam, était douée de la parole et prêchait la religion de Yahvé ! Je ne peux t'en dire plus.

Il avait constaté que la foule des buveurs qui, à l'annonce du défilé, avaient reflué vers le fond de la place, avait libéré la fontaine de vin. Il tint à m'y entraîner et, coup sur coup, lampa trois gobelets d'un breuvage tiède qui, me dit-il, *sentait le fond*. Il en fut pourtant ragaillardi et même un peu ivre, comme en témoignait un regain de loquacité.

En dérivant à travers la foule, nous parvînmes à nous approcher des barrières limitant l'espace consacré au défilé du cortège burlesque qui, parti de la collégiale, se dirigeait vers la porte de Corrèze.

Il était précédé d'une énorme charrette sur laquelle étaient juchées des grappes de garçons et de filles costumés de mille manières, dont certaines fort indécentes, qui jetaient à la foule des pommes et des morceaux de courges pourries.

Le délire atteignit son comble lorsque parut l'âne rituel, harnaché de vêtements sacerdotaux, dans un chant profane : *Orientis partibus adventavit asinus*, repris en chœur par la foule. Ce pauvre bourricot galeux était monté tête-bêche par un gros homme déguisé en échevin, qui portait sur la poitrine des colliers de châtaignes et de glands, et sur la tête un bonnet conique encadré de grelots.

Harcelé de coups et de jets d'ordures, le pauvre animal peinait à progresser. Venait ensuite le char de la reine qui avait dû évoluer depuis le temps de la dame Agnès, car celle qui était juchée sur le trône démesuré orné, si je puis dire, de légumes de la saison n'était plus une jeune beauté mais une matrone fardée à outrance, impassible malgré les quolibets insanes qui l'accablaient. Autour d'elle grouillait une faune de monstres qui paraissaient émerger des entrailles de l'enfer.

Malgré ma répugnance, je dus suivre mon compagnon jusqu'à la porte de Corrèze pour un spectacle auquel, me dit-il, nous ne pouvions nous dérober. J'en garde encore un souvenir fait d'indignation et de dégoût.

Arrivé au bord de la rivière, sur un espace de prairie sauvage, le faux notable descendit de sa monture souillée comme lui de sanies et, encadré de deux soldats accoutrés à la romaine, se hissa sur un trône dérisoire fait de planches peintes en rouge. Avant de lancer le signal du sacrifice propitiatoire, il donna lecture – ou fit semblant – d'une sentence annonçant le châtiment suprême du pauvre animal qui soufflait un peu en broutant quelques brins d'herbe.

Maître Borzeix me fit comprendre que cet âne conspué par la foule était considéré comme un bouc émissaire chargé, si je puis dire, de tous les péchés d'Israël et des rancunes accumulées par le peuple envers le pouvoir de l'Église, des échevins et autres représentants des autorités urbaines.

Je vis surgir d'une loge de toile trois ou quatre énergumènes vêtus d'une tunique rouge et armés de gourdins. Encouragés par la populace, ils se mirent à frapper l'animal qui, au premier coup assené sur son échine, émit un braiment pitoyable avant de tenter d'échapper à ses bourreaux. Rattrapé et ramené par les oreilles et par la queue, il fut roué de coups de manière à prolonger son supplice. Il ruait, tentait de se soustraire à ses bourreaux, tombait et se relevait, jusqu'à ce que mort s'ensuive, sous les clameurs sauvages montant de la foule.

Écœuré par ce spectacle odieux, au contraire de maître Borzeix qui semblait l'avoir fort apprécié, je me proposai de le ramener à son domicile pour y prendre quelque repos.

— Nous n'en avons pas fini, me dit-il. Allons nous désaltérer à la santé des échevins. De là, nous irons à la collégiale.

— À la collégiale ! protestai-je. Y aurait-il une messe à cette heure ? Pour faire acte de contrition, peut-être, après ce spectacle déshonorant ?

— La contrition, Peire, sera pour demain... si nous y pensons. Je vais te faire assister à une messe très *spéciale* !

Il éclata de rire en me tapant sur l'épaule.

La grande nef de la collégiale Saint-Martin était devenue un infâme lupanar, libertinage et impiété se donnant libre cours dans ce lieu saint. Les hautes voûtes répercutaient des chants qui n'avaient rien de liturgique, braillés par une confrérie affublée de mitres et d'étoles puisées dans la sacristie, et de défroques des chanoines.

En guise d'encens, on faisait brûler le cuir et l'étoffe de vieilles savates. Debout sur l'autel encombré de cruches et de victuailles, une femme déguisée en évêque baragouinait un semblant d'office religieux en latin de fantaisie, avec des contorsions de saltimbanque. Un couple se donnait du plaisir dans le confessionnal.

— C'est de là, me dit maître Borzeix, qu'est parti le cortège de l'âne qu'on a enivré en lui faisant boire du vin.

Dans une insupportable cacophonie, de faux diacres avaient improvisé une carole endiablée, tandis que des chantres avinés entonnaient une antienne profane : *Haec est clara dies*... quand mon attention fut attirée peu après par un autre spectacle, tout aussi révoltant : quelques diacres titubants tournicotaient, avec des génuflexions et des signes de croix, autour de l'autel sur lequel on venait de placer, dans une panière d'osier, une poupée grotesque censée représenter le Christ enfant !

— C'en est trop ! dis-je à mon guide. Restez si cela vous chante. Moi j'en ai assez vu et entendu.

Il consentit à me suivre, mais insista pour que nous nous arrêtions dans un cabaret proche de la petite église Saint-Pierre où, portes ouvertes, on menait joyeuse vie. Je refusai de le suivre et usai de toute ma persuasion pour le ramener à son domicile avant qu'il ne fût ivre, ce qui m'eût attiré les foudres d'Hélène. Je repoussai les invites d'une prostituée qui nous promettait tous les plaisirs du paradis et à laquelle, si j'avais écouté mon beau-frère, il aurait cédé.

À peine arrivé, je m'engouffrai dans le jardin pour aller vomir et m'allonger sur la pelouse où je m'endormis, malgré le bruit de la querelle entre Hélène et son frère. Je ne me réveillai qu'à la nuit tombante, pour le souper auquel je ne goûtai que du bout des lèvres.

— Tu as trahi ta promesse, me dit Hélène. Je t'avais demandé de surveiller mon frère. Le résultat : vous revenez ivres tous les deux.

Je m'excusai piteusement, disant que nous avions été *entraînés*, mais que cela ne se reproduirait pas.

— Je l'espère bien ! me dit-elle. Je t'avais prévenu : cette cérémonie est odieuse. Je souhaite qu'elle soit de nouveau interdite par l'Église et les échevins, mais ils ne s'y résoudront pas, par crainte de provoquer une révolte dans le bas peuple...

Le lendemain, lorsque je remontai en selle avec mon chargement d'herbes invendues, la ville, comme balayée par une tornade, présentait un spectacle de désolation. Des gens dormaient encore, à même le sol, au milieu des porcs qui les reniflaient et grignotaient leurs vêtements. Des ouvriers de l'échevinage avaient commencé à déblayer les immondices jonchant la chaussée. La place du Civoire, presque déserte, avait pris l'aspect d'un champ de bataille, avec de faux cadavres vautrés dans leurs vomissures, autour de la barrique des échevins.

J'eus tout le temps, au cours de ce trajet, de méditer sur ce problème philosophique : savoir si l'on peut continuer, ne serait-ce qu'une journée l'an, à ouvrir les vannes aux instincts de la populace sans risquer qu'elle y prît goût et menaçât l'équilibre des institutions : les autorités civiles, l'Église et Dieu lui-même.

Je m'interrogeai sur la signification de l'expression dont Hélène avait usé pour qualifier cette cérémonie profane : la *lune des fous*, comme si cet astre pouvait être responsable de cet accès de démence collective. Je n'ignorais pas que ses changements de quart pouvaient susciter, notamment chez les femmes, d'étranges phénomènes que mes tisanes étaient impuissantes à soigner, mais j'étais incapable d'y reconnaître une corrélation avec les spectacles dont j'avais été témoin.

Lorsque j'arrivai à La Nadalie, Solange m'annonça que le vicomte Raymond attendait ma visite.

2

Une terre maudite

J'aurais dû, ce jour-là, invoquer je ne sais quel prétexte pour échapper à l'invitation du vicomte Raymond. La première idée qui me vint était qu'il comptait me faire de nouveau rencontrer quelque autre troubadour de passage, ce qui m'importunait car j'avais pris du retard dans mes cueillettes.

C'est un autre personnage qui m'attendait. Je ne pourrai, jusqu'à la fin de mes jours, effacer de ma mémoire son nom et son allure.

Garcia y Garcia Lopez de Claramonte, un nom qui fleure son grand d'Espagne, semblait le produit d'un conglomérat nobiliaire qui rendait un son fêlé. Lorsqu'il me dit son nom en caressant le petit-gris de son col, je faillis pouffer derrière ma main et le lui faire répéter, mais il n'avait pas l'air disposé à plaisanter avec un vilain de mon acabit.

Drôle de nom pour un personnage singulier... Avant que Raymond ne l'en eût prié, il nous confia qu'il avait perdu un œil dans une bataille contre l'émir de Cordoue, dans la sierra del Chorito. Il portait pour cacher son orbite creuse un bandeau noir délicatement bordé d'un fil d'or, qui donnait à son visage aux traits fins et secs une expression mystérieuse accentuée par son bliaut de velours vert sur les franges duquel couraient des caractères arabes.

Je me demandai ce que je pouvais bien avoir à faire avec cet étrange personnage qui, je fus surpris de l'apprendre, parlait notre langue avec une pointe d'accent de Catalogne, un pays dont il se disait originaire.

Je n'allais pas tarder à apprendre ce que le vicomte Raymond attendait de moi.

Il fit les présentations en me qualifiant de *maître troubadour,* ce qui était absurde, *renommé dans tout le royaume de France,* ce qui était pire. Je m'attendais à ce que l'illustre personnage qui paraissait nous tomber du ciel m'entretînt des motifs de sa présence. Il me dit en faisant quelques pas en ma compagnie dans le jardin :

— Troubadour... Écrire des poèmes, les dire et les chanter... Savez-vous que nous avons, en Catalogne, d'excellents poètes : Cerveri de Gérone, Guilhem Figueras... qui seraient ravis de vous rencontrer. J'ai moi-même longtemps rêvé d'être des leurs, de passer de province en province, de château en château, de séduire par mon chant, comme Orphée, de belles et nobles dames, mais Dieu en a décidé autrement.

Il s'arrêta, posa un pied sur le muret qui fait face à Linoire avant d'ajouter :

— C'est dans les armes que Dieu et ma famille m'ont poussé. J'ai vainement regimbé, mais, aujourd'hui, je ne regrette rien. Depuis quatre ans que je sers dans l'armée du roi d'Aragon, j'ai fait mon chemin. Après quelques exploits contre les Maures, on me tient comme l'un des meilleurs capitaines et propre à commander une troupe.

Je lui demandai ce qui nous valait l'honneur de sa visite. Il reprit sa promenade en direction de la tour de César.

— Le roi Alphonse, mon maître, me dit-il, m'a chargé d'une mission : recruter des hommes pour s'opposer aux Maures de Cordoue qui ont entrepris une nouvelle offensive pour se rapprocher des Pyrénées. Le danger est immédiat. Il va falloir agir vite et sans lésiner sur les moyens. C'est le sort de tout l'Occident chrétien qui est en jeu.

Les princes musulmans d'Andalousie venaient, m'apprit-il, de recevoir en renfort une armée de guerriers Almohades venus d'Afrique, ce qui laissait prévoir une offensive sur le Tage.

— La Chrétienté est plus que jamais menacée. Si le roi de France et les barons d'Aquitaine et d'autres lieux ne se mobilisent pas pour nous venir en aide, ils risqueront de voir les cavaliers de l'Islam chanter le nom d'Allah jusqu'aux portes de Paris, comme cela a failli se produire il y a des siècles ! Comment pourriez-vous imaginer, Peire Jouvenel, que la France, fille aînée de l'Église, fût violée par ces hérétiques ?

Je lui répondis que je ne pourrais que compatir si un tel désastre survenait.

— Compatir, cracha-t-il avec une expression de dédain, c'est un mot qui m'est insupportable. Vous pourriez faire beaucoup plus et beaucoup mieux. Laissez la compassion aux lâches. Si je suis ici, ce n'est pas pour essuyer des larmes de compassion mais susciter du courage.

Il posa sa main sur mon épaule avant de poursuivre :

— Je vous avoue, Peire Jouvenel, que je suis déçu par les débuts de la campagne de recrutement que m'a confiée le roi d'Aragon. On m'écoute débiter ma complainte mais, au moment de se décider à faire don de soi au Christ, plus personne ! J'ai fait la leçon à des centaines d'hommes de toutes conditions et me retrouve avec à peine de quoi constituer une modeste compagnie d'hommes attirés par la prime et pas par la gloire ! Une misère...

Bien que connaissant d'avance sa réponse, je lui demandai ce qui motivait ce long et beau discours. Il me fit face et pointa un doigt sur ma poitrine en me disant d'un ton un peu solennel :

— Peire Jouvenel, êtes-vous un bon catholique ?

— Ma foi, je crois l'être.

— Seriez-vous prêt à vous sacrifier pour votre Église et votre Dieu ?

— Si l'occasion se présentait, je n'hésiterais pas.

— Je n'en attendais pas moins de vous, mon ami. Eh bien, cette occasion, je vous l'offre ! Le vicomte Raymond m'a parlé de vous en termes chaleureux. Pour sa famille, vous faites figure de héros. Il y a de cela quelques années, vous vous êtes battu avec une belle énergie contre le brigandage, ce fléau qui désole vos contrées, et...

Je l'interrompis d'un geste péremptoire et ajoutai :

— Vous l'avez dit : il y a *des années*, alors que j'étais encore pétri d'énergie et de courage. Aujourd'hui, la quarantaine venue, je suis presque un vieil homme.

Il éclata de rire.

— Allons, Peire Jouvenel ! Vous êtes encore, à ce qu'il semble et ce que l'on m'a dit, dans la force de l'âge. Il suffit de voir votre mine. Alors parlons clair ! Ce que j'attends de vous, c'est un engagement dans les armées de mon roi. La prime est immédiate et la solde généreuse, avec en plus des gratifications pour chaque campagne, et du butin en veux-tu, en voilà !

— Monseigneur, cette offre me flatte, mais je ne puis y donner suite.

Il poursuivit, comme si mes propos lui avaient échappé :

— J'obtiendrai pour vous un grade de capitaine d'une compagnie d'archers, un logement au palais...

Las de ce pathos et perdant patience, je lui fis comprendre d'un ton sec que la seule mission que j'aurais pu assumer aurait été les soins à donner aux blessés, ce que n'importe quel homme de l'art pourrait faire à ma place. Je refusais de me séparer de ma famille et de mon métier.

— D'ailleurs, ajoutai-je, vous vous trompez sur mon compte : je déteste la guerre. Si je me suis battu et si j'ai tué des hommes, c'était poussé par la nécessité.

Il me toisa d'un œil sévère, les traits crispés par une onde de colère, avant de lâcher :

— Maître Jouvenel, vous me décevez ! Dois-je comprendre qu'il me faudra vous ranger parmi les pleutres et les lâches qui se sont dérobés à cette sainte mission ? J'ai peine à le croire ! Alors, je vous en conjure, réfléchissez. Je vais rester quelques jours en ces lieux. Si vous changez d'avis, vous saurez où me trouver.

Je le saluai et m'en fus, le laissant méditer sa déconvenue. Je trouvai Raymond devant la chapelle et, encore animé par la colère, je lui lançai :

— Messire, je vous reproche de m'avoir fait passer pour un héros. Comment avez-vous pu concevoir que je puisse me laisser berner par ce va-t-en-guerre, cet hidalgo, ce...

Il se gratta la barbe d'un geste furieux.

— Si je comprends bien, Peire, tu as refusé son offre ? En acceptant tu aurais pu revenir quelques années plus tard cousu d'or et de gloire.

— Ou ne pas revenir... Merci du cadeau ! Faire fortune, messire, ne m'a jamais tenté. Faire une bonne récolte suffit à ma gloire.

Avec un sourire ironique, il me décocha la flèche du Parthe :

— Je sais ce qui te retient de partir : il t'en coûterait trop de te séparer de cette bâtarde de Jordane !

— Ne la mêlez pas à cette affaire, je vous prie. Elle n'est pour rien dans mon refus.

— Voire...

Je haussai les épaules, le plantai là et, sans daigner le saluer, je remontai sur mon cheval.

J'étais prêt à oublier cet incident et ma rancune contre Raymond, quand, un matin où je récoltais mes herbes, je vis Jordane surgir à cheval par le sentier qui mène à la Tourmente. Elle paraissait très agitée, mais pas contre moi.

— Ce Garcia *de je ne sais quoi*, me dit-elle en maîtrisant mal son indignation, ce prétendu grand d'Espagne, il se croit tout permis ! Qu'il ait des exigences quant à son confort, comme s'il se prenait pour le roi d'Aragon, importe peu. Qu'il me poursuive de ses assiduités, comme si j'étais sa servante ou une catin, holà, bas les pattes, monseigneur ! Je l'ai envoyé paître. Il l'a pris de haut. Je l'ai giflé !

— Diable... Tu as giflé l'émissaire du roi d'Aragon, un grand d'Espagne...

— ... qu'il n'est pas ! Nous avons fini par comprendre que ce Garcia est un de ces vulgaires aventuriers de grand chemin qui se font héberger gratis. Je le soupçonne même de ne recruter que pour son propre compte, afin de constituer une bande, peut-être à la solde d'un Plantagenêt...

— Qu'est-ce qui te faire croire ça ?

— J'ai tiré les vers du nez à son écuyer, un nommé Olivier, après l'avoir fait boire en l'absence de son maître, et en l'aguichant un peu. Eh bien ! Ce Garcia *de je ne sais quoi* n'est pas plus espagnol que je ne suis flamande. Ce petit hobereau du Béarn a perdu un œil dans une rixe de cabaret, pas dans une bataille contre les Maures ! S'il a des airs de grand d'Espagne, il n'en a pas la chanson. L'habit ne fait pas le moine, comme on dit.

Je lui demandai si elle avait informé Raymond de cette révélation.

— Je m'en suis bien gardée ! Il l'aurait mal pris. Il est aux petits soins pour ce brigand qui flatte son orgueil. Il l'accompagne dans les parages pour l'aider à recruter, mais sans succès. Ils n'ont pu berner que deux brassiers sans travail à Nazareth et un idiot de village, à Gernes !

Elle ajouta :

— Il y a plus grave. J'ai informé Raymond de la cour que me faisait Garcia en lui demandant de l'en décourager. Lorsque cet aventurier a appris par son hôte notre liaison, il a pris la mouche, disant qu'il ne se laisserait pas damer le pion par un vilain. Peire, tu l'as d'abord déçu en lui refusant tes services, et une autre fois en te trouvant en travers de sa route. Je crains qu'il ne te cherche noise avant de repartir. Il en est capable.

Elle m'apprit que, la veille, Garcia avait plumé Raymond d'une vingtaine de livres aux dés.

— Ce misérable a triché ! Ses dés, plus gros que les nôtres, sont de véritables bijoux d'ivoire, cousus dans une peau de colibri avec des fils d'araignées africaines. C'est du moins ce qu'il dit ! Il prétend que ce petit trésor fait partie du butin enlevé à un prince maure. Je crois plutôt que c'est le fruit d'un larcin...

Un matin, alors que je sarclais mes oignons, je dressai l'oreille, alerté par un cliquetis de harnais. Je vis surgir sur le sentier de la Tourmente un groupe de cavaliers suivis d'un piéton. En détendant mes reins moulus, je m'apprêtais à leur demander le motif de leur visite quand l'un des cavaliers lança sa monture par-dessus le portillon. J'appelai Solange et lui demandai de prévenir Monteil qu'un danger me menaçait.

Quand cet intrus rabattit sa capuche, je reconnus Garcia. Il mit pied à terre et me lança :

— Salut, bonhomme ! Ne sois pas surpris si je viens te faire mes adieux.

— Rien ne t'y obligeait, lui répondis-je sans me démonter, mais je te souhaite bonne route.

Il ne parut pas, et pour cause, surpris de ce tutoiement. Sans descendre de cheval, il parcourut mes plantations de son œil unique et me dit d'un air fourbe :

— Compliments, Jouvenel ! Ce jardin te fait honneur. Je dois convenir que tu fais meilleure figure au milieu de tes légumes que tu ne le ferais dans une armée. Si je me suis trompé sur ton compte, c'est la faute de cet imbécile de Raymond. Pourtant ton refus et ton arrogance m'ont humilié comme si tu m'avais jeté ton gant à la figure, à supposer que tu en aies jamais porté, sauf pour ramasser les orties et les ronces. Ça mérite une leçon.

Il fit signe à sa suite de le rejoindre. Je vis avec stupeur ses cavaliers sauter par-dessus la palissade et, en prenant leur temps, comme pour une promenade, piétiner mes parcelles.

Pris d'un accès de fureur, je brandis ma houe et en assenai un coup sur le naseau du cheval monté par Garcia. Ce pauvre animal hennit et cabra si violemment que son maître se retrouva, cul par-dessus tête, sur un monceau de feuilles pourries. Il se releva avec un mauvais sourire, nettoya sa tenue d'un revers de main et me dit :

— Jouvenel, voilà un geste d'humeur qui va te coûter cher. Notre ami Raymond m'a appris que tu savais te battre à l'épée. Cela va te servir, mais je te préviens : je suis moi aussi une fine lame. Les Maures pourraient te le confirmer.

— À d'autres ! Tu ne t'es pas battu contre les Maures, pas plus que moi contre les Ostrogoths ! Balivernes ! Si tu cherches à me provoquer en duel, soit, je suis ton homme, mais accorde-moi quelques instants.

— Le temps de faire ta prière avant le grand saut ?

— Nous verrons ça plus tard. Je te propose d'abord de goûter de mon vin. Nous aurons besoin de quelques rasades pour nous mettre en condition. Attends-moi dehors.

J'avais imaginé cette manœuvre de manière à gagner du temps : celui de voir surgir le renfort que Solange était allée quérir. Je soupirai d'aise lorsqu'il me donna son accord. J'entrai dans ma maison et le fit lanterner sous prétexte de tirer de mon barillet deux cruchons et de chercher les gobelets. Je l'entendais bougonner :

— Eh bien ! Que fais-tu ? J'ai une longue route à faire avant la nuit.

En me désaltérant, je reconnus Olivier, l'*écuyer* de Garcia ou plutôt son homme de main, et l'idiot de Gernes qui, lui, était à pied. Les autres devaient être des volontaires racolés pour la grande aventure promise.

— Assez lambiné ! s'écria Garcia. Il est temps de passer aux choses sérieuses. Merci pour le vin. Va chercher ton épée et finissons-en.

— Mon épée ? Tu en as de bonnes ! Encore faut-il que je la trouve. Ce n'est pas tous les jours que je me bats en duel, et contre un grand d'Espagne en plus. Je n'en ai pas pour longtemps. Elle doit être au grenier, sous les cosses de pois, un peu rouillée peut-être, depuis le temps qu'elle n'a pas servi.

Je mis plus de temps qu'il n'était nécessaire à trouver mon arme, placée sous mon lit et en bon état. Au retour, je me donnai le plaisir de narguer mon adversaire.

— Je sais bien ce qui t'incite à me provoquer. D'abord mon refus de croire à tes sornettes, mais ce qui t'a le plus humilié, c'est la résistance de Jordane. On voit bien que tu ne la connais pas ! Elle ne se donne pas au *premier venu.*

Je crus que, frappé par cette insulte, il allait, sans préliminaires, bondir sur moi.

— En garde ! rugit-il. Je vais te faire rentrer tes insultes dans la gorge.

Je n'allais pas tarder à comprendre que je n'avais pas affaire à un novice. Je n'en étais pas un non plus, mais je n'avais pas sa science, loin de là. Je me dis que, si je voulais m'en tirer à mon avantage, j'avais intérêt à gagner du temps. Je gardais l'oreille aux aguets, dans l'attente de la rumeur annonciatrice des secours.

J'eus d'emblée un coup heureux lorsque la pointe de

mon épée lui arracha le col en faisant jaillir le sang. Il riposta avec une telle fureur que je vis ma dernière heure arrivée. Ses charges brutales me contraignirent à des feintes qui ne faisaient que l'irriter. Un de ses coups déchira ma souquenille et me fit une si large balafre que je me crus fendu en deux comme un porc sur l'échelle.

Le duel me parut si long que je me vis perdu, quand je perçus la rumeur attendue, ce qui me ragaillardit. Je lançai à mon adversaire :

— Tu n'as plus beaucoup de temps, misérable imposteur ! Écoute ce qui vient...

Il fit trois pas en arrière, la garde basse, et soudain fit signe à sa compagnie de remonter en selle et de déguerpir. Avant de faire de même, il se rua sur moi pour tenter d'en finir. Un coup magistral fit voler mon épée dans un carré de choux. Saisissant une fourche, je parvins à le tenir à distance, le temps de voir surgir mes sauveteurs, hurlant et brandissant qui une hache, qui une faux, qui une faucille. Il sauta en selle et me lança :

— Nous nous reverrons, Peire Jouvenel !

— Voilà qui me surprendrait ! C'est l'enfer qui t'attend, et tu ne m'y trouveras pas.

Ma blessure étant plus profonde que je ne l'imaginais et m'ayant fait perdre beaucoup de sang, Solange s'alarma. Gémissante, elle se fit aider de Luce Monteil pour me bander la poitrine et le ventre, si bien que je devais ressembler à ces momies que des croisés ramènent d'Égypte.

Lorsque, le lendemain, je me levai en m'aidant d'une canne, un spectacle affligeant m'attendait : mon potager et mon *herborium*, piétinés par les chevaux, n'étaient qu'un hachis, une désolation. Des semaines de travail perdus, tout à reconstituer...

En proie au découragement, je retournai à mon grabat. Solange me prépara une infusion de mélilot sucrée au miel de tilleul pour me calmer. De toute la nuit qui suivit, elle resta allongée le long de ma couche, sur une natte de jonc, enveloppée d'une couverture, comme un chien au pied de son maître. Sa main prenait la mienne lorsque je geignais ou se posait sur mon front pour mesurer ma fièvre.

Deux jours plus tard, alertée, je suppose, par les Monteil, Jordane vint me rendre visite et ne s'attarda pas. Prise d'une violente colère contre Garcia et contre Raymond, elle me dit que cette affaire n'allait pas en rester là et qu'elle allait en informer la justice. Le brigand courait encore ? Eh bien ! on le rattraperait, on le jugerait, et ce serait la corde pour lui et ses complices.

— Nous savons où il se rendait : au château de Malemort. Il ne s'en est pas caché. S'il y séjourne une semaine, comme chez nous, il sera facile de lui mettre la main dessus. Je veux être la première à le voir les mains liées et à lui cracher à la figure !

Je la conjurai de s'abstenir. Ces gens étaient dangereux et avaient l'habitude de se battre. J'en avais la preuve...

Une semaine plus tard, elle m'annonça que la petite bande avait été capturée à Bréniges, avant-poste fortifié du château de Beaufort dominant le village de Malemort, et conduite à Brive pour y être jugée. Jordane avait tenu, malgré les réserves de Raymond, à participer à cette expédition.

Elle jeta sur mon grabat la ceinture de Garcia, qu'elle lui avait arrachée de ses mains après qu'on l'eut ligoté : elle était tapissée de pièces d'or et de quelques bijoux.

— Pour toi, me dit-elle en m'embrassant sur le front. Tu as bien mérité cette récompense.

Avec une fougue qui me ravit, elle me raconta son expédition nocturne.

Raymond avait réuni une dizaine de chevaliers, ceux de sa mesnie et les autres venus de Linoire et de Valeyrac. Ils avaient surpris les brigands à l'aube, alors que, remontant le cours de la Corrèze, ils se dirigeaient vers la citadelle de Cornil. La bande n'avait pas opposé de résistance à ses agresseurs.

— Lorsque nos hommes se sont rendus maîtres de Garcia, ajouta Jordane, je me suis approchée, lui ai arraché son coutelas de la ceinture et le lui ai enfoncé dans la cuisse en lui jetant au visage : « De la part de Peire Jouvenel ! » Il a hurlé comme une bête blessée et m'a insultée.

Pour ne pas alarmer Hélène, j'avais jugé bon de ne pas l'informer de cet incident. Quelqu'un d'autre, je ne sais qui, le fit à ma place. Elle sauta immédiatement en selle et galopa d'une traite jusqu'à La Nadalie.

Elle gémit en me voyant allongé sur mon grabat que j'avais fait transporter sous le tilleul, emmailloté dans ma charpie. Elle m'embrassa avec une fougue qui raviva ma blessure, et me dit :

— Décidément, tu joues de malchance. Il semble que ce lieu soit maudit et que tu en sois la victime.

Je n'étais pas loin d'en être convaincu. Encore sous le coup de la colère, dans les jours qui avaient suivi mon agression, je me dis qu'une sorte de fatalité s'attachait à ces lieux, pourtant favorables à mes goûts et à mes activités, mais qu'il eût été absurde d'abdiquer.

— J'avoue, lui dis-je, avoir été en proie au découragement et sur le point de baisser les bras en voyant mes parcelles saccagées par les chevaux. Aujourd'hui, j'ai repris confiance. Le vicomte m'a rendu visite avec sa jeune épouse, Élise, et m'a encouragé à persévérer.

Elle pouffa de rire.

— Persévérer... Il en a de bonnes, notre vicomte ! Il aurait dû lui-même retrousser ses manches et mettre les mains à la pâte pour t'aider, mais les conseilleurs ne sont pas les payeurs ! Le mieux que tu aies à faire est de quitter ces terres maudites et cette maison, qui ne t'ont guère apporté qu'un travail harassant et des soucis.

— Mais que pourrais-je faire d'autre ?

— Tu sais bien que tu as ta place à la saboterie. Mon frère t'attend, et moi de même. Il me parle de toi comme de la seule personne capable de prendre notre affaire en main. Tu mènerais une vie tout aussi laborieuse mais plus agréable et moins dangereuse que dans ce désert. Réfléchis, Peire...

C'est ce que je fis, ballotté entre ces deux perspectives, prenant une décision et l'éliminant un moment plus tard, sans parvenir à me décider. Suivre les conseils d'Hélène, accepter de vivre une existence stable, dotée de quelques agréments qui me manquaient à La Nadalie, c'était renoncer à mes herbes et aussi couper les ponts avec Jordane.

Un autre avantage, pour le cas où je donnerais satisfaction à Hélène : me rapprocher de Vital. Il était bien noté à l'école de grammaire de la collégiale mais de santé fragile, l'air confiné de la ville, la proximité du cimetière d'où montaient des émanations malsaines, lui causait des troubles. Il ne manifestait guère d'appétit, ce qui nous inquiétait pour sa croissance. Il allait avoir treize ans.

Je redoutais que, dans leurs navettes, Hélène et Jordane n'en vinssent à se rencontrer – j'allais écrire à « se heurter ». Je redoutais cet événement, mais il me paraissait inévitable. Comment aurais-je pu les prier d'espacer leurs visites pour limiter les risques d'une confrontation involontaire ?

À ces soucis s'ajoutait un état d'esprit aberrant. Rester le cul sur un banc m'humiliait. Pour remettre de l'ordre dans mon jardin, j'avais fait confiance à ma sœur Solange et à Luce Monteil ; elles ne ménageaient pas leurs efforts, mais me donnaient rarement satisfaction, exigeant que je suis. J'aurais dû être déjà en selle pour battre la campagne et faire des cueillettes de plantes sauvages, mais ma convalescence m'imposait de ne pas bouger.

J'occupai une partie de ces longues heures à vaincre mon ennui en composant des poèmes et à les mettre en musique en m'accompagnant de ma vielle. Ils étaient si médiocres que je renonçai à les transcrire sur le papier.

Si Jordane ne pouvait concevoir mon départ de La Nadalie, Hélène m'en démontrait la sagesse. J'étais pris avec de plus en plus d'intensité chaque jour entre ce que me dictait la raison et ce que réfutait la passion.

Le hasard allait trancher pour moi ce nœud gordien.

Le printemps connut une chaleur précoce et une telle sécheresse, après un hiver rigoureux, que le spectre de la disette, peut-être celui de la famine, se dessinait déjà.

La terre se craquelait et les chemins brûlaient mes pieds nus comme les pavés de l'enfer. J'avais un avantage sur les gens des collines : je bénéficiais, pour ainsi dire devant ma porte, de l'eau de la Tourmente, nécessaire à des arrosages parcimonieux.

Les fontaines s'asséchaient. On ne remontait du puits du château, réputé intarissable, qu'une eau saumâtre qui sentait le salpêtre. Certaines fontaines, celles du causse en particulier, n'offraient plus que de la vase. Des champs de céréales on ne tirerait pas la semence, si cette canicule persistait.

On a vu arriver au Marchadiol, un dimanche, une théorie de malheureux éleveurs de Sarrazac venus vendre ce qui restait de leur troupeau : une dizaine de moutons et de chèvres squelettiques. Comme ils n'avaient pas trouvé preneurs, ils avaient égorgé ces pauvres bêtes et les avaient laissées sur place avant de repartir.

Moins affectés par la sécheresse, les gens de la vallée, tributaires comme moi de la Tourmente, commençaient à s'inquiéter en voyant baisser son niveau et affleurer ses cailloux et ses herbes. Il y eut des disputes puis des rixes lorsque le partage de l'eau créait des différends.

Assaillis par cette marée de miséreux, les établissements

religieux, leurs réserves épuisées, avaient fermé leurs portes, et faisaient, dans le silence de leur chapelle, des prières pour la pluie. De même au château où la porte du bas était sévèrement gardée depuis que des paysans ivres de faim, repoussés sans ménagement, avaient tenté d'y mettre le feu.

Des gens du village de La Vigère, du Cheyrol et de Billet avaient organisé de nuit une expédition avec des charrettes chargées de futailles vides et de divers récipients, jusqu'à des pots à pisser, pour aller voler de l'eau à la fontaine de Briat qui, comme le puits du château de Turenne, était réputée intarissable. Ils avaient trouvé les gens de Briat, alertés par les lanternes de cette caravane, faisant bonne garde autour de leur trésor.

L'expédition avait préféré rebrousser chemin plutôt que de déclencher une bataille rangée.

À la requête de Jordane, je participai sans conviction à la procession destinée à obtenir du ciel qu'il ouvrît ses vannes et à Dieu qu'il se penchât sur la misère des hommes. Partie de l'église du Marchadiol, elle descendit, par une chaleur à griller les lézards, dans la rumeur des cantiques, jusqu'au moulin de Chanterâne, puis elle remonta vers le château par La Borie et La Grange-Rouge. Pour l'occasion, on avait fait porter par deux hommes la châsse abritant une côte de saint Martial. Cette relique avait été prélevée sur ses restes cachés jadis dans la chapelle castrale, pour les cacher aux invasions barbares.

Il y eut le soir même un bel orage, mais sans une goutte d'eau. Trois jours plus tard, en revanche, le ciel se montra plus clément. Dans la soirée, une tornade éclata, accompagnée d'une forte averse. Des scènes d'hystérie saluèrent le miracle. À Collonges, à Beynat, des femmes dansèrent en chemise sous la pluie.

Je passais la plupart de mes nuits sur le qui-vive.

Monteil m'avait donné un de ses chiens pour remplacer celui que des brigands avaient massacré quelques années auparavant. César, brave animal, avait tout d'un concierge mais rien d'un gardien. La nuit, il ne faisait que grogner au passage d'un renard ou d'un blaireau. Je ne le gardais que par pitié et par affection.

Il ne restait, de mes parcelles de légumes et de racines, que de quoi ne pas mourir de faim. Je les entretenais tant bien que mal, plutôt mal que bien, en les arrosant d'une eau bourbeuse puisée dans un trou de la Tourmente que j'étais seul à connaître et que je distillais pour la soupe et les tisanes.

Une nuit, alors que la moiteur de l'air m'indisposait et que je n'arrivais pas à trouver le sommeil, j'entendis César grogner d'une façon inhabituelle, avec quelques aboiements. Je pensai au passage d'une sauvagine et ne daignai pas prendre en compte cet avertissement.

Ce n'est qu'un moment plus tard, alors que je me rendormais, que je fus réveillé en sursaut par les piaillements de ma volaille. Je me levai d'un bond. À peine la porte ouverte, je me trouvai nez à nez avec deux hommes dont l'un tenait un coutelas et l'autre une faucille.

Derrière eux, mon jardin avait l'apparence d'un théâtre d'ombres dont les acteurs s'activaient à déraciner ce qui restait de mes plantations, tandis qu'un autre groupe, où je distinguais des voix de femmes, faisait main basse sur ma volaille et mes lapins.

J'appelai César ; il ne répondit pas. Je demandai à l'homme armé d'un coutelas ce que ces gueux avaient fait de lui. Il me répondit avec un gros rire, en portant sa main à sa gorge :

— Ce que tu en aurais fait à notre place. Il était trop bavard. Rassure-toi : il a pas souffert...

À son accent, je compris que j'avais affaire à des gens du causse, une engeance de bonne compagnie en temps normal mais des sauvages à l'occasion, et l'occasion présente était pour eux de voler ou de crever. Je les rencontrais souvent sur le Marchadiol, noirs comme des Maures, engoncés dans leurs peaux de moutons, appuyés des deux mains sur leur gourdin, immobiles et taciturnes devant leurs panières de petits fromages secs comme la pierre.

L'idée me vint de m'armer de mon épée, mais, à peine

avais-je tenté de refermer ma porte, l'homme à la faucille me dit d'un ton sans réplique :

— Jouvenel, un geste de plus et tu es mort ! Je le regretterais, parce qu'on n'a rien contre toi, mais tu sais pas ce que c'est que d'avoir faim et soif, avec des gosses qui n'arrêtent pas de *gimer* et de crever lentement sans que tu puisses rien faire. Alors, nous garde pas rancune. On va te laisser quelques racines. Et prie comme nous pour que Dieu nous envoie la pluie.

La mort dans l'âme, je les laissai mener à bien un pillage qui allait me rendre presque aussi misérable qu'eux. Que faire d'autre ? Même avec mon épée, je n'aurais pu les disperser, plus nombreux que moi qu'ils étaient. Ils m'auraient tué, comme ils l'avaient fait pour mon chien.

L'homme au coutelas me demanda si je n'avais pas un gobelet de cidre à leur offrir. Je les laissai entrer, rallumai ma chandelle et soutirai de mon barillet de quoi les désaltérer. Ils m'en remercièrent.

— Jouvenel, me dit l'homme à la faucille, nous te bénissons. Grâce à toi, nous allons survivre quelques jours de plus.

À une semaine de là, je reçus la visite d'un moine juché sur une mule étique chargée de bastes de vannerie.

Il me dit venir du monastère de Vigeois pour collecter à travers la vicomté, à la grâce de Dieu, de quoi éviter à la communauté de mourir de faim.

Je venais de finir ma sieste et, dans l'attente de l'illusoire fraîcheur du soir, n'ayant rien d'autre à faire, je me reposais sur mon banc en lisant Virgile. Mon visiteur s'assit près de moi et, montrant ma cruche de cidre à demi pleine, me dit :

— Soyez charitable pour un pauvre moine assoiffé comme s'il venait de traverser un désert de Palestine, et dont la gourde est vide.

Je l'autorisai d'un geste à vider ma cruche. Il le fit d'un trait et ajouta :

— Mille grâces, mon fils, Dieu vous le rendra au centuple !

Il me dit s'appeler Geoffroy. C'était un petit homme au visage rond et rose comme une pomme sous son chapeau de paille. Il avait fait un long chemin pour n'apporter à Vigeois que le fond de baste d'un grain charançonné et quelques oignons.

Je l'invitai à entrer pour lui offrir une autre cruche de cidre, avec du pain et du fromage. Il avait paru surpris en me voyant lire *Les Bucoliques*, de Virgile, mais plus encore en apercevant sur mon pupitre une liasse, un encrier et un calame.

— Surprenant, murmura-t-il. Vous savez donc lire et écrire ? Voilà qui m'intéresse. Où avez-vous été enseigné ?

Je lui parlai de l'école de grammaire de Saint-Martial. Lui-même, me dit-il, y avait reçu ses premières leçons. Il ajouta avec un rire en forme de grelots :

— Il faut que je vous dise : votre passion pour l'écriture, je la partage. Je travaille à une chronique en prose sur les événements de naguère et de nos jours. Vous pourriez y découvrir les faits et méfaits des seigneurs de notre province : ceux de Limoges, de Comborn, de Turenne et autres lieux. Certains épisodes relèvent de la chanson de geste...

Il me demanda si je connaissais Vigeois. Alors que nous vivions à Uzerche, mon père m'y avait conduit sur une charrette de livraison de peaux. J'avais gardé en mémoire l'image d'une forte église de pierre rosâtre, comme celle de Collonges, mais ne me souvenais pas du monastère. Il était alors en pleine déréliction, me dit Geoffroy. Les moines s'étaient livrés aux pires dérèglements. Certains, désertant leur communauté, avaient constitué des bandes et attaquaient des convois sur la route de Limoges. Les autorités épiscopales y avaient mis bon ordre, et la vie, grâce à Dieu, y avait repris un cours normal.

Geoffroy me dit avec un air gourmand :

— J'aimerais que vous me lisiez une de vos œuvres.

Je commençai à lui lire un de ces poèmes médiocres que j'avais hésité à détruire, afin de savoir s'il pouvait y trouver une once de talent. J'en étais à la troisième strophe, quand je le vis dodeliner de la tête puis la laisser tomber dans ses bras repliés sur la table. Sans interrompre ma lecture, je le soulevai aisément dans mes bras et l'allongeai sur le grabat.

Je profitai de son sommeil pour m'occuper de sa mule

dont la langue pendait. À l'approche du soir, sous une taie de nuages grisâtres, la chaleur perdait de son intensité et il soufflait même une brise délicate comme une caresse et qui sentait la pluie.

Mon petit moine se réveilla lorsque l'omelette aux cèpes flatta ses narines. Je devais ce régal à Monteil qui m'avait cédé un coq et trois poules dont les œufs constituaient une bonne part de ma subsistance. Geoffroy bâilla et se montra confus d'avoir cédé à la fatigue.

— Ôtez-moi d'un doute, me dit-il. Cette odeur d'omelette qui m'a bouleversé vient-elle de mon rêve ou de la réalité ?

— Je vous invite à répondre vous-même, mais je vous préviens, ce sera à la fortune du pot. Il n'y aura rien d'autre qu'une soupe d'orties, cette omelette et une salade.

— Bénie soit cette *fortune du pot* ! Cela fait des années, il me semble, que je n'ai pas fait un vrai repas.

Dans son empressement, oubliant le bénédicité, il lampa sa soupe avec gloutonnerie, dévora l'omelette aux cèpes séchés et fit, pour accompagner ma salade d'herbes, une large brèche dans ma tourte de pain de seigle.

Une petite pluie commençait à crépiter sur le toit, quand, oubliant mon poème, il m'entretint de sa chronique dont il avait commencé la rédaction deux ans plus tôt.

— S'il vous arrive de la lire, me dit-il, vous serez surpris des mœurs de cette province, de la cruauté et de la perversité de nos châtelains. Chaque jour ou presque, j'en apprends sur eux, et de belles ! J'ai l'impression d'animer un théâtre de marionnettes où chacun s'efforce de dépasser les autres par ses méfaits. Notre Sainte Église a beau se gendarmer, elle demeure impuissante. *Vox clamentis in deserto...*

Il réclama du cidre et ajouta :

— Vous qui connaissez Uzerche, vous avez peut-être aperçu le château de Comborn, ce nid d'aigle, dans les gorges de la Vézère. Ma chronique raconte les sinistres exploits de ces grands prédateurs, mais il y faudrait des livres ! Ce n'est qu'embuscades, enlèvements, séquestrations, demandes de rançons, égorgements, tortures... Ces gens semblent se complaire dans le péché et le crime. Quand j'évoque leurs turpitudes, j'ai l'impression de tremper mon encre dans du sang.

Il me raconta une étrange histoire que venaient de lui rapporter des pèlerins d'Angleterre se rendant à Compostelle.

Alors qu'ils se trouvaient à Londres, au nord de la Tamise, ils avaient vu, à la nuit tombante, une étrange lueur illuminer le ciel et en surgir un navire volant qui descendit jusqu'à presque toucher terre. Il en était sorti par une échelle d'étranges personnages qui, affolés par la ruée des curieux, s'étaient empressés de remonter dans leur engin pour disparaître dans les nuages.

Il me demanda ce que je pensais de ce phénomène. Je doutais de sa réalité : soit les pèlerins avaient bu trop de bière, soit c'étaient des conteurs de sornettes. Il croyait, lui, dans sa naïveté, à une apparition de la Vierge, comme cela se produisait souvent, et encore récemment à Vespace, dans les parages de Saint-Céré, où il avait prévu de se rendre.

Geoffroy dormit toute la nuit comme dorment les saints anges auxquels Dieu donne licence de reposer aux pieds de la Vierge pour veiller sur son sommeil. Il était si las qu'il en avait oublié ses prières du soir, que je fis pour lui en lui souhaitant de retourner à Vigeois avec ses bastes pleines de grain et sa tête de nouvelles histoires.

Mon manque d'énergie s'opposait à l'optimisme et au courage de Luce Monteil. Elle avait décidé, sans que je l'y eusse encouragée, de reconstituer mon potager.

Dès l'aube, sa houe sur l'épaule, elle m'arrachait à mon sommeil. En mangeant ma bouillie d'orge, je la regardais par la porte ouverte manier son outil en chantonnant. Je maudissais le hasard qui lui avait donné cette allure de matrone et ce visage disgracieux. Aurait-elle eu, me disais-je, la beauté de Jordane et l'esprit d'Hélène, j'en aurais sûrement fait ma compagne, peut-être mon épouse.

J'avais eu, durant les mois de la grande famine, quelques visites de Solange, venue de Brive montée sur Jasmin. Avant le pillage de mes jardins par les gens du causse, elle ne repartait pas les mains vides, avec en plus l'argent prélevé dans la ceinture de Gracia, car, en ville, les denrées avaient atteint des prix prohibitifs.

Par bonheur, la pluie nous revint et, avec elle, une promesse de récoltes à laquelle Luce croyait, mais qui me semblait illusoire, tant la terre avait été calcinée. Le vicomte Raymond avait entrepris une expédition punitive contre les gens du causse et quelques autres bandes nées de la famine. Il avait fait dresser des gibets dans les villages, si bien que l'on ne pouvait se déplacer de quelques lieues sans voir pourrir des pendus et respirer leur puanteur.

Il en était résulté une paix précaire, d'autant que, les saisons ayant retrouvé leur équilibre, la situation s'améliorait. Nous étions comme à l'issue d'une bataille, devant un champ de ruine et de mort.

Le hasard allait provoquer l'affrontement que je redoutais entre ma femme et ma maîtresse. Il se produisit à la mi-juillet, alors qu'ayant retrouvé quelque énergie j'aidais Luce à arroser mes salades.

Jordane arriva la première. À voir son cheval efflanqué, je me dis qu'il ne devait pas avoir tous les jours son picotin, car, à peine entré dans l'enclos, il se mit à brouter les feuilles sèches de tilleul qui jonchaient le sol.

Jordane était d'humeur acariâtre. D'accord avec son époux, la dame Élise avait renvoyé dans leur famille trois servantes et autant de petits valets pour réduire le nombre de bouches à nourrir dans la mesnie. Elle grignota en faisant la grimace une galette faite d'une farine mêlée de raclures, d'orties et de paille, que Luce avait prélevée dans la huche des Monteil.

Nous étions seuls, Luce faisant ma lessive dans la Tourmente, mais l'idée de faire l'amour ne parut pas l'effleurer, et moi pas plus qu'elle. Assise à mon côté, sous le tilleul, sa tête contre mon épaule, elle me parla de la vie sinistre qu'elle menait au château, du fait des privations imposées par la canicule. Elle avait l'impression, à la table du souper, plus maigre qu'elle ne l'avait jamais été, d'assister à une veillée funèbre. Le soir où Raymond avait dû refuser son hospitalité à un troubadour venu de Provence, Raimbaud d'Orange, et à ses deux jongleurs, un homme et une femme, elle lui avait fait une scène et avait couru rattraper ces malheureux pour leur porter le pain et la viande de son souper.

Elle s'apprêtait à repartir quand, le cœur battant à se rompre, je vis surgir Hélène, montée sur Jasmin. Ma première réaction fut de demander à ma maîtresse de filer par l'arrière de la maison donnant sur la rivière, mais c'eût été une humiliation et une précaution absurde, car sa monture aurait trahi sa présence.

Hélène descendit de cheval, le prit au mors et lui ouvrit le portillon. À peine avait-elle fait trois pas, elle tomba en arrêt devant celui de Jordane, attaché à une basse branche du tilleul. Loin de battre en retraite, elle vint droit vers nous. Je ne sus que faire. Tenter une présentation eût été stupide ; me retirer eût été lâche. Hélène vint à mon secours et me lança avec un sourire narquois :

— Peire, toute présentation serait inutile, je suppose, mais il me semble que l'une de nous est de trop. À laquelle vas-tu donner congé ? À moi ou à cette... créature ?

J'allais protester contre cette mise en demeure péremptoire, quand j'entendis Jordane balbutier :

— Madame, puisque vous jugez ma présence importune, je puis me retirer.

— Attendez un peu ! s'écria Hélène. Dieu sait que nous avons beaucoup à nous dire. Alors, je vous en prie, mettons-y les formes.

Elle ajouta à mon intention :

— Peire, *mon amour,* aurais-tu l'obligeance de donner à boire à Jasmin et de nous servir de ton cidre ? Cette chaleur est atroce, ne trouvez-vous pas, mademoiselle ?

Je fis ce qu'elle me demandait. En revenant, je trouvai Hélène assise sur le banc, sereine, contrairement à Jordane qui paraissait ronger son frein, ne sachant si elle devait partir ou non. Hélène me lança :

— Peire, ne reste donc pas debout comme la tour de

César ! Sers-nous de ton cidre et bavardons. Assieds-toi entre nous, tiens.

Je m'exécutai. Elle éclata d'un rire discret avant d'ajouter :

— Il semble, *mon chéri,* que tu sois dans tes petits souliers. On le serait à moins. Je ne puis prétendre être ravie de cette rencontre mais le hasard, en nous mettant au pied du mur, va nous permettre de clarifier une situation qui nous est à tous trois insupportable. N'est-ce pas votre avis, mademoiselle ?

Comme prise au piège, Jordane se contenta de hocher la tête et, par convenance, de boire une gorgée. Hélène fit de même et poursuivit d'un ton plus ferme, sinon tranchant :

— Ainsi donc, l'heure de vérité a sonné. *Mon cher mari,* tu vas devoir faire un choix. Je ne te mets pas le couteau sur la gorge. Est-ce qu'une semaine de réflexion vous paraît raisonnable, mademoiselle ?

Jordane hocha de nouveau la tête et se trémoussa sur son banc, comme si elle allait se lever pour remonter à cheval. Je donnai mon accord, incapable que j'étais de trouver une échappatoire.

— Eh bien, soupira Hélène, les dés sont jetés. Ce délai venu à son terme, si je n'ai pas reçu signe de vie de mon *cher époux,* je considérerai que j'ai perdu la partie et demanderai le divorce, ce qui me semble une décision logique. J'ajoute un codicille à notre contrat : durant ce délai, Peire, il faudra t'abstenir de nous rendre visite et refuser de recevoir *ton épouse légitime* ou ta... ta concubine, pour que nous ne fassions pas pression sur ton choix. À bon entendeur, salut !

Elle se leva et, sans ajouter un mot, recoiffa son chapeau de paille, enfourcha sa monture et repartit. J'avais cru que, pour respecter le *contrat,* elle exigerait que Jordane fît de même. Sciemment ou non, elle s'en abstint.

Jordane et moi, comme foudroyés, restâmes un moment muets, côte à côte sur le banc, avec une place vide entre nous, à l'image, déjà, d'une frontière...

Ce qui m'avait surpris, c'est la parfaite indifférence d'Hélène, son calme glacé, comme si elle fût acquise à l'idée d'une séparation, et l'absence de réaction de

Jordane : elle semblait étrangère à cet entretien unilatéral, alors que j'aurais pu m'attendre, connaissant sa nature impulsive, à quelques belles ruades.

Elle fut la première à rompre notre hébétude.

— Au moins, voilà qui est net ! Ton épouse est une femme de tête, contrairement à moi, j'en conviens. Elle nous a servi ses arguments sans fioritures, comme un notaire ou un juge. Peut-être est-ce mieux ainsi. Je n'aurais réagi que si j'avais surpris de sa part une provocation.

Elle ajouta, après un nouveau silence, lourd comme l'approche d'une sentence capitale :

— Peire, quel choix vas-tu faire ?

Je haussai les épaules et lui répondis que nous avions promis de respecter le délai proposé par Hélène.

Elle s'écria d'une voix frémissante de colère :

— Son contrat, je m'en fous ! Si tu tiens vraiment à moi, c'est là, tout de suite, que j'exige ta réponse. Je ne partirai pas avant que tu te sois décidé ! Si tu hésites, c'est que tu tiens plus à elle qu'à moi.

Je protestai pitoyablement : cette scène, en me prenant au dépourvu, m'avait laissé accablé.

— J'ai l'impression d'avoir été jeté à la mer avec un choix entre le requin et la baleine.

Elle eut un mauvais rire.

— Merci de la comparaison ! C'est une réaction de poète. Ce que j'attends, c'est celle d'un homme. Alors que choisis-tu, du requin ou de la baleine ?

Je tentai de lui prendre la main et d'entrelacer ses doigts aux miens, comme nous le faisions dans nos étreintes ; elle me la refusa. Je m'écriai :

— Tu me mets à la torture ! Hélène a été moins cruelle que toi. Laisse-moi le temps de la réflexion. Je tiens à m'assurer de mes véritables sentiments pour toi.

Parole maladroite. Elle éclata.

— Ainsi, tu n'es pas certain de m'aimer ! J'en prends bonne note, Peire Jouvenel, et je te salue. Tu viens de faire ton choix. Le mien l'était déjà ! Retourne auprès de ta femme et sois heureux !

Quand elle se leva, je tentai de la retenir par la ceinture.

Elle me fit lâcher prise en me fouettant le visage de sa cravache et s'écria :

— Je t'interdis de chercher à me revoir, tu m'entends ? Si nos chemins se croisent de nouveau, n'essaie pas de m'aborder. Voilà pour toi un beau sujet de poème...

Le reste de la journée, je le passai à regarder Luce étendre le linge sur la palissade, avec le sentiment d'être abandonné dans un désert, tous repères effacés. Lorsque, inquiète de mon silence et de mon comportement amorphe, elle me demanda si je souhaitais qu'elle préparât ma soupe, je l'envoyai paître. Elle recula comme si je l'avais giflée et partit sans un mot.

Le lendemain, au réveil, en constatant qu'elle était à la tâche, je me repentis de mon attitude de la veille et l'embrassai. Elle me sourit. Cette pauvre innocente ignorait la rancune.

Je passai la journée à pêcher des truites dans la Tourmente qui avait retrouvé son étiage normal. Je m'accrochais à des gestes quotidiens pour tenter d'oublier mes tourments, mais ils m'assaillaient.

Le soir venu, je me couchai, sans toucher à ma pêche, dans un état voisin de l'asthénie, Luce à mon chevet, se demandant quelle tisane elle pourrait me préparer. À aucun moment elle ne chercha à s'informer du mal qui me rongeait et elle demeura jusqu'à la nuit assise à mon chevet sur un escabeau, prenant ma main pour la porter à ses lèvres, me contemplant du regard apitoyé des saintes femmes devant le Christ descendu de la croix. Elle se tenait bouche bée, un fil de salive sur le menton.

Elle dut alerter sa famille sur mon état, car, un moment plus tard, la femme de Monteil, Jeanne, vint prendre le relais et s'informa de la cause et de la nature de mon mal. Je restai muet sur la cause ; quant à ce dont je souffrais, je l'attribuai à une insolation. Elle me demanda de choisir une tisane ; je lui répondis que ma pharmacopée ne pouvait répondre à cette affection.

— Luce, ajouta-t-elle, m'a dit que tu n'avais rien pris de

la journée. Je vais te préparer une bouillie d'orge et une infusion de tilleul pour te faire dormir. Tu en as besoin...

Elle fit mieux.

Le lendemain, elle envoya un de ses garçons au château prévenir le *mège* de mon état, et un autre à Brive pour alerter mon épouse. Je refusai les services de cet imbécile de Delfour qui prétendait jouer de la lancette et du clystère !

Je me demandais laquelle de mon épouse ou de ma maîtresse allait se présenter la première pour s'informer de ma santé. Je misai sur Hélène. Ce fut Jordane.

Un soir, alors que j'étais plongé dans une somnolence annonciatrice du sommeil, je vis se profiler dans une brume une tunique à large ceinture brodée, un détail qui me fit reconnaître Jordane.

Elle s'agenouilla à mon chevet, m'embrassa la main et plaqua la sienne sur mon front en murmurant :

— Si je t'ai fait de la peine à t'en rendre malade, je m'en repens. Comment aurais-je imaginé que mes propos, lâchés sous le coup de la colère, auraient pu à ce point te toucher ? J'ai oublié ma rancune et ne t'en voudrai pas si tu choisis de renoncer à moi, quoi qu'il puisse m'en coûter. Quant à moi, sache que je ne cesserai de t'aimer, même si je cède aux instances d'un prétendant.

Je lui demandai s'il s'en était présenté un, et qui il était.

— Oui : Ugo de Valeyrac. Cela fait des mois qu'il m'assaille. Si je ne t'en ai pas parlé, c'est que je n'ai guère d'attirance pour ce garçon, un beau parti, au demeurant, et un bel homme.

Je sentis un frisson qui ne devait rien à la fièvre me parcourir de la tête aux pieds.

Pour l'avoir rencontré sur le Marchadiol, je connaissais ce jeune chevalier issu d'une lignée sans éclat, mais réputée honorable et qui possédait de larges étendues de causse. Il devait avoir, à une ou deux années près, l'âge de Jordane et beaucoup d'arguments pour la séduire : force, beauté, amabilité... Un matin d'été, au barri Saint-Paul, je les avais vus danser. Ils formaient, je dois en convenir, un couple harmonieux.

Jordane ajouta, comme pour augmenter ma peine :

— Je suis désolée de te dire que cette visite est la dernière. J'en ai fait la promesse à Ugo, que j'ai informé de nos relations passées. Sache que je t'ai beaucoup aimé et que je ne t'oublierai pas.

Elle se leva et m'embrassa sur les lèvres.

— Je ne t'oublierai pas non plus, Jordane, lui dis-je, et je ne regrette rien de ce qui s'est passé entre nous.

C'est ainsi que je me trouvai vis-à-vis d'elle dans la situation de ces troubadours qui, déçus dans leurs ambitions de séduire la dame de leurs rêves, font de leur peine une source de nostalgie dont ils pétrissent le pain de leurs poèmes. À l'image de la princesse d'Antioche dont rêvait ce fou de Jaufré Rudel, j'allais avoir ma « princesse lointaine »...

3

La « patronne »

La semaine passa sans que j'eusse de nouvelles d'Hélène, bien que le jeune Monteil m'eût affirmé avoir rempli la mission confiée par sa mère.

— Que t'a-t-elle répondu ?

— Rien. Elle m'a donné quelques sous pour la peine, c'est tout.

Soutenu par Luce, je parvins à me lever pour faire quelques pas dans le jardin. Durant ma prostration, elle avait pris soin de tout, comme une bonne ménagère. Il est vrai que je répondais à ses services par un salaire modique mais dont elle se contentait, trop heureuse, me confia sa mère, de servir l'homme qu'elle aimait sans savoir comment le lui exprimer.

Alors que je longeais les allées de mon jardin impeccablement entretenu, je me disais que cette indisposition, je l'avais en quelque sorte souhaitée, comme si elle avait pu susciter une remise du délai prescrit par Hélène, et peut-être l'inciter à renoncer au *contrat* qu'elle m'avait imposé. Alors que je pêchais mes truites, l'idée d'un suicide m'avait effleuré ; je l'avais acceptée comme la seule planche de salut puis y avais renoncé, cette lâcheté me paraissant indigne de moi.

Un matin de septembre, le délai imparti à mon choix étant échu, je demandai à Luce d'atteler mon cheval à ma carriole et de me conduire à Brive. J'étais encore trop mal à l'aise pour tenter seul cette aventure. L'été tirait sur sa fin dans une odeur de figues mûres ; des fêtes de soleil succédaient aux orages et à la pluie.

Hélène m'accueillit sans la froideur à laquelle je m'attendais, et qui était pour moi une arme redoutable. Elle soupira en me voyant paraître dans le jardin où elle faisait de la broderie, son passe-temps favori :

— Mon pauvre ami, on ne m'avait pas menti. J'ai cru à une manœuvre de ta part pour m'attendrir et obtenir un délai supplémentaire. J'avais tort, je l'avoue. Que tu me croies ou non, j'avais l'intention de te rendre visite aujourd'hui même.

Je devinai le fer sous le velours quand elle ajouta en changeant de ton :

— Dois-je comprendre que, si tu viens vers moi, ton choix est fait et que tu as renoncé à tes chimères ?

— Ma présence te le prouve, il me semble.

— Es-tu prêt à le jurer ?

— Je le jure. Jordane est venue m'annoncer notre rupture. Elle va se marier.

— J'en suis ravie pour toi et moi. Pour elle aussi ! La raison a fini par triompher de la folie qui te possédait. Cette garce t'avait envoûté. Dieu merci, le charme rompu, nous allons repartir du bon pied. Pour commencer j'exige que tu restes près de moi ne serait-ce que pour quelques jours, le temps de te remettre tout à fait.

Elle renvoya Luce en lui disant qu'elle se chargerait de me ramener à La Nadalie et en lui demandant de s'occuper, en mon absence, de ma maison et de mes jardins, comme elle avait l'habitude de le faire, et fort bien.

À peine avais-je posé le pied dans sa maison, elle me prit en main et me traita comme elle l'aurait fait de Vital, me gavant, malgré mes réticences, de nourriture et me faisant boire du vin jusqu'à me faire vomir.

Je protestai quand elle invita frère Jérôme, un chanoine de la collégiale Saint-Martin, non à me confesser mais, me dit-elle, à *chasser mes idées noires* et me distraire.

Elle aurait pu plus mal choisir. Ce religieux, maître de Vital à l'école de grammaire, se montrait satisfait des progrès de son élève. Huitième et dernier fils d'un baronnet de Sainte-Féréole, il avait choisi la vie en communauté par goût autant que par nécessité. Durant quelques mois, il avait vécu la vie des compagnons d'Étienne, le moine d'Obazine, mais, les rudes travaux qu'on lui imposait l'ayant vite rebuté, il s'était replié sur le canonicat. Passionné par les lettres, le latin notamment, il s'était vu confier une chaire et y excellait.

Au premier abord, il ne m'inspira guère de sympathie. Des mœurs de sa famille, plus proche de la paysannerie que de la noblesse, il avait gardé une rudesse qui jurait avec son érudition, et une allure chafouine, un visage taillé à la serpe, une voix rauque de berger, dont Vital était le premier à se moquer.

Il fallut quelques efforts de sa part et quelque mansuétude de la mienne pour qu'un courant de sympathie, puis d'amitié, passât entre nous. Il parvint à me délier la langue, à me faire sortir de ma torpeur et à me divertir par les récits qu'il me faisait de sa vie passée, à Obazine chez les défricheurs, et à Brive dans la collégiale.

Il me parla avec chaleur de mon fils en lequel il avait décelé des aspirations à la vie religieuse. Vital aurait pu réciter de mémoire des pages en latin d'ouvrages pieux ; il servait avec sérieux la sainte messe et ne s'endormait jamais sans faire ses prières, avec une tendance, que Jérôme n'encourageait pas, à la macération.

— Ne soyez pas surpris, Peire Jouvenel, si vous apprenez que votre fils, ayant fini ses classes de grammaire, choisisse de s'engager dans la vie religieuse. Je vois devant lui une belle carrière ecclésiastique, poussée peut-être jusqu'au cardinalat. Je vous conjure de ne pas décourager cette vocation.

Jérôme souhaitait qu'il poursuivît ses études à l'abbaye Saint-Martial de Limoges. Le tenir *en couveuse* à Brive ou à Tulle aurait risqué, dit-il, d'étouffer les espoirs que nourrissaient ses maîtres. Hélène ayant donné son accord, je fis de même, sans attacher à cette décision plus d'importance qu'elle n'en avait selon moi, égoïste que j'étais.

Vital avait mis des années à adopter un père à éclipses qui, dans sa maison, faisait figure de convive. Nous allions avoir à nous affranchir des obstacles qui s'étaient accumulés et concrétisés entre nous. Il avait cru longtemps, me dit-il plus tard, que son vrai père était Jérôme, ce religieux aux mœurs libres, plus présent que moi et plus affectionné.

Il était, à quinze ans, doué d'une précocité intellectuelle et d'une érudition qui me prenaient souvent en défaut. J'éprouvais pour lui un étrange sentiment, partagé entre l'affection et le respect.

Peut-être est-ce le latin, dont nous usions volontiers, souvent par jeu, qui a ouvert cette porte entre nous.

Il me provoquait en me lançant une citation de Cicéron ou de Lucien et en me demandant de l'achever et d'en deviner l'auteur. Je m'amusais à faire de même. Nous pouvions passer des heures à ce jeu, sans que j'eusse garde de m'en plaindre. Il s'établissait entre nous une complicité tacite qui dissipait l'ambiance austère de la maison.

Lorsque j'évoquais son avenir, il haussait les épaules, disant qu'il semblait déjà tout tracé. Il jugeait insupportable que sa mère se chargeât, avec son autorité coutumière, de *tricoter* sa destinée comme un vêtement pour l'hiver, mais que la perspective d'escalader les degrés de la hiérarchie ne lui déplaisait pas.

Un dimanche, à la maison de vigne, peu avant les vendanges, il me fit une confession qui me bouleversa.

— Père, me dit-il en cueillant une grappe, je souhaite poursuivre mes études, mais avec un but précis : faire de l'écriture ma fonction essentielle. Mes maîtres de la collégiale se sont montrés surpris de mes dispositions précoces. Ils ont cru à une supercherie lorsqu'ils ont eu connaissance d'une de mes dissertations sur Marc Aurèle et ont failli me punir, ce qui est un comble !

— Tu as choisi, lui dis-je, une voie difficile. N'est pas Boèce ou Chrétien de Troyes qui veut, mais ce n'est pas moi qui te découragerai, bien au contraire.

Je lui parlai du moine de Vigeois, Geoffroy, et de la chronique que lui inspiraient les événements de la vicomté. Ce n'était pas son ambition ; il visait plus haut : les hautes sphères de la philosophie...

Lorsque Hélène me laissa entendre que le mieux pour moi était de renoncer à mon négoce pour aider à la fabrique (là, me dit-elle, *où était ma place*), je regimbai, persuadé que, revenu dans son orbite, j'aurais du mal à m'en dégager si l'envie m'en prenait.

Affaibli par l'état dépressif dont j'étais long à me remettre, je me trouvais dépendant de mon épouse et prêt à lui donner satisfaction, au risque de me voir retourner à l'état d'esclave, comme cette pauvre Marthe qu'elle traitait à la fourche.

En fait, son intention, après la liquidation de mon bien, dont elle faisait la condition première de mon insertion dans sa maison et son entreprise, était moins perverse : j'allais succéder à maître Borzeix, mais avec elle comme patronne. Dans son esprit, je ne pouvais me soustraire à ce devoir sans la trahir.

Son brave homme de frère n'occupait plus dans cette entreprise que des fonctions symboliques de conseiller. Il passait la majeure partie de ses journées, selon les caprices du temps, sur le bord de la Corrèze, d'où il rapportait les fritures du soir, ou dans un cabaret proche de son domicile à jouer aux tables avec quelques bourgeois comme lui en rupture de ban.

La logique voulant que je prisse sa suite, je m'y préparai.

C'est Hélène qui se chargea de la vente de ma maison de La Nadalie et des quelques arpents de terre fertile qui l'entouraient. Sans s'embarrasser de ma compagnie, elle se rendit au château pour informer le vicomte de cette opération à laquelle je n'eus pas le cœur de me mêler, tant elle m'affligeait.

Une quinzaine plus tard, une famille de laboureurs, les Monge, s'y installaient avec leurs quatre enfants, un petit troupeau de vaches et de moutons, et l'intention de transformer mon potager et mes parcelles d'herbes en pâture et en céréales.

Je fis des adieux pathétiques aux Monteil. Le meunier me pressa contra sa poitrine, Jeanne essuya une larme avec le coin de son devantier et Luce se mit à bramer en se jetant sur son grabat. Je promis de leur rendre de fréquentes visites et m'en abstins, malgré nos liens de bon voisinage.

Jeanne m'apprit le mariage discret de Jordane (une bâtarde !) avec Ugo de Valeyrac (un nobliau sans importance). Elle avait apporté son aide, pour le service de la table, au repas et à la fête qui avaient suivi. Elle m'apprit que Jordane partageait son temps entre Turenne et Valeyrac, séparés par deux lieues à peine.

Quant à savoir si, comme elle me l'avait annoncé, elle me gardait une place dans son cœur, il était à présumer qu'il était occupé par la rancune plus que par l'amour. C'était dans l'ordre des choses et je ne trouvais rien à y redire.

Il m'arrivait, sur les fins d'après-midi, d'aller retrouver maître Borzeix sur son bord de rivière, aux portes de la ville, en face du moulin de bois, plus pour l'aider à retourner à son domicile que pour bavarder avec lui. Aphasique qu'il était devenu, nos entretiens tournaient court.

Un jour, un pêcheur proche de nous me montra la rive opposée, au-delà du petit archipel d'îlots verdoyants où poussaient des vergnes, et me dit :

— Regarde, l'ami ! Ces cavaliers que tu vois passer sans prendre soin de se cacher, c'est pas le cortège de l'évêque de Tulle, mais une compagnie de brigands. Ça fait des jours que je les observe à tournicoter dans les parages. M'étonnerait pas qu'ils préparent un mauvais coup...

Des individus de cette engeance, les vigiles placés aux remparts en voyaient passer au large presque tous les jours depuis une semaine. Ils s'arrêtaient, faisaient des gestes en direction de la porte de Corrèze comme s'ils avaient flairé quelque proie ou cherchaient une faille dans les défenses qui, avec les chapelets de courges qui les ornaient, n'avaient rien pour les décourager.

Alertés par ces manèges, les échevins avaient mis la milice

urbaine sur le pied de guerre. J'allais de temps à autre assister à leur entraînement sous les murs de Saint-Pierre. C'étaient plutôt des jeux que des exercices ; ils se terminaient par des beuveries et des chansons paillardes.

Un matin de mars, je fus réveillé par le tocsin sonnant à la collégiale et dans les autres églises. En mettant le nez à la fenêtre, je vis des gens affolés courir dans la rue comme si le feu avait pris à leurs chausses.

Quelques jours auparavant, Jérôme m'avait prévenu :

— Peire, le temps se gâte. Ça sent l'orage. Nous allons avoir à subir un siège en règle et devoir prendre les armes. Que Dieu me pardonne ! Je ne serai pas le dernier. Et vous, que comptez-vous faire ?

Hélène, qui assistait à l'entretien, répondit à ma place : il ne pouvait être question pour moi de me mêler de cette affaire. J'avais passé l'âge de me battre. Dieu merci, il y avait assez d'hommes jeunes et valides pour se sacrifier !

— Pourtant, ma chère, mon devoir...

— Ton devoir est de rester dans ton foyer ! Je t'*interdis* de prendre les armes.

Elle avait proféré un mot de trop. La moutarde me montant au nez, je ripostai :

— Il ferait beau voir que tu m'*interdises* quoi que ce fût ! Je n'en ferai qu'à ma tête. Jérôme, vous pouvez compter sur moi.

Je le cherchai des yeux. Flairant l'algarade, il s'était discrètement éclipsé.

Sans attendre une nouvelle injonction de mon cerbère en jupons, je me mis en quête de mes armes et d'une tenue propice : mon épée, mon coutelas et la souquenille que j'avais revêtue pour l'affaire de Pille-Brive, encore marquée par des traces de sang. Je bouclai ma ceinture et, accablé d'anathèmes, me rendis aux remparts.

Un sergent de la garde m'apprit que la horde qui avait dessein de mettre le siège devant nos murs était soldée par un des fils du roi Henri et de la reine Aliénor, Richard surnommé Cœur de Lion. Elle revenait d'Yssandon, une citadelle située à environ une dizaine de lieues, où, dans les temps barbares, le roi des Francs, Pépin le Bref, père de l'empereur Charles, avait été repoussé par le duc d'Aquitaine Waïffre.

Cette horde était commandée par deux chefs : Sarane et Corbaran, des créatures du comte de Limoges. Leur premier soin avait été d'exiger une rançon des échevins ; ils avaient refusé. Ils avaient alors annoncé leur intention de se rattraper en faisant pilleries et dégâts dans les parages.

Ils mirent sur-le-champ leur menace à exécution. Au cours de la nuit qui suivit, nous fûmes témoins de leurs exactions par des lueurs d'incendies dans la vallée et sur les collines qui entourent la ville, sans pouvoir intervenir, la consigne étant d'attendre que ces brigands se montrent.

Le lendemain matin, j'étais présent sur les remparts lorsque ces gueux renouvelèrent leur demande de rançon. Ils avaient amené sur la prairie qui séparait les défenses de la rivière quelques malheureux, dont deux femmes dénudées et un moine ou un pèlerin, je ne sais. Par manière de plaisanterie, ils se disaient disposés à nous les vendre dix sous la tête, à condition que nous en prenions livraison.

Un échevin, boucher de son état, qui se trouvait parmi nous, leur fit savoir qu'on ne se prêterait pas à cet odieux chantage. Il lui fut répondu par des injures. C'est alors que débuta un affreux spectacle que j'ai peine à relater : les femmes violées et étripées, le moine attaché à un arbre et criblé de flèches, les autres otages égorgés et tronçonnés à coups de hache. L'échevin resta impassible au milieu des clameurs de vengeance montant autour de lui.

La nuit suivante, alors que j'assumais mon tour de veille à titre de dizainier de la milice, je fus témoin d'un spectacle moins sanglant que le précédent. Autour des tentes dressées sur la prairie, on menait joyeuse vie. Accoutrées en moniales, les catins qui suivaient la horde dansaient la carole, robe retroussée, poitrine au vent, buvant et se gavant du fruit de leurs rapines.

Un homme s'avança en titubant jusqu'au pied des remparts et défit sa culotte pour montrer son cul avec des contorsions indécentes. Partie je ne sais d'où, une flèche se planta dans ses reins. Il s'abattit en hurlant. Quelques-uns de ses congénères se précipitèrent avec des vociférations pour le ramener au campement. Quelques flèches s'écrasèrent sur les merlons ou nous passèrent au-dessus de la tête.

Le lendemain, les événements allaient prendre un tour plus tragique. Comme je bouclais ma ceinture pour me rendre à mon poste en compagnie de Jérôme, Hélène me lança :

— Va donc te faire tuer si ça te chante ! Il semble que tu aies décidé d'en finir avec la vie et avec moi...

Je la rassurai de mon mieux en lui disant que je comptais bien ne pas avoir à me battre mais que mon devoir de citoyen était de défendre cette ville et mon foyer. Je fus surpris de la voir s'accrocher à moi, en larmes, et me déclarer :

— Eh bien, va, Peire, et reviens-moi vivant !

J'ai passé deux jours et deux nuits sur les remparts, courant avec mes miliciens d'une porte à une autre, toujours suivi de Jérôme. À certains moments, l'affaire était si chaude, les assaillants ayant posé des échelles contre la muraille, que nous devions livrer de véritables batailles. Je constatai avec joie que je n'avais rien perdu de mon allant et de ma vigueur, si bien que je me retirai sans déshonneur de cette épreuve, avec à mon compte une bonne dizaine de brigands occis de ma main. Cet exploit me valut les compliments des échevins.

À l'aube du troisième jour, surprise ! La horde avait vidé les lieux au cours de la nuit, après avoir incendié le moulin de planches situé au milieu de la rivière. Nous avions à regretter la mort de quatre de nos hommes et de quelques habitants venus en renfort mais mal préparés à se battre. Je m'en tirais quant à moi avec des blessures légères.

De retour à mon domicile, Jérôme s'écria devant Hélène, plus morte que vive :

— Madame, votre époux est un héros ! Vous pouvez être fière de lui. Il m'a sauvé la vie par deux fois. Grâce à lui, je m'en sors sans une égratignure.

Il est vrai qu'il ne m'avait pas quitté d'une semelle, s'abritant derrière moi lorsque surgissait l'ennemi. Il maniait l'épée comme la cognée d'un moine bûcheron dans les forêts d'Obazine.

Nous avons appris que la bande de Sarane et de Corbaran, sérieusement étrillée sous nos murs, s'était portée sur le Périgord avec l'intention de remonter vers le Berry, en semant la détresse sur son passage. Devant Châteaudun, elle avait livré une bataille rangée contre une compagnie, les *Pacifères*, et battu en retraite en laissant des dizaines de morts sur le champ de bataille. Le butin tombé aux mains des vainqueurs était constitué en grande partie d'objets du culte.

Ce qui restait de cette horde infernale allait, quelques mois plus tard s'agréger à une nouvelle bande qui porterait le nom d'*Enfants perdus*. Ils s'étaient donné deux nouveaux chefs : Raoul de Castelnau et Constantin de Born, le frère ennemi du troubadour.

Ils n'allaient pas tarder à faire parler d'eux.

La victoire avait fait éclater la liesse dans la ville. Toute la population avait tenu à être présente à la procession autour des remparts où se lisaient encore les traces des combats, dans le chant, repris par la foule, de l'*Alléluia* et du *Deo gratias*. On fit brûler des centaines de cierges dans tous les sanctuaires. On sortit de leur niche, pour les exposer à la vénération des fidèles, les reliques de saint Martin et la sainte ampoule qu'un paysan des parages avait découverte en travaillant sa terre, ce qui fut tenu pour un miracle.

La nuit venue, on alluma sur les places des feux de joie autour desquels garçons et filles dansèrent jusqu'à la minuit, certains affublés des défroques prélevées sur les cadavres des brigands, et qui portaient encore des traces de sang.

Alors que, accompagné de Vital, je me trouvais mêlé à la

presse, dans le cimetière de l'Espilori, je me sentis comme foudroyé et dus m'arrêter et m'asseoir sur le socle de la croix. Vital s'enquit de la cause de ce malaise ; je prétextai la fatigue, disant que cela passerait aussi vite que c'était venu et qu'il n'était pas nécessaire d'en faire état auprès de sa mère.

Je venais d'apercevoir Jordane et en étais resté pétrifié.

Malgré la pénombre qui avait envahi le cimetière, je ne pouvais me tromper : c'était bien son cheval, sa housse aux armes de Turenne, et le bliaut en drap de Trente qu'elle portait les soirs de fête au château. Je ne pouvais me tromper non plus sur l'identité du cavalier qui l'accompagnait : son époux, Ugo de Valeyrac, tête nue, cheveux coupés court, vêtu d'une tunique d'un bleu profond lisérée de fils d'or.

Sous le coup de l'émotion, j'eus du mal à me remettre sur pied, alors que surgissait la charrette où l'on avait entassé des prisonniers et des éclopés promis à la corde, qui répondaient aux quolibets de la foule par des insultes. Je ne quittai pas du regard, dans la lumière des torches brandies par des jouvenceaux, Jordane et celui qui me l'avait volée.

Je passai une nuit agitée, le bruit de la fête, malgré mes fenêtres fermées, troublant mon sommeil, et incapable d'effacer de ma mémoire l'image de ce couple qui semblait sorti d'un livre d'heures.

J'appris le matin par mon chanoine que les festivités de la nuit avaient pris un tour tragique. Malgré l'intervention des sergents, la populace avait arraché les prisonniers à leur charrette, les avait conspués et molestés à coups de trique avant de les saigner et de jeter leurs cadavres dans les brasiers.

Cette nuit-là confirma le naufrage de mes illusions : je devais faire mon deuil de Jordane. La dernière étincelle qui restait sous les cendres venait de s'éteindre, et il aurait fallu un miracle pour qu'elle ranimât le feu qui m'avait délicieusement dévoré durant des années.

J'obtins d'Hélène, au début d'avril, à quelques jours de la bataille, la permission de faire retraite pour une semaine dans notre maison de vigne. Prétexte : me reposer ; en fait échapper à l'ambiance contraignante de mon foyer et laisser s'épancher la veine lyrique que la rencontre avec Jordane avait suscitée en moi. Outre quelques subsistances, j'emportai mon écritoire, mon encre et du papier.

La masure baignait dans une orgie de printemps. Après un hiver rude et les pluies qui suivirent, la nature était comme folle. Je me trouvai assailli jusqu'au seuil par les herbes sauvages et contraint d'user de la faucille pour m'engager dans une sorte de jungle, en évitant les reptiles qui grouillaient en certains endroits chauffés par le soleil.

En raison de la santé débile de maître Borzeix, notre vigne, laissée à l'abandon, demandait à être épamprée et débarrassée des herbes qui l'avaient envahie. Je m'y attachai à peine descendu de cheval, ce qui me prit deux jours.

Durant la grande famine, des gueux avaient enfoncé la porte à coups de hache pour piller ce qui pouvait l'être et se résumait à peu de chose. Déçus, ces vandales avaient saccagé l'intérieur et éventré les grabats, si bien que je dus dormir sur les restes d'une paillasse de fougères d'où je chassai une grosse couleuvre.

Dépourvu de couvertures, je passai des nuits à grelotter, la saison étant encore fraîche.

Le matin, quand je me levais, un éblouissement m'aveuglait.

Le premier soleil faisait crépiter des étincelles de rosée sur les orties, les églantiers, les genêts et la vigne. Des alouettes tireliraient au-dessus d'un buisson de mauves, une caille courcaillait dans la vigne, des geais et des pies se querellaient dans un chêne. J'avais l'impression de me trouver dans une immense volière à ciel ouvert. Les pins surgis entre des blocs de grès se pavanaient dans un soleil de Genèse.

Après avoir nettoyé la vigne et entassé les sarments dans l'appentis, j'organisai ma solitude. Je libérai l'excavation qui nous servait de cheminée des débris qui s'y étaient accumulés, puis redressai l'auvent que les vandales avaient démantibulé, en vue d'y installer mon écritoire.

Tout me paraissait simple et susceptible de perdurer sans me causer ni gêne ni ennui. « Je t'accorde une semaine, m'avait dit Hélène, mais pas plus. J'ai besoin de tes services, tu le sais. Nous avons du retard dans nos livraisons... » Une semaine ? Voire... Je me sentais de force à vivre des mois dans cette sauvagerie, à braver la solitude et les caprices du temps. Je ne savais que trop bien ce qui m'attendait à mon retour, mes forces revenues : la mauvaise humeur constante de mon épouse et la galère de la saboterie...

Je ne me nourrissais pas d'une nostalgie stérile. Trois jours après mon installation, j'écrivis mon premier poème, illuminé, cela va de soi, par le souvenir de mes amours avec Jordane. Je le composai comme on enfile les perles d'un collier ou d'un chapelet et lui donnai un titre que je voulais mystérieux : « Souvenirs et espoirs ». Il commençait par ces quelques vers : *Je souhaitais passer avec toi / Le pont de ce fleuve : la vie / Et débarquer, tous deux enlacés / Aux rivages de la nuit et de la mort...*

Depuis mon exil à Brive, je n'avais pas connu de tels moments de sérénité qui confinaient au bonheur. Dans l'ombre dorée de Jordane, présence à mon côté si discrète qu'elle était invisible, il me semblait entendre, à travers le murmure du vent dans les pins, les mots qu'elle murmurait la nuit dans son sommeil.

Cédant à une habitude devenue obsolète, je passais chaque jour une heure ou deux à herboriser. Ce coin de terre avait des airs de Provence : on y trouvait du thym, du serpolet, de la sarriette, du romarin, qui encensaient à la moindre vague de chaleur.

Mes courtes promenades me conduisaient sur la rive du ruisseau de Planchetorte, de moindre importance que la Tourmente et dominé par les cavernes des primitifs, où je collectais à fleur de terre d'étranges outils de silex.

Ma semaine avait débordé de trois jours et je m'attendais à un sévère rappel à l'ordre de la part d'Hélène. Elle n'y manqua pas et me rappela brutalement ma sujétion.

Elle attacha Jasmin à une basse branche et vint vers moi

alors que je réécrivais au propre une pastorale dédiée à une dame imaginaire qui, si j'avais pu la décrire, aurait eu les traits de Jordane. Elle m'arracha la feuille des mains et me dit avec un rire grinçant :

— La vie sauvage que tu mènes semble avoir favorisé ton inspiration ! *Ses mains comme des colombes / Sa poitrine comme un autel / Ses yeux baignés de lumière...* Ma parole, tu t'es inspiré du *Cantique des cantiques.* À qui s'adressent ces vers médiocres ? Pas à ton épouse, je suppose...

Rompant avec ce ton sarcastique, elle ajouta :

— Tu m'as fait attendre trois jours. Peux-tu me donner l'explication de ce retard ?

— Pardonne-moi. Le temps passe si vite... Je ne sais même plus quel jour nous sommes. Je me plais tant ici que...

— Désolée de te le dire, mais il faut rentrer au bercail. Mon frère est au plus mal et réclame ta présence. Notre médecin ne lui donne que quelques jours à vivre.

Je m'informai de cette brutale aggravation. Hélène me raconta qu'il était en train de se livrer à son occupation favorite, sur le bord de la Corrèze, quand, à la suite d'un malaise, il avait piqué du nez dans le courant. Sans le secours de ses voisins, il aurait pu se noyer.

Ébahi, je la vis s'asseoir près de moi et fondre en larmes, bredouillant, entre deux hoquets :

— Il faut rentrer sans plus tarder, Peire. Je vais avoir besoin de toi. J'ai souffert de ton absence, mais me suis abstenue de venir troubler ta solitude. Sans toi, la maison me paraît vide.

— Et Vital ? Ne vient-il pas te tenir compagnie ?

— Oh ! Vital... Il me déçoit. Il se moque bien de ce qui peut arriver à son oncle qui n'a eu que des bienfaits pour lui. Il ne songe qu'à ses études. C'est un ingrat.

Il ne me fallut que quelques instants pour rassembler mes effets. Durant tout le trajet qui nous ramenait à la ville, Hélène ne cessa de se plaindre de sa situation, une litanie qui m'était familière : commandes en retard, rébellion des ouvriers débordés de travail, mauvaise qualité des bois qu'on venait de livrer... La santé de son frère était son premier souci. Il avait passé la soixantaine et, malgré sa robuste constitution, donnait des signes de décrépitude contre lesquels j'étais impuissant.

Je trouvai maître Borzeix dans un fauteuil du jardin, coiffé de son bonnet, une couverture sur les genoux, visage d'ascète. En me voyant paraître, il eut un mince sourire et me tendit une main qu'il ne put tenir en suspens.

— C'est la fin, me dit Marthe. Il a perdu l'appétit et a tant de mal à déglutir que je peine à lui faire avaler sa bouillie. Il voudrait parler, mais aucun son ne sort de ses lèvres. Que le Seigneur mette fin à son calvaire et le rappelle à lui ! C'est ma prière de tous les jours.

Je tentai d'ausculter notre malade. Précaution inutile. Son corps n'était quasiment plus qu'un squelette habillé d'une peau parcheminée, avec un ventre ballonné qu'aucune mixture laxative n'aurait pu libérer. Il était resté six jours sans aller à la garde-robe et, à son âge et dans son état, l'opérer d'une occlusion intestinale lui eût été fatal.

Maître Borzeix, mon bienfaiteur, mon ami, s'éteignit le lendemain de mon retour, comme s'il avait souhaité ne pas mourir avant de me revoir.

Dans son testament, il faisait de sa sœur l'héritière de tous ses biens, mis à part un millier de livres destinées à l'hospice. Dans un codicille, il souhaitait que je reste fidèle à sa sœur et la seconde dans sa tâche, comme s'il avait éprouvé quelques soupçons quant à la pérennité de notre union.

Très estimé dans sa ville natale pour ses qualités humaines et sociales, il fut, à l'occasion de ses obsèques en la collégiale, l'objet d'une vénération unanime.

Vital était absent de la cérémonie. Il se trouvait depuis peu à Saint-Martial de Limoges pour y poursuivre ses études.

Malgré mes réticences, mon destin semblait tracé jusqu'à la fin de mes jours. J'allais devoir non seulement seconder Hélène, mais prendre en main une entreprise qui périclitait. J'y trouvais un avantage : échapper aux caprices du temps et donner à ma vie une sécurité et une stabilité qui lui étaient étrangères. Notre couple ne pouvait que s'en trouver conforté, sans en revenir à nos premières amours. En revanche, je devais faire le deuil de ma liberté et d'un métier qui m'avait donné tant de plaisir. Quant à mon talent de troubadour, il ne me restait qu'à le jeter aux oubliettes et à refermer le couvercle.

Je me mis à la tâche avec un acharnement et une volonté dont je ne me serais pas cru capable. En quelques mois, je dus redresser les comptes, m'initier au plus près au travail de la saboterie, courir la campagne jusqu'en Auvergne pour me procurer des bois de qualité, retrouver la clientèle perdue suite aux retards des livraisons, quitte à les effectuer parfois moi-même.

Hélène m'inquiétait.

Son caractère s'était aigri, alors même qu'elle n'avait rien à craindre de mes caprices, ma fidélité lui étant acquise. Elle était persuadée que je trafiquais les comptes pour me créer un pécule. Nous avions des scènes terribles, au point que, pour la ramener à la raison, je devais menacer de l'abandonner.

Il lui vint un jour l'idée absurde que je la trompais avec Marthe ! Était-elle aveugle au point d'imaginer que je puisse éprouver quelque autre attirance pour cette servante quinquagénaire, presque obèse et laide, que pour sa cuisine, qui demeurait un modèle.

Son obsession avait pris une telle intensité qu'elle m'annonça un jour qu'elle allait renvoyer Marthe.

— Diable ! protestai-je. Quelle faute a-t-elle bien pu commettre ?

— Je n'ai aucun reproche à lui faire quant à son service. En revanche, elle use avec toi de familiarités suspectes. Rien ne m'a échappé de vos petits entretiens, de vos caresses... Je vais donc devoir me séparer d'elle.

— C'est une folie, m'écriai-je. Si tu la renvoies, je partirai. Cette suspicion est insupportable !

Elle ne donna pas suite à ce projet et Marthe nous resta.

Ce comportement était devenu aberrant au point qu'elle avait décidé de renoncer aux déplacements que m'imposait ma tâche, pour, me disait-elle, m'épargner les *mauvaises rencontres.* Je ne pouvais ignorer qui cela visait.

Je tentai en vain de la faire revenir sur cette décision, en lui faisant comprendre que notre entreprise ne pouvait se couper du monde des clients et des fournisseurs sans risquer l'asphyxie, alors que nos concurrents partaient à la conquête de nouveaux débouchés.

Nous n'étions pas au bord de la ruine, du moins dans l'immédiat. Avec sa fortune en numéraire, placée chez un banquier, ses biens immobiliers et ma propre fortune investie dans l'entreprise, nous étions assurés d'un train de vie confortable qui nous plaçait aux premiers rangs de l'aristocratie locale. Lorsque l'on me proposa un titre d'échevin, qui aurait fait de moi un notable, ce dont je n'avais cure, la confiance qui m'était témoignée flatta mon orgueil. Je déclinai cette offre ; on m'en voulut, comme d'une attitude de mépris.

Prévenu que le marché de la communauté d'Obazine risquait de nous échapper, j'obtins d'Hélène la permission de me rendre sur place et, avec l'aide de Jérôme, de sauver cette clientèle. Afin que je ne m'égare pas en route ou que je ne prenne une autre direction, elle exigea de me faire accompagner d'un de nos apprentis, Gautier, chargé de lui rapporter mes faits et gestes.

Il n'y a guère plus de quatre lieues de Brive à Obazine, en longeant la rivière, avant de prendre la rude pente qui mène à la communauté.

Il semble que ce soit la Providence qui ait eu l'idée d'envoyer dans ce désert un homme tel qu'Étienne. Il allait être pour ses compagnons un émule de Moïse et un chef inspiré, reconnu de tous pour son énergie et sa foi.

Il ne payait pas de mine : d'apparence frêle sans être chétive, l'allure rustre sans inspirer le mépris, il était doué d'une autorité souple qui lui permettait d'affronter tous les obstacles.

Il me raconta de lui-même, sans se sentir contraint de le faire, qu'arrivé dans ce désert deux ans auparavant, il avait reconnu dans ce choix une inspiration divine. Il l'avait parcouru, estimé et s'était promis de faire de ce domaine des loups sinon un paradis du moins une terre digne d'accueillir une communauté cistercienne d'hommes. Pour les femmes, il verrait plus tard...

Au milieu d'une poignée de moines, solides gaillards aussi convaincus que lui de travailler pour le bien-être de l'homme et la gloire du Seigneur, il avait retroussé ses manches, pris la cognée et commencé à mettre des parcelles de forêt en coupe réglée.

En quelques mois, ils avaient essarté un espace suffisant, à flanc de colline, pour y édifier un monastère et son sanctuaire. Je me disais qu'il fallait avoir la foi chevillée à l'âme et au corps pour entreprendre une tâche aussi ambitieuse et difficile avec des moyens dérisoires, des huttes de terre couvertes de genêt pour tout logement, et pour subsistances celles que leur apportaient les paysans compatissants de la vallée qui, chaque dimanche, venaient assister à leur messe en plein vent.

Le bruit de cette mission audacieuse avait transpiré, si bien que des néophytes n'avaient pas tardé à se présenter. Des sceptiques prétendaient que c'était une folie, qu'Étienne était atteint de mégalomanie et qu'il eût mieux valu qu'il jetât sa cognée aux orties. Ils durent bientôt reconnaître leurs torts : les pires critiques de ses détracteurs n'auraient pu vaincre sa détermination.

Lorsque je me présentai, à cheval avec Gautier en croupe, au milieu du village de huttes, Étienne était parti inspecter sa première grange, une annexe de son chantier, à Palazinges, un village des hauteurs. C'est son second, le frère Bertrand, occupé aux fondations du sanctuaire, qui me reçut.

Je dus attendre des heures avant de voir ressurgir Étienne sur son mulet. En apprenant qui j'étais, il m'ouvrit ses bras, me demanda des nouvelles de maître Borzeix et parut affecté par la nouvelle de son décès.

— Pardonnez-moi de l'avoir ignoré, me dit-il. Nous sommes près du ciel mais loin des hommes. J'ai toujours eu des rapports de cordialité avec votre beau-frère et j'espère qu'il en sera de même avec vous.

Il s'aspergea le visage et le torse dans une barrique pleine d'eau de pluie et nous convia à boire d'une mauvaise piquette offerte par des viticulteurs de Saint-Mexant, sur l'autre versant de la vallée.

À ma requête, assis sur un moellon du chantier, il consentit, en dépit de sa fatigue, à me parler de sa mission.

Il était né dans une famille de serfs libres du village de Vieljo, en Xantrie, la « Terre des Saints ». Durant sa gésine, sa mère avait eu une vision dans laquelle son fœtus lui était apparu sous la forme d'un agneau promis à diriger un grand troupeau.

Ses parents avaient consenti des sacrifices pour lui donner l'éducation propre à le faire accéder à la prêtrise. La société ecclésiastique lui répugnant, il avait jeté son froc aux orties pour prendre la tunique blanche des moines cisterciens, réputés grands défricheurs, ce qui correspondait mieux à sa vocation.

Accompagné de Bertrand, son fidèle acolyte, il avait cherché sa Terre promise et l'avait découverte en ces lieux.

Durant des mois, dans la solitude dont ils rêvaient, ils avaient vécu avec pour tout abri une cabane de genêts, dormi sur un lit de fougères, se nourrissant d'aumônes, de châtaignes et de poissons pêchés dans la Corrèze. Grossi de néophytes, le petit groupe des débuts était vite devenu une communauté affiliée à Cîteaux et jouissant de la protection du Saint-Siège, avec une mission intangible : défricher des déserts et les rendre fertiles. L'évêque de Limoges, Eustorge, leur avait donné latitude de construire leur monastère et leur église en suivant les règles de l'ordre.

— Aujourd'hui, me dit Étienne, nous récoltons les premiers fruits de notre travail et de notre patience. Nous voulons faire des bâtiments monastiques et de notre sanctuaire une œuvre d'art que d'autres communautés nous envieront.

Il me montra les plans qu'il avait conçus avec le concours

de maîtres architectes : la maison des moines, le cloître, les jardins, le moulin, l'église au clocher curieusement ouvragé... Il avait prévu de se lancer ensuite dans l'édification d'un couvent de moniales sur le bord d'un torrent, le Coiroux.

La question de l'alimentation en eau s'étant vite posée, il l'avait résolue de la manière la plus audacieuse : aller la chercher dans le torrent et la diriger vers le monastère par un canal taillé à même la falaise, pour les besoins des moines, l'arrosage des plantations, la peissière et le moulin.

J'en restai ébahi et sceptique : jamais, me disais-je, en dépit de leur énergie et avec le soutien de leur foi, ils ne pourraient accomplir ce prodige. Je me trompais. Les travaux avaient débuté et rien ne semblait devoir les entraver, malgré le sacrifice de quelques moines tombés dans la gorge.

Nous avons, Gautier et moi, assisté aux laudes et couché à la dure dans une cahute, après un souper spartiate.

Au lever, la ruche du chantier avait commencé à bourdonner dans la première chaleur de la matinée. Je ne me lassais pas de voir cet homme de frêle apparence aller et venir, des plans à la main, accompagné de son fidèle compagnon, Bertrand, au milieu des blocs de pierre qu'une charrette venait de décharger. Je me demandais à quelle source Étienne puisait l'énergie inébranlable qui l'animait. Que ne l'avais-je rencontré plus tôt ? me disais-je. Peut-être alors ma destinée eût-elle pris une autre voie...

Les négociations triviales qui justifiaient ma présence nous demandèrent peu de temps. Étienne nous renouvelait sa confiance ; je consentis un rabais important sur les livraisons à venir. Nous passâmes le reste de la journée à visiter la grange installée à Palazinges : une annexe où l'on cultivait le seigle et où l'on recueillait des châtaignes pour l'hiver.

Au retour à la saboterie, j'allais essuyer les humeurs de la patronne. Elle me reprocha d'avoir prolongé mon séjour, alors qu'une journée aurait suffi. À l'en croire, *je prenais la vie par le bon bout !*

Plutôt que de donner libre cours à mon indignation, je me tus et rangeai mon bagage. Elle n'avait pu tirer de Gautier rien d'autre que la vérité mais ne pouvait s'en contenter. Ses sarcasmes me poursuivirent jusqu'au seuil de ma chambre où je comptais me reposer. Je lui fermai la porte au nez.

Au souper, son comportement prit une autre tournure. Elle évoqua d'une voix plus calme le travail de ces deux journées, une commande importante qu'elle avait reçue et le renvoi d'un de nos ouvriers qui s'était absenté pour aller boire. Ce revirement insolite m'intriguait mais, en même temps, me rassurait.

On ne parlait dans la ville que de l'étrange découverte faite par les fossoyeurs dans le cimetière de l'Espilori. Ils avaient ramené au jour une statue du temple païen qui avait précédé la collégiale.

Je me rendis dès le lendemain sur les lieux de la découverte. On avait élargi les fouilles et extrait du sol quantité de vestiges : chapiteaux, linteaux, modillons, d'une telle impudeur qu'à chaque découverte, on la recouvrait pudiquement d'une bâche.

Jérôme, qui se trouvait sur les lieux, m'informa de la nature de ces vestiges. Ils avaient appartenu au temple consacré à Priape, divinité pastorale représentée par des images ithyphalliques, pour la plupart licencieuses.

— Lorsque notre saint patron, Martin, dit l'Espagnol, est arrivé à Brive pour y exercer son apostolat, me dit Jérôme, son premier soin a été de s'en prendre à ce symbole du paganisme. Il avait commencé à attaquer le temple à la pioche quand il a été surpris par des fidèles qui l'ont chassé et rattrapé. Un cordonnier ou un bourrelier lui a tranché la gorge.

Je lui demandai ce qu'on allait faire de ces horreurs.

— Que voulez-vous qu'on en fasse ? On ne va pas les exposer dans la collégiale ni les remettre à leur place ! Le mieux est de les jeter dans la Corrèze, assez profond pour qu'on ne les retrouve jamais...

Je ne puis oublier les *hosannas, alléluias* et autres cantiques qui célébrèrent, jadis, en la basilique de Limoges, l'investiture du duché d'Aquitaine au roi d'Angleterre, Henri II. On se perdait pourtant en conjectures quant à la pérennité de l'union de ce lourdaud de Plantagenêt, qui régnait sur une cour de brigands, avec la belle Aliénor.

Le roi s'était soumis sans sourciller à la coutume consistant à passer au doigt de son épouse l'anneau de sainte Valérie, vierge et martyre de la ville. Il avait conscience d'avoir acquis par cette cérémonie une dimension politique qui faisait de lui le plus puissant rival du roi de France, le pauvre Louis, revenu mortifié de la croisade et divorcé d'Aliénor.

Plus pétri d'ambition que de foi, il avait néanmoins porté une dévotion particulière à la puissante abbaye limousine de Grandmont, en laquelle il voyait un modèle d'énergie et d'austérité. Dans ses chevauchées guerrières, il adressait de ferventes prières au saint patron de cette communauté dont il avait juré d'assurer la protection.

D'accord avec son épouse, il avait décidé d'en finir avec les sempiternelles querelles des barons qui faisaient régner une insécurité permanente dans ses provinces. Il avait compris que le roi Louis soufflait sur le feu mais n'envisageait pas de lui faire une guerre ouverte. Il se contenterait de lui rendre la pareille et de déjouer ses manœuvres.

Le souvenir de cette époque et de cette famille me

ramène à une lecture de jeunesse : l'histoire des Atrides de Mycènes, seigneurs du Péloponnèse, du temps où la Grèce rayonnait sur l'Occident païen. J'aurais pu remplacer les noms d'Agamemnon, Ménélas, Oreste, par ceux des enfants d'Henri et d'Aliénor. C'était le même tissu de haine, de trahisons et de crimes. Il n'y manquait que l'inceste.

Cette nichée de rapaces nés d'une union insolite allait, l'âge des grandes chevauchées venu, se déchirer allègrement, durant des décennies. À l'heure où j'écris ces pages, sur la fin du siècle, leurs querelles sanglantes se poursuivent, alors que la place de ces monstres eût été dans les déserts de Palestine, où seul Richard s'est hasardé.

Un jour de marché, sur la place du Civoire, des mois après ma migration, j'eus des nouvelles de la mesnie de Turenne par un fils de Monteil, Émile, venu vendre de la volaille et du miel.

Le bruit courait d'un départ du vicomte Raymond pour la croisade. Il semblait n'attendre que le prêche d'un prince de l'Église pour prendre les armes et monter sur son destrier. Pour l'heure, il avait assez à faire à maintenir la bonne entente entre les enfants qu'il avait eus de la dame Élise : un fils, Boson, et trois filles : Comtor, Marie et Hélis, que les troubadours allaient bientôt appeler les *Trois de Turenne*. Le moins qu'on puisse dire d'elles est qu'elles étaient fort capricieuses et remuantes.

Émile m'apprit que l'époux de Jordane, Ugo de Valeyrac, devançant le vicomte Raymond, s'apprêtait, entouré d'une dizaine de barons et de chevaliers limousins, à partir pour la Terre sainte. Je poussai Émile à m'en dire plus sur ce couple. Il me confia qu'à en croire les familiers du château, il battait de l'aile, les infidélités d'Ugo se heurtant à la jalousie de Jordane.

Il ajouta que les châtelains continuaient à recevoir des troubadours de passage, solitaires ou accompagnés de leurs jongleurs. On y faisait la fête jusque tard dans la nuit, derrière les remparts illuminés. Je l'écoutai en ruminant un brouet de nostalgie et en rêvant que Jordane, libre de ses attaches avec Ugo, revenait vers moi, m'enveloppait dans son manteau de cheval et que nous nous envolions par-dessus les cerisiers du cloître.

Il était opportun qu'Hélène et moi fissions chambre à part car il m'arrivait, dans mon sommeil, de prononcer le nom qu'elle exécrait. La présence récurrente des souvenirs ne me faisait pas oublier cette certitude : Jordane était perdue pour moi, d'autant que l'austérité morale qui semblait s'être emparée d'elle eût fait obstacle à son retour.

Alors que je me trouvais dans l'atelier pour une livraison de bois venu de la Xantrie, un jeune homme descendit de cheval devant la porte et demanda à me voir *en particulier*. Je le fis entrer dans le cabinet poussiéreux où je rangeais les comptes relevant des commandes et des livraisons. Il me dit se nommer Gérald et être chargé d'une double mission.

L'une concernait le vicomte Raymond, qui se déclarait surpris de ne plus me voir sur le Marchadiol. La seconde relevait de Jordane ; elle regrettait que, depuis son mariage, je ne lui eusse pas donné signe de vie. Il ajouta :

— Que dois-je répondre, maître Jouvenel ?

Je le chargeai d'exprimer mes regrets au vicomte, en faisant état de ma nouvelle situation, et de transmettre à Jordane, en guise de réponse, le début d'un poème que j'avais conçu dans la maison de vigne : *Le vieil arbre qu'on croyait mort / Avril le fera refleurir.* Je lui fis répéter ces deux vers en lui disant que chaque mot avait son importance.

— Est-ce tout, maître ? me demanda-t-il.

— C'est tout et cela suffira. Je te conjure de garder le secret.

À peine Gérald remonté à cheval, je me repentis de lui avoir confié ce message. Il allait, me dis-je, faire croire à Jordane que tout pourrait reprendre entre nous, non comme par le passé, mais sur de nouvelles bases, et que j'y étais disposé comme elle paraissait l'être. Cette maladresse risquait d'ouvrir la porte sur une nouvelle ère de complications et de drames.

Je passai quelques semaines sur les charbons, affolé à l'idée de voir Jordane se livrer à de nouvelles provocations et, sciemment, semer des graines de discorde entre Hélène et moi.

J'avais pris la précaution de placer mes poèmes dans un coffret fermé à clé, au fur et à mesure qu'ils naissaient de mon calame, pour les dérober aux investigations de mon épouse. Par réaction contre l'existence contraignante que je menais et en dépit d'une activité qui ne me laissait guère de répit, je m'accordais de temps à autre, le soir surtout, à la chandelle, le plaisir de composer une aube ou une pastorale à laquelle se mêlaient des souvenirs de mes amours avec Jordane.

Le jour où Hélène, en mon absence, ayant découvert la clé de mon coffret, y avait trouvé mes liasses, elle en fit un drame. Après avoir pris connaissance de quelques poèmes, elle me fit convoquer dans sa chambre par Marthe qui me glissa à l'oreille :

— Je dois vous prévenir, maître : notre dame est aussi plaisante que la porte de la collégiale...

Hélène avait répandu quelques feuillets sur son lit comme pour m'en faire la critique. L'accueil qu'elle me réservait ne concernait en rien la qualité de ces œuvres ; le contenu seul lui importait.

Elle me lança de la voix âpre qu'elle prenait pour critiquer le travail de nos ouvriers, avec, en plus, un ton sarcastique :

— Ainsi, mon mari, vous rêvez toujours (je cite) à cette créature aux *lèvres en pétale de rose*, à cette *dispensatrice des joies d'amour* ! S'agirait-il de moi, votre épouse ? Permettez-moi d'en douter. Alors, que dois-je en penser ?

Je m'embrouillai dans des arguments absurdes, disant que chaque troubadour avait créé une image de la femme et en célébrait le culte, comme celui de la Vierge Marie. Elle éclata d'un rire grinçant, rassembla mes feuillets d'une main rageuse, les froissa et les jeta au plafond en s'écriant :

— Crois-tu vraiment que je vais avaler ces couleuvres ? Je ne connais que trop bien le nom de cette créature que tu célèbres dans ces poèmes médiocres, et dont je me refuse à prononcer le nom : il m'écorcherait les lèvres ! Tu sembles attendre son retour.

— La personne à laquelle tu fais allusion est mariée, je te le rappelle.

— Certes, mais je viens d'apprendre que son époux va partir pour la croisade et qu'il ne reviendra sans doute pas. L'occasion sera belle, pour toi et pour elle, de vous livrer de nouveau à vos... *galipettes* !

Comment, me dis-je, a-t-elle pu apprendre cet événement qui avait peut-être déclenché sa fureur ? Je l'ignore. Toujours est-il qu'il avait pour moi des conséquences imprévues.

Elle ajouta d'un ton glacé :

— C'en est trop. Je ne puis tolérer plus longtemps que tu traînes le souvenir de cette catin. Tu ne me fais plus l'amour depuis des lustres et nous vivons comme des associés. Je vais demander le divorce.

Je restai comme pétrifié, persuadé que j'étais avant cet entretien qu'elle n'oserait jamais y songer.

— Je te le déconseille, lui dis-je. Tu ne pourrais t'appuyer sur aucun argument concret. Aux yeux de tous, je suis un mari travailleur et fidèle. Tu risquerais de soulever un scandale dont tu serais seule à porter le poids.

Elle s'interrompit brusquement et se laissa tomber sur son lit, entre rire et larmes, en libérant un flot d'injures et de menaces. Cette fois-ci, me dis-je, c'est à une malade que j'ai affaire, et pas facile à soigner. Je tentai une approche. Elle me repoussa en hurlant et me jeta son poing au visage.

Le lendemain, je consultai Elias Bordier, le médecin de la famille, et lui parlai de la scène de la veille et de quelques autres qui l'avaient précédée.

— Il est vrai, me dit-il, que la santé de votre épouse m'a semblé affectée par la mort de son frère. Je crains qu'il ne s'agisse d'un début d'aliénation mentale. Cet état peut être dû à des perturbations morales ou physiques, à une intoxication répétée, à un traumatisme crânien, ou bien, mais cela me surprendrait, à la syphilis. Proposez-lui d'accepter de me rencontrer.

— Cela me sera difficile. Le mieux est que vous veniez de vous-même, sous prétexte, par exemple, de soigner les maux d'estomac de Marthe.

— Soit, maître Jouvenel. Je serai demain chez vous.

À peine Bordier eut-il frappé à notre porte, elle lui demanda, sans le laisser entrer, de quel malade il venait prendre soin. Elle éclata de rire quand il lui dit qu'à ma requête il s'était déplacé pour Marthe.

— Marthe ! Oh là là... Elle a une santé de fer et n'a aucun besoin de vos médecines. Ne serait-ce pas plutôt pour moi qu'il vous a fait venir ?

Avant même qu'il lui répondît, elle s'écria :

— Croyez-vous que j'ignore que mon époux voudrait me faire passer pour folle et me faire enfermer pour être libre et se livrer à ses fredaines ! C'est lui qui aurait besoin d'être soigné. Quant à moi, je ne souffre d'aucune maladie que vous puissiez soigner. Salut, maître Bordier !

Elle lui referma la porte au nez.

J'avais assisté à la scène depuis le palier, en me gardant d'intervenir. Bordier me confia quelques heures plus tard que mon épouse lui avait fait mauvaise impression.

— Elle est en proie, me dit-il, à une surexcitation anormale, à une sorte de délire obsessionnel que je ne puis m'expliquer. J'ai observé son visage. Ces traces roses ne présagent rien de bon. Il pourrait s'agir de la varicelle, mais je crains que son mal ne soit plus grave.

Je lui demandai à quoi il pensait.

— À la syphilis, hélas, et à un stade avancé...

Je restai une heure à tourner en rond dans le jardin, en proie au doute. Comment Hélène aurait-elle pu contracter cette maladie, et avec qui ? Nous n'avions plus de rapports intimes depuis longtemps et je ne voyais dans notre entourage personne qui pût l'avoir contaminée.

Voire...

Je me souvins de ce chanoine, Jérôme, qui, malade depuis peu lui-même, avait espacé ses visites, puis y avait renoncé. J'avais bien éprouvé quelques soupçons à constater sa familiarité envers mon épouse, leurs entretiens en aparté, leurs promenades dans le jardin, mais j'avais du mal à supposer qu'il y eût entre eux autre chose qu'une amitié suscitée par les soins qu'ils apportaient à notre petit Vital.

Je décidai d'en avoir le cœur net.

Profitant de ce qu'Hélène était à ses broderies sur le banc du jardin, je m'assis près d'elle et lui demandai ce qui motivait l'absence du chanoine qui, bien que souffrant, aurait pu donner signe de vie. Elle parut si surprise de ma question qu'elle se piqua le doigt et le porta à ses lèvres.

— Peu m'importe ! me dit-elle. À diverses reprises, tu lui as fait grise mine, comme si sa présence t'indisposait. Alors il a décidé de ne plus revenir.

Je ne me souvenais pas de lui avoir montré la moindre animosité, d'autant qu'il semblait très attaché à son élève.

— Il s'en souvient, lui !

— Regrettes-tu son absence ?

Je m'attendais à ce qu'elle me répondît que cela lui était indifférent. Elle me confia qu'elle en était peinée et me fit une confidence inattendue : pendant que je folâtrais avec Jordane, sa présence lui avait été d'un grand secours. Je lui demandai malignement de quelle nature étaient ces *secours*.

— A-t-il été pour toi un confesseur, un grand frère, un ami... intime. N'avez-vous pas poussé plus loin cette intimité ?

Elle me répondit d'un ton provocant, avec un rire aigrelet :

— Et quand cela serait ?

Persuadé qu'elle souhaitait, par cette réponse équivoque, susciter en moi un mouvement de jalousie, je fis mine d'en être profondément affecté. Elle tomba dans son propre piège.

— Ne me dis pas que toi et ce chanoine... J'ai peine à le croire.

— Eh bien ! s'écria-t-elle, tu aurais tort. Jérôme a été mon *consolateur* ! Désolée de t'en faire la confidence, mais avoue que j'avais de bonnes raisons de chercher à prendre ma revanche.

J'ajoutai d'une voix volontairement brisée :

— Quelle humiliation pour moi et pour toi ! Ne me dis pas qu'il y a eu d'autres *consolateurs*...

— Pour qui me prends-tu, Peire ? s'exclama-t-elle. Je ne

suis pas une catin, *moi* ! J'avoue avoir eu quelques faiblesses pour Jérôme, mais ça s'est arrêté là.

Je me suis levé pour aller vomir au pied d'un arbre.

À force de vivre au quotidien avec des familiers, on finit par ne plus les voir : on ne fait que les regarder.

Je me souvins de ce que m'avait dit Bordier à propos des taches rosâtres sur le visage d'Hélène, qui ne m'avaient pas alerté. Il avait omis de me mettre en garde contre le caractère contagieux de la syphilis, mais je ne l'ignorais pas et prenais discrètement des précautions. Ce qui me rassurait, c'est l'abandon de nos relations intimes et l'absence, chez moi, de tout symptôme.

J'avais lu dans mes grimoires traitant de médecine un texte d'Hippocrate parlant de la folie comme d'une conséquence de la syphilis. Je fis part à Bordier de cet avis, qu'il partageait. Il ajouta :

— Au cas où l'état mental de votre malade s'aggraverait au point de la rendre dangereuse, il conviendra de la confier à un hospice, au risque qu'elle n'en sorte jamais. Dieu merci, il semble que nous n'en soyons pas encore à ce point. Il faudra veiller sur elle, lui éviter des contrariétés, lui faire prendre les remèdes que je vais lui prescrire, et surtout éviter de lui laisser croire qu'elle est perdue. Je compte sur votre vigilance et votre patience. Mon cher Jouvenel, il vous en faudra...

L'hostilité que je vouais à mon épouse, et qui parfois confinait à la haine, fit place à la compassion et même à une forme de tendresse à laquelle elle ne répondit pas. Les mois qui suivirent cette révélation connurent pour moi des alternances d'effluves suaves et de relents nauséeux.

Une fois par semaine, je recevais par un de ses pages des nouvelles de Jordane. Ce manège échappait à Hélène qui, cessant de s'occuper de nos affaires, se cantonnait dans sa chambre ou dans le jardin lorsque le temps le permettait.

Ces billets étaient un salmigondis de récriminations et d'élans fougueux conformes à sa nature.

Le départ d'Ugo l'avait libérée mais laissée dans une solitude sentimentale qu'elle supportait mal et que j'étais le seul à pouvoir combler. Bien que je l'en eusse informée, elle ne tenait aucun compte de ma condition de garde-malade. Pour rien au monde je n'aurais accepté de renouer avec elle, dans l'état où se trouvait mon épouse. Il m'aurait été loisible de lui donner des rendez-vous, mais ma conscience s'y refusait, quoi qu'il m'en coûtât.

Le calvaire d'Hélène était devenu le mien.

Son état s'était aggravé rapidement. Elle sombrait durant des heures dans une profonde somnolence dont je ne la tirais que pour lui faire prendre ses médications. Elle entrait parfois dans des crises aiguës que j'avais du mal à maîtriser. Marthe était devenue, j'ignore pourquoi, sa bête noire. Elle lui reprochait son service défectueux et l'accusait de partager mon lit, en se souvenant sans doute l'avoir jadis jetée dans mes bras pour me déniaiser !

La situation tourna au tragique le jour où, subrepticement, elle monta à cheval et disparut. Je la cherchai durant des heures, vainement, à travers la ville, l'angoisse au cœur. Il ne me restait d'autre solution que d'attendre son retour.

Elle revint au soir tombant, échevelée, excitée mais radieuse, des traces charbonneuses sur les joues. Avec ménagement, je lui demandai ce qu'elle avait fait de cette journée. Elle éclata de rire.

— La maison de vigne... Pfuittt ! Il n'en reste plus rien.

— Tu veux dire... que tu y as mis le feu ?

— Le feu, oui ! C'était beau... Ton nid d'amour, en cendres !

Je faillis lui dire qu'elle était folle, mais c'eût été souligner une évidence. Folle ? Elle l'était bel et bien, encore qu'il y ait eu quelque logique dans son acte. Elle avait dû se souvenir que jadis, j'avais moi-même livré aux flammes la maison de vigne de ses beaux-parents, aux Escrozes.

Je la confiai à Marthe qui lui fit prendre un bain dans lequel elle barbota en chantant. Je lui fis boire une tisane de tilleul et la pris dans mes bras pour la transporter dans sa chambre. Elle minaudait, roucoulait des mots d'amour, m'embrassait dans le cou et me mordillait l'oreille. Elle chercha mes lèvres mais, par précaution, je les lui refusai.

Je passai la nuit dans sa chambre, à demi allongé dans un fauteuil, une chandelle allumée pour répondre plus vite à une éventuelle alerte.

Marthe me confia le lendemain son intention de nous quitter pour se retirer dans sa famille. Elle était excédée par les caprices et les violences verbales de notre malade et par le train de maison qu'elle était seule à assumer. Je lui demandai de remettre la décision de son départ et lui confiai une jeune servante qui, affolée par le comportement d'Hélène, ne resta qu'une semaine.

— Au point où en sont les choses, me dit Bordier, je ne vois que deux solutions : l'hospice ou le huis clos à demeure.

Je choisis cette dernière solution et enfermai la malade au deuxième étage, dans une pièce qui servait de débarras, en veillant à ne pas laisser à sa portée d'objets qui puissent la blesser ou lui donner des idées de suicide. Bordier me conseilla de veiller à ce qu'elle s'alimentât convenablement, et de fermer la fenêtre pour lui éviter la tentation du vide.

Avec la conviction qu'Hélène les supporterait mal, je respectai ces prescriptions à la lettre. Mes inquiétudes ne tardèrent pas à se confirmer. Du rez-de-chaussée où je me trouvais pour mes affaires, je l'entendais hurler et cogner contre la porte. Lorsque je lui montais sa pitance, elle me demandait qui j'étais, ce que je lui voulais, et s'accrochait à moi avec des mots orduriers pour m'entraîner vers son lit. Quand je voulais l'obliger à manger sa bouillie, elle me la crachait au visage. Un soir, elle m'attendait derrière la porte. Au moment où j'entrai, porteur d'une écuelle, elle se rua sur moi avec une force et une violence telles que j'eus du mal à la maîtriser. Aurait-elle eu un couteau, elle aurait tenté de me tuer.

Une nuit, je fus réveillé par des coups contre la porte venant de la cellule d'Hélène. Je n'y prêtai pas plus d'attention que les nuits précédentes et me rendormis.

Au petit matin, un de nos ouvriers envoya Marthe me

réveiller. Je descendis précipitamment et, en ouvrant la porte donnant sur la rue, j'aperçus Hélène, entièrement nue, allongée dans la boue, un filet de sang s'écoulant de sa tête, entourée de porcs qui la reniflaient et que je chassai.

Marthe constata que notre malade était parvenue à arracher la planche qui enclouait les volets de sa fenêtre et à sauter dans la rue après s'être dépouillée, Dieu sait pourquoi, de sa chemise.

Aidé de deux ouvriers, je la remontai dans sa chambre, alors que des curieux avaient succédé aux pourceaux. Son cœur battait encore, mais elle ne reprit pas connaissance et rendit son âme à Dieu dans la soirée. J'aidai Marthe à faire sa dernière toilette et plaçai autour du lit quatre gros cierges de cire rouge et une cassolette où je fis brûler des herbes.

Le prêtre que j'envoyai quérir par ma servante me reprocha d'avoir laissé partir mon épouse sans les sacrements et ne consentit à oublier le suicide, qui eût fermé à la morte les portes de la collégiale, que contre la bourse que je glissai dans sa ceinture. Il y a des accommodements avec le ciel...

J'avoue que la mort d'Hélène me causa plus de soulagement que de peine. Par sa conduite odieuse, sa jalousie permanente, ses excentricités des derniers temps, elle avait effacé les souvenirs heureux que je gardais des débuts de nos amours. Je lui en voulais de ce que je considérais comme un sacrilège. Peut-être, eût-elle fait preuve de plus de mansuétude et moi de sagesse, aurions-nous fini nos jours dans cette banalité bourgeoise qui ressemble au bonheur.

Dans les jours qui suivirent, demeuré seul avec Marthe dans cette vaste demeure silencieuse comme une crypte quand se taisaient les bruits de l'atelier, je fis fort honnêtement mon deuil.

Je renonçai à fréquenter le cabaret où j'allais parfois m'informer des événements en buvant du vin, m'interdis les passes d'armes auxquelles je me livrais une fois par semaine, sur une prairie du Verdançon, le ruisseau qui alimente les fossés, et qui se terminaient par des beuveries. Faire prévenir Jordane de mon veuvage ? J'y songeai et l'oubliai. Elle ne tarderait pas à en être informée et chercherait à reprendre contact avec moi, ce qui m'exonérerait du remords d'avoir fait les premiers pas.

Quelques jours après l'inhumation de mon épouse au cimetière de l'Espilori, je pris, monté sur Jasmin, devenu un vieux cheval, la direction de la maison de vigne.

Il n'en restait que les quatre murs et, à l'intérieur, les vestiges charbonneux de la charpente. J'avais du mal à imaginer Hélène, une torche à la main, réduisant en cendres cette maison, réceptacle de souvenirs heureux. Il n'y avait pas eu de dimanche qui ne fût marqué par une équipée de pêche ou de chasse, une promenade à cheval, un festin de figues et de pommes à la fin de l'été, ou de longues lectures après la sieste...

Qu'allais-je faire de cette ruine et des quelques arpents de vigne qui l'entouraient ? Je n'eus pas, cette année-là, à me préoccuper des vendanges, des gens l'ayant fait à ma place, ce que j'aurais eu mauvaise grâce à leur reprocher, car j'en aurais été incapable. Grives et merles s'en disputaient les derniers grains. Quant à la maison, la reconstruire eût été une folie dispendieuse et inutile, car je ne reviendrais jamais sur ces lieux.

Notre vigne était si proche de la ville et si généreuse que je n'eus aucun mal à en négocier la vente : un maître pelletier de la rue du Clocher m'en donna un bon prix, avec la promesse de me faire livrer après chaque vendange un baril de ce vin durant dix ans.

La mort d'Hélène avait fait de moi le propriétaire de l'une des plus importantes saboteries de la province. On m'appelait maître Jouvenel, mais je n'étais qu'une pâle réplique de maître Borzeix qui, né dans le sérail, avec une cuillère d'argent dans la bouche, n'avait pas eu à se battre pour accéder à la notoriété.

Je devais à ce bourgeois devenu mon beau-frère un devoir de reconnaissance pour m'avoir accueilli dans sa famille alors que j'étais sans fortune et sans avenir. Il m'avait donné sa sœur en mariage et m'avait témoigné d'emblée son amitié et sa confiance. Il n'avait jamais montré de sentiment hostile à ma passion de *trouver* et même, à la moindre occasion, me priait de dire ou de chanter l'un de mes poèmes.

Liquider l'atelier de saboterie m'eût été aussi facile que pour La Nadalie et la vigne.

À peine maître Borzeix au cimetière, Hélène et moi avions reçu des propositions de maisons concurrentes ; elle les avait toutes repoussées. Elle disparue à son tour, je me trouvai en butte à de nouvelles sollicitations. Ma fabrique était devenue un objet de convoitise, et les enchères montaient d'autant plus haut et plus vite que j'avais redressé la barre et que notre atelier tournait à plein rendement.

Je me donnai le temps de la réflexion. Rien ne pressait.

Pris par mon travail et mes soucis, j'avais remis à plus tard la nouvelle visite que je projetais à la léproserie de Chabrignat et à mon ami Geffrey de Noailhac.

Je m'y rendis un dimanche de mars et restai stupéfait : la léproserie avait atteint une importance et une qualité de vie que je n'aurais pu supposer. Geffrey, lui, ne s'en montrait pas satisfait.

— Comment, me dit-il, me réjouir de voir les effectifs de mes malades grossir de mois en mois. C'est le résultat de cette calamité : la croisade, et de la guerre en Espagne, contre les émirs de Cordoue et de Grenade ! Mon rêve serait de voir ce refuge abandonné par manque de malades, mais nous n'en sommes pas là. Si tu as un remède contre ce fléau, je ferai de toi un saint !

Sa léproserie, qu'il me fut interdit de visiter, mais dont je fis le tour, s'apparentait à ces villages gaulois que César avait découverts en lançant ses légions sur la Gaule : mêmes murs d'enceinte en pierres sèches à hauteur d'homme, mêmes huttes rondes d'où montaient des fumerolles, mêmes basses-cours...

Geffrey avait en outre installé des séchoirs à châtaignes et à noix, fait construire une infirmerie où les malades trouvaient à soigner leurs plaies, et une chapelle où un religieux cistercien était toujours prêt à sauver des âmes.

— Il nous arrive, me dit Geffrey, de célébrer des mariages. Des femmes saines viennent parfois nous supplier de partager le sort de leur époux ou de leur enfant. Nous les tenons à l'écart dans les cabanes extra-muros que tu as vues en chapelet sur la pente. Lorsque nous accueillons un nouveau malade, nous le persuadons que son calvaire n'a rien d'une malédiction due aux péchés. Ceux que je surprends à organiser des réunions sataniques pour conjurer le sort, je les rejette de la communauté.

Je passai quelques heures à tourner autour de ce village qui n'avait rien d'une géhenne. J'en admirai la propreté, l'animation discrète, les travaux auxquels les malades se livraient dans les jardins. Des femmes chantaient, en cercle autour d'un feu où grillaient des pièces de viande ou de venaison.

La voix de Geffrey me parvenait de derrière la pièce de tissu qui lui recouvrait le bas du visage. Il s'en excusa, disant qu'il n'avait plus de nez et que ses lèvres laissaient à découvert ce qui restait de sa mâchoire.

— Moi qui étais, me dit-il, un véritable Adonis, je suis devenu un monstre, mais j'ai encore toute ma tête et le cœur tient bon. Quant à mes mains, hélas ! c'est une autre affaire. J'ai tenté d'écrire en me faisant attacher un calame au moignon, mais j'ai dû y renoncer pour confier mes travaux d'écritures à un bourgeois de Tulle qui a comme moi une face de gargouille mais des mains intactes.

Il me remercia des subsistances et de la bourse que je lui avais apportées et me dit, en restant derrière son portillon :

— Me croiras-tu, Peire, si je te dis que je baigne dans la sérénité, sinon dans la joie ? J'expie les crimes que j'ai commis au cours de ma croisade, au nom de Dieu, et fais ma nourriture spirituelle des Évangiles. Chaque soir, je réunis la communauté autour d'un feu ou dans la chapelle, pour leur en lire des passages. Ce sont de grands moments de bonheur...

C'est une impression de nature différente que je retirai d'une autre visite que je fis à l'hospice des vicomtes, à Nazareth. En l'absence de toute autorité, cela tenait du cabaret et du lupanar. Il était difficile d'imposer une discipline à ces éclopés : aveugles, manchots, culs-de-jatte, émasculés. Ils menaient joyeuse vie et s'enivraient en compagnie de filles du village et des alentours qui émargeaient à leur maigre pécule.

Ils m'avaient accueilli avec des mines patibulaires et avaient tenté sous la menace de me soutirer de quoi poursuivre leur sabbat. Ayant refusé, je les entendis me chanter pouilles et maudire ces bourgeois qui se gobergent alors que d'autres risquent leur vie sur la Terre sainte, pour défendre le tombeau du Christ.

Si j'avais osé rétorquer que la plupart n'étaient partis que dans l'intention de libérer leurs ardeurs guerrières et de faire fortune, ils m'auraient écharpé.

— Je vous conseille, me dit le gardien à moitié ivre, de foutre le camp, sinon je réponds pas de votre sécurité.

Je gardai par-devers moi la bourse que je destinais à ces misérables et m'en fus retrouver ma solitude.

J'attendais, sans impatience, des nouvelles de Jordane.

Cinquième partie

Un château dans les nuages

Turenne, année 1180

Je ne suis pas certain d'avoir mérité ce qui m'est advenu, au cours des années qui ont suivi la mort d'Hélène. Il me semble aujourd'hui, à l'heure où mon destin semble figé, avoir accompli, comme saint Paul, mon chemin de Damas, non pour me convertir mais aller à la rencontre de ma véritable nature et m'y intégrer.

La maisonnette de belles et bonnes pierres du causse, désormais mon lieu de vie au château, est telle que je l'avais souhaitée : distante d'une centaine de brasses du donjon et de sa grouillante mesnie, exiguë sans que je m'y sente oppressé comme dans une cellule. La porte donne sur le jardin dont on m'a confié l'entretien, entre autres fonctions ; l'unique fenêtre, de modestes dimensions, ouvre sur la vallée du côté du levant, avec la colline du Vieux-Turenne à ma gauche, et, à ma droite, La Grange-Rouge et le chevauchement de collines qui glissent vers la Dordogne.

Puis-je le dire ? Je suis un homme heureux, comblé sur le tard de dons qu'il n'aurait osé espérer. Chaque matin, à mon réveil, après ma prière, je mesure la chance qui, grâce à Dieu, m'a tiré d'un marécage peuplé de créatures plus sombres que lumineuses, qui sentait tantôt la mort plutôt que la myrrhe.

L'approche de mes quatre-vingts ans ne m'importe guère. Je prends soin de ma santé : mes jambes ne me trahissent pas au cours de mes longues promenades, je me tiens à cheval comme un jouvenceau et à table avec un appétit sans faille. J'use en permanence d'une formule socratique : user de tout sans en abuser. Cela me réussit.

Je suis revenu tout naturellement à ma vocation première, longtemps mise sous le boisseau du fait des événements qui ont bouleversé mon existence : *trouver.* J'ai conscience de ne pas appartenir à la communauté des grands troubadours et de n'occuper qu'une place marginale. Ils me connaissent moins que je ne les connais, mais, s'ils ne me tiennent pas pour un des leurs, ils ne méprisent pas mon modeste talent. Si je partage leur passion, j'ai peu de goût pour les lauriers du Parnasse.

Dieu merci, mes poèmes sont appréciés, ma voix est encore claire et ma main assurée sur la vielle. Les compliments ne me sont pas mesurés, mais les vivats sont pour les autres.

J'aime ma maisonnette, le château dont elle dépend et cette contrée que les barons et les troubadours venus du nord appellent la « Porte du Paradis ».

Lorsque, les matins d'hiver, j'ouvre ma fenêtre, j'ai l'impression de me trouver au centre du monde, avec par beau temps, dans le lointain, les crêtes neigeuses de l'Auvergne et ces vagues de collines émergeant de la brume. Chacune ou presque porte son château, sa tour de guet ou son hameau, comme la Tourmente ses moulins. Lorsque je me hisse au sommet de la tour de César, je peux apercevoir, à demi noyé dans la verdure, mon ancien domaine de La Nadalie, où mes promenades à cheval me conduisent assez souvent.

Avec ses champs de céréales, ses vergers, ses troupeaux, sa noiseraie, son allée de chênes verts et de mûriers, ma modeste tenure a pris les dimensions d'un domaine vaste et prospère. La demeure des Monge ne rappelle en rien la masure qui l'a précédée. Monge, homme avisé, a creusé un canal qui amène l'eau de la Tourmente jusqu'à une peissière pour poissons et écrevisses. Il a même obtenu du vicomte l'édification d'un gracieux pigeonnier à colombages.

Le spectacle biblique du patriarche et de sa famille de

dix enfants me ravit, le jour où, pris par la pluie, je fus invité à partager sa table, où rien ne manquait. Il avait installé au mur de la salle principale une panoplie d'armes destinées à parer aux attaques des bandes qui hantent encore nos forêts.

Le père Monteil est mort depuis quelques années, mais, repris par ses fils, le Moulin des Champs a poursuivi son activité. Luce a quitté sa famille pour épouser un paysan de Gernes qui lui a fait trois enfants et la traite en esclave.

Du haut du donjon, je jouis d'une perspective différente.

Situé au bord d'un beau méandre de la Tourmente, le village de La Rivière a son auberge, deux cabarets et il s'y tient un marché fréquenté par les gens du causse. La vallée semble prendre son élan vers le Quercy dont les premières maisons nobles, manoirs et châteaux dressés sur le versant de Linoire et de Valeyrac, attestent d'une noblesse teintée d'un sens bourgeois du confort. Au loin, massif comme une pyramide tronquée, se dresse le Puy d'Issolud, où César a livré sa dernière bataille aux Gaulois.

Depuis l'éradication de la fameuse bande des Pieds-Rouges, après celle de Pille-Brive, une paix précaire règne sur la vicomté.

J'ai participé à cette dernière opération qui a mobilisé une centaine d'hommes et de nombreux chevaliers des parages. Il a fallu des semaines pour en venir à bout, avec alternance de guets-apens, de batailles, de poursuites à travers les forêts, entre Collonges, notre quartier général, et Meyssac. J'avoue avoir pris quelque plaisir, malgré mon âge, à ces équipées.

J'ai l'honneur d'avoir participé, un soir de neige, par un vent glacial, à la capture du chef des Pieds-Rouges, un Basque déserteur de l'armée des comtes de Toulouse, entouré d'une cinquantaine de brigands, dont certains ont eu la chance d'être choisis par le vicomte Raymond pour être incorporés à sa compagnie.

Cette expédition punitive n'a rien de comparable avec la véritable bataille rangée qui eut lieu aux portes de Brive, sur le bord de la Corrèze, au lieu-dit Malemort, contre une bande d'une autre importance.

Conduite par Guillaume Le Clerc, elle était un mélange de Brabançons, de « Pailliers », qui portaient un brin d'herbe à leur bonnet, de routiers et d'Enfants perdus, tous gens de sac et de corde.

Depuis des mois, ils couraient la contrée entre Périgord et Limousin, pillant des monastères, rançonnant des villages, tuant et massacrant à l'occasion, et insaisissables. On les disait à la solde de Richard Cœur de Lion, ce qui reste à prouver. J'ai peine à croire que ce prince valeureux, troubadour de surcroît, sans grand talent il est vrai, ait pu s'abaisser à cautionner ces exactions et ces crimes.

Avant de trouver asile dans les parages, ce « fléau de Dieu », comme on disait des hordes d'Attila, avait mis le siège devant Yssandon, puis s'était rendu maître du château de Beaufort, à une lieue de Brive. L'audace de ces pouacres avait suscité une telle émotion dans la ville, la vicomté et jusqu'à Limoges, que les autorités avaient décidé d'en finir avec eux.

Une véritable croisade avait été organisée à l'initiative de l'évêque Gérald du Cher qui, vieux et quasiment aveugle, avait tenu à diriger l'opération, et d'un abbé de Limoges, Isambert. Nombre de barons de la vicomté avaient tenu à être de cette expédition.

Malgré mon âge et ma présence constante requise à la saboterie, je ne pus me dérober à la sollicitation des échevins de participer à la bataille. Ce n'est pas de gaieté de cœur que je dus reprendre ma vieille épée.

Quelques jours avant le départ de la croisade, l'évêque Gérald du Cher avait reçu un message ironique au chef des brigands : « Nous vous convions à un festin au château de Beaufort. Ne tardez pas trop : les plats pourraient refroidir ! »

Une semaine plus tard la croisade, composée d'un millier

d'hommes déferlant vers Beaufort, enlevait les défenses de Bréniges, avant-poste des brigands dans la plaine.

C'est à deux pas de là, sur un terrain en friche, qu'allait se dérouler l'ultime bataille. Lorsque l'évêque aveugle, ayant béni les croisés et fait entonner le *Dies Irae*, donna le signal de l'assaut, nous fûmes accueillis par des vociférations, des quolibets et des menaces.

Je dois renoncer à décrire par le menu ce qui ne fut qu'une mêlée inextricable, hommes de pied et cavaliers. Les redoutables archers de Ventadour firent pleuvoir leurs traits sur les rangs ennemis, sans les faire bouger. Un corps d'arbalétriers de Ségur parvint à faire reculer les brigands mais, se reprenant vite, ils fondirent sur nous avec des chants de mort et des hurlements.

Sous la ruée, notre avant-garde fléchit et faillit battre en retraite. Une charge de cavaliers de Chalucet, attaquant par le flanc, nous sauva la mise. Regroupés autour de l'évêque, impavide sur son destrier, les nôtres reprirent confiance et, lorsqu'une compagnie de lanciers menés par le vicomte Raymond fondit sur l'ennemi, quelques brigands se débandèrent, poursuivis par les milices de Brive et de Tulle.

À titre de dizainier de la milice urbaine, je me trouvai parmi ces gens et me dépensai avec une sorte de fureur glacée, taillant de l'épée, jetant des ordres, piquant mon cheval pour courir après les fuyards qui gagnaient la rivière afin d'y trouver leur sauvegarde.

Lorsque j'entendis les clameurs des nôtres, disant que la victoire était à nous, et que je vis ce qui restait de l'ennemi cherchant refuge dans la rivière, je me laissai tomber à genoux dans l'herbe, le cœur grondant dans ma poitrine.

Combien de temps dura cette bataille, la première de cette importance à laquelle il m'eût été donné de me mêler ? Je ne saurais le dire : trois heures, peut-être quatre... Le temps ne se comptait plus, pris que nous étions tous par la fièvre qui nous animait. Je dus achever mon cheval blessé au garrot, et m'en tirai avec seulement un coup d'épée qui, déchirant mes chausses, me fit à la cuisse une blessure sans gravité.

On avait descendu de son cheval l'évêque Gérald. Blessé d'une flèche au col dès le début de l'affrontement, il était resté imperturbable sur sa selle, sous sa cotte de mailles. Des hommes de Comborn talonnèrent le reste de la bande qui se repliait sur le château de Beaufort, et en firent un massacre.

Dire combien de tués et de blessés cette bataille fit de part et d'autre me serait difficile. La bande de Guillaume Le Clerc avait fondu comme neige au soleil, et ce n'est pas avec ce qui lui restait qu'il aurait pu nous tenir tête dans sa forteresse.

C'est l'année succédant à cette bataille que je décidai de liquider ma fabrique.

J'étais las de ce métier qui m'obligeait à une confrontation permanente avec la concurrence, les fournisseurs et les clients. Une nouvelle génération avait pris en main des entreprises obsolètes et prospectait la clientèle avec une ardeur dont je ne me sentais plus capable. Faisant fi des règles de l'honneur, un de mes concurrents avait débauché mon contremaître et trois de mes meilleurs ouvriers. Il en résultait un fléchissement de la production et un regain de convoitise de la part de ces rapaces.

Maître Vialle, patron sabotier de la place Saint-Pierre, m'invita un jour à lui rendre visite. Je n'eus aucune peine à deviner ce qu'il attendait de moi.

Après s'être lamenté sur la mort de maître Borzeix et de sa sœur, ce vieil hypocrite, abordant le vif du sujet, me dit son souhait de donner plus d'importance à son entreprise en prospectant la région de Bordeaux. Il avait racheté quelques petits ateliers artisanaux, à Brive et dans les environs, mais avait une autre ambition.

— Vous n'êtes pas du métier, maître Jouvenel. J'ai compris que, si vous persistiez à l'exercer, c'était par un sentiment de fidélité envers votre beau-frère et votre épouse. Je sais que votre entreprise périclite. C'est pourquoi je me permets de vous faire une proposition : cédez-moi votre matériel, vos ouvriers et votre clientèle. Je suis prêt à vous en donner un bon prix, de manière que vous n'ayez pas de soucis d'argent dans votre retraite.

Comme je demeurais imperturbable, il fouilla dans ses registres et aligna des chiffres sur un feuillet, avant de m'annoncer une somme qui me fit sourire. Je me retirai en évitant de lui donner une réponse, persuadé qu'en le faisant lanterner j'obtiendrais un meilleur prix.

Je n'eus pas à regretter cette manœuvre. Une semaine plus tard son offre avait pris des proportions plus généreuses mais qui ne me satisfaisaient toujours pas. Il fallut discuter âprement, jusqu'à aboutir à un accord qui me convînt.

Décidé à quitter cette ville, je vendis sans peine ma demeure. L'émotion m'étreignait la gorge lorsque j'annonçai à Marthe notre séparation. Elle en eut un tel chagrin, disant qu'elle n'aurait d'autre perspective que l'hospice des vieillards ou la mendicité, que je revins sur ma décision.

Je lui annonçai mon intention de me retirer dans une maison de Collonges dont je venais de faire l'acquisition : la demeure noble de Benge, bâtie de pierres rouges comme le reste du village. Les dépendances comportaient un jardinet en friche, une écurie, une petite grange et un cellier. Mon premier soin fut de défricher le jardin dans l'intention de lui faire produire, pour le plaisir, des herbes aromatiques.

Lorsque je fis visiter ma nouvelle demeure à Jordane, elle s'en montra ravie.

Elle était veuve depuis une année. Des croisés du bas-pays lui avaient annoncé la mort de son époux, Ugo de Valeyrac, aux abords du krak des Chevaliers, au cours d'une sortie contre une horde de Bédouins. Libres tous les deux, rien ni personne ne pouvait nous interdire de nouvelles rencontres.

— Cette maison, lui dis-je, est la tienne. Je vais t'y faire aménager une chambre et des commodités. Tu y seras comme une reine : ma reine.

Nous avons dû faire l'un et l'autre abstraction de nos griefs pour nous engager dans un autre genre de relation favorisée par une totale liberté. À peine une heure de cheval séparant Turenne de Collonges, je recevais sa visite deux à trois fois la semaine, et c'était chaque fois une fête, des repas à la chandelle préparés par Marthe, de longs entretiens devant la cheminée, des réceptions chez quelques relations que je m'étais faites dans le village.

Il m'arrivait souvent de lui rendre visite au château où j'avais toujours table ouverte, et où notre relation, connue de tous, ne soulevait pas la moindre critique. Les deux enfants qu'elle avait eus d'Ugo, Martine et Hymon, ne me ménageaient pas leur affection et me considéraient presque comme leur père.

J'aurais aimé leur faire rencontrer Vital, mais il passait des mois sans daigner me donner signe de vie. Il s'était enfin décidé, malgré ses préventions, à entrer dans les ordres et s'en trouvait fort bien. Le chanoine Jérôme, son mentor, lui avait prédit le cardinalat : mon fils s'engageait avec audace et compétence dans cette voie semée d'embûches. Les rares billets que je recevais de lui me ravissaient : il les ornait de figurines coloriées qui me rappelaient celles dont mon ancien ami, Alain Masbaraud, illustrait ses poèmes.

Au cours d'une de ses visites, Jordane m'informa de l'intention de Raymond de me rencontrer. L'affaire paraissait urgente, car nous nous voyions fréquemment. Je me rendis le jour même au château.

Il me convia à une promenade dans les allées du jardin et, oubliant le tutoiement dont il usait d'ordinaire, il me dit :

— Maître Jouvenel, je suis dans le plus grand embarras. J'ai dû me séparer de mon intendant devenu vieux, acariâtre et incompétent. C'est alors que l'idée m'est venue de vous solliciter pour occuper cette charge. J'aimerais avoir votre réponse dans la quinzaine.

Mon premier réflexe fut de refuser son offre. Je me satisfaisais de ma condition présente et ne souhaitais pas lâcher la proie pour l'ombre. Je promis pourtant à Raymond de réfléchir.

Il ajouta avec un sourire :

— Cette proposition devrait vous séduire doublement. Outre que vous aurez d'honnêtes émoluments, vous vivrez à demeure près de Jordane. J'ai appris que votre relation avait repris de plus belle. Loin de m'en formaliser, je m'en réjouis ! J'ajoute que votre refus me peinerait.

Si Raymond était dans l'embarras, je ne l'étais pas moins. Je connaissais dans ma nouvelle résidence une sérénité qui me changeait de mes orages passés et comptais bien y finir mes jours. Je m'y étais fait des relations et des amitiés. Je me plaisais dans ce castelet et dans ce village paisible habité en grande partie par des officiers de la vicomté qui ne méprisaient pas le roturier que j'étais. Et voilà que le destin m'ouvrait une autre porte d'où me venaient des effluves inquiétants, la cohabitation avec cette mesnie turbulente ne me disant rien qui vaille.

Jordane, avec une certaine retenue non exempte d'obstination, entreprit mon siège. À l'en croire, cette proposition nous permettrait l'intimité constante à laquelle elle aspirait. Elle me mettait ostensiblement au pied du mur, disant qu'elle était lasse de ces navettes. Je regimbais. Elle resta une semaine sans paraître, ce qui me laissa présager une rupture qui m'eût profondément affecté.

Le jour où elle reparut, la mine sombre, je lui donnai mon consentement ; elle me sauta au cou et me dit :

— Je savais que tu finirais par accepter. D'accord avec Raymond, tu pourras jouir de cette fin d'été et récolter les raisins de ta treille, pour ne nous rejoindre qu'à l'automne. Je veillerai à ce que tout soit prêt pour recevoir le personnage important que tu vas être ! Raymond sera aux anges...

Je posai comme condition de ne pas me séparer de Marthe ; elle fut acceptée. J'exigeai de ne pas coucher au dortoir des serviteurs ; cela ne poserait aucun problème. On avait prévu de m'affecter la maisonnette du jardin ; j'en fus ravi.

Me mettre en quête d'un acheteur prit une grande partie de mon temps. Un marchand de laine de Brive se porta acquéreur pour ses vieux jours pour une somme convenable.

Un matin, sur la fin de septembre, j'entassai dans ma carriole et des bastes mes effets et ceux de Marthe pour gagner ma nouvelle demeure.

On me fit fête au château, comme pour un prince des troubadours ou le comte Raimond de Toulouse. Je vis dans cette réception la main de Jordane.

— Désormais, me dit-elle, nous serons l'un à l'autre chaque heure de chaque jour et nous finirons notre vie ensemble, ce dont j'ai toujours rêvé.

Je restai sagement en deçà de cet élan de passion qui, s'il flattait le vieil homme que j'étais, m'importunait. Notre intimité retrouvée se traduisait chez elle par des étreintes fougueuses auxquelles je ne pouvais répondre que par des mouvements de tendresse. Elle me rassurait, disant se moquer de mes insuffisances, mais je craignais qu'elle ne reportât sur d'autres les exigences de sa féminité intacte.

Je fus ébahi le jour où elle me dit d'un ton impératif qui me rappelait Hélène me présentant ses initiatives comme des obligations :

— Il faudra bien que nous parlions un jour de nos noces. Nous n'allons pas continuer à vivre comme des étrangers. J'en ai parlé à Raymond. Il n'a rien trouvé à redire. Reste à fixer la date...

Je ne prends jamais de décisions à la légère, ce qui agaçait Hélène et risquait de mettre Jordane en fureur. La chose étant d'importance, je lui demandai un temps de réflexion. Elle m'accorda le délai requis, au terme duquel je lui donnai ma réponse.

C'était non. Je vis son visage se crisper et attendis l'orage. Il ne vint pas, mais elle allait me tenir rigueur de cette décision qui ne lui parut sage qu'à la longue.

Des années passèrent sans apporter à nos provinces la paix à laquelle chacun aspirait.

La brouille entre les Plantagenêt, fils d'Aliénor et du roi Henri, persistait. Qu'ils eussent réglé leurs différends en s'affrontant dans une lice, chacun y eût applaudi, mais ils avaient comme théâtre les immenses territoires de l'Aquitaine, et en particulier le Limousin, qui paraissait convenir à leurs chevauchées guerrières. Ils s'affrontaient souvent par personne interposée, à savoir les chefs des bandes de mercenaires qu'ils soldaient lorsqu'ils en avaient les moyens, mais qui se payaient sur le paysan et le moine lorsque les coffres des princes sonnaient creux comme un tambour.

La bataille de Malemort avait paru sonner le glas de ces hordes que les prêtres, dans leurs homélies, comparaient aux exploits des tribus de Gog et de Magog, annonciatrices du règne de l'Antéchrist.

Pour conjurer ce péril, des paroisses organisaient des processions. En compagnie de Jordane, j'assistai à celle qui eut lieu au sanctuaire de Rocamadour, où la découverte du tombeau attribué à un compagnon de saint Pierre, Zachée, avait soulevé un mouvement de ferveur dans le monde chrétien.

J'assumais depuis quelques mois mon service d'intendant de la vicomté et avais commencé à mettre de l'ordre dans les comptes, quand un événement dramatique vint bouleverser le petit monde du château.

Le vicomte Raymond me demanda de l'aider à régler un différend avec un marchand de laine de la rue Droite, à Martel, maître Lavergne, qui lui avait livré des couvertures de mauvaise qualité. Comme l'affaire était d'importance, il m'avait décidé à l'accompagner avec une poignée de chevaliers pour notre sécurité.

Le marchand nous reçut dans sa boutique la mine rogue, comme s'il s'attendait à notre visite. Sans un mot, nous jetâmes sur le sol de sa boutique les articles incriminés.

— Ce que vous appelez des couvertures, lui lança Raymond, ne sont que des paillassons !

— Sauf votre respect, messire, répliqua le marchand, pour le prix que vous m'en avez donné, j'estime vous avoir fait un cadeau.

La discussion s'envenima, au point que Raymond, saisissant une paire de ciseaux, menaça de la lui planter dans la gorge. J'allais intervenir quand je vis surgir une patrouille, alertée par l'algarade.

— Arrêtez cet homme ! s'écria Lavergne. Il a tenté de m'assassiner.

Persuadé que Raymond n'aurait pas mis sa menace à exécution, je tentai, en arguant de sa qualité, de ramener l'affaire à ses justes dimensions, mais j'avais le sentiment de m'adresser à un mur, maître Lavergne étant un des négociants les plus éminents de cette ville.

— Messire, bredouilla l'un des sergents, vous allez devoir nous suivre à la Maison de justice. Le bayle, maître Pélissier, examinera votre cas dès qu'il aura fini sa tournée.

Je lui demandai combien de temps cela prendrait. Il me répondit qu'il faudrait bien compter deux jours. Raymond sursauta : le bayle était un des officiers de la vicomté. Être jugé par lui était un comble, mais si, en plus, il fallait attendre son bon vouloir !

— J'en suis désolé, messire, ajouta le sergent, mais je dois faire mon devoir. Une menace de mort, c'est grave. Rassurez-vous, on vous traitera pas comme un voleur de poules...

Raymond jura, se débattit et parvint à s'échapper. Les sergents le rattrapèrent et, malgré ses protestations, l'entraînèrent vers la prison située dans une sorte de donjon aux murs percés d'étroites ouvertures.

Le lendemain, après une nuit passée à l'auberge, je réunis nos chevaliers et, décidé à en finir avec cette affaire humiliante, je leur dis :

— J'ai remarqué hier qu'il n'y a que deux gardes dans cette prison. Nous allons leur faire une visite et délivrer messire Raymond. Il doit se faire du mauvais sang.

Pénétrer dans la cour de la prison, désarmer un garde, assommer l'autre qui faisait le bravache avec sa pique, délivrer Raymond, ne fut qu'un jeu. Je me disais que, plutôt que de reprendre nos couvertures, le mieux était de quitter cette ville. Notre vicomte en avait décidé autrement.

Il mit pied à terre devant la boutique de Lavergne et me demanda d'attendre, le temps, dit-il, d'en finir avec cette affaire. Je le laissai aller, quand soudain des hurlements me firent comprendre que ce règlement de comptes avait mal tourné. Je sautai de cheval au moment où Raymond sortait de la boutique en replaçant son coutelas dans sa ceinture. Il venait, me dit-il d'un air sombre, de crever les yeux de son rival dont les beuglements nous poursuivirent jusqu'à la porte en provoquant des attroupements.

Officier de Raymond et son ami, le bayle Pélissier mit cette affaire sur le compte d'une rixe et, malgré les protestations du marchand et de sa famille, ne donna pas suite. Je m'efforçai d'oublier ce drame ; en revanche il allait obséder Raymond durant des mois, si bien qu'il songea assumer son repentir en Terre sainte.

Peu de temps après, au fort de l'hiver, un nouveau drame eut Martel comme théâtre.

Le prince Henri Plantagenêt, dit le Jeune, retour d'une expédition de pillage dans les parages de Rocamadour, en proie à une fièvre opiniâtre, fit halte avec sa suite dans la demeure d'un bourgeois de cette ville, proche du marché. Le lendemain, un émissaire apportait à Raymond un message le priant de le rejoindre au plus tôt pour participer à la course de chevaux qu'ils avaient projetée.

Je l'y accompagnai, avec une dizaine de nos meilleurs cavaliers, sous une bordée de neige qui faisait douter que cette course pût avoir lieu. Le prince y tenait. Elle se déroula le long des remparts sous des bourrasques qui faisaient broncher les coursiers et aveuglaient les cavaliers, en présence d'un public restreint.

Raymond me chargea de porter l'argent qu'il avait tiré de cette épreuve à Lavergne. Je trouvai portes et fenêtres closes. Un voisin m'informa que le propriétaire, devenu aveugle, avait été contraint de vendre son bien et de se retirer dans sa maison des champs, près de Gourdon. Persuadé que Raymond approuverait mon geste, j'allai porter l'argent à l'hospice.

La course terminée, on avait ramené le prince à son domicile, grelottant et incapable de se tenir à cheval.

— Je crains le pire, me dit Raymond. Je lui avais conseillé de garder la chambre, mais il tenait à assister cette course. Je crains que cette imprudence ne lui soit fatale.

Nous sommes restés trois jours à Martel, dans l'attente, annoncée par son médecin, de la mort du prince. Il gisait dans une chambre aux murs nus, baignée dans la clarté sépulcrale de la neige, si amaigri, si pâle que son visage, dans la pénombre, se confondait presque avec les draps. Encore en vie, il semblait déjà étranger à ce monde, aux conciliabules à voix basse qui se tenaient autour de lui, aux prières de quelques moines en robe sombre, au visage enfoui sous la cuculle.

L'agonie dura trois jours. Un soir, émergeant de sa léthargie, il demanda qu'on lui apportât de la cendre. On lui en remit un pot. Il exigea de son chapelain qu'il la lui répandît sur la tête en disant la prière des morts, qu'il s'efforça vainement de répéter. Une heure plus tard, son cœur qui avait si souvent palpité dans le feu des batailles cessa de battre. L'excommunication en cours d'élaboration, destinée à le punir pour ses crimes contre les hommes et contre l'Église, était lettre morte.

Un matin de fin décembre, froid et lumineux comme une source, nous eûmes une visite qui allait donner à la mesnie un air de fête.

Mon attention avait été attirée, tôt dans la matinée, par une rumeur joyeuse montant du Marchadiol. Envoyé en reconnaissance, un page revint en me disant qu'il s'agissait d'une fête profane improvisée, et que l'on dansait et chantait.

Au début de l'après-midi, un groupe de musiciens s'arrêta devant la porte du bas, jouant des airs allègres en attendant qu'elle s'ouvrît. J'en donnai l'ordre, persuadé que la dame Élise qui, malade de la gorge, se morfondait dans sa chambre, apprécierait ce divertissement imprévu.

J'allai au-devant de ces baladins au moment où, en jouant de leurs instruments, ils gravissaient l'escalier qui aboutit à la chapelle, entre falaise et chênes verts. Il s'agissait d'une de ces compagnies qui courent les routes en toute saison, vivant de la générosité des bourgeois, des seigneurs et des clients des auberges et des cabarets.

Je demandai à un gros garçon qui paraissait être le chef ce qu'il attendait de nous. Il se livra à quelques contorsions en tapant sur un tambourin puis me dit, après s'être incliné en effleurant le sol de son bonnet :

— Nous venons, messire, vous apporter la bonne nouvelle.

— Si c'est de Noël dont vous parlez, lui répondis-je en

riant, c'est un peu tôt ! Je ne suis pas le vicomte mais son intendant, maître Jouvenel, pour vous servir.

— Non, maître Jouvenel, c'est du printemps que je veux parler. C'est de ce que le vent du matin m'a murmuré à l'oreille. La terre frémit, la sève monte au creux des arbres. Nous cueillerons bientôt la première violette.

— Vous êtes en avance sur le calendrier, mon ami, mais cela est bien dit.

Il me présenta sa compagnie : trois énergumènes et une gorgone, dont il prétendit être le *coryphée*, ce qui me fit sourire. Je lui demandai son nom ; il me répondit avec un brin d'emphase :

— Gaucelm Faydit, illustre enfant d'Uzerche et maître dans l'art de *trouver*, comme je souhaite vous le montrer, si vous nous laissez franchir cette porte que je vois ouverte là-haut.

— Suivez-moi ! lui dis-je. Il n'est pas question de laisser l'*illustre troubadour d'Uzerche* et ses jongleurs claquer du bec par ce froid.

D'ordinaire, les troubadours qui frappent à notre porte se montrent plus timides et réservés que ceux dont nous avions la visite ce jour-là. Ces histrions qui se donnaient des manières de personnages importants ne me plaisaient guère.

Le maître de la compagnie s'inclina devant Jordane et Raymond en leur répétant ce qu'il m'avait dit de lui un moment auparavant, ajoutant que, fils d'aubergiste, il avait quitté sa famille pour se livrer à sa passion : la poésie, avec comme corollaire la nécessité de courir les routes. Qu'attendait-il de nous ? Oh ! peu de chose : le gîte et le couvert pour une journée, deux peut-être, si nous étions sensibles à son talent.

Aussi sourcilleux que moi, Raymond lui répondit sans daigner se lever :

— Vous vous dites troubadour ? Il faudra le prouver. Si vous prenez ma demeure pour une auberge, je pourrais vous prier de passer votre chemin. Pourtant je vais me montrer bon prince et consens à vous héberger pour un jour ou deux.

Gaucelm balaya de nouveau le sol de son bonnet.

— Grand merci, messire Raymond. Dès ce soir nous vous donnerons de quoi vous distraire et vous faire rêver.

Ce langage ne laissait pas de me surprendre de la part de ce rustre mal soigné, déjà bedonnant, au visage violacé sur lequel floconnait une courte barbe. Sous la houppelande et peau de mouton, laine au-dedans, qu'il ouvrit devant la cheminée, son poitrail était constellé d'une pacotille de colifichets qu'il caressait d'une main lourdement baguée.

— Il faut, nous dit-il, que je vous présente ma compagne. Approche, ma mie, et dis ton nom à nos hôtes.

— Je me nomme Guilelma Monja, récita la fille, avec une révérence sommaire. Je suis native d'Uzerche, comme maître Gaucelm. Mes parents étaient de riches négociants, et...

Gaucelm l'interrompit d'un geste, ajoutant :

— Guilelma est mon égérie, la source vivante et présente de mon inspiration. Sans cette princesse, la source de mes poèmes tarirait vite.

Une *princesse*, cette grosse fille d'apparence vulgaire, qui portait des traces de fard sur son visage assez joli avec sa rondeur de courge et des yeux d'un vert glauque comme l'eau de la Tourmente au printemps...

Gaucelm la prit dans ses bras, la baisa sur la bouche avec un murmure gourmand et fit claquer ses mains sur ses fesses avec un gros rire, comme s'ils jouaient une scène de farce sur la place publique.

Gaucelm me demanda de prendre soin des deux mulets qui portaient leurs effets et de lui montrer un coin où passer la nuit. Je le menai dans la salle haute et lui montrai un monceau de paillasses dont il parut satisfait. Je leur fis porter par Marthe du vin chaud et des galettes de sarrasin.

Le ciel se couvrit brusquement dans la soirée, à croire que Jean d'Auvergne allait faire souffler ses bourrasques de neige. En regardant de ma fenêtre la vallée et les collines barbouillées de cendre et de suie, je me dis que la venue de ces bouffons allait distraire la dame Élise, et nous aussi, peut-être, à supposer qu'ils ne fussent pas de ces écornifleurs qu'il nous arrivait de recevoir.

J'avais hâte de voir arriver la nuit. Raymond avait prévu de faire souper la compagnie aux cuisines, mais Jordane parvint à le convaincre de les recevoir à sa table afin de divertir la dame Élise, et nous de même. Mon impression première ne leur était guère favorable, mais il me tardait de vérifier les qualités de troubadour de Gaucelm.

Lorsque je me rendis aux cuisines pour m'assurer qu'il y aurait assez de bois pour préparer le repas, je restai ébahi. Un grand diable de jongleur juché sur un banc jouait à la vielle une bourrée chantée par Guilelma d'une voix de fausset, mais assez juste. Petits valets et servantes, à commencer par Marthe, avaient entamé un quadrille endiablé, en poussant des hennissements de cavales excitées.

J'interrompis ces saturnales et renvoyai les danseurs à leur service en leur disant qu'ils avaient à dégourdir leurs bras plus que leurs jambes.

Peu avant le repas, Gaucelm, s'étant défait de ses oripeaux, avait meilleure apparence. Il me retrouva aux cuisines, s'assit sur un banc et me fit signe de le rejoindre. En bavardant avec Jordane, il avait appris que j'étais moi-même de la confrérie.

— Il me plairait, me dit-il, de vous entendre dire ou chanter vos œuvres. Ce n'est pas tous les jours que je me trouve en présence d'un confrère. D'ordinaire mon public se compose de gens ignares qui apprécient les tours de mes jongleurs plus que mes poèmes.

Je promis de lui donner satisfaction à la fin du repas et l'entendis me parler de lui avec une liberté à laquelle je fus sensible.

— J'ai vécu toute ma jeunesse à Uzerche, me dit-il, dans l'ambiance confinée de la boutique de mon père, marchand drapier de son état, dans le faubourg Sainte-Eulalie. Il souhaitait que je prenne sa succession, ce qu'à Dieu ne plaise ! À sa mort, il y a deux ans, j'ai vendu ma part d'héritage à mon frère, pris ma viole et suis allé chercher fortune à Ventadour, ce miroir aux alouettes, où mes talents ont été reconnus et encouragés.

Les alouettes étaient toujours bien vivantes dans ce sanctuaire de la poésie qui avait l'apparence d'une forteresse massive, entourée de forêts primaires impénétrables.

— Il est rare, me dit-il, lorsqu'on arrive au bout du chemin menant au château, qu'on n'y soit pas accueilli avec des chants et de la musique. On y vénère une sorte de divinité, en la personne du prince des troubadours, Bernart, qui achève sa vie dans la paix du Seigneur, au monastère de Dalon, en Périgord, comme vous l'avez sans doute appris.

Il poursuivit :

— Ventadour, ce Parnasse limousin... J'y suis resté une semaine, chantant le soir les poèmes écrits le matin. J'aurais pu y rester des mois, mais j'ai toujours eu des fourmis dans les jambes. J'ai quitté mes hôtes pour aller retrouver Guilelma à Uzerche et en faire ma compagne. En confidence, elle n'est pas née dans la soie. C'était une fille du cabaret fréquenté par les ouvriers tanneurs de Masbaraud. Au cours de nos pérégrinations, j'ai rencontré quelques joyeux compagnons qui ont accepté de me suivre, avec deux mulets.

Les routes de l'aventure allaient le mener en Périgord où il avait rencontré Giraud de Borneil, en Bretagne, en Espagne et en Italie.

Les Alpes franchies, Gaucelm avait trouvé dans le domaine du marquis Boniface de Montferrat, descendant des Alémaniques et puissant seigneur du Piémont, un Ventadour transalpin.

— Là comme à Ventadour, poursuivit-il, chaque jour était une fête. Boniface est un seigneur fastueux, un guerrier, mais aussi, comme Bertran de Born, un poète. Prêt à partir pour la croisade, il m'a invité à le suivre. Cela m'aurait tenté si j'avais eu le moindre goût pour les expéditions guerrières.

En quittant Gaucelm pour m'occuper de la cave, j'avais l'impression que ce troubadour, en dépit de ses allures de rustre, n'était pas un débiteur de calembredaines, mais une sorte de philosophe épicurien. Marthe me raconta, quelques jours plus tard, qu'il réclamait sans cesse à boire, flattait la croupe des petites servantes et se livrait à des facéties salaces.

L'heure du souper venu, à la demande de Jordane, les jongleurs nous divertirent de quelques tours. Gaucelm interrompit sa galimafrée, prit sa vielle, égrena quelques accords, et, d'une voix à la fois puissante et délicate, chanta un poème qui évoquait les émotions de sa jeunesse à Uzerche : *Lorsque je vois refleurir les jardins / Et que j'entends chanter les oiseaux / Quand le mois de mars se fait doux / Je me souviens d'un visage / Que je ne puis oublier...*

J'étais sous le charme de ces vers et de ceux qui suivirent. Ils semblaient découpés dans le velours et la soie de la boutique paternelle. Je lui en fis compliment. Il poursuivit par une pastourelle et termina avec un planh d'une belle émotion, dédié à une dame disparue. Je me disais que, le jour où il cesserait de nourrir sa légende de saltimbanque et de joyeux luron amoureux d'une drôlesse, il accéderait parmi les plus grands au Parnasse des troubadours.

Au cours de ce repas, entre des chansons et des bons mots, il fit, si je puis dire, honneur à la réputation de goinfre et d'ivrogne qu'il partageait avec sa concubine. À plusieurs reprises, j'avais retenu Jordane au moment où, révoltée par ce comportement, elle s'apprêtait à quitter la table. La dame Élise s'amusait de cette exubérance et de cette vulgarité, tout comme le reste de la tablée, à commencer par Raymond que je surprenais à éclater de rire et, renversé dans son fauteuil, à se taper sur les cuisses.

Le lendemain, le premier sujet qu'il aborda en me voyant paraître concernait Gaucelm et sa compagnie.

— J'ai réfléchi durant la nuit, me dit-il, et serais d'avis de garder ces gens jusqu'au lendemain de Noël. Nous allons être nombreux au château. Ils pourraient divertir nos hôtes. Qu'en dites-vous ?

— C'est une idée à retenir, répondis-je. Dame Élise et Jordane sont-elles d'accord ?

— Mon épouse, oui. Quant à Jordane, son avis m'importe peu, et elle en passera par notre volonté. Si la présence de ces baladins l'importune, qu'elle garde la chambre !

Pour la première fois depuis des années, les trois filles de Raymond allaient se trouver réunies à Turenne par la volonté de leur père, comme si, sentant venir la mort, il voulait les voir une dernière fois pour s'assurer de leur bonne entente. Cette fête, qui allait réunir une cinquantaine d'invités en comptant leur suite, me promettait du travail et du souci.

J'avais jadis rencontré ces trois créatures lors de mes visites au château. Elles avaient dû m'oublier ; moi pas.

De l'aînée, Comtor, je garde le souvenir d'une grande fille taciturne, au visage ingrat et aux allures distantes. Mariée à dix-huit ans à une jeune brute, Hélie de Comborn, elle menait, dans cette austère demeure perdue au milieu de forêts hantées par les loups, une vie à sa convenance, quand, peu après leurs noces, son époux était mort à la suite de je ne sais quels événements. Le vicomte Archambaud, son beau-père, encore vert, s'était proposé pour le remplacer.

C'est au vicomte de Ventadour, Ebles, que Raymond avait donné la deuxième de ses filles, Marie, dite Bel-Espoir, une créature d'une beauté séraphique. Alors que Comtor fermait sa porte aux troubadours, Marie la leur ouvrait grande, avec une passion lyrique non avouée mais évidente pour Giraud de Borneil et une autre, moins éthérée, pour le comte Hugues de la Marche, dit le Brun.

Dernière des « Trois de Turenne », Hélis avait, malgré sa jeunesse, été veuve à deux reprises. Son premier époux, Guillaume de Gourdon, rappelé à Dieu durant un duel malencontreux, avait laissé place libre à un fidèle allié des comtes de Toulouse, Bernard de Cazenac, sans distraire la dame d'une passion secrète pour le vicomte de Saint-Antonin. J'ai gardé d'elle l'image d'une gamine tantôt turbulente et tantôt rêveuse, toujours accrochée à la robe de sa mère.

Ce petit monde, venu en caravane avec suite et bagages, s'acheminait vers Turenne à petites journées du fait des intempéries.

Je me demandais où loger tout ces gens et trouver de la place pour les repas. Raymond me laissait les coudées franches, cependant, n'étant pas le Bon Dieu, je pouvais accomplir des prodiges mais pas de miracles. Les disperser dans la salle haute ou les caves ? Ils auraient souffert du froid et j'aurais failli à ma tâche d'intendant et à la confiance que me vouait mon maître. Avec son accord, je choisis de loger la valetaille chez l'habitant, dans les barris du Marchadiol, de Saint-Paul et de la Molynarie. Il m'avait fallu, durant des jours, à bord d'une charrette, prospecter les environs pour me procurer la subsistance et la boisson nécessaires.

Ayant appris que Marie de Ventadour allait être de la fête, Gaucelm délirait.

— Elle est si belle, si accueillante, si sensible à la poésie, me dit-il, qu'on ne peut que l'aimer. Elle écrit elle-même des poèmes, et avec quel talent ! Aucun des troubadours qui séjournent chez elle ne repart sans éprouver le sentiment d'avoir côtoyé un ange et d'en ramener des traces d'azur et d'or. On pourrait faire un recueil des poèmes qu'elle leur a inspirés. Il semble que l'air de cette contrée soit propice à la création poétique. C'est comme une sorte de grâce...

Je rompis la logorrhée de Gaucelm sous le prétexte de veiller à une livraison de pain frais.

Marie de Ventadour, Bel-Espoir, arriva la première, malgré la tempête de neige qui sévissait dans le haut-pays. En la voyant paraître, Gaucelm tomba en transes, s'agenouilla pour baiser le bas de son manteau humide de pluie. Elle se dégagea avec un sourire ironique : elle avait appris que son nom figurait dans un poème de Gaucelm, ce qui, contrevenant à la règle de discrétion des troubadours, risquait de la compromettre.

Hélis suivait Marie de quelques heures, avec une suite de

dix chevaliers quercynois assistés de leurs valets, ce qui me donna de la tablature. L'aînée, Comtor, ne devait arriver que beaucoup plus tard, à la tombée de la nuit, avec une maigre suite de trois chevaliers aux allures patibulaires. Elle eut juste le temps de se préparer à la messe de la Nativité, célébrée dans la chapelle castrale dotée de braseros qui avaient brûlé durant des heures.

Malgré cette précaution, le froid était si intense que l'office, d'accord avec le prêtre, fut abrégé.

En revanche, dans la salle des gardes, on ne risquait pas de pâtir du froid : j'avais fait un feu d'enfer dans la grande cheminée. J'avais de même fait en sorte, avec le concours de Marthe, que les plats fussent aussi abondants et savoureux que variés, avec une certaine coquetterie dans leur présentation. Quant aux vins, ils étaient dignes de la table du comte de Toulouse ou de l'évêque de Périgueux.

Changeant de registre, les jongleurs interprétèrent durant ces agapes les chants populaires de Noël choisis par Gaucelm, lequel régala l'assistance d'un poème composé pour la circonstance, dans lequel il comparait audacieusement les « Trois de Turenne » aux Rois mages !

Je fus moi-même mis à contribution. En dépit de ma fatigue et d'un mal de gorge que je n'avais pas eu le temps de soigner, j'interprétai trois de mes œuvres, qui, semble-t-il, furent appréciées, notamment une pastorale dédiée à Jordane, *compagne de mes jours et reine de mes nuits.* Elle m'en récompensa d'un baiser.

Je garde de la journée du lendemain l'impression d'avoir vécu dans une brume ou un nuage. Profitant d'une éclaircie, les hommes se disputèrent des parties de quilles et de paume dans les allées du jardin. Au début de l'après-midi, Jordane proposa aux dames une promenade à cheval le long de la Tourmente prise par les glaces, jusqu'à La Nadalie. Elles s'étaient livrées au retour, me dit-elle, à une bataille de boules de neige, comme dans leur enfance.

Je parvins à distraire quelques heures de mon temps pour me rendre à cheval à la léproserie de Chabrignat, afin d'offrir à Geffrey et à ses pensionnaires les reliefs de nos agapes. Je ne pus le rencontrer, sa maladie ayant achevé de le défigurer et de le rendre impotent, au point qu'il ne lui restait, me dit-on, que peu de jours à vivre.

Le plaisir que nos dames s'étaient donné dans l'après-midi se répercuta dans la soirée. Les jongleurs de Gaucelm Faydit organisèrent des concours de danse et des sarabandes qui, partant du donjon, se répandirent jusqu'à la tour de César dans les derniers feux du soir. Heureuses de se retrouver, elles riaient, dansaient et chantaient comme des jouvencelles. Passé minuit, c'était encore la fête. Raymond dut intervenir pour qu'elle prît fin.

Les trois filles de Raymond quittèrent Turenne deux jours plus tard, groupées en une seule caravane jusqu'à Brive. En les regardant progresser dans la vallée, je songeai au poème que Bertran de Born leur avait dédié : *Toutes les beautés du monde / Sont éclipsées / Par les « Trois de Turenne »*... Gaucelm me dit, en les voyant cheminer au pas lent de leur monture, qu'on eût dit une petite armée en route pour la conquête d'un royaume de neige.

Pour remercier Gaucelm et sa compagnie de leurs bons offices, Raymond décida, en dépit de l'avis de Jordane, de leur permettre de rester quelques jours de plus au château. On ne les voyait que pour le souper. Ils avaient passé le reste de la journée, me confia Gaucelm, à donner leur spectacle dans des châteaux des environs et à mener joyeuse vie dans les auberges.

Le jour de son départ, Gaucelm me dit, au cours d'une promenade jusqu'à la tour de César baignée de soleil :

— Maître Jouvenel, je garderai de vous le souvenir d'un homme heureux : une compagne à votre convenance (sinon à la mienne !), la confiance du vicomte et de son épouse, des fonctions qui semblent vous satisfaire...

— Mais toi-même, mon ami, tu n'inspires pas la pitié ! Tu donnes même l'impression de nager dans le bonheur.

— Le bonheur... Oh là là ! Je lui cours toujours après, comme on chasse le papillon. Mon alacrité, mes frasques, ma trivialité ne sont qu'un masque que je souhaite jeter aux orties. Si nos chemins se croisent de nouveau, je vous confierai certains de mes poèmes conformes à ma véritable nature, moins portée à la gaudriole qu'à une philosophie amère et sceptique. Il y a en moi du Diogène. Ne soyez pas surpris si vous apprenez que je finis mes jours dans un tonneau, avec la seule compagnie d'un chien ! Pour tout vous dire, je hais le genre humain, y compris le personnage que je me suis composé. Je suis las de ne voir autour de moi que guerres, massacres et impiété...

J'eus de la peine à le croire et le lui dis. Il protesta :

— Vous avez tort, maître Jouvenel. Vous êtes victime d'apparences trompeuses. Ces jongleurs qui ne sont que des jean-foutre, cette Guilelma qui n'est qu'une fille d'auberge, c'est sans regret ni remords que je m'en débarrasserai. Mon rêve serait de rejoindre ces prêtres cathares, les Parfaits, qui vivent préoccupés seulement de leur foi, dans les montagnes des Corbières.

Je faillis lui rire au nez. Gaucelm Faydit dans la peau d'un Parfait... Ce viveur, ce débauché, cet ivrogne, devenu abstinent et ne se satisfaisant que de poisson et de pain ! Un grain de folie semblait embrumer sa tête.

Je fus plus éberlué encore de l'entendre dire qu'il songeait toujours à retourner auprès de Boniface de Montferrat pour le suivre à la croisade, lui qui avait en horreur guerres et massacres !

Il ajouta, dans un bel élan d'émotion :

— Peire Jouvenel, je vous aime ! Vous êtes un agréable compagnon qui connaît les règles de la courtoisie, êtes expert à choisir les vins et accommoder les viandes et la venaison, mais je vois en vous un troubadour trop discret dans son talent. Mais, ce que j'apprécie le plus en vous, c'est votre faculté et votre patience à écouter mes sornettes ! J'aurai plaisir à vous revoir.

— Moi de même, mon ami, à supposer que Dieu m'accorde un supplément de vie...

Je ne fus pas surpris d'apprendre, au moment de son départ, que sa prochaine destination serait Ventadour.

Une année environ avait passé quand se produisit un événement qui allait faire de ma vie une lente et inexorable agonie.

Un jour de printemps, alors que la nature avait secoué sur la vallée son manteau de neige, Jordane fit monter ses deux enfants, Martine et Hymon, au sommet du donjon pour, me dit-elle, leur apprendre à connaître le pays « à la manière des oiseaux ».

Je leur avais donné des leçons d'écriture et de grammaire suffisantes pour les inciter à y prendre goût, et nous nous plaisions, ma compagne et moi, à constater leurs progrès. Je suggérai à Jordane de leur faire dessiner des vues cavalières du paysage, en mentionnant les noms des lieux-dits, des villages et des châteaux, sans oublier les moulins et les sanctuaires religieux. Cette idée lui plut.

L'accès au sommet lui fut pénible en raison d'une chute de cheval qui l'avait meurtrie et privée de ses longues promenades, ce dont elle pâtissait.

Tout se passa pour le mieux, mais, en redescendant par l'échelle, Jordane manqua un barreau, fit une chute, renversa les enfants qui la précédaient, alla donner de la tête contre la muraille et, le crâne ouvert, perdit connaissance.

Alerté par Marthe, je me précipitai, alors que deux valets la ramenaient sans trop d'efforts dans son lit, car, quoique en bonne santé, elle était mince, disait-elle, « comme une libellule ».

Je rasai sa chevelure autour de la blessure qui semblait à première vue superficielle, et lui fis un emplâtre de millepertuis, sans qu'elle se réveillât. Quand elle recouvra ses esprits, elle parut surprise de se trouver alitée à cette heure du jour et murmura :

— J'ai mal, Peire... Ma tête... Que m'est-il arrivé ?

Je lui rappelai qu'elle avait fait une chute dans le donjon, et ajoutai pour la rassurer que sa blessure était sans gravité.

Grave, elle l'était plus que je n'osai le lui dire. Outre lui envelopper la tête de charpie, comme d'un béguin attaché sous le menton, et lui préparer des tisanes, je me sentais impuissant.

Jordane passa une nuit assez calme, avec de brefs soubresauts et des plaintes. Je restai jusqu'à l'aube à son chevet, veillant au battement de son cœur et à l'apparition de la fièvre. Au matin, elle paraissait apaisée et, de temps à autre, ouvrait la bouche comme pour me parler.

Son état se compliqua lorsqu'elle tenta de se lever pour aller à la garde-robe. Elle hurla, s'effondra en larmes sur sa couche et dut renoncer.

Rivé à son chevet, je ne voyais passer ni heures ni jours. Quand j'étais pris d'une somnolence, je rêvais que je me tenais là depuis des semaines et que cela ne devait jamais cesser. Je me battais contre l'évidence, mais elle s'imposait à moi, me signifiant que Jordane ne serait bientôt plus de ce monde. Je lui opposais de vieilles prières retrouvées dans les tréfonds de ma mémoire et qui avaient perdu sens et efficacité, comme un remède éventé.

Conscient qu'elle ne survivrait pas, je souhaitais lui éviter une fin aussi dramatique qu'à Hélène, qui, en plus de sa folie, avait souffert d'une blessure identique.

Lorsqu'elle retrouvait une lucidité brève et de plus en plus rare, j'avais avec elle un échange qui ne méritait pas le nom de conversation. Elle semblait tenir à ce pèlerinage à la Vierge noire de Conques que je lui avais promis, le reste étant consacré à ses rapports avec son demi-frère et les enfants qui, Dieu merci, s'étaient relevés quasiment indemnes de leur dégringolade. Elle mettait parfois une telle assurance dans ses propos que je devais l'interrompre pour lui éviter une fatigue inutile.

Un matin, une semaine après l'accident, alors que je me trouvais dans la chapelle pour prier en compagnie de Raymond, Marthe me fit appeler au chevet de Jordane. Je me précipitai et trouvai nos petites servantes en larmes.

— Elle a dû mourir dans la nuit, me dit Marthe, car elle est froide. Nous avons commencé à faire sa toilette. Attends pour entrer.

Ainsi donc, la nuit passée, j'avais veillé une morte. La veille, son visage, crispé à la lueur des chandelles, s'était détendu. Elle semblait même sourire, mais ce n'était qu'illusion. Sa toilette terminée, je m'agenouillai près d'elle et mêlai mes larmes à celles des enfants. Marthe avait préféré la revêtir, plutôt que d'une simple chemise, du bliaut de velours vert, son cadeau de Noël, afin qu'elle fît bonne figure parmi les dames du château et les filles de Raymond.

Dans les jours qui suivirent les obsèques de Jordane dans le petit cimetière des Capucins, au bas de la falaise du côté du levant, je luttai contre le même sentiment de dépossession que j'avais éprouvé lorsque Hélène m'avait quitté, sauf que j'étais alors plus apte à supporter ce genre d'épreuve. Il m'arrivait, repoussant cette fatalité inexorable, de sursauter, de la chercher du regard et même, un matin, ayant surpris l'éclosion des premières roses, de l'appeler pour en être témoin.

J'étais dans un tel état d'abattement que je renonçai durant deux semaines à mon travail. Raymond s'en émut.

Il poussa la porte de ma maisonnette et me dit en s'asseyant au bord de mon grabat :

— Peire, mon ami, il faut vous reprendre. Rester inactif à ruminer votre peine ne vous vaut rien. Vous ne comptez tout de même pas rester enfermé là jusqu'à la fin de vos jours !

Je ne sus que répondre. Des élans me poussaient parfois à reprendre ma tâche, mais mon énergie ne suivait pas. Une sorte d'inanité me clouait à ma couche ou à mon fauteuil, comme si la seule éventualité salutaire fût de me délivrer à jamais de cet état second qui ne méritait pas le nom d'existence.

— Je compatis à votre peine, qui est la mienne, poursuivit Raymond d'une voix plus ferme, mais ma maison a besoin de vous. Mettez un terme à un deuil qui a trop duré. Vous aurez du pain sur la planche. Sinon...

Je n'avais pas de mal à deviner la suite. J'avais appris, quelques mois auparavant, que le bayle de Martel, Pélissier, aspirait à servir au château et que, étant donné mon âge, il eût souhaité me remplacer. Je m'écriai avec une virulence qui me surprit moi-même :

— Je n'ignore pas votre intention de me remplacer, messire, mais Pélissier est un âne bâté, un prétentieux et un fourbe. Il ferait beau voir qu'il prît ma place !

Il éclata de rire.

— À la bonne heure, Peire ! Voilà qui me rassure. Vous allez donc reprendre vos fonctions et nous laisserons Pélissier ronger son frein à Martel.

— C'est bien mon intention, messire, mais à une condition : que vous me laissiez libre, quand je l'aurai décidé, de vous quitter. Rassurez-vous, je ne suis ni faible ni lâche pour envisager de mettre fin à mes jours. Je souhaiterais simplement me retirer au monastère de Dalon.

Il ne parut pas surpris de cette décision qui, d'ailleurs, n'était de ma part qu'une vague éventualité.

— J'en suis d'accord, me dit-il. Ce qui me surprend c'est que votre foi chancelante ait pu vous dicter cette décision. Je souhaite que vous en parliez aux enfants. Votre retraite en ferait des orphelins. Oubliez-vous qu'ils ont déploré la mort de leur mère et qu'ils vous sont très attachés ?

Dalon... C'eût été pour moi une bonne fin, à l'écart du monde et de ses vicissitudes. J'aurais retrouvé dans cette communauté sereine et active, proche de Hautefort, Bernart de Ventadour et quelques autres poètes de ma connaissance. La foi ? Cela va et vient selon les circonstances. Je voyais plutôt dans ce lieu clos une sorte de phalanstère où donner libre cours, de nouveau, à l'inspiration qui m'avait abandonné. Je m'en faisais une image idyllique. Peut-être me trompais-je ?

J'avais présumé de mes forces et de mes capacités. À mon âge, quatre-vingts ans depuis peu, je me serais accommodé d'une tâche moins exigeante. Je dus en rabattre. Me déplacer à cheval pour des inspections m'était de plus en plus pénible. Tenir les comptes me procurait une autre sorte de fatigue, ma vue baissant vite. Je ne retrouvais mes forces et ma conviction que pour travailler à ce que je considère comme mon grand œuvre : le récit de mon existence.

Je dis un jour à Raymond :

— Je crains, messire, d'avoir présumé de mes capacités et de mes forces et de n'être pas à la hauteur de mes fonctions. Il est temps que je me retire pour de bon.

— Vous n'allez pas me reparler de Dalon ! s'exclama-t-il. Êtes-vous tant pressé de vous retrouver au milieu des moines, vous, le sceptique ? Votre place est parmi nous. J'ai prévu de confier votre succession à Gérard, le fils du bayle de Beaulieu. Vous allez devoir le mettre au courant. Après, nous aviserons. C'est un ordre !

J'allais regimber, quand il ajouta :

— Vous avez négligé nos jardins depuis des mois. Je veux qu'ils redeviennent dignes de recevoir nos invités. Vous ferez grimper des courges sur nos remparts, comme à Brive, et je veux des rosiers partout ! Et si cela vous chante, réservez un carré pour vos herbes.

Je ne pouvais espérer mieux et oubliai Dalon et mes visions de phalanstère.

Gérard de Beaulieu est un adolescent débordant de bonne volonté mais parfaitement inapte à tenir les registres. Un de ces garçons qui, sur le point de devenir adultes, volettent sans savoir où poser leurs pattes et bâtir leur nid.

Je passai des heures à l'initier à ma tâche : aligner des chiffres, visiter les tenures de nos paysans, mesurer leurs récoltes, veiller aux fournitures de denrées diverses pour le château...

Il me suivit à Brive où je comptais me procurer des graines de courges, des plants de légumes et de rosiers. Je rendis visite à mon successeur à la saboterie : l'affaire tournait rond, avec une dizaine d'ouvriers. Je profitai de ce voyage pour me pencher sur la tombe d'Hélène, dans le cimetière de l'Espilori. Les chanoines en avaient pris soin. Je retrouvai, avec le reliquat de ma peine, quelques mots de la prière des défunts.

Avant la mort de Jordane, pris par mes activités, j'avais renoncé à *trouver*. Après cet événement, le cœur n'y était plus du tout, et rien ne laissait percevoir un renouveau. Le *vieil arbre*, comme je l'avais écrit jadis dans un poème dédié à Jordane, ne porterait plus ni fleurs ni fruits, du moins en avais-je la certitude.

Un matin de mai, je m'éveillai dans un brouillard de mots qui embrumaient ma tête et, peu à peu, s'organisaient comme dans un moule. Je profitai de la pluie pour me mettre à ma table et prendre mon calame. Quelques heures plus tard, un nouveau poème était né, sur le thème qui m'était familier de l'arbre foudroyé : *On le dirait mort, le vieux pommier / Mais ce n'était qu'un long sommeil / Il a suffi d'un souffle de printemps / Pour ranimer sa sève...*

En dix strophes et moins d'une journée, j'étais venu à bout de cette œuvrette et m'en étais réjoui. Je m'exerçai à la chanter en m'accompagnant de ma vielle et des quelques autres instruments dont j'avais orné mes murs. J'aurais aimé que Jordane l'entendît.

Ce fut Giraud de Borneil.

Les troubadours, vrais poètes ou infâmes rimailleurs, me le présentaient comme le digne successeur de Bernart : une réplique de l'Apollon musagète, dont il avait la beauté et le charme.

Entre autres réputations, Giraud avait celle de pratiquer le *trobar cluz*, cette forme de prosodie qui s'enveloppe d'un mystère souvent insondable. Gaucelm Faydit, dans son langage imagé, m'avait dit en me parlant de lui : « Dans ses œuvres, Giraud t'ouvre sa porte par une salutation pleine de courtoisie, mais te la referme au nez et te laisse te débattre dans le noir en te faisant comprendre que tu n'es pas digne de pénétrer dans le sanctuaire du mystère. Nous nous sommes querellés ; il m'a traité de béotien et moi de mystificateur. Nous nous sommes quittés brouillés, mais je lui garde mon estime pour son talent. Il chante comme un rossignol, mais peut-on attendre de cet oiseau qu'il nous révèle les mystères du monde ? »

Un autre troubadour, Arnaud Daniel, lui-même originaire du Périgord, m'avait parlé de la vie de son compatriote d'Exideuil, Giraud, qui avait été baptisé en l'église Saint-Gervais où il avait appris la grammaire. Ses premiers regards avaient été pour la vallée de la Loue, qui allait plus tard lui inspirer ses premières émotions. Giraud était passé, semble-t-il sans la moindre gêne, de la ferme à l'abbaye, de la houe au calame, avec une préférence pour ce dernier outil de travail.

Conscient de ses dons au sortir de l'adolescence, il avait pris le large pour les faire fructifier ailleurs que dans ce milieu étriqué. Partir, soit, mais pour aller où ? Le vent, se dit-il, en déciderait.

Il organisa sa vie de manière rigoureuse : la belle saison consacrée aux grandes randonnées, sa vielle à l'épaule, et la mauvaise à sa terre natale où il se retrouvait à pot et à feu avec ses parents. Il fabriquait des paniers d'osier pour les vendanges, écalait noix et châtaignes, réanimait son calame au coin de la cheminée...

À la veillée, il avait toujours pour ses proches un poème à chanter ou une histoire à conter, comme celle de ce baron de Provence aussi riche que fou qui avait semé de l'or dans un champ et attendait la récolte.

Il avait senti les ailes de Mercure lui pousser aux talons lorsque, ayant franchi les Pyrénées, il avait découvert, dans les solitudes arides des sierras, des dames languissantes et des capitaines rêvant de la *Reconquista*. Il séduisait par son talent de poète et sa voix délicate et aigrelette d'androgyne.

Tel était le personnage que nous nous apprêtions à héberger. Il avait déplu à Gaucelm Faydit ; il irrita

Raymond, qui le trouvait prétentieux, méprisant, et qui, sans mes protestations, eût refusé de le recevoir.

— *Ton Giraud*, me disait-il, ce fils de paysan qui se prend pour un baron, je comprends qu'il se soit fait détester de Gaucelm Faydit. Avec ce dernier, au moins, on était sûr de ne pas s'ennuyer, même s'il se montrait trop familier à mon goût.

Je ne partageais pas cet avis péremptoire. Certes, Giraud se montrait pointilleux quant au service, comme dans une auberge, exigeait des vins de Bergerac, prenait par coquetterie des airs affectés et tenait des propos à double sens, réclamait des draps propres chaque soir, et se faisait apporter sa tisane par un petit valet.

Ce que Raymond supportait le plus mal, c'est qu'au cours des repas il ne parlât que de lui, de ses œuvres et de ses aventures. Il avait la manie de jeter sur la nappe des propositions de controverses sur le Jugement dernier, la nature divine du Christ, les péchés capitaux, l'existence du diable...

Giraud retint mon attention le soir où il évoqua la singulière aventure du prêtre Jean, ce personnage mystérieux qui exerce son prosélytisme en Éthiopie, d'aucuns disent jusqu'en Chine. Il aurait aimé le rencontrer avant que son histoire ne se fondît dans la légende.

Je sollicitai de Giraud, la veille de son départ, l'audition d'un de ses fameux poèmes du *trobar cluz* que certains encensaient et que la plupart abhorraient.

Accompagné des deux jongleurs de sa suite, il interpréta un poème d'une centaine de vers, une composition savante, à la prosodie rigoureuse, lumineuse à ses débuts comme un matin d'avril, puis de plus en plus hermétique. À la quatrième strophe, Raymond bâilla et se retira discrètement avec la dame Élise. À la sixième, trois autres convives prirent la fuite. À la fin, je me retrouvai avec une dame de Cazillac qui avait du mal à tenir les yeux ouverts et deux barons de Collonges qui dormaient à même la table sur leurs bras repliés !

Nous sommes restés seuls au coin de la cheminée, lui faisant contre mauvaise fortune bon cœur, moi lui disant avec un brin de flagornerie le plaisir et l'intérêt que j'avais pris à son poème.

Il hocha la tête.

— Vous êtes bien le seul dans ce château, me dit-il, à apprécier mon talent. Vos judicieuses observations témoignent de l'attention que vous m'avez prêtée. Voyez-vous, je me refuse à ne montrer dans mes œuvres que l'apparence des choses. Mon émotion va bien au-delà, dans un domaine où l'on refuse de me suivre, peut-être de peur de se perdre. J'aime comparer certains de mes poèmes, comme celui que j'ai chanté ce soir, à un marécage : la surface n'est que miroitement, mais, au fur et à mesure que l'on y plonge, on découvre un monde mystérieux, fait d'amour, de passion et de mort, qui peut effrayer.

Il me demanda la permission de prendre connaissance, avant son départ, de quelques-unes de mes œuvres. Flatté de cette attention, j'allai sur-le-champ faire un choix que je lui remis. Il me promit de lire ces poèmes avant de s'endormir.

Il repartit tôt le matin pour un rendez-vous avec le roi Richard, sans daigner s'enquérir de ma présence. Peu après, je retrouvai au pied de sa couche mes poèmes épars...

Sur la fin de ce bel été, nous reçûmes au château cet autre *cantor* : Arnaud Daniel, fils des châtelains de Ribérac, en Périgord. Suivi de trois jongleurs, il montait un joli genet d'Espagne, cadeau d'un prince d'Aragon, qu'il ne laissait à personne d'autre le soin de panser, murmurant sur lui des formules magiques avec des signes de croix, comme si ce bel animal avait été monté par le Christ.

Il y eut d'emblée, entre lui et moi, un courant de sympathie qui ne se démentit pas durant les trois jours qu'il passa parmi nous. Quelqu'un lui ayant révélé sans que j'en sois informé ma qualité de troubadour, il tint à prendre connaissance de mes œuvres.

Il me parla de sa jeunesse dans un castelet des bords de la Dronne, moi de celle que j'avais passée dans la masure d'Uzerche, sans qu'à aucun moment il ne me manifestât le moindre mépris.

Des trois jours qu'il resta à Turenne, il prit plaisir à visiter notre vallée aux verdures rissolées par une sévère canicule, Collonges et Meyssac dont les belles maisons de pierres rouges enguirlandées de treilles allaient, me dit-il, lui inspirer un poème. Je le menai jusqu'à Obazine où il resta en admiration devant le monastère et le sanctuaire du frère Étienne, ce *credo de pierre*, me dit-il, et devant ce prodige : le canal creusé à flanc de falaise par les moines.

C'est au retour d'une randonnée à Brive, dont il détesta les mauvaises odeurs et la *bourgeoisie boutiquière*, que j'ai ressenti les premiers symptômes d'une faiblesse cardiaque. Je n'en ai rien dit jusqu'à la fin du parcours mais j'ai dû promptement m'aliter dès mon retour.

Avant de reprendre sa route pour regagner ses pénates familiaux, Arnaud Daniel a tenu à lire quelques-unes de mes œuvres.

— Maître Jouvenel, m'a-t-il dit, sans vous flatter, je reconnais en vous un poète digne de se mesurer aux meilleurs. Vous avez le sens de la courtoisie. Vous mêlez habilement le sentiment amoureux à celui de la nature. La prosodie est irréprochable et les accents souvent pathétiques, comme lorsque vous évoquez ce moment du petit matin où les amants se séparent... Permettez que j'emporte des copies de ces poèmes. Je compte les faire lire à des amis.

En l'écoutant, j'ai eu l'impression de savourer de l'ambroisie.

Après avoir enfourché son genet d'Espagne, il s'est penché vers moi et a murmuré ces trois vers énigmatiques que je n'oublierai jamais : *Je suis Arnaud qui amasse le vent / Je chasse le lièvre, monté sur un bœuf, / Et nage en affrontant la marée...*

Il a éclaté de rire, a donné à sa suite le signal du départ et s'est fondu dans la brume du petit matin après un signe de croix sur l'encolure de son cheval.

Si l'état de mon cœur me le permet, il faudra que je prenne le temps de recenser mon modeste trésor d'herbes et de compléter ma pharmacopée qui... Le temps va venir, avec les premières pluies et l'assaut des vents d'Auvergne...

d'Auvergne, où j'aurai à soigner les nez qui coulent, les gorges qui... les maux de poitrine et les... Je vais devoir renouveler ma réserve de plantain, de primevère, d'alchémille et, passé les premières gelées, si Dieu me prête vie, de baies de genévrier.

Il faudra aussi que je pense à...

Notes de Vital Jouvenel : Limoges, 1193

Je ne puis dire que la mort de mon père, maître Peire Jouvenel, m'ait pris de court. En dépit de son âge, passé les quatre-vingts ans, malgré sa fatigue et la maladie de cœur dont il souffrait sans en faire état dans son entourage, il avait gardé l'énergie et la volonté de sa jeunesse. Deux à trois fois par mois il m'adressait un billet de sa majestueuse onciale de moine, sans que j'y puisse déceler une trace de ses soucis et de ses maux.

Il suivait avec une telle passion les progrès du frère Étienne dans les forêts d'Obazine que je devinais une envie secrète de sa part d'aller rejoindre ces pionniers de Dieu, non pour prendre cette épopée à bras-le-corps, mais pour trouver en ces lieux la solitude et la paix du Seigneur.

Un bref billet d'Hymon m'a informé de la mort de notre père. On l'a trouvé le matin, alors que sa chandelle brûlait encore, inerte, la tête sur ses feuillets, les bras ballants, son calame sur le sol. Les dernières lignes de son récit révélaient, m'a écrit mon demi-frère, une extrême confusion. Il a été inhumé dans le petit cimetière des Capucins et dans la même fosse que sa compagne, Jordane.

Au cours d'une visite au château, quelques semaines plus tard, je me suis demandé comment mon père, épris de la glèbe et des plantes, avait pu finir ses jours dans cette maisonnette, devant ce jardinet dérisoire, soumis aux obligations d'une charge trop lourde pour lui.

Il est vrai qu'il avait sous les yeux la perspective de l'immense vallée où il a passé la plus grande partie de son existence, et qu'il pouvait, sans bouger d'un pouce, explorer cet univers en toutes saisons. Il est vrai aussi qu'il s'était composé un décor selon ses goûts, avec ses instruments de musique accrochés aux murs, ses registres, ses herbiers, et, posée sur sa petite table, l'énorme liasse du récit qu'il n'avait pu terminer, alors qu'il aurait pu relater d'autres rencontres avec les troubadours. Il n'y avait, dans cet espace réduit, que la place d'écrire et de dormir.

D'accord avec Martine et Hymon, j'ai procédé au recensement de ses biens. Nous nous sommes partagé ses économies, qui n'étaient pas négligeables car il était peu dépensier. Mes demi-frère et sœur ont gardé son mobilier dérisoire, ses instruments de musique, et moi ses écrits. J'y ai découvert, en plus de son récit, un opuscule d'une cinquantaine de feuillets concernant ses expériences d'herboriste.

J'ai passé une nuit à la chandelle, pour lire ses poèmes. J'avoue que, sans être choqué par le caractère profane de la plupart, j'y ai pris un certain plaisir, malgré une fâcheuse tendance à la mièvrerie et quelques accents empruntés à Bernart de Ventadour, pour lequel il avait une véritable vénération.

Cet homme pétri de passion et de doute pour son art comme d'incertitude pour sa vie intime n'aura aimé que deux femmes : son épouse légitime, Hélène, ma mère, et Jordane, sa compagne. À travers ses poèmes j'ai ressenti au plus vif ses émotions, ses déchirements, ses regrets et ses repentirs. Il lui est arrivé trop peu souvent, à mon gré, de se tourner vers Dieu dans ses moments de désarroi. Il avait avec Notre-Seigneur des rapports équivoques : s'il croyait en lui, il montrait trop souvent de l'humeur contre notre Mère, l'Église. Dieu le lui pardonnera. Peire Jouvenel était une conscience pure et un honnête homme.

Sa modestie n'avait d'égale que la joie que lui procurait l'écriture.

À la lecture du récit de son existence tumultueuse, constamment en butte à des courants contraires, entre ses passions, sa sagesse et ses intérêts, j'ai compris qu'il n'était pas, comme certains troubadours, dévoré d'une ambition qui l'eût porté aux excentricités comme Gaucelm Faydit, à la mégalomanie comme Giraud de Borneil, à la violence comme Bertran de Born, ou aux rêveries fumeuses de Jaufré Rudel. Il mérite une place dans la confrérie, mais il ne l'aura jamais.

J'ai découvert, pliée dans un feuillet, une boucle de cheveux, sans doute ceux de Jordane, et un court poème :

J'ai vu son âme se dissoudre
Comme une brume du matin
Dans un vent de paradis...

Table

DU MÊME AUTEUR *(suite)*

La Cabane aux fées, Paris, Le Rocher.
Soupes d'orties, nouvelles, Paris, Anne-Carrière.
Le Roman des Croisades :
  1. *La Croix et le Royaume*, Paris, Robert Laffont.
  2. *Les Étendards du Temple*, Paris, Robert Laffont.
Le Roman de Catherine de Médicis, Paris, Presses de la Cité.
La Divine. Le roman de Sarah Bernhardt, Paris, Robert Laffont.
Le Bonheur des charmettes, Paris, La Table Ronde.
Balades des chemins creux, Paris, Anne-Carrière.
Fille de la colère. Le roman de Louise Michel, Paris, Robert Laffont.
Un château rose en Corrèze, Presses de la Cité.
Les Grandes Falaises, Presses de la Cité.
Les Bals de Versailles, Paris, Robert Laffont.
De granit et de schiste, Paris, Anne-Carrière.
Les Amants maudits, Paris, Robert Laffont, prix Jules-Sandeau.
Le Pays du Bel Espoir, Paris, Presses de la Cité.
L'Épopée cathare, album, Rennes, Ouest-France.
Le Château de la chimère, Paris, La Table Ronde.
La Caverne magique, Paris, Robert Laffont.
La Vallée endormie, Paris, France Loisirs ; Robert Laffont.
Batailles en Margeride, Paris, Le Rouergue.
Les Fêtes galantes, Paris, Robert Laffont.
Le Bal des célibataires (avec Béatrice Rubinstein et Jean-Louis Lorenzi), Paris, Robert Laffont.
Le Parc-aux-Cerfs, Paris, Robert Laffont.
Les Fleuves de Babylone, Paris, Presses de la Cité.
Les trois bandits :
  1. *Cartouche*, Paris, Robert Laffont.
  2. *Mandrin*, Paris, Robert Laffont.
  3. *Vidocq*, Paris, Robert Laffont.
Le Temps des moussons, Paris, Presses de la Cité.
Chat bleu... Chat noir..., Paris, Robert Laffont.
V... comme Verlaine (histoire de chat), illustré par José Corréa, Périgueux, La Lauze.
La Petite Danseuse de Degas, Paris, Bartillat.
Les Roses noires de Saint-Domingue, Paris, Presses de la Cité.
La Reine de Paris. Le roman de Madame Tallien, Paris, Robert Laffont.
L'Ange de la paix, Paris, Robert Laffont.
Les Grandes Libertines, Paris, Robert Laffont.
La Confession impériale, Paris, Robert Laffont.
La Porte du non-retour, Paris, Presses de la Cité.

Les Villes du silence, Paris, Calmann-Lévy.
Tempête sur le Mexique, Paris, Calmann-Lévy.
Le Périgord, « Ouest-France », avec des aquarelles d'Alain Vigneron.

POUR LA JEUNESSE

La Vallée des mammouths, Paris, Robert Laffont, collection « Plein Vent », Grand Prix des Treize ; Folio Junior.
Les Colosses de Carthage, Paris, Robert Laffont, collection « Plein Vent ».
Cordillère interdite, Paris, Robert Laffont, collection « Plein Vent ».
Nous irons décrocher les nuages, Paris, Robert Laffont, collection « Plein Vent ».
Je suis Napoléon Bonaparte, Paris, Belfond Jeunesse.
L'Épopée cathare, Rennes, Ouest-France (album illustré).

ÉDITIONS DE LUXE

Amour du Limousin (illustrations de J.-B. Valadié), Paris, Plaisir du Livre. Réédition (1986) aux Éditions Fanlac, à Périgueux.
Èves du monde (illustrations de J.-B. Valadié), Laugnac, Art Média.
Valadié (album), Paris, Terre des Arts.

TOURISME

Le Limousin, Larousse.
La Corrèze, Paris, Ch. Bonneton.
Le Limousin, Rennes, Ouest-France.
Brive (commentaire sur des gravures de Pierre Courtois), Brive, R. Moreau.
La Vie en Limousin (texte pour des photos de Pierre Batillot), Treignac, Les Monédières.
Balade en Corrèze (photos de Sylvain Marchou), Brive, Les Trois-Épis.
Brive, Paris, Casterman.
Les Montagnes du jour, Treignac, Les Monédières. Préface de Daniel Borzeix.
Sentiers du Limousin, Paris, Fayard.
Brive aujourd'hui, Les Trois-Épis.
Aimer les hauts lieux du Limousin (photos de P. Soissons, L. Olivier et C. Darbelet), Rennes, Ouest-France.

Cet ouvrage a été imprimé en France par

CPI
BUSSIÈRE

à Saint-Amand-Montrond (Cher)
en mai 2011

Cet ouvrage a été composé et mis en pages
par ÉTIANNE COMPOSITION
à Montrouge

N° d'édition : 51605/01 – N° d'impression : 111049/4
Dépôt légal : mai 2011